Una novia
de
Bollywood

Una novia de Bollywood

Título original: *A Bollywood Bride*

© Sonali Dev, 2015
© de la traducción: Eva González

© de esta edición: Libros de Seda, S.L.
Estación de Chamartín s/n, 1ª planta
28036 Madrid
www.librosdeseda.com
www.facebook.com/librosdeseda
@librosdeseda
info@librosdeseda.com

Diseño de cubierta: Payo Pascual
Maquetación: Marta Ruescas
Imagen de la cubierta: © Infinity21/Shutterstock

Primera edición: mayo de 2018

Depósito legal: M-11102-2018
ISBN: 978-84-16550-51-7

Impreso en España – *Printed in Spain*

SONALI DEV

Una novia
de
Bollywood

Libros de
seda

Para Manoj, por verme con el corazón
y por aferrarte a esa visión sin condiciones.
Esa es la razón por la que siete días fueron suficientes.

PRÓLOGO

¿Cómo explicar a alguien que te has quedado sin palabras? Cuando las palabras te abandonan, ¿qué otra cosa puedes usar? De haber podido, les habría contado que es como intentar cocinar sin ingredientes, como pintar sin color, reírse sin aire. Pero no tenía nada con qué decirlo.

Le habían dado un papel y un bolígrafo. Como si fuera su voz la que estuviera perdida y no sus palabras. Le habían dado también otras cosas...

Con una regla en los nudillos. «Habla.»

Horas en el aula de castigo. «Habla.»

Pastillas que la hacían dormir todo el día. «Habla.»

Lágrimas de Baba. «Por favor, *beta*, ¿por qué no hablas?»

Si hubiera podido hacerlo, si hubiera podido expresar con su lengua todas las cosas que el monstruo había roto en su interior cuando rompió sus huesos, si hubiera podido hablar sin gritar tan alto que los tímpanos de Baba estallaran, sus lágrimas lo habrían conseguido. Pero lo que se llevó sus palabras difícilmente podía ser lo mismo que las trajera de vuelta.

Al final, lo que le devolvió las palabras fue que dejaran de pedírselo. Y él.

El día que llegó a la casa donde debía pasar el verano, él la tomó de la mano y la levantó a rastras del sofá donde lloraba, incapaz de parar. Corrieron sin parar, de la mano, bajo la luz del sol.

—Tenemos un árbol mágico —gritó él, como grita la gente cuando corre tan rápido como puede—. Es como un castillo, con puentes y torres y un foso.

Corrió con él como si estuviera acostumbrada a trotar descalza sobre la hierba.

No era un castillo. Era el árbol más grande y alto que había visto nunca.

—Te echo una carrera hasta la cima —la desafió, todavía agarrado a su mano.

Ella lo soltó y echó a correr. Subió el puente y trepó de rama en rama mientras la corteza áspera le arañaba las plantas de los pies, mientras las hojas suaves le abofeteaban la cara. Cada vez más alto, hasta que la luz del sol y el viento le besaron la cara y se sintió en la cima del mundo, donde no había nadie más que ella y un niño al que nunca había visto antes en la rama de debajo.

—¡Guau! ¿Me enseñas a trepar así? —le preguntó el chico, sonriéndole con unos ojos que eran exactamente iguales al caleidoscopio que Baba le había regalado después de que sus palabras se marcharan. Azules y plateados, llenos de estrellas y destellos, como fragmentos de brazaletes y abalorios que se abrían y cerraban y la atraían. Pero fue el asombro de sus ojos lo que lo cambió todo.

Nadie había mirado a Ria de aquel modo: sin vacilación, sin lástima, sin miedo. Ninguna de las cosas que encontraba en otros ojos. Nada que apareciera repentinamente demandando palabras para robárselas. Nada más que una inmaculada invitación a entrar, y eso la dejó salir.

Allí, de pie sobre la rama más frágil de la copa del árbol, mirando el rostro que cambiaría su vida, dejó de llorar. Después de una semana cayendo sin cesar por sus mejillas, sus lágrimas se secaron sin más. Por primera vez desde que Baba la había dejado con la azafata de vuelos y había echado a correr sin detenerse a decir adiós, sus lágrimas habían cesado.

—¿Quién eres?

Las palabras se le escaparon. Las primeras tras un año de silencio.

—Vikram. —El niño pronunció su nombre como si fuera una medalla de honor—. Vikram Jathar. ¿Quieres que seamos amigos?

CAPÍTULO 1

Bombay
Veinte años después

Ria habría dado cualquier cosa por quedarse sola, pero sabía que la soledad no figuraba en la definición del trabajo de una estrella de Bollywood. Ni siquiera si eres conocida mundialmente como una ermitaña extravagante y te apodan, acertadamente, la Princesa de Hielo.

¿Luchaban las princesas de hielo con las telas de pedrería? ¿Y perdían? Ria tiró del vestido que tenía a medio quitar por la cabeza y forcejeó para liberarse. Pero la obstinada prenda se agarró a su pecho con ferocidad y la inmovilizó en un enredo de cabello, brazos y pura frustración. En alguna parte a la izquierda su teléfono móvil seguía sonando, incansable.

Conteniendo la respiración, se apretujó los pechos... Un fotógrafo los había llamado «gloriosos» aquel mismo día; quizá los condenados se habían hinchado de orgullo. Puso toda su fuerza en el siguiente tirón. El vestido voló hacia delante y lanzó a Ria hacia atrás sobre su considerablemente menos glorioso trasero. Dio gracias a Dios por la alfombra que quedó arrugada bajo su cuerpo. Se incorporó y usó un pie para recolocar la llamativa seda naranja que desentonaba con el minimalismo blanco de su dormitorio, imitando su estado de ánimo a la perfección, mientras buscaba su teléfono móvil en la mesilla.

—¿Diga? ¿DJ? —dijo en un tono de voz tan tranquilo que nadie podría haber imaginado que acababa de pelearse con la ropa. Ojalá actuar frente a la cámara fuera tan sencillo como actuar en la vida real.

—¿Ese no es el depravado de tu representante?

El adorable acento americano de su primo hizo que el enfado de Ria se desvaneciera en un instante. La tensión de sus músculos desapareció. Después, de un modo igualmente repentino, sufrieron un espasmo de pánico.

—¿Nikhil? ¡Son las dos de la madrugada! ¿Qué ocurre?

—Ria, corazón, no pasa nada. Tranquilízate, joder. —La sonrisita de mocoso consentido de Nikhil, la que había perfeccionado mientras crecían, apareció en la mente de Ria—. Ostras, ¿de verdad son las dos en Bombay? Lo siento, todavía no me he acostumbrado a la hora de Malaui. —Nikhil y su novia acababan de trasladarse a Lilongüe en misión médica—. Pareces totalmente despejada. ¿Estás en un rodaje? ¿O es que alguien ha conseguido arrastrarte hasta una fiesta?

Ria puso los ojos en blanco y se recolocó la combinación.

—Sí. He decidido que ya es hora de salir de mi caparazón.

Nikhil sabía mejor que nadie cuánto valoraba el citado caparazón. Ria llevó el vestido a su armario, lo colgó en el lugar que le correspondía por color y, tras elegir de un pulcro montón los pantalones cortos más viejos que tenía, lo reajustó para que su pulcritud se mantuviera imperturbable.

—Estupendo, porque se te necesita en otra parte. —La excitación burbujeaba en la voz de Nikhil tanto como los refrescos que le gustaba agitar antes de abrir. A Ria se le aceleró el pulso—. Jen y yo hemos elegido una fecha —dijo, y un minúsculo atisbo de vacilación reptó hasta su voz.

Ria sujetó el teléfono móvil entre su oreja y su hombro y se puso los pantalones cortos. De repente tenía las manos húmedas.

—Nos dan algunos días libres el mes que viene. Después de eso, no podremos escabullirnos hasta el año siguiente. Así que nos casamos dentro de dos semanas. Y de ningún modo vamos a hacerlo sin ti.

Se apartó el teléfono móvil del hombro y lo apretó contra su desbocado corazón durante un segundo antes de acercárselo de nuevo a la oreja.

—Es hora de volver a casa, Ria.

A casa.

La palabra quedó atrapada en su garganta. Exactamente igual que había hecho su aliento cuando intentó pasar con su bicicleta a toda velocidad bajo una rama y se golpeó la cabeza tan fuerte que no fue capaz de gritar o llorar o respirar hasta que tocó el suelo. Y entonces sus pulmones se llenaron tan rápido que pensó que iban a estallar.

A casa.

Durante los últimos diez años no se había permitido pensar en aquella palabra.

Nikhil se aclaró la garganta.

—¿Ria?

Tenía que decir algo. Pero todavía tenía la respiración atrapada en los pulmones. No podía volver a Chicago. Habían pasado diez años desde que se marchara de allí. Diez años desde que lo apartó a un lugar al que ni siquiera podía acceder en sueños.

Nikhil suspiró.

—Oye, encanto, ¿te lo pensarás al menos?

Necesitaba aire. Cruzó la habitación, notó el suelo frío de mármol bajo sus pies descalzos y empujó las puertas de cristal que daban al balcón. La sofocante noche de Bombay la abofeteó cuando abandonó el aire acondicionado. Inhaló una bocanada enorme y húmeda y la dejó escapar.

—Nikhil, estoy en mitad de un rodaje.

Una mentira. Había jurado que nunca volvería a mentirle.

Él exhaló otro suspiro, cargado de decepción.

—No pasa nada, Ria. Lo entiendo.

Claro que lo entendía. Nikhil se había mantenido a su lado como una roca, sin cuestionarla en ninguna de sus decisiones. Y allí estaba ella, dispuesta a perderse su boda. ¡Su *boda*!

Se rodeó el vientre con el brazo y se apoyó en la barandilla. La tosca arenisca le arañó los codos. Catorce plantas más abajo, la plateada luz de la luna danzaba sobre la bahía. Las olas inquietas se agitaban bajo su ritmo inmutable.

—La verdad es que ¿sabes qué? Quizá podría montar un numerito, ponerme en plan diva y mover algunos hilos. ¿Me das un día para solucionarlo?

—Oh, ¡gracias a Dios! —exclamó Nikhil, con tal alivio que Ria se sintió avergonzada— No te imaginas cuánto te necesito aquí. Jen se está volviendo loca con todo esto de la boda tradicional india. Quiere los votos alrededor del fuego, la ceremonia de la *henna*, todo tipo de bailes y comidas. Te juro que está inventándose algunos de esos rituales. Incluso me ha propuesto que llegue a la boda montado en un maldito caballo —pronunció la palabra en un tono tan agudo que hizo que Ria no pudiera evitar sonreír.

Jen era quien ponía la chispa en la vida de Nikhil. A pesar de sus quejas, el amor coloreaba su voz.

—Pobrecito. Respira profundamente.

Ria intentó hacerlo también.

—Y Aie no está ayudando. Está haciendo todo lo posible por animar a Jen.

Por supuesto, era de esperar que la madre de Nikhil apoyara a Jen incondicionalmente. Ria sabía muy bien lo vehemente que era su tía con la gente a la que quería. Uma Atya era la única madre que Ria había conocido. Lo único que quería hacer en ese momento era sumergirse en uno de sus abrazos con aroma a jazmín y abstraerse de todo lo demás, igual que había hecho de niña.

—Lo del caballo no está tan mal. En mi última película, el novio usó un elefante. Es la última moda.

—¡Uff! —exclamó Nikhil— ¿Aie o Jen la han visto ya?

—Todavía no se ha estrenado. Pero, si no te portas bien con ellas, les mandaré un DVD.

—Traidora —murmuró, riéndose. A continuación se puso serio de nuevo—. Ria, vuelve a casa. Todo saldrá bien. Confía en mí.

Y tras esa promesa imposible colgó y dejó a Ria inclinada sobre la barandilla, suspendida sobre el mundo mientras los recuerdos escapaban en tropel de su corazón con la fuerza de una planta germinando a través de una grieta en el cemento. Y, como era idiota, en lugar de hacerlos retroceder se aferró a ellos como un niño de la calle a la comida.

Iba a volver a casa.

A él.

Viky.

No, solo Vikram. No Viky. Ya no. Solo ella lo llamaba así. Había sido su Viky desde que tenía ocho años. Había sido su hogar, tanto como la casa de estilo georgiano y ladrillo rojo que le había cambiado la vida. Él no dejaría que nadie lo llamara así de nuevo, no después de lo que ella le había hecho.

La bahía resplandecía como el ónice bajo la luz de la luna. Dentro de un par de horas, el sol pintaría las olas de un pálido azul grisáceo... Un océano entero del color exacto de sus ojos.

Mierda. Estaba actuando como una de las enamoradas histriónicas que interpretaba en sus películas. Lo siguiente sería envidiar su absurda esperanza y sus artificiosos finales felices.

No podía volver.

Pero, ¿cómo iba a no hacerlo? Nikhil no solo era su primo; era su hermano, en todos los sentidos que importaban. Quizá Vikram decidiría no ir. Pero eso era igualmente absurdo. Vikram no podía perderse la boda de Nikhil, como tampoco podía ella. Nikhil y sus padres, Uma y Vijay (los tíos de Ria) eran familia de ambos. Por no mencionar el hecho de que Vikram no había huido de nada en su vida. Excepto de ella.

Ella, por otra parte, había convertido la huida en un arte.

El teléfono móvil le vibró en la mano. Un mensaje de su agente. Era de esperar que DJ estuviera levantado a las dos de la mañana enviándole mensajes. Cuando se entusiasmaba con un guion era implacable. Pero Ria no podía pensar en trabajo en ese momento, no antes de volver al modo Princesa de Hielo. A los periodistas no podría habérseles ocurrido un apodo mejor para ella. Era perfecto. Dura, fría e infranqueable. Y en ese momento lo necesitaba más que nunca.

En lugar de leer el mensaje de texto buscó en su espalda, reunió su pesada cortina de cabello, que le llegaba a la cintura, y la colocó sobre uno de sus hombros retorciéndola suavemente. El movimiento le dolió, pero el dolor muscular la ancló al presente, que era donde necesitaba estar. Aquella era su vida. Dos horas en el gimnasio antes de un rodaje de doce horas. Concentrarse en su cuerpo era el único modo de mantener enterrado el caos de su mente; el agotamiento que la entumecía era el único modo de conseguir dormir cada noche. Pero aquella noche no llegaría el sueño.

Se apoyó en la barandilla y estiró la espalda arqueándola como un gato. Los carros traqueteaban a lo lejos, los automóviles pitaban. A pesar de la hora, no había silencio en la ciudad, no había paz. Las vallas publicitarias y las farolas proyectaban un halo crepuscular sobre los edificios hacinados y se reflejaban en el agua como estrellas titilantes en un cielo invertido. La abrumó una necesidad intensa de darle la vuelta. Apoyó el cuerpo sobre la barandilla y se retorció, dejando que su cabello se derramara sobre la noche.

Se le escurrió el teléfono móvil de la mano y aterrizó sobre algo duro haciendo un chasquido. Se puso derecha, con el ceño fruncido, y miró a su alrededor para buscarlo. Pero había desaparecido.

Maldita fuera. Todo su mundo, todos sus contactos. Todo estaba en aquel teléfono móvil. Durante un segundo pensó en no buscarlo. Había desaparecido y quizás ella también podría hacerlo, volver a casa como si los últimos diez años no hubieran ocurrido.

Pero entonces, la pantalla fluorescente parpadeó en el borde exterior del sinuoso balaustre y cortó de raíz su fantasía. No había escapatoria. Tenía que recuperarlo. Haciendo un movimiento sencillo, se sujetó a la barandilla y pasó al otro lado.

Sus piernas eran demasiado largas para su cuerpo. Siempre la habían hecho sentir torpe y desgarbada, pero en ese momento la ayudaron a aterrizar sobre el amplio saliente de un modo ágil, casi elegante. Recogió el teléfono móvil y se lo guardó en el bolsillo. Sus pantalones cortos de cintura baja cayeron todavía más por sus caderas. Una ráfaga de viento le atrapó el cabello y lo elevó, formando una capa ondeante a su espalda. Miró el océano, envuelta en la libertad embriagadora de estar tan lejos del suelo. Extendió los brazos y dejó que la belleza desatada de la noche estrellada cubriera cada poro de su piel.

De repente, un destello brilló con demasiada fuerza, demasiado resplandeciente, y la sacó de su trance. Después otro. Y otro. Ria parpadeó y siguió los destellos hasta la azotea del edificio contiguo.

Una figura encapuchada envuelta en negro se había apoyado sobre el muro de cemento para llegar al pequeño espacio que separaba los dos edificios. Un aparato parecido a una bazuca gigante sobresalía de sus manos y la apuntaba directamente.

Un objetivo.

La comprensión le golpeó el cuerpo, convirtió cada una de sus células en plomo y la bloqueó.

Los destellos incesantes se detuvieron. El hombre apartó la cámara a un lado, la miró directamente e hizo un ademán que parecía simbolizar una zambullida.

La estaba invitando a que saltara.

CAPÍTULO 2

El timbre sonó estrepitosamente. Ria se incorporó en la cama, jadeando, mientras los recuerdos colisionaban en su interior como seres salvajes y rabiosos que han estado encerrados demasiado tiempo.

Se llevó las rodillas al pecho y las presionó contra el nombre que golpeaba en su interior.

Viky.

¿Lo había gritado? ¿O se había quedado dentro? Lo único que sabía era que quería volver a oírlo. Deseaba tanto oírlo, que tuvo que tragar para mantenerlo en su interior.

El timbre sonó de nuevo.

Se arrastró hasta la puerta. Sentía las articulaciones como si hubiera pasado toda la noche acurrucada en postura fetal. Tai, la sirvienta que limpiaba y cocinaba para Ria, estaba al otro lado de la puerta, con las manos apoyadas en las caderas y una mueca de desaprobación por la espera. Tras echar una mirada a Ria, su enfado se convirtió en alarma. Al parecer, la máscara de princesa de hielo no había sobrevivido a los sucesos de la noche anterior.

—¿Quién se creería que eres una *film eshtar*, chiquilla? —Tai cerró la puerta y se quitó los zapatos de calle—. Te pareces a una amiga que tengo a la que le pega el marido y le deja los ojos tan hinchados que apenas puede abrir esto. —La mujer unió el índice y el pulgar y entornó los ojos, emulando a su amiga maltratada con su sencillez habitual. Pero su tono de preocupación era tan sincero que Ria intentó sonreír para tranquilizarla antes de dirigirse al aseo para evaluar los daños. Tai se envolvió en su sari y siguió a Ria.

Su doncella tenía razón. Se le había corrido la máscara de pestañas y el khol había pintado dos manchas negras en la dolorida cabeza de Ria. Se inclinó sobre el lavabo, encendió las luces que rodeaban el espejo de la pared y se examinó. No podía recordar la última vez que se había metido en la cama sin limpiarse hasta el último resto de maquillaje de la cara. Abrió el grifo y se mojó la cara. Era el momento de abandonar aquel estado depresivo autocomplaciente. El picotazo frío le sentó tan bien que siguió echándose agua en la cara hasta que Tai le apretó el hombro y le ofreció una toalla, mirándola como se mira a un borracho resacoso y patético.

—¿Sabes? Mi amiga ha empezado a hacer la limpieza en casa de esa chica nueva, la que vive abajo. —Tai señaló el suelo del baño—. En la segunda planta. Ya sabes, la que actúa en *tiví sherials*.

Una sonrisa diminuta floreció en el corazón de Ria. Le encantaba el modo en que Tai salpicaba su idioma nativo, el maratí, con palabras inglesas como «*film star*» y «*TV serial*», convirtiendo todas las eses en «sh». Ria asintió y comenzó a frotarse la piel dolorida alrededor de los ojos con extracto de áloe.

La sirvienta bajó la tapa del inodoro y se sentó en ella.

—*Arrey*, deberías oír las historias que cuenta mi amiga. Están de *party* día y noche.

Dijo «fiesta» en inglés, y puso los ojos en blanco para asegurarse de que Ria supiera exactamente lo despreciable que le parecía aquel modo de vida.

—Encuentra botellas por todas partes. Incluso cigarrillos. ¡*Shi*! ¡Y hombres! Hay hombres a todas horas del día.

En los labios de Ria apareció una sonrisa.

Tai continuó.

—Siempre se lo digo a mi amiga: mi señora no es así. Jamás. Nunca celebra una fiesta. Nunca hace ruido. ¡Nunca hace nada! —exclamó, agitando las manos para indicar el vacío de la vida de Ria—. ¿Y hombres? Jamás. Ni uno solo. Y eso que eres una verdadera *eshtar*. ¡No una actriz de telenovela!

Escupió la palabra «telenovela» con tal desagrado que Ria dejó de frotarse las mejillas para mirarla.

—Gracias, Tai. Y tienes razón.

Ria siempre usaba con su sirvienta el apelativo cariñoso que significaba «hermana mayor». Era mucho mayor que ella, así que ni siquiera se planteaba llamarla por su nombre y odiaba el «Bai» que se usaba normalmente con las criadas.

—¿Crees que tengo tiempo para fiestas? Y tú sabes que en esta casa no hay alcohol. Es solo que anoche tuve un problemilla y no conseguí dormir demasiado.

Aquello era un eufemismo tremendo.

Ria sacó un pañuelo para limpiarse los ojos. La noche anterior se había sentido tan vulnerable y violada que las manos le temblaban cuando cerró las cortinas; en aquel momento, la sensación volvió a atravesarla. Relajó los dedos. No valía la pena arrancarse la piel por un paparazi desesperado. Sobre todo antes de un rodaje.

Tai frunció el ceño, pero Ria no respondió a su pregunta no formulada. La curiosidad de Tai quedaría satisfecha pronto. Las fotografías saldrían publicadas en todas las revistas. Después de diez años en los que había conseguido mantener su vida privada lejos del radar de los periodistas, lo había fastidiado todo de una vez.

Se volvió de nuevo hacia el espejo, con la espalda tan derecha que se sentía como si midiera tres metros y eso la alejara del problema. Fastidiarlo no era una opción. Después de diez años protegiendo su vida privada, un único momento de impulsividad no iba a arruinarlo todo. El primer paso era siempre el silencio. El silencio era la única defensa contra la prensa. Era el mejor antídoto contra el escándalo. Y Ria Parkar guardaba silencio mejor que nadie.

Tai negó con la cabeza, rindiéndose, y ordenó el montón de revistas de pasatiempos *MindBender* que Ria pedía que le enviaran de Inglaterra y que resolvía obsesivamente.

—Llevo cinco años trabajando para ti y sé que eres tan recta como una flecha. —La mujer separó los brazos y disparó una flecha imaginaria—. Mírate. ¿Quién más tiene esa cara? Esos ojos almendrados del color de la miel. —Abrió los ojos de par en par—. ¡Esa piel que es como crema batida! —Se frotó las mejillas con ambas manos e hizo sonar sus pulseras de cristal—. ¿Para qué te sirve, corazón? Dime, ¿para qué te sirve? No comes, no duermes, no tienes amigos. Tu familia te visita de año en año, como si fuerais desconocidos. Cuando yo tenía tu edad, veintiocho años, ya tenía cinco hijos. ¡Cinco!

Levantó cinco dedos maltratados por el trabajo y el orgullo brilló en sus ojos al mencionar a sus hijos.

Ria hizo una bola con el pañuelo ennegrecido y se tragó el nudo afilado que se le había atascado en la garganta como una bola de clavos.

«Tendrás que encontrar a otra persona con la que tener hijos enfermos. No será mi Vikram.»

Incluso aquel día, diez años después, el recuerdo de las palabras de la madre de Vikram seguía fresco en su mente. La evocación la cortó por las rodillas y en un instante la convirtió en la niña desvalida que había sido entonces.

—¿*Babyji*?

Ria descubrió que tenía el puño apretado contra el vientre, un vientre que no se permitiría llenar. La maldición que la acompañaba moriría con ella. Apartó la mano y tiró el pañuelo a la papelera. Ya era suficiente. Si la idea de volver a casa iba a desbaratar todo el camino que ya había recorrido, tendría que pensar en un modo de eludirlo.

Obligó a su mente a volver al rostro preocupado de Tai.

—Pero te tengo a ti, Tai, ¿no es así? Tú cuidas muy bien de mí. ¿De qué tendría que preocuparme?

Conjuró su mejor sonrisa, esa que hacía que sus hoyuelos danzaran y sus ojos brillaran, y la empuñó como un arma con la habilidad de un fuerte guerrero.

Tai pareció quedarse tranquila y tocó la puerta de madera para alejar a los malos espíritus.

—Con una sonrisa como esa no es de extrañar que Kunal Kapoor estuviera dispuesto a morir por ti en *Jeena Tere Liye* —le dijo, con una sonrisa tímida y llena de malicia a la vez.

—Menos mal que no lo hizo —se burló Ria—. ¿Cómo habría podido seguir viviendo después de hacer daño a tu galán favorito?

—¡*Ish*! —Tai se rio como una niña pequeña y se ruborizó furiosamente—. ¡Qué gracia tienes, corazón! Esos periodistas estúpidos deberían verte así. —Levantó la cesta de la colada—. ¿Cuándo comiste por última vez?

Al decir eso le recordó tanto a Uma Atya que por un momento Ria no deseó nada más que volver a casa.

—¿Qué te parece si me haces un *chapati*? Lo tomaré con un poco de yogur. Y no se te ocurra ponerle mantequilla. Tengo que estar en un rodaje dentro de dos horas.

Tai resopló y abrió el agua caliente para la ducha de Ria.

—¿Quién se comería un *chapati* con yogur pudiendo desayunar cualquier cosa que quisiera? Es absurdo, eso es lo que es —murmuró la doncella entre dientes mientras salía del baño, y eso casi convirtió en real la sonrisa de la cara de Ria.

* * *

Incluso en aquel momento, diez años después de la primera vez, cuando se ponía delante de una cámara, era como si la desnudaran y estuvieran reteniendo contra su voluntad. Al alejarse de las luces cegadoras del estudio, Ria dejó que la oleada de alivio la atravesara. El silencio forzado del sonido sincronizado se disolvió en el estruendo que irrumpió bruscamente a su alrededor. Su mente volvió a activarse y a acoplarse en su cuerpo justo cuando volvía en sí misma. Tras años de práctica, le resultaba sencillo usar los rituales del rodaje para reorientarse en la vida real. Se relajó y se recolocó el sari para no mostrar tanto escote.

—¡Una toma excelente, Ria*ji*! —exclamó Shabaz Kan, su compañero en la película. Era mucho más joven que ella y sonreía con el entusiasmo de un recién llegado— Muchas gracias por tu ayuda.

Ria asintió educadamente. Cinco minutos antes había estado abrazándola como si fuera la sangre de sus venas y era un alivio enorme descubrir que era capaz de abandonar el personaje tan rápidamente.

—Gracias a ti también, Shabaz.

Debería haberle pedido que se dejara de formalidades y la llamara Ria, pero le gustaba la distancia que proporcionaba el «ji» añadido a su nombre. Aquella era la primera película del joven. Entre la educación que había recibido en su pequeño pueblo y su afán por complacer, dudaba que la llamara Ria aunque se lo pidiera. La verdad era que la timidez de él hacía que su propia ineptitud social le pareciera menos incómoda. Le dedicó una sonrisa esperando que entendiera que lo comprendía.

Odiaba los besos y abrazos tan habituales en aquella profesión. Su mayor horror era uno de esos rodajes donde todos actuaban como si aquello fuera una fiesta, con bromas continuas y reuniones espontáneas. Por suerte, su fama de solitaria la precedía y lo único que recibía por esconderse en su habitación eran algunas risitas y un par de insultos por la espalda.

Estaba a punto de marcharse cuando él se acercó demasiado y le buscó la mano.

—Quiero que sepas que creo que eres la mujer más atractiva que he conocido nunca —le dijo, con los ojos entornados y una sonrisa.

Estupefacta, Ria retrocedió y entrelazó las manos a su espalda, tan sorprendida que perdió la compostura un instante.

El joven tensó los labios en aquel momento incómodo de silencio y levantó ambas manos como si creyera que lo irracional había sido la reacción de ella. Pero cuando recuperó su sonrisa educada volvió a la carga con mayor ímpetu.

—Me alegro mucho de no haber creído nunca todas las cosas horribles que dicen sobre ti —le dijo, y después tartamudeó una disculpa, como si las palabras se le hubieran escapado—. Mierda, no debería haber dicho eso. Lo siento mucho, Riaji.

Dicho eso, volvió a comportarse con una respetuosa deferencia.

Ria no dejó que su sonrisa se moviera. No recordaba la última vez que alguien había conseguido pasar más allá de su cinismo, pero al menos él había esperado al final de la película y le había ahorrado meses de incomodidad. Era incluso mejor actor de lo que ella había pensado: iba a encajar en la industria a la perfección. El joven estaba esperando una respuesta, pero ella decidió dar la razón a todos aquellos que decían cosas horribles sobre ella y se dio la vuelta sin decir palabra.

Cuando el director corrió hasta ella para felicitarla, le dio las gracias y dejó a ambos hombres soñando despiertos sobre el gran éxito de taquilla que iba a ser aquella película.

—Has estado fabulosa, Ria*ji*.

El desgarbado chico del almacén le entregó una botella de agua y sonrió tan sinceramente que parte de la abrumadora sensación de decepción se disipó. Le brillaban los ojos. ¿Siempre habían sido tan grises, o era su mente trastornada la que había invocado cosas que deberían haber dejado de consolarla hacía mucho tiempo?

Tomó un trago largo de agua.

—Gracias, Ramesh*ji* —le dijo con otra interpretación de la sonrisa característica de Ria Parkar.

Los ojos del muchacho se volvieron soñadores, su boca formó una «O» embobada y Ria dejó de sonreír de inmediato.

—Algún día matarás a alguien con esa sonrisa.

Nunca sabría por qué su agente siempre elegía decir la peor opción posible en cualquier situación. DJ se acercó a ella a zancadas, intimidante, poderoso y vestido de negro. El pobre chico retrocedió.

Ria frunció el ceño. DJ no le hizo caso y le dio la espalda al muchacho.

—Tenemos que hablar.

Ria dejó a DJ de lado y se dirigió de nuevo a Ramesh.

—¿Ha recibido ya Choti el resultado del examen?

El rostro del muchacho se iluminó. El orgullo fraternal lo hizo más grande, mayor de lo que era.

—¡Ha conseguido un ochenta por ciento, Ria*ji*!

Esta vez, Ria no tuvo que obligarse a sonreír. Le acarició la cabeza.

—¡Excelente! Te dije que lo haría bien. ¿Recuerdas lo que te dije sobre el matrimonio? Espera a que termine la universidad, ¿de acuerdo?

El chico asintió tímidamente antes de marcharse corriendo.

—¿Apenas puedes recordar los nombres de los actores con los que trabajas y lo sabes todo sobre la vida familiar del chico de los recados? —le preguntó DJ en tono acusatorio.

—¿Necesitas algo?

Ria se dio la vuelta y se dirigió a la cabaña que usaba como camerino en el extenso complejo del estudio. Se había negado continuamente a comprar un remolque. Eso le traería demasiados malos recuerdos.

DJ se colocó a su lado, pero no contestó. Ria oía los engranajes de su cerebro girando; él nunca se quedaba sin palabras. Con DJ todo era de dominio público, y lo que no lo era no se escondía. Era uno de esos hombres pequeños que proyectaban una larga sombra. Todo en él, excepto su altura, era exagerado. Su peinado era exagerado, sus maneras eran exageradas, su ambición era exagerada. Y, sorprendentemente, a pesar de que las mujeres debían mirarlo desde arriba, las habladurías sugerían que lo llamaban *Big* («grande») DJ por algo.

Cuando se acercaron a la cabaña, un guardia de seguridad uniformado que había estado fumando debajo de un árbol se puso de pie rápidamente y les abrió la puerta. Ria le dio las gracias, pero en lugar de su saludo animado, el hombre le dedicó una sonrisa formal, y a DJ una bienvenida seca antes de alejarse rápidamente.

—¿Por qué siempre te sonríen a ti y nunca a mí? —le preguntó DJ con el ceño fruncido y uno de sus habituales gestos tristes.

—Quizá porque yo no los fulmino con la mirada ni hago que se mueran de miedo.

—Sí, tú reservas las malas miradas para tus compañeros de rodaje y los periodistas.

DJ chasqueó los dedos y pidió al guardia que les trajera *chai*; al parecer, su estado de ánimo estaba en perfecta sintonía con su camisa entallada negra, sus *jeans* negros y sus zapatos de plataforma negros. El único toque de color que llevaba era un rosario budista escarlata en su muñeca y el *tilak* escarlata de su frente.

Seguramente venía de algún *pooja*, las ceremonias religiosas a las que asistía casi cada día como parte de su trabajo. Los ritos religiosos para pedir favores y dar gracias eran habituales en la industria del cine. El éxito era elusivo; nadie sabía qué lo atraía ni cómo evitar que escapara, así que se aceptaba que la intervención divina era la única explicación y todos se esforzaban por ganarse a algún dios. Cambiaban la pronunciación de sus nombres, redecoraban sus hogares para seguir las reglas del *feng shui* y usaban el *vastu shastra* para abrir sus *chakras* y dejar entrar la luz, la paz y la única cosa que hacía que mereciera la pena tener toda aquella luz y paz: el dinero.

Ria se acomodó en el sofá de cuero y se quitó los zapatos de tacón plateados antes de colocarlos cuidadosamente en su caja y estirar los pies bajo los pesados bordados *zardozi* de su sari. Debía ser agradable creer que el destino podía ser revertido con algo tan sencillo como la oración.

DJ la vio mirando la pulsera de su muñeca.

—El *Kapoor satya narayan* —le explicó, haciendo una cosa rápida con los dedos; se tocó la cabeza y el corazón y la tensión de sus hombros desapareció unos segundos.

Ria asintió y arqueó una ceja en dirección al enorme sobre de Manila que el representante había sacado de su bandolera.

DJ le ofreció el *chai* y las galletas que el guardia de seguridad les había llevado.

—Primero come. —Dio un golpecito al sobre con un dedo—. Esto no va a abrirte el apetito.

Ria dio un sorbo al *chai* y dejó las galletas sobre la mesa de café.

—Creía que te gustaba que no comiera. ¿Qué ha pasado con eso de «nunca se está demasiado delgada»?

Extendió el brazo hacia el sobre.

Él lo quitó de su alcance.

—Nena, si sigues adelgazando vamos a tener que ocuparnos de las insinuaciones de desórdenes alimenticios además de todo lo demás.

Estoy harto de todos esos periodistas amargados y de sus putas frustraciones. Y luego hablan de lo mala que es la influencia occidental.

DJ se sentó en el brazo del sofá.

—¿Además de todo lo demás? Tenía entendido que yo era tu clienta más fácil.

No era una gran actriz, pero sabía lo que los espectadores querían y se lo daba: siempre tenía un aspecto impecable, se esforzaba en los bailes y seguía al dedillo las indicaciones del director. Haber aprendido a abstraerse de sí misma a tan tierna edad había tenido sus ventajas. Incluso los críticos le seguían el rollo y la llamaban «camaleónica» y «etérea» si la película funcionaba y «robótica» y «artificial» si era un fracaso. Además, de entre los representados de DJ era la que menos escándalos protagonizaba. Él nunca había tenido que deshacerle un entuerto. DJ no tenía absolutamente nada de lo que quejarse.

Normalmente, él le habría respondido con un comentario arrogante, pero su expresión preocupada no se relajó. Cuando ella volvió a extender el brazo, levantó el sobre y abrió y cerró la boca un par de veces haciendo un gesto ridículamente impropio en él antes de que sus palabras salieran atropelladamente por fin.

—Supongo que no has posado medio despechugada mientras intentabas suicidarte, así que esto tiene que ser de algún cabrón con suerte que te pilló haciendo algo increíblemente estúpido.

El lechoso *chai* se cortó en la garganta de Ria. El paparazi se había movido más rápido de lo que ella había esperado. Pero, ¿por qué había enviado las fotos a DJ? Tragó y le arrebató el sobre de la mano. Lo abrió y las fotografías se derramaron sobre el cuero negro del sofá.

Eran cuatro. Todas en sepia con el tono de la noche. Todas surrealistas.

Tenía los brazos extendidos. Su cabello ondeaba enmarañado alrededor de su rostro. Los dedos de sus pies descalzos se aferraban al borde de cemento. Y su cuerpo se inclinaba hacia delante como si estuviera a punto de volar hacia la muerte. Incluso había conseguido atrapar en la fotografía un destello maníaco y vacío en sus ojos emborronados de *kohl*.

Para empeorar las cosas, su delicada combinación se tensaba contra la tersa redondez de su pecho sin sujetador y el poderoso *flash* convertía sus pezones en dardos oscuros que empujaban la tela fina. Se le había subido el dobladillo vaporoso de la combinación, y mostraba el vientre y lo marcaba en relieve desde sus costillas desnudas hasta los huesos de las caderas, que sobresalían de sus pantalones de cinturilla baja. Parecía una auténtica lunática intentando poner un final oscuro y erótico a su vida.

Parecía el maldito anuncio de una enfermedad mental.

En el pecho de Ria estalló una ira tan violenta que deseó gritar y hacer añicos las fotografías hasta que aquella abominación desapareciera por completo. Pero se contuvo y no permitió que su tono se alterara.

—Están totalmente sacadas de contexto, Big. Además, es evidente que las han pasado por Photoshop.

Él parecía incrédulo, y la compasión que denotaban sus ojos hizo que Ria estuviera a punto de perder el control. El hombre se sentó a su lado con actitud comprensiva. «Habla conmigo —decía su expresión—, yo puedo ayudarte.»

—Oh, por el amor de Dios, DJ, ¿en serio?

Quería levantarse del sofá para huir de aquella compasión, pero se negó a proporcionarle algo que reforzara el camino que estaban tomando sus pensamientos.

Él negó con la cabeza tristemente y buscó en el bolsillo de su camisa; sacó una tarjeta de visita y la dejó encima del sobre.

—Sabía que no querrías hablar conmigo, pero me han recomendado a este tipo. Discreción total. No te creerías la gente que figura en su lista de pacientes.

Ria no miró la tarjeta. No necesitaba hacerlo. Sabía exactamente, sin tener que mirar, qué acababa de ofrecerle DJ. Estaba justo allí, en sus ojos. Nunca la había mirado así, como si estuviera tambaleándose al borde de la locura y quisiera ayudarla pero no supiera si podría o si sería más sencillo alejarse lentamente antes de que se derrumbara del todo. Aquella mirada era una instantánea de su infancia. Sus profesoras, las chicas de su clase... Aquella expresión contenía todo lo que Ría había sido para ellas.

«La niña que lleva la locura en la sangre.»

Se levantó del sofá, incapaz de soportar el peso de aquella mirada, y fue al otro extremo de la sala de estar. Había trabajado muy duro, había renunciado a demasiadas cosas para borrar esa expresión del rostro de la gente. En ese momento la atravesó y tiró de una parte de ella que había jurado que jamás permitiría que alguien volviera a sacar.

—No necesito un loquero, Big.

Se esforzó por mantener la calma para que él no viera cuánto le afectaba aquello. Una princesa de hielo. Ella era una princesa de hielo.

—Estabas en la cornisa. Del piso decimocuarto. ¡Podrías haberte matado, nena!

—Se me cayó el teléfono móvil. Solo estaba recogiéndolo.

En realidad era así de sencillo. «Dios, por favor, deja que sea así de sencillo.»

DJ la miró. Volvía a tener aquella expresión. Ria se negó a dejarse abrumar por ella.

—La cornisa no es demasiado estrecha.

Ria mantuvo la voz uniforme. Totalmente controlada. Completamente lúcida.

Él no respondió.

—No me dan miedo las alturas, de acuerdo. ¿Eso es un crimen?

Le encantaban las alturas. Mejor cuanto más alto. Mejor cuanto más lejos estuviera del suelo.

DJ siguió atravesándola con aquella mirada. Sus palabras bajaron por su tráquea, corrieron lejos de su alcance mientras su lengua se volvía pesada. Pero no podía perder la voz en ese momento. Aquel no era un buen momento para recurrir al consuelo del silencio. Agarró las palabras con la voz y las lanzó a la cara de su escéptico representante.

—Fue un día de locos, DJ. No pensaba con claridad. Y, por supuesto, no estaba intentando suicidarme. ¿Por qué diantres haría yo algo así?

Él no reaccionó.

Ria usó un tono de voz todavía más tranquilo.

—Si acaso, estaba intentando salvarme. Si hubiera perdido el teléfono móvil, me habrías matado.

Era un chiste malo, pero la joven se rio.

Él frunció el ceño aún más.

—De acuerdo, lo siento. No ha tenido gracia. Pero, de verdad, solo era eso. Estoy bien. No ha pasado nada.

DJ agitó las fotografías. Habían intercambiado los papeles: él mudo y ella parloteando.

Ria volvió al sofá, recuperando el control con cada paso.

—Mira, sé que esto no es bueno, pero no puedes culparme de lo que hizo un periodista canalla.

DJ recogió las fotografías y las metió de nuevo en el sobre.

Peero en lugar de calmarse, su expresión seguía siendo tan oscura como antes.

—Creo que no entiendes lo malo que es esto.

Sí, ella sabía muy bien lo malo que era. Era él quien no sabía cuánto podía empeorar. El público nunca tenía suficiente de la huraña Princesa de Hielo. Aquellos *sketches* cómicos donde la imitaban eran bastante divertidos, pero si descubrían que había iniciado un inestable camino hacia la locura total como su homicida madre..., entonces no querrían saber nada de ella. El público quería su oscuridad en trozos que pudiera tragar, lo suficientemente pequeños para entretenerse. Para las tragedias de verdad ya tenían a los terroristas, a los violadores, los desastres naturales. Las estrellas de cine solo servían para entretener.

Por primera vez desde que bajó de aquella cornisa, en lugar de sentirse violada y acorralada, notó que el miedo se agitaba en su interior.

La curiosidad apareció en los ojos de negociador de DJ mientras sopesaba todas las posibilidades de la catástrofe que tenía entre manos.

—La única razón por la que hemos llegado a ver estas fotografías antes de que pasaran por imprenta es que mi contacto en *Filmistan* me llamó antes de comprarlas. Conseguí dar con el fotógrafo esta mañana. Es un sinvergüenza, un cerdo avaricioso. Dice que estas fotografías no son lo único que tiene.

Ria agarró el respaldo del sofá. El suelo parecía estar inclinándose. ¿Qué más podría tener? Nadie, ni siquiera DJ, sabía nada sobre su pasado. Ni siquiera su nombre real.

—Miente. No tengo nada que esconder.

Mantuvo un tono de voz tranquilo, pero la mentira era tan descarada que le quemó la lengua como un trago demasiado largo de café hirviendo que no pudiera ni escupir ni tragar.

—No lo sé. Pero ¿queremos descubrirlo en una revista? ¿Podemos arriesgarnos a que sea un farol?

¿Podemos? ¿Sería él quien lo perdería todo si alguien empezaba a hacer preguntas? Quería gritarle que hiciera su trabajo, que arreglara aquello. Pero no lo hizo, porque entonces sonaría tan aterrorizada como se sentía. Y porque eso la haría parecer una loca.

—¿Podemos iniciar acciones legales? —le preguntó. Después de todo, aquel hombre la había fotografiado en la intimidad de su apartamento y sin su consentimiento.

DJ espurreó el té. El hombre tenía una licenciatura en Derecho y aquella mención le hizo rociar el líquido marrón lechoso sobre el impoluto suelo de mármol. Tardó un par de segundos en dejar de escupir.

—¿Legales? ¿Te refieres a llamar a la policía o algo así? ¿A poner una denuncia para conseguir una orden de alejamiento y toda esa mierda? Nena, esto es Bombay, no Los Ángeles. A veces eres tan ingenua que olvido cuánto tiempo llevas en este mundillo.

Ria puso un puñado de pañuelos sobre el té para que absorbieran el líquido.

DJ caminó de un lado a otro de la habitación.

—Si llamáramos a la policía podrían arrestarte por intento de suicidio y entonces esto se convertiría en un auténtico circo. Ningún dinero podría comprar tanta publicidad. Si jugáramos bien nuestras cartas, podríamos estar en el candelero durante meses. ¿Por qué no me pasan estas cosas con los clientes que las quieren?

Algo cálido hormigueó en los ojos de Ria. Hacía diez años que no se había permitido llorar lejos de una cámara. La última vez que lo había hecho había sido Ria Pendse, una chica de dieciocho años tumbada en la cama del elegante remolque de Ved Kapoor. Sus lágrimas y su juventud excitaron todavía más al actor más importante de la India. Lo volvieron loco. «No olvides que tú te llevas la mejor parte del trato, muñeca», le dijo. Había tenido razón. No solo dio a Ria un nuevo nombre y le consiguió su primer papel; también le había extraído hasta el último resquicio de esperanza e inocencia del corazón y hasta el último recuerdo de Vikram del cuerpo.

Llorar porque un sinvergüenza quería hacerse rico rápidamente gracias a ella habría sido una falta de respeto a aquellas últimas lágrimas. Aquella mierda trivial no lo merecía.

Tiró los pañuelos en la papelera y se dirigió a DJ.

—De acuerdo. Averigua qué quiere y págaselo. No me importa cuánto sea. No quiero que esas fotografías salgan a la luz. Y no quiero que empiece a hacer preguntas por ahí.

—Así será. —DJ ni siquiera se molestó en esconder su alivio. Aquello era justo lo que había buscado desde el principio—. Me ocuparé de ello. Disfruta de la boda de tu primo. Es la primera vez en diez años que vas a tomarte unos días, aprovecha para descansar.

Ria se hundió en el sofá, relajada por fin. Por el momento habían evitado la catástrofe.

Por otra parte, era demasiado consciente de lo que se avecinaba para sentirse aliviada.

CAPÍTULO 3

❧

Chicago

Ria forcejeó con la cremallera de su blusa *choli* anudada al cuello. Una vez más, su diseñador no le había hecho caso y había confeccionado la prenda demasiado ceñida. Contuvo el aliento y dio otro tirón a la diminuta cremallera metálica. Esta vez cedió y se deslizó hasta su lugar bajo el brazo. Se ajustó el *choli* para que sus atributos no sobresalieran tanto, se anudó los tirantes alrededor del cuello y se puso la *ghagra*. La falda hasta los tobillos de seda color crema fue mucho más obediente y se deslizó con facilidad sobre las caderas.

Otra ráfaga de música y risas se filtró a través de la puerta. Su ya nervioso corazón se aceleró. Abajo, la fiesta estaba en lo mejor. Los sonidos de la celebración la habían despertado una hora antes. Cuando llegó aquella mañana debía tener un aspecto realmente lamentable, porque nadie había subido a despertarla cuando la fiesta comenzó.

Casi había llorado de alivio al ver a Nikhil en el aeropuerto aquella mañana. Había sido un viaje infernal. Un terrorista psicópata había paralizado el aeropuerto de Heathrow y había tardado el doble de las habituales dieciocho horas en viajar de Bombay a Chicago. En casa, su tía se había preocupado por ella y le había preparado algo de comer mientras Nikhil se burlaba de ella sin piedad por ser una viajera tan quejicosa. El sonido de las voces que tanto quería reverberando contra aquellas paredes familiares la había despojado de la tensión y se había quedado dormida justo allí, en el sofá.

Se acordaba vagamente de que Nikhil la había ayudado a subir las escaleras. Aquello le recordó las incontables veces que su tío la había llevado arriba después de quedarse dormida en el vehículo en el camino de vuelta a casa tras las cenas de fin de semana.

Se apartó de un soplido el cabello de la cara y volvió a tumbarse en la cama.

Su cama. La primera vez que pasó el verano con ellos, cuando tenía ocho años, su tía se había vuelto loca con la decoración femenina. Hasta entonces, Ria nunca había visto tanto rosa. La casa que había compartido con su padre en Pune, el hogar del que la había echado, era predominantemente gris. El internado era todavía más gris. El color de la infancia de Ria había cambiado del gris al rosa en aquella casa. Sus paredes de alegres colores habían contenido suficiente cariño para sanar incluso al niño más traumatizado.

Miró fijamente el dosel de volantes. Diminutas arrugas cruzaban las descoloridas flores rosas. Ria supo que su tía había lavado y colocado el dosel para su visita. Aplastó la colcha a juego contra su nariz y aspiró el profundo y embriagador aroma a limón, lavanda y sueño.

Había añorado aquel olor, aquella cama, durante tanto tiempo, que no quería abandonarla. Pero Nikhil estaba esperándola abajo. Aquel día era la ceremonia del compromiso: el punto de partida de las celebraciones nupciales que habían convertido a su valiente primo en un despojo nervioso. Recordó el alivio en su voz cuando ella aceptó volver a casa para la boda y se dio una patada a sí misma por enésima vez por haber dudado al principio.

«Vuelve a casa. Todo saldrá bien», le había dicho por teléfono aquel día.

Confiaba en Nikhil con toda su alma. Y él hacía milagros todos los días curando a niños a quienes ningún otro se acercaría en lugares que la mayor parte de la gente desearía que no existieran. Pero ni siquiera él podía hacer un milagro así.

Clavó los codos en la colcha, se incorporó y se arrastró hasta el baño, haciendo caso omiso a la llamada de la cama y a las quejas de sus piernas, que no deseaban nada más que sucumbir a ella. Ya se había lavado el cabello dos veces. Y se lo había secado. Se planchó la melena, que ya estaba lisa, un mechón cada vez, hasta que adquirió un brillo sobrenatural. A él le había encantado su cabello. Le encantaba enredar sus dedos en él, presionar la cara contra él, tirar de sus mechones cuando se burlaba de ella.

Se enrolló el pelo en un tenso recogido y se colocó unas horquillas para mantenerlo en su lugar. «Pon la mente donde tienes las manos —le decía siempre su tía— y el futuro se resolverá solo.» No estaba funcionando. El futuro que había estado temiendo desde la llamada telefónica de Nikhil estaba allí y nadie iba a resolverlo por ella.

Buscó a su alrededor y encontró la brocha de mango largo que sobresalía de su gigante bolsa de maquillaje. Tenía los ojos demasiado cansados para maquillarse, pero utilizó la brocha para aplicarse sombra bronce en los párpados. Continuó con una fina línea de *kohl* y después una capa de máscara. Ria Parkar, estrella de cine, la miró desde el espejo e intentó seguir su ejemplo. Una princesa de hielo no sería una masa aterrada de gelatina y, si lo fuera, desde luego no lo demostraría.

Cuando Ria sacó el pañuelo de gasa e intentó envolverse los hombros desnudos, temblaba tanto que necesitó un par de intentos. Cerró los ojos e imaginó las cámaras encendiéndose, el calor de los focos sobre su piel. Metió los pies en un par de zapatos de tacón con tiras. Los cordeles se le escaparon de los dedos solo una vez mientras se los ajustaba. No se trataba de su desconexión habitual, pero se sentía suficientemente lejos de su cuerpo para colocarse un par de pulseras finas de oro en las muñecas y una cadena en el cuello. Cuando terminó de ajustar la lágrima de diamante para que quedara justo en el centro de la garganta, su pulso era firme. Por último, se puso un par aretes diminutos en los lóbulos de las orejas, que eran extremadamente sensibles.

«¿Por qué te pones esas malditas cosas?» Aquel susurro, salido de la nada, le rozó la oreja. El recuerdo del aliento de él en sus lóbulos manchados de sangre era tan vívido que estuvo a punto de retroceder para tocarlo. Llevar pendientes le resultaba tan doloroso que de niña jamás los usaba. Pero Uma le entregó los de su abuela el verano que cumplió dieciséis y Ria quiso ponérselos a pesar de todo. Incluso después de que Vikram se los escondiera, le obligó a devolvérselos.

Después de diez años llevando pendientes extravagantemente grandes, sus orejas se habían adaptado, o al menos eso creía.

Cerró los ojos y se apartó del espejo. Aquello era demasiado para la Princesa de Hielo. Sus entrañas, sus extremidades, todo su ser era de nuevo un desastre tembloroso. Intentó evocar las cámaras una vez más, pero fue inútil. Otra ráfaga de risas y conversación llegó desde abajo y se obligó a salir a la amplia escalera y agarrar la barandilla.

Era el momento de la verdad. Podía hacerlo. Cuando bajara, encontraría una esquina tranquila donde esconderse. Se le daba bien hacerse invisible bajo los focos, y él seguramente ni siquiera estaría en casa. Nikhil no lo había mencionado ni una vez. Uma tampoco. Pero lo cierto era que habían dejado de nombrarlo en su presencia hacía diez años. De acuerdo, era hora de acabar con aquello. Tomó aliento profundamente y dio el último paso trémulo hacia el vestíbulo.

Y allí estaba él.

Vikram.

Por supuesto, él fue lo primero que sus ojos encontraron en la multitud. El suelo se movió bajo sus pies. Toda aquella masa de madera pulida se deslizó bajo su cuerpo. No iba a hacer su entrada cayéndose sobre el trasero, de ninguna manera. No se le ocurría un modo peor de aparecer ante él después de todos esos años. Clavó los dedos en la barandilla y recuperó el equilibrio.

Él se mantuvo junto al llamativo tapiz rojo que había estado colgado sobre la chimenea desde que Ria tenía uso de razón. Estaba atento a la conversación, totalmente concentrado en la persona con quien estaba hablando. Ria se dio cuenta, sobresaltada, de que había gente por todas partes. Un mar de cabezas oscuras inundaba la casa; el ruido de las voces era estridente a pesar de la música. Como siempre, él parecía sobresalir: era más alto que todos los demás, y de algún modo estaba más tranquilo, más seguro que el resto. Como si hubiera estado allí siempre. Ria no recordaba cuántas veces lo había visto en aquella habitación ni qué aspecto tenía entonces. No podía recordar nada en absoluto. Era como si hubiera salido de sus propios pensamientos, dejando su cabeza vacía. Y allí estaba él.

Ria se obligó a no cerrar los ojos. Pero entonces Vikram sonrió. Y aquella sonrisa, aquel ligero gesto de sus labios, un movimiento apenas perceptible, acalló el pánico enloquecido de su interior, relajó el tenso nudo de su garganta. El peso que había llevado durante años desalojó su pecho. Era como si alguien la hubiera envuelto en su suave colcha de color rosa.

Vikram estaba sonriendo. La última vez que lo había visto parecía que jamás volvería a sonreír. Había visto romperse los cristales azul grisáceo de sus ojos, había mirado en ellos y lo había visto resquebrajarse.

Pero estaba sonriendo.

El aliento la abandonó. Toda una vida de recuerdos aplastados la abandonó para posarse sobre él y desaparecer.

No debería haber estado asustada. Habían pasado diez años y él había seguido adelante, por supuesto. El mundo había seguido girando, no se había congelado tal como ella lo había dejado, por supuesto. Y no podía esperar lo contrario.

Él volvió la cabeza, como si notara que alguien estaba mirándolo.

Las extremidades de Ria se desbloquearon. Se alejó rápidamente de la escalera. Vikram no la había visto y ella todavía no estaba preparada para que lo hiciera. Abandonó el recibidor. Habían pasado diez años, pero la casa formaba parte de ella. Conocía cada rincón, cada puerta, cada pasillo. Atravesó la casa mientras estrujaba la gasa de su pañuelo contra su corazón, empapándose de su calidez e intentando no dejarse llevar por el consuelo de los únicos recuerdos a los que merecía la pena aferrarse.

Aquella sonrisa suya se arremolinaba en su interior, dulce y vibrante, como un dolor cálido en sus venas.

Algunos hombres parecían duros, tenían un atractivo rudo y terrenal. Otros eran más refinados, más angelicales. Vikram siempre había sido una especie de combinación desgarradora de ambas cosas, fuerte pero con algo increíblemente suave y tierno. Podía robarte el aliento y perderse totalmente en ti exactamente en el mismo momento. Su rostro era un reflejo perfecto de él: arrogante, exigente y aun así tan incondicional, tan dulce, que diez años no habían sido suficientes para borrar todas sus caricias.

Unas caricias que en el pasado la habían sanado y que, irónicamente, le habían dado fuerzas para seguir adelante incluso después de perder el derecho a ellas.

Tenía que encontrar a Nikhil. Recordarse a sí misma por qué estaba allí, buscar un modo de obligarse a estar alerta. Lo encontró en la sala de estar, adorable con su *kurta* de seda. Rodeaba a Jen con el brazo; la chica llevaba un *salwar kameez* negro con la facilidad de alguien nacido *desi*. Jen había contagiado su pasión habitual por todo lo que hacía a la boda. Se había enamorado locamente de todo lo indio dos años antes, cuando Nikhil les presentó a Uma y Vijay, que la recibieron con su habitual fervor incondicional. Uma Atya había querido incluir rituales chinos y americanos en la boda, pero Jen no había vuelto a China desde los tres años, cuando sus padres americanos la sacaron de un orfanato. Había insistido en tener una boda tradicional maratí. Ria entendía mejor que nadie su necesidad de dejar atrás el pasado, y había pedido a Uma Atya que lo dejara estar.

Nikhil dijo algo y a Jen le brillaron los ojos. Estaban rodeados de gente y parecían disfrutar de la compañía, pero no dejaban de robarse miradas como si todo lo demás no fuera más que una distracción.

Ver a Nikhil así era extraño, casi divertido. Siempre había despreciado el romanticismo y se había burlado de las tonterías cursis con las que las parejas malgastaban su tiempo. Pero verlo mirar a Jen era casi como ver a alguien rezar. Se volvía reverente y tranquilo y se perdía en ella. La primera vez que la pareja fue a visitarla a Bombay, Jen había parecido avergonzada, casi incómoda con tanta atención. En aquel momento parecía disfrutar de ella. Ria dio las gracias en silencio por el giro del destino que había unido a aquellos dos sensatos adictos al trabajo.

Nikhil pilló a Ria mirándolos desde el umbral y su rostro se dividió en la sonrisa que tan bien conocía. Él también tenía los hoyuelos de la familia. Era el regalo que les habían hecho Uma Atya y Baba, que a su vez lo habían recibido de su madre. Era casi lo único que Ria recordaba de su abuela: aquellos profundos hoyuelos en su cara rolliza y su preocupación constante. «¿Qué será de ti, mi niña dulce?» Los peores miedos de Aji se habían hecho realidad apenas unas semanas después de su muerte. Y debido a las secuelas de aquel desastre, su padre había aceptado por fin su consejo y había dejado que su hermana intentara arreglar a la niña que había destrozado su esposa.

En Nikhil, los hoyuelos iban y venían como querían. No los controlaba para convertirlos en armas potentes, como hacía Ria. En su profesión no era importante el ángulo en el que inclinara la boca ni cómo equilibrara la luz las sombras que proyectaba su rostro. Su oficio se basaba en el valor puro que era necesario para actuar según sus creencias, y en la fortaleza emocional exigida para exponerse al dolor tras asumir los desafíos más insuperables.

Nikhil se llevó la mano de Jen a los labios un instante antes de soltarla y acercarse a Ria.

—¿Estás bien, superestrella?

Ria compuso una de sus mejores sonrisas para él.

—Por supuesto. Estoy estupendamente.

Él entornó los ojos; no se lo creía, pero no insistió en ello. Y cuando Ria lo rodeó con los brazos, él la abrazó con fuerza y la retuvo un buen rato.

—¿Por qué no me has despertado? —le preguntó.

—Pensé que te vendría bien dormir un poco.

Ria hizo una mueca y él se relajó.

—Vamos.

La tomó de la mano y la condujo hacia el animado grupo de gente que acababa de abandonar.

—¿Tengo que hacerlo?

Pero lo siguió. Su habitual miedo a los desconocidos hizo que su corazón le diera un vuelco, otro de los tics que había trabajado duro para evitar que saliera a la superficie. Tenía que encontrar un modo de controlarlo todo de nuevo, y rápido.

Debía haber apretado la mano de Nikhil, porque él le devolvió el apretón.

—No pasa nada, superestrella, relájate. No tienes que actuar, solo di «hola» y deja que tu primo presuma un poco de ti, ¿de acuerdo?

Ria exhaló un suspiro exagerado.

—De acuerdo. Pero no voy a firmar autógrafos.

—Vaya, ¿cómo podrán soportarlo?

Se llevó la palma dramáticamente hasta el pecho y Ria le pellizcó el brazo.

Jen dedicó a Nikhil una sonrisa indulgente y rodeó a Ria con los brazos.

—Oíd todos: esta es la prima de Nikhil, Ria. Creo que la mayoría ya la conocéis —dijo, todavía con un brazo alrededor de Ria.

Jen era doce centímetros más bajita que Ria, que medía un metro setenta, pero a su lado se sentía apuntalada. Quería seguir apoyándose en ella, pero la soltó y se dirigió a la gente.

Como todo allí, los rostros que le sonreían le eran familiares. Los hijos de los amigos de Uma y Vijay, vecinos, amigos de la universidad de Nikhil. Gente que Ria no necesitaba que le presentaran a pesar del tiempo trascurrido. Gente que, como aquella casa, había sido testigo de su infancia. El aire se llenó de nostalgia mientras rescataban entre todos aquellos recuerdos. Una fina capa de sudor se extendió por la espalda de Ria y le humedeció las manos.

Una de las razones por las que aquella casa había sido su refugio era que había llegado allí totalmente destrozada. Al contrario de lo que había esperado encontrar, la habían protegido ferozmente. La familia se había convertido en su fortaleza. En lugar de obligarla a ser alguien que no sabía cómo ser, tal como había hecho el resto de la gente antes, le habían dado libertad para esconderse y no la habían forzado a que hablara mientras no pudiera. Y así había aprendido a hacerlo lentamente, después de un año sin emitir una sola palabra.

Una vez, uno de sus vecinos preguntó a Nikhil si Ria era tonta. «La palabra es muda», le contestó Nikhil. «Pero no, no lo es. Es más lista de lo que tú llegarás a ser.» Y después de eso no volvió a hablar con el niño.

Habían pasado años, pero al recordarlo, la lengua de Ria se puso pesada y se le pegó al paladar. El pánico la apresó. Se concentró en Nikhil y Jen, en el sencillo cariño que había entre ellos, y obligó a su corazón a latir más despacio.

Uno de los colegas del instituto de Nikhil le guiñó un ojo.

—¿En serio? ¡No me creo que tú seas actriz! —exclamó— Quiero decir, ¡en todos esos años no creo que dijeras diez palabras en total! Creíamos que eras tímida, pero estabas reservándote para las cámaras, ¿eh?

Todos la miraron esperando una respuesta, pero su lengua no se movió. El sudor le empapó el cráneo. Hacía años que aquello no le ocurría. Lo último que necesitaba justo entonces era pensar en su primera vez delante de una cámara, porque la sensación de impotencia paralizante que había sentido la inundaría con demasiada facilidad. Miró a su alrededor desesperadamente, buscó una vía de escape en la habitación, y encontró una bandeja vacía sobre la mesa de café.

—Debes estar hambrienta —le dijo Nikhil con su tono de voz más tranquilo. Le acercó la bandeja—. Hemos terminado con las *samosas*, lo siento, pero estoy seguro de que hay una tonelada más en la cocina. ¿Quieres que te traiga algunas?

Ria mantuvo los ojos sobre Nikhil hasta que se le soltó la lengua.

—No. Gracias —dijo—. Iré yo a por más.

Fue lo único que consiguió decir antes de marcharse de la habitación, fingiendo tanta dignidad como pudo para esconder la vergüenza que sentía.

En el pasado, aquel lugar le había devuelto las palabras. Pero nunca se había sentido tan cerca de aquel año de silencio como acababa de estar. Si existía un sitio con el poder de arrebatarle todo lo que le había proporcionado, era aquel.

CAPÍTULO 4

Entró en la cocina, con sus altos muebles blancos y el granito negro que parecía que tenía estrellas atrapadas, y el nudo doloroso de su estómago se deshizo. Se detuvo bajo el arco de entrada con la bandeja balanceándose sobre la palma de la mano y se empapó de la calidez que bañaba la habitación. Una luna enorme y totalmente redonda brillaba a través de los ventanales que tenía delante. Había olvidado lo grande que era la luna allí, en América, y lo baja que parecía estar, como un farolillo en el borde del cielo. No tenías que echar la cabeza hacia atrás para mirarla, como en la India.

Vaya, ahora la luna estaba poniéndola nostálgica.

La luna, la casa, la cocina. Todo aquello era demasiado. Confundía su cerebro, lo llenaba. Volvía a tener ocho años, diez, quince, dieciocho. Volvía a ser Ria Pendse antes de permitir que alguien descartara cruelmente su apellido para convertirla en otra persona. Primero se había sentido desarraigada, después querida y más feliz de lo que había sido nunca. Aquel era el único lugar en la tierra donde solo había tenido que ser una persona. Solo Ria. No Ria Pendse. No Ria Parkar. Solo Ria. No había nada en el mundo como aquella sensación.

Entró con cautela, como si un movimiento repentino pudiera disipar lo que estaba sintiendo. Todas las superficies estaban atestadas de señales de la celebración. Por todas partes había velas encendidas dentro de portavelas de mosaico de cristal rojo. Había cajas de bombones de envoltorios brillantes apiladas en coloridas torres. El granito negro estaba cubierto de bandejas de aluminio y botellas de vino. El desorden intensificaba la sensación de bienestar, hacía que la habitación formara parte de la celebración. Parecía a punto de explotar de excitación.

Aquella cocina, aquella casa, era lo único normal que Ria había conocido. Su infancia se escondía en cada esquina. Los desayunos con Nikhil, subidos a los altos taburetes y mirando con los ojos muy abiertos cómo volteaba su tío las tortillas, como un cocinero de verdad, con una mano extendida como una bailarina al hacer sus piruetas. Su tía, en pijama y con el cabello retorcido en un moño, que observaba la escena con ojos somnolientos y escondido orgullo mientras se quejaba del desorden. Los momentos en los que entraba en la cocina a escondidas con Nikhil y Vikram, tarde por la noche, después de que los adultos se quedaran dormidos, para sacar la tarta de queso «Sara Lee» del frigorífico y comérsela entera directamente de la caja mientras charlaban hasta el amanecer.

Y después aquel verano, cuando todo cambió.

Cuando los lazos de la amistad que siempre la habían unido a Vikram habían dejado de ser invisibles. Cuando su conexión se convirtió en algo caliente y hambriento que le crepitaba en los ojos y le ardía en la punta de los dedos y los consumía en una desesperación demencial que solo se acallaba cuando estaban en contacto.

Aquello había aterrado a Ria, le había hecho sentir que la sombra de locura que no había conseguido seguirla hasta aquella casa había dado por fin con ella. Pero Vikram, con su saludable integridad, nunca se había sentido amenazado por nada. Cuando él le había enredado los dedos en el cabello y acercado los labios a los suyos, ella se había fundido en sus brazos, se había desmoronado en fragmentos infinitos y permitido que se fundieran con él.

Su mirada se posó en la puerta del otro lado de la habitación y su corazón se comprimió dolorosamente. Presionó contra su pecho la bandeja que llevaba. Era la puerta del sótano, a donde se habían escabullido tantas veces. Se dirigió a ella. La vidriera resplandeció. Extendió la mano y rozó el pomo. Un leve giro y la puerta se abriría.

«No tiene pestillo, Viky. ¿Y si alguien nos pilla?»

«Nadie viene nunca aquí abajo, Ria. Solo estaremos nosotros...»

«Solo nosotros.»

Sus pies aplastaron la gruesa moqueta de los peldaños. Los dibujos que habían hecho de pequeños estaban colgados a ambos lados de la escalera. No podía creer que su tía lo hubiera guardado todo: el cachorro de los ojos enormes, una familia de cinco delante de una enorme casa roja, las vibrantes salpicaduras de color que le habían proporcionado tanto consuelo. Recorrió con los dedos el relieve del papel mientras pasaba de dibujo a dibujo. Los recuerdos la atravesaron con cada paso que daba.

Los sonidos de su infancia resonaban en sus oídos. Chillidos cuando la lanzaban al aire y su estómago se catapultaba hasta su garganta. Risas. Los juegos tontos de hacer cosquillas a los que habían jugado. Sus carcajadas infantiles, y después las ya no tan infantiles. Las sonrisas que a él le había gustado robarle de los labios con los suyos.

Su mano se tensó sobre la bandeja al pisar el suelo de madera y doblar la esquina hacia la habitación. Más risas. Ya no en su cabeza, sino golpeándola en una ráfaga escalofriante, dura y real, que erupcionaba de los dos cuerpos entrelazados en el sofá que tenía delante.

—¡Joder! Vic. ¡Mierda! —gritó la chica, riendo de nuevo.

Las manos de Vikram se quedaron paralizadas sobre el trasero desnudo de la chica; la carne tersa rebosaba entre sus dedos. La bandeja se escurrió de la mano de Ria y golpeó el suelo de madera. Y se rompió. Claro que se rompió.

La chica dejó de rodearle las caderas con las piernas. El *ghaghra* rojo se le soltó de la cintura y le resbaló por las piernas por el peso de las lentejuelas. Se bajó de él como a cámara lenta, pero mantuvo las manos alrededor del cuello. Vikram siguió agarrando su trasero incluso cuando el *ghaghra* cayó como una cortina sobre sus largos dedos, apretados contra la piel flexible e íntima.

Ria levantó la mirada, desconcertada por el dolor que la desgarraba, y lo miró a los ojos.

Los ojos de Vikram estaban vidriosos, desenfocados, ardiendo de excitación. Él no estaba destrozado. No, no cabía duda de que no estaba destrozado.

—Mierda. Lo sentimos mucho —dijo la chica. No podía dejar de reírse. ¿O era un zumbido en los oídos de Ria? Quería apartar la mirada de él; debía hacerlo, pero no podía.

Sus miradas se combinaron, se bloquearon y desnudaron todo lo que ella llevaba diez años intentando olvidar. Y entonces la mirada de Vikram se endureció. Los recuerdos se deslizaron como lava fundida sobre aquella vulnerabilidad desnuda que ella conocía como a su propia respiración y se convirtió en un odio tan puro que Ria contuvo el aliento y retrocedió un paso.

La furia coloreó el rostro de Vikram. Se acercó aún más a la chica, con una mano todavía rodeando su trasero bajo su *ghaghra*. La otra mano subió por su columna para acariciarle la nuca y rozarle la piel deliberadamente con el pulgar. Observó cómo Ria seguía el movimiento de su mano, lo saboreó y después apartó la mirada para mirar a la chica a los ojos. Su expresión se suavizó y la hostilidad se volvió tan tierna, tan íntima, que partes del corazón de Ria que había pensado que estaban muertas volvieron dolorosamente a la vida.

—No. Soy yo quien lo siente.

El alivio de encontrar las palabras la hizo desear llorar y su voz sonó demasiado débil, demasiado quebradiza. Se obligó a hacerla un poco más grave.

—No tenía ni idea... No sabía que había alguien aquí. Lo siento. Yo...

Se agachó y empezó a recoger los trozos de cristal.

Unos mechones de cabello se soltaron de su recogido y se derramaron alrededor de su rostro al inclinarse. El pañuelo se le escurrió de los hombros. Las piernas empezaron a temblarle sobre los tacones de aguja de sus zapatos.

«Malditas sandalias de tiras. Malditos *ghaghras*. Malditas bodas. Maldito todo.»

La chica se apartó de Vikram y se acercó a Ria contoneándose. Se agachó a su lado.

—A ver, deja que te ayude. Vic, cariño, ¿podrías acercarnos ese cubo de basura, por favor?

Su voz era tintineante y ronca a partes iguales y destilaba confianza. Sonrió a Ria con la picardía de una niña a la que han pillado haciendo algo malo pero que sabe que no puede ser castigada por ello porque nunca, jamás, la han castigado por nada.

Ria la miró y se obligó a mostrar una de sus sonrisas con hoyuelos; tuvo que hacer uso de todas sus fuerzas para colocar las comisuras de los labios en el ángulo perfecto. Cualquier cosa para evitar mirarlo de nuevo mientras se movía por la habitación. Cualquier cosa para evitar derrumbarse delante de aquella chica que vibraba tan llena de vida que solo mirarla hacía que Ria se sintiera cansada.

—Oye, ¿no eres esa prima de Vic que es actriz? —le preguntó con su voz tintineante.

—No es mi prima.

Era la primera vez en diez años que Ria oía su voz.

Presionó la mano contra el suelo y se apoyó en ella. Su tono profundo y grave la anegó como la lluvia después de la sequía..., tan ansiada que cada reseco centímetro de su ser bebió de ella.

El tiempo había cambiado ligeramente su voz de contrabajo, pero el sonido era tan característico que a Ria se le puso la carne de gallina. Aquella era la voz que había acosado sus silencios, una voz que sus oídos habían buscado en todas las demás voces. Quería cerrar los ojos y ahogarse en ella.

—Pero es la prima de Nikhil y Nikhil es tu primo. Así que es lo mismo —insistió la chica, mirando a Vikram y a Ria—. ¿No crecisteis juntos, no erais amigos?

Tomó un fragmento y lo tiró en el cubo que Vikram le acercó.

Durante un largo momento solo rompió el silencio el sonido del cristal sobre el metal. Ria descubrió que sus ojos habían vuelto a clavarse en los de Vikram, aunque no recordaba haberlo mirado.

—No —dijo Vikram al final, con la espalda imposiblemente derecha mientras retrocedía para apoyarse en la pared de madera oscura—. No éramos nada.

Las palabras cayeron de sus labios, crudas y dentadas. Su rostro estaba esculpido en piedra, sin expresión, pero no había conseguido dominar del todo la tormenta que había en sus ojos. El dolor retorció las entrañas de Ria.

La chica frunció el ceño, confusa. Esperaba que Vikram dijera algo más. Como no lo hizo, se dirigió a Ria y ofreció la mano.

—Soy Mira —se presentó, como si estuvieran en la sala de estar de Uma Atya en lugar de agachadas en el suelo del sótano reuniendo cristales rotos. Como si Ria no acabara de pillarla medio desnuda y fundida en un íntimo abrazo con Vikram—. Encantada de conocerte por fin. Nikhil habla de ti a todas horas.

Ria se obligó a aceptar la mano de Mira. El apretón fue firme, cálido y seguro. Hizo que Ria fuera consciente de la falta de vida de su mano y la tensó.

—Yo soy Ria —le dijo—. Y lo siento mucho, de verdad.

—No te preocupes. Deberíamos tener más cuidado. —Mira echó una mirada acusatoria a Vikram, una mirada que no dejaba duda de que había sido idea suya—. Pero ya sabes lo que pasa. —Echó a Ria una sonrisa cómplice—. Se nos olvidó dónde estábamos. Vic me dijo que aquí nunca baja nadie. Que estaríamos nosotros solos. Me alegro de que hayas sido tú quien nos encontrara y no una de las tías, o tendríamos que casarnos mañana —añadió, riéndose.

—Entonces quizá debería haber sido una de las tías —replicó él con indiferencia. Todas las señales de dolor habían desaparecido. Había logrado contener la tormenta.

Vikram se acercó a Mira y le ofreció la mano. Ria habría dado cualquier cosa por tocarla. Tenía tantas ganas de hacerlo que tensó todos sus músculos para evitar moverse. El fragmento de cristal que tenía en la mano le punzó la piel. Intentó relajarse. Mira agarró la mano de Vikram. Cuando la ayudó a incorporarse y ella saltó a sus brazos, Ria supo que aquella chica nunca se quedaba en medias tintas.

Mira lo miró con un mohín y le sonrió.

—Vaya, Vic, ¿acaso es una proposición? ¡Eres un romántico sin remedio!

—¿Eso es que sí?

La sonrisa con la que le respondió era amable y divertida.

—¿Cómo? ¿Y dejártelo tan fácil?

Él se rio. Y su risa sonó real.

Ria la miró fijamente: aquella chica de cabello rizado, zapatos planos y una sonrisa sin cargas que asomaba en sus ojos y no formaba hoyuelos en sus mejillas. En ella, todo parecía cómodo. Y eso parecía influir en Vikram y relajarlo. Ria conocía sus sonrisas tan bien como se conocía a sí misma, y sabía que la que estaba dedicando a Mira provenía de lo más profundo de su interior. Entonces, en un momento de sorprendente claridad, Ria supo que alejarse de él había sido lo correcto. Él todavía podía sonreír así... como si la felicidad viviera en su interior. Ria no le había arrebatado aquello.

El alivio le provocó náuseas.

Se colocó el cabello detrás de la oreja y miró el brillante fragmento de cristal de su mano. Una herida física, tangible, no conseguiría distraer el dolor de su corazón. Dejó que el trozo cayera al cubo de basura.

—Ten cuidado con eso.

La imposible familiaridad de su voz se deslizó sobre Ria como un pañuelo viejo y querido.

Lo miró, pero él estaba mirando a Mira. Sus ojos solo veían a Mira, el azul grisáceo fundido por la preocupación. Encerró la mano de Mira en la suya y le quitó el trozo de cristal con la suavidad de alguien que está atrapando una mariposa.

Ria se puso de pie.

Los ojos de Vikram seguían clavados en Mira, pero ella apartó la mirada y dedicó a Ria otra sonrisa de disculpa. En ese momento, Vikram volvía a tener el control de su cuerpo, y ella podía sentir cómo se extendía por sus extremidades, tensándolas.

Mira abrió la boca, pero Ria no podría soportar otra disculpa.

—Encantada de conocerte, Mira.

Esta vez, la voz no le tembló. Le lanzó la típica sonrisa de Ria Parkar, la mejor que consiguió exhibir, se incorporó y, con la elegancia practicada de una princesa de hielo, subió las escaleras sin mirar atrás.

A su espalda, Mira contuvo el aliento.

—¡Para, Vic! ¿Qué te pasa? Ella todavía puede oírnos.

El susurro jadeante de Mira se convirtió en un gemido gutural que dibujó imágenes en la cabeza de Ria. La Princesa de Hielo se fundió a su alrededor. Aceleró y fue corriendo hasta la puerta.

—¿Por qué debería importarme?

La voz de Vikram la persiguió, caliente y seductora y lo suficientemente alta para alcanzar su objetivo antes de que consiguiera llegar a la puerta.

CAPÍTULO 5

Ria cerró la puerta sin hacer ruido y se alejó de ella antes de ceder a la urgencia de dar un portazo tan fuerte que hiciera saltar en añicos el reluciente cristal. La voz de Vikram permanecía en sus oídos y le traía imágenes a la cabeza. La pesada seda de su *ghaghra* giró alrededor de sus piernas como ataduras. Los tobillos se le tambaleaban sobre los tacones demasiado altos de sus zapatos. Los abalorios de su corpiño se le clavaban en el cuello. Quería arrancárselo todo, pero no podía. Había pasado demasiados años conteniéndose. Había practicado demasiado... con ropa incómoda, con sentimientos insoportables. Tenía demasiado control sobre sí misma.

Recobró la compostura, se recogió el *ghaghra* y lo levantó a apenas unos centímetros del suelo, se envolvió con el pañuelo hasta que quedó tirante alrededor de los hombros y atravesó la cocina. Estaba abarrotada, de modo que mantuvo la mirada gacha. Mientras nadie le dirigiera la palabra, conseguiría superar el momento.

La casa estaba a rebosar. Había grupos reunidos por todas partes, como embrollados nudos humanos. Las risas atravesaban el aire. Era como si una de sus películas estuviera teniendo lugar en la vida real. Ropa de colores vistosos, gente guapa, el ritmo vibrante de la música *shaadi*. El crepitar de los recuerdos zumbaba a través del aire como una carga eléctrica.

Aquellas personas eran los amigos de sus tíos, que se habían pasado toda la vida ganándose el derecho a reunir tanta felicidad. En cada bifurcación habían tomado la decisión correcta, habían hecho los sacrificios adecuados y se habían aferrado a los valores que eran justos. Nikhil era la culminación de todo el bien que habían hecho y aquel día era una celebración de todo lo que se habían ganado.

De repente, Ria no podía respirar. Aquel día maravilloso, aquella gente maravillosa... No podía soportarlo. Su propia desolación, sus horribles elecciones personales se retorcieron en un nudo y rodearon su cuello como el remordimiento del que jamás podría deshacerse.

Alguien gritó su nombre a lo lejos. La lengua se le hinchó y le llenó la boca. No podía formar las palabras para responder. Se dio media vuelta, escapó al vestíbulo y salió tambaleándose a la noche. Hacía demasiado frío para octubre. Dejó que su pañuelo se deslizara por sus hombros. El frío le golpeó la piel como una cuchilla. Al primer paso tropezó con sus tacones altos. Se los quitó y los lanzó de una patada sobre la hierba. Entonces se levantó el *ghaghra* hasta los muslos y echó a correr.

Las briznas de hierba helada le pinchaban los pies descalzos al huir. Sus piernas sabían adónde llevarla. El borboteo del río sonaba como siempre, más fuerte cuando subió la colina y se dirigió a la orilla. El sonido del agua ahogó sus pensamientos. Corrió hacia ella, incapaz de detenerse hasta llegar al enorme roble que se alzaba en la orilla. Lo miró, jadeando. Se cernía sobre ella en la oscuridad y las sombras lo hacían parecer incluso más grande de lo que recordaba.

El árbol que había sido de ellos dos.

Una rama baja cruzaba el agua formando un puente hasta la mitad del río. Un puente cuyo constructor había abandonado la labor antes de llegar a la otra orilla.

Su puente.

Su hogar. Su refugio. Sus recuerdos. De ellos. Dos chicos que no habían tenido ningún otro sitio al que ir. Dos animales callejeros a quienes Uma y Vijay habían acogido. Y querido.

Allí la llevó él aquel primer día, cuando no pudo verla llorar sin hacer algo al respecto. Ella tenía ocho años, y él era el niño de once años más decidido al que jamás había conocido.

«¿Me enseñas a trepar así?», le había preguntado.

Y sus palabras regresaron.

«¿Quieres que seamos amigos?», le había preguntado.

Y su vida cambió por completo.

Ria echó la cabeza hacia atrás y miró el grueso dosel sobre su cabeza. La lechosa luz de la luna se filtraba a través de aquel diseño negro sobre negro que debería haber sido escalofriante pero era consolador. Vikram y ella se habían sentado allí un millar de veces. Habían correteado por aquellas ramas, se habían rasgado la ropa contra la corteza áspera, se habían arañado la piel y no les había importado.

Solían caminar por el extremo bifurcado del puente como piratas sobre una plancha para lanzarse al agua. Se empujaban el uno al otro sin advertencia. Se descolgaban hacia atrás hasta que su mundo se ponía del revés.

Ria extendió la mano para tocar el tronco; cada hendidura y protuberancia de la madera le era familiar. El borboteo del río, demencialmente estruendoso, el resplandor lejano del único hogar que había conocido... Lo conocía todo demasiado bien, lo valoraba todo demasiado para haberlo perdido. Era un recordatorio de lo fácil que sería perder lo poco que le quedaba si no tenía cuidado.

Se dio la vuelta y se apoyó en el tronco que, rugoso, le arañó la espalda desnuda al deslizarse hasta el suelo. El *ghaghra* se acumuló a su alrededor; los hilos de oro y cobre reflejaban la luz de la luna y resplandecían sobre la seda.

Cuando su padre la envió a casa de su hermana al otro lado del mundo a Ria le pareció el peor de los castigos por su desobediencia, por no poder hablar, por estar enferma. Había sido como si la tiraran desde un precipicio hacia un abismo. Durante el viaje había creído sin duda que Baba se había desentendido de ella y que había perdido para siempre a la única familia que conocería. En lugar de eso, había encontrado aquello: un hogar, una familia, un amigo que de algún modo sacó alegría de lo más profundo de su interior, que extrajo palabras, que extrajo todas las cosas que Ria ni siquiera sabía que se escondían en ella.

Él era el sobrino de su tío Vijay, el hijo de su hermana, pero a diferencia de Ria, él estaba allí porque quería. Su visita aquel primer verano había sido el resultado de una pataleta con la que se había negado a pasar otro verano encerrado en su casa de San Francisco con una niñera mientras sus padres conquistaban el mundo empresarial. Después de aquel verano, ninguno de ellos había querido estar en otro lugar. Ria había esperado la llegada del verano año tras año, había aprendido a usar su silencio como armadura y sus recuerdos como una vía de escape de las burlas y los insultos. Esperando aquel momento, había sido fácil ser «la niña que lleva la locura en la sangre» durante diez meses.

En realidad nunca tuvo que enseñarle a trepar, pero, sin embargo, él le enseñó a huir del presente, a reservarse para el futuro y a esconderse en el pasado.

«No tengo que estar cerca de ti para estar contigo, Ria», le dijo Vikram una vez cuando llegó el momento de despedirse y ella no se decidía. Fue eso lo que usó años después aquella primera vez que la cámara se encendió y sus huesos se derritieron y el sudor la empapó. «No tengo que estar aquí para hacer esto», se dijo a sí misma, y entonces dejó que su cuerpo se convirtiera en la persona que necesitaba que fuera.

A diferencia de lo que ocurría en las grandes historias de amor que Ria interpretaba en sus películas, entre ellos no había existido ese momento en el que los cielos se abren con el aullido frenético de los violines. Ningún relámpago atravesó el cielo cuando se dio cuenta de que estaba enamorada. No hubo declaraciones, ni grandes gestos. No hubo una transición entre no saberlo y saberlo. Estaba ahí, sin más. Siempre había estado.

Allí fue donde la besó por primera vez. La sacó del agua, la presionó contra el árbol y se hundió en ella. Se derramaron y empaparon el uno al otro y se convirtieron juntos en adultos.

Allí fue también donde la besó por última vez.

Estaban sentados debajo del roble, con los brazos, las piernas, todo el cuerpo entrelazado. Ella presionó la cara contra su cuello, porque la fuerza de sus sentimientos le impedía mirarlo a los ojos. Él tenía los dedos enredados en su cabello y le echó la cabeza hacia atrás para que lo mirara. Su sonrisa burlona se derritió, se volvió caliente e intensa.

—No tengo que irme —susurró él junto a sus labios. El estómago de Ria hizo aquella cosa que solo hacía con él.

Pero tenía que irse. Llevaba dos años obsesionado con aquel programa de investigación para explorar las selvas amazónicas de Brasil. Lo habían seleccionado entre miles de solicitantes, uno de los cuarenta que lo habían conseguido en todo el mundo. Ella jamás había dudado de que lo conseguiría. Siempre lo conseguía. Él pensaba que las cosas le llegaban con facilidad: las becas, las notas perfectas, los cursos adelantados. Pero ella conocía su resolución, sabía cuánto se esforzaba. ¿Cómo iba a quitarle eso?

—Son solo ocho semanas, Viky. Y seguiré aquí cuando regreses. ¿Te lo puedes creer? ¡Esta vez estaré aquí para siempre!

Después de diez veranos de despedidas, aquel iba a ser el último.

—Por fin —dijo él. Su boca, aquellos labios exuberantes que no encajaban del todo, sonrió sobre los labios de Ria—. He tardado mucho, pero he rescatado a la princesa de la mazmorra.

Así era como Vikram llamaba el internado al que Ria iba en la India, y el nombre no podía ser más adecuado. Y por fin iba a abandonarlo para siempre.

Sonrió, y un hoyuelo se hundió en su mejilla, bajo el dedo de Vikram. Él lo levantó y besó aquella hendidura sensible. En el cuerpo de Ria saltaron chispas y presionó contra sus labios.

—Pero, ¿quién me rescatará a mí de ti, Ria?

Ella acarició aquella cara encantadora.

—No digas eso, Viky.

Él le cubrió las manos y se las llevó al pecho; sus ojos de cristal parecían tan vulnerables, tan totalmente perdidos en ella, que el pánico la apresó.

—Es cierto. Ria, ¿recuerdas cómo éramos antes de conocernos?

Ella no pudo contestar. La verdad era que no lo recordaba.

—El año pasado intenté descubrirlo.

—Viky...

No quería saberlo.

—Estaba en una fiesta. Mis amigos intentaron que me liara con alguien. Y lo intenté. Tengo veintiún años, ¿y si creemos que esto es más de lo que es? No dejaban de presentarme chicas. Pero yo no sentía nada. Nada. Excepto que deseaba tanto estar contigo que no podía respirar. Soy yo porque soy tuyo. Sin ti, no sé quién soy. Me has arruinado la vida, Ria.

Ella cubrió los labios con los suyos, enterró los dedos en su cabello, intentó reptar sobre su piel. Se vertió entera en aquel beso, prometiéndoselo todo, dándoselo todo.

Él contuvo el aliento y le devolvió la promesa con cada tirón de sus labios, cada caricia de su lengua. Una y otra vez hasta que cada pensamiento, cada duda, desapareció.

Cuando se separó de ella, con los ojos cerrados y sus hermosos labios asimétricos húmedos y separados mientras su pecho se levantaba y bajaba a un ritmo descontrolado, Ria se sintió como si alguien la hubiera desenchufado. La pérdida del contacto, el espacio que los separaba, hizo que el pánico volviera a extenderse por dentro.

—Cielo, no pasa nada. —Vikram le acarició la espalda, el cabello, la cara, la consoló hasta que pudo respirar de nuevo—. Son solo ocho semanas. Después de eso tendremos toda una vida... Después de eso, jamás volveremos a separarnos. Te lo prometo.

* * *

Ria levantó la cara de la seda empapada que envolvía sus rodillas. Todo estaba calado. Cada parte de su ser era un revoltijo mojado. Se golpeó las mejillas con el dorso de las manos. Maldita sea. Aquello no.

No podía creer que se hubiera permitido empezar a llorar. Cuando empezaba a llorar no sabía cómo parar. Palabras y lágrimas: esos eran los indicadores gemelos de su salud mental que tomaban el mando cuando ella perdía el control, unas agotándose y las otras escapando de ella sin consentimiento.

Se levantó, se frotó los brazos e intentó borrar el recuerdo de las caricias de Vikram. Tenía que despojarse de ello. Tenía que concentrarse en cómo la había mirado aquel día, no en lo que había ocurrido diez años antes. No la había mirado con amor, sino con rabia, impotencia y disgusto, como si fuera una extremidad infectada y paralizada y no quisiera nada más que librarse de ella.

Y después estaba el modo en que había mirado a Mira. Con ternura, con calma.

«Vic lo superará», le había dicho la madre de él. «Cuando eres joven todo parece el fin del mundo. Pero nadie es inolvidable.»

Chitra tenía razón. La había olvidado.

Vikram había descubierto quién era sin ella. Y había encontrado a alguien, una persona sana y fuerte como él. Una persona que no lo destrozaría.

Contó hasta diez, hasta cincuenta, hasta cien, y comprobó sus mejillas de nuevo. No estaban totalmente secas, pero tampoco había un monzón en ellas. Se secó los restos de humedad con el extremo de su pañuelo. Ya está. No iba a dejar que las lágrimas la ahogaran.

*   *   *

—En serio, Uma Atya. Estoy bien.

Ria intentó evitar que su mirada revoloteara por todo el lugar y se concentró en el rostro preocupado de su tía. No había visto a Vikram y Mira desde que había regresado, pero cada vez que alguien se movía le daba un vuelco el corazón. Y por la expresión en la cara de su tía, no lo estaba escondiendo bien.

Afortunadamente, la cena estaba servida, y su tía estaba bastante distraída acosando a los invitados para que comieran mucho más de lo que querían. Un alma inocente se acercó demasiado a Uma y, antes de que pudiera escapar, la mujer apiló en su plato un montón de empalagosos *jalebis* dulces. Otros tres invitados viraron de repente y huyeron en dirección contraria. Si querías que te dejaran en paz, aquel lugar junto a Uma era probablemente el mejor sitio de la casa.

—Así, eso está mucho mejor.

Uma se dirigió de nuevo a Ria y le puso un mechón suelto tras la oreja. Ria se dio cuenta de que estaba sonriendo.

—Ya te lo he dicho, estoy bien. Solo un poco cansada. Sé que no debería, después de haber pasado todo el día durmiendo.

—¿Cómo? ¿Que no deberías? —Su tía le echó su clásica mirada de profesora de universidad—. Os exigís tanto que no sé cómo aguantan vuestros cuerpos. Somos humanos, *beta*, no máquinas. —Ria jamás se cansaría de escuchar a su tía llamándola «cariño»—. Apuesto a que no has comido nada desde que te has levantado. ¿Tengo razón?

Ria se encogió de hombros y dedicó a su tía su sonrisa más dulce.

—No uses esos hoyuelos conmigo, soy inmune. Yo también los tengo, ¿recuerdas?

Uma sonrió, y dos profundos hoyuelos aparecieron en sus mejillas. Colocó un plato en las manos de Ria, pero antes de servirle la comida un coro de voces resonó tras ellas.

—Oh, Dios, ¡es Ria!

La rodearon cuatro mujeres, que llegaron hasta ella como explosiones de su pasado, con sus saris de seda, sus labios pintados en color bronce y sus rayas ahumadas en los ojos y sus aromas a Chanel y Estée Lauder, que la envolvieron con tanta fuerza como sus abrazos. Se descubrió sonriendo mientras la alababan, mientras le levantaban la barbilla con sus dedos cuajados de diamantes mientras se aseguraban de que la pequeña Ria estaba bien.

Aquellas mujeres habían sido las amigas de su tía, sus hermanas, durante treinta años. «La brigada de las titas», como Vikram las llamaba. Pequeñas sacudidas de reconocimiento destellaron en el interior de Ria. Una verruga en una mejilla. Un hoyuelo en una barbilla. El modo en que una de ellas levantaba solo una ceja al reírse. El modo en que todas ellas la llamaban «cielo», como si les perteneciera.

De pequeña, a Ria le encantaba escucharlas. Se acurrucaba contra Uma, cerraba los ojos e identificaba sus voces al hablar. Radha había llegado a América muy joven y sonaba tan americana como la mujer del supermercado. El acento del sur de la India de Sita era denso y terrenal, pero totalmente natural. Anu usaba el cortante acento británico de un elegante colegio privado de Delhi y se negaba a americanizarlo de ningún modo. Priya tenía un toque suave del norte de la India que mezclaba despreocupadamente con su adquirida americanidad: estiraba las palabras y alargaba las erres, de modo que cada frase se convertía en un popurrí lingüístico, una mezcla de todas las cosas que había sido y todas las cosas en las que se había convertido.

Todas ellas habían mostrado a Ria un afecto maternal: tensaban sus coleteros cuando se le soltaba el peinado, le limpiaban las rodillas cuando se caía, llenaban su plato en las fiestas y *picnics* y la agobiaban para que se lo terminara todo.

Justo como lo recordaba, todas empezaron a hablar a la vez.

—No puedo creérmelo. Es Ria de verdad...

—Bueno, claro que es Ria. Después de todo, es Nikhil quien se casa...

—*Oh ho*, ¡pero es una estrella de cine!

—*Arrey*, ¿y qué? Ante todo es nuestra Ria...

—Está muy guapa...

—Claro que está guapa, es Ria...

—¡Mira qué *ghaghra*!

—Olvida el *ghaghra*, mira qué blusa...

—¿Te acuerdas de cuando podíamos ponernos tirantes tan finos sin que se nos bajaran?

—Mi memoria no es tan buena...

—Mira qué brazos...

—¿Por qué ahora os gustan tanto los músculos? Eso es cosa de hombres...

—¡No de los nuestros!

Sonriendo, Ria se inclinó para tocarles los pies, y esa señal clásica de respeto hizo que todas ellas lloraran, incluso la sensata tía Anu. La rodearon con timidez y le besaron la frente, murmurando bendiciones contra su cabello.

—Que tus sueños se hagan realidad, *beta*.

—Que tu vida sea larga y feliz.

Ria les dio las gracias en voz baja. Durante un largo momento, todo el mundo dejó de hablar. La emoción cargaba el silencio; los recuerdos relucían en los ojos de todas junto a preguntas que nadie formularía, no en aquel hermoso día en mitad de aquella hermosa celebración.

Uma se aclaró la garganta.

—¿Por qué no dejamos que la niña coma tranquila?

—¿Qué? ¿No has comido todavía? —exclamaron todas a la vez, y Ria levantó rápidamente el plato que acababa de soltar.

—Estaba a punto de hacerlo. Lo juro —dijo, y dejó que Uma Atya le sirviera una cantidad obscena de pollo *biriyani*.

—Es absurdo lo delgadas que estáis las actrices de ahora —dijo Radha.

—Es la cámara —replicó Sita—. Dicen que añade diez kilos, ¿no?

—Sí, es sin duda la cámara —dijo Anu, acariciando la mejilla de Ria—. Come, come. Te dejaremos en paz para que tu Atya pueda acapararte. Pero solo hoy. A partir de mañana serás toda nuestra.

Todas asintieron con murmullos, besaron y mimaron a Ria un poco más, y se marcharon a buscar el postre.

Uma Atya señaló el *biryani* del plato de Ria.

—Tardé seis horas en cocinarlo, así que será mejor que te lo comas.

—¿No quieres tomar el postre con ellas? —le preguntó Ria, esperanzada.

—Oh, no voy a ir a ninguna parte hasta que hayas terminado.

Ria empujó el arroz con el tenedor, puso una cara larga y se metió un poco en la boca. La mezcla más delicada de especias explotó sobre su lengua.

—Oh, Dios, Uma Atya, esto está de muerte.

Uma ajustó el pañuelo sobre el hombro de Ria, sonriendo.

—No me extraña que seas mi sobrina favorita.

—En realidad soy tu única sobrina.

Uma cambió a su maratí nativo, como hacía siempre que quería ser especialmente cariñosa.

—Y, por tanto, mucho más especial.

—Te das cuenta de que eso no tiene sentido, ¿verdad?

Ria también habló en maratí. Se le escapó una carcajada, y el sonido la tomó completamente por sorpresa.

Los ojos de Uma brillaron con una sonrisa que contenía una parte de orgullo, una parte de preocupación y tres partes de alegría pura por tener a Ria en su vida.

—Me alegro mucho de que estés en casa, *beta*.

Aquella sonrisa había iluminado las esquinas desprovistas de amor de la infancia de Ria. En aquel momento, su calidez fundió los bordes afilados de la desesperanza de su interior y, a pesar de los horrores que se avecinaban, se alegró de estar en casa.

CAPÍTULO 6

Cuando Ria despertó, la casa estaba en silencio. Al subir las escaleras a hurtadillas la noche anterior vibraba de actividad. Pasarían unas horas antes de que alguien más despertara. Se puso un kimono de seda sobre su pijama de algodón calado y se anudó el fajín en la cintura. Las enormes flores turquesa del kimono la hacían sentirse como si estuviera en un anuncio de accesorios de baño.

El turquesa era el color preferido de su diseñador para aquella temporada. Se había obsesionado con él durante sus vacaciones por el Mediterráneo aquel verano. Y desde entonces prácticamente había ahogado a Ria con él, insistiendo en que era perfecto para «ese castaño aceitunado» de sus ojos. «¡Hace que tu sensualidad destaque sin decir nada, querida!» Un par de años antes, el rojo había hecho eso mismo. Fue el año que su diseñador había visitado China.

Ria metió los pies en unas zapatillas de seda, también turquesa, y bajó las escaleras. ¿De verdad habían pasado solo unas horas desde la última vez que había bajado las escaleras, aterrada por la idea de volver a ver a Vikram? Después de diez años viviendo una vida que por dentro era como estar en animación suspendida a pesar de lo rápida y ajetreada que parecía desde fuera, el día anterior había viajado años a través del tiempo. Las líneas entre sus recuerdos y la realidad se habían vuelto borrosas, como el viento que desdibuja los bordes de un *rangoli* de arena de colores.

Con o sin *jet lag*, le había sido imposible dormir. Imágenes de Vikram y Mira entrelazados habían acosado a Ria toda la noche. Negó violentamente con la cabeza. Algunas de las posturas en las que los había imaginado ni siquiera eran posibles técnicamente, a menos que fueras un acróbata o un animal.

Tensó el cordón alrededor de su cintura y subió y bajó los dedos por la seda retorcida entre sus manos, concentrándose en su textura para anclarse conscientemente en el presente. Lo cierto era que aquella noche había sido un desastre. Pero ¿cómo podría no haberlo sido? Teniendo en cuenta las circunstancias en las que se había marchado y todo eso. Si acaso, Ria era realista. Jamás se mentía a sí misma. Hubiera sido agradable haberlo llevado mejor y no caer en un caos tan tremendo después, pero ya había pasado. El drama y la conmoción de verlo (aunque daría cualquier cosa por cambiar los detalles de ese reencuentro) habían quedado atrás.

Uma Atya, Vijay kaka, Nikhil y Jen la necesitaban. Se había perdido tantas cosas con sus tías que tenía que ponerse al día.

Aquellas eran las cosas en las que tenía que concentrarse y, con todo lo que quedaba por hacer, las dos semanas que faltaban para la boda pasarían rápidamente.

—Son dos semanas. Dos míseras semanas —canturreó entre dientes mientras entraba en la cocina. La luz de las estrellas atravesaba las ventanas y se unía al fluorescente de los electrodomésticos para proyectar un halo borroso en la habitación. No necesitaba iluminación ambiental para que fuera mágico. Un paso dentro y era como si su hada madrina la hubiera golpeado con una varita para rociarla de polvo de estrellas. Habría girado al estilo de las princesas Disney si fuera el tipo de chica que hace eso.

No se molestó en encender la luz; sabía dónde estaba todo. Abrió un mueble, sacó un vaso y se dirigió al fregadero. Una nana que Uma solía cantarle le sonó en la cabeza mientras dejaba que el agua se calentara antes de llenar el vaso y la canturreó en voz baja.

Su entrenadora insistía en que tomar tres vasos de agua caliente con limón a primera hora de la mañana eliminaba todas las toxinas del cuerpo. La noche anterior ya había enviado a Ria un mensaje de texto recordándole que «se ciñera al programa», y Ria no podía decepcionarla. Ya era suficientemente malo que no se hubiera molestado en exprimir medio limón en cada vaso.

Sintiéndose una rebelde, contuvo el aliento, tensó el estómago contra la espalda e hizo una serie rápida de ejercicios de respiración... Para aquello le había mandado un mensaje de texto aparte. Inhaló y exhaló rápidamente, llevando el aire al estómago como si alguien estuviera golpeándola. Uf. Uf. Uf. Se bebió el segundo vaso. Otra serie de respiraciones. Uf. Uf. Uf. Otro vaso más, y terminó.

Dejó el vaso en el fregadero, que estaba lleno de platos. La fiesta debía haber terminado verdaderamente tarde aquella noche para que Uma y las tías dejaran los platos sin lavar. Se dio la vuelta para examinar el resto de la cocina.

—Hola.

Se sobresaltó tanto que golpeó la encimera con la espalda. Se llevó la mano a la boca para amortiguar el grito que no obstante se le escapó. Vikram estaba sentado en la mesa del comedor, inclinado sobre un enorme cuenco de cereales. Su rostro era una máscara de indiferencia. Se metió una cucharada en la boca y comenzó a masticar como si aquello fuera lo normal, que Ria se lo encontrara en mitad de la noche comiendo cereales tras haber sido testigo de sus absurdos ejercicios respiratorios.

Notó chispas de dolor danzando por su espalda. El corazón le golpeaba el pecho como si tuviera un ataque cardíaco. Se llevó la mano de la boca al pecho y esperó a que latiera más despacio.

—Yo... Esto... No te vi.

Él se encogió ligeramente de hombros. «Evidentemente», decían sus ojos.

—Estaba esperando a que soltaras el vaso antes de decir algo. No quiero terminar con toda la vajilla de Uma.

No sonrió; se metió otra cucharada en la boca con desinterés y apartó la mirada.

Un silencio incómodo los invadió. ¿Toda aquella aterradora expectación había conducido a aquello?

Al menos tenía en las manos una cuchara, y no el trasero de otra.

Estupendo, esa imagen de nuevo. Ria se sentía como si el carrete de película en el que estaba se hubiera atascado. Frente a ella, Vikram seguía comiendo como si ella ni siquiera estuviera en la habitación. Movía la mandíbula a un ritmo fuerte y constante. Las sutiles protuberancias de su garganta subían y bajaban al tragar. A pesar del cabello despeinado, a pesar de la sombra de barba y de la fría tensión de su mandíbula, podrías ponerlo en un cartel y el público compraría cualquier cosa que vendiera. Estaba perfecto. No había otra palabra para definirlo. Sensual, lleno de energía y perfecto.

Ria se aferró al frío granito a su espalda.

Por supuesto, Vikram eligió aquel preciso momento para levantar la mirada y pillarla mirándolo.

—¿Te duele la espalda? —le preguntó con brusquedad. Fue como si chasqueara los dedos ante su cara para sacarla del trance.

—Estoy bien. Gracias.

Se encogió de hombros de nuevo. Otro largo silencio.

—Esto está hecho un desastre.

Decir algo tonto y obvio era posiblemente el único modo de hacer que las cosas fueran incluso más incómodas. Así que, por supuesto, eso fue lo que Ria hizo.

Antes de que él pudiera encogerse de hombros de nuevo, ella le dio la espalda y comenzó a descargar el lavaplatos: sacó una bandeja sin tener la menor idea de dónde iba. La puso sobre su pecho y examinó los armarios. Esperó a que el recuerdo volviera a ella, deseó que su cerebro comenzara a funcionar de nuevo.

—El armario de al lado del microondas —le dijo Vikram.

Ria se volvió para darle las gracias, pero no salió ninguna palabra de la boca, así que se quedó allí como una tonta. Él le señaló el mueble con la cuchara, comenzó a estudiar la caja de cereales y la puso de modo que se interpusiera entre ambos, como un escudo. Siempre le había gustado leer las cajas de cereales en voz alta, y se desternillaba por chistes tontos como solo él sabía hacer.

«¿Qué añaden los fantasmas a sus cereales? Fram-BUUU-esas.»

En aquel momento no se reía. Tenía el ceño fruncido, un gesto casi tan profundo como las arrugas de su camisa. Los ojos de Ria recorrieron las arrugas que envolvían los músculos de sus brazos y hombros, que habían duplicado de tamaño. Una parte de su mente ya se había dado cuenta el día anterior. Pero ¿cómo no iba a hacerlo? No solo había ganado peso; se había expandido, y había abandonado la delgadez juvenil para asumir aquella increíble masculinidad atlética. A juzgar por sus brazos, parecía levantar troncos para ganarse la vida en lugar de un escalpelo.

Se le escapó un gemido. Intentó convertirlo en tos, pero lo único que consiguió fue hacerlo más llamativo. La mano de Vikram se detuvo un instante de camino a la boca. Por lo demás, no dio señal alguna de haberlo notado. El calor subió hasta las mejillas de Ria y se obligó a no darse la vuelta mientras guardaba los platos de dos en dos y los apilaba correctamente, colocándolos como debían estar. No fue fácil con unos dedos que de repente se habían convertido en gomas elásticas y unos ojos que lo buscaban desesperadamente y la castigaban por haberlos hecho pasar hambre durante tanto tiempo.

Vikram llevaba la misma ropa que el día anterior: una camisa azul marino de algodón con un llamativo estampado de cachemira. Algo que jamás habría imaginado en él, pues siempre había vestido de un modo convencional: camisetas y *jeans* alternando con *jeans* y camisetas. Ahora que lo pensaba, ya no había nada convencional en su aspecto. Llevaba el cabello largo, rizado en la nuca y cubriéndole la frente, totalmente diferente del corte de pelo rapado con la parte delantera de punta que había llevado siempre. No solo había cambiado su cuerpo: era todo. La virilidad curtía todos sus rasgos. Tenía la mandíbula más ancha, el cuello más grueso; todo era más rudo, más agreste; todo rastro de la pulcra juventud de su Viky habían desaparecido.

Excepto su boca. El tiempo no había tocado su boca. Era tan lujuriosa y gruesa como siempre, con ese hueco pronunciado justo en el centro... Una muesca tentadora y pequeña en la que sus labios no encajaban del todo. Le había encantado su boca, recorrer aquella hendidura vulnerable con los dedos, mirarla mientras hablaban, dibujarla una y otra vez en su cuaderno de bocetos igual que otras jóvenes escribían nombres de chicos. Pero, sobre todo, le había encantado la sensación que dejaba en sus propios labios.

Él levantó la mirada y la pilló mirándolo otra vez. Unió las cejas sobre unos ojos enfadados. Ria apartó la mirada y miró fijamente el lavaplatos vacío, con los brazos colgando inútiles en sus costados y la añoranza acumulada en su vientre como miel cálida y espesa.

El cuerpo de Vikram no era asunto suyo. Su boca, sin duda, no era asunto suyo, sobre todo porque había estado sobre otra persona no hacía mucho. Y en aquel momento parecía que acababa de llegar a casa. Lo que significaba que él y su boca habían estado fuera toda la noche. Con Mira. Toda la noche. ¿Qué hora era, de todos modos?

—Son las cinco en punto —dijo él.

La mirada de Ria alzó el vuelo y se encontró con la de Vikram. Ella no había pronunciado las palabras en voz alta. El momento se alargó y vibró entre ellos como un nervio expuesto.

Nunca habían necesitado palabras.

Vikram llegó a esa misma conclusión exactamente en el mismo momento. El pánico apareció en sus ojos durante una fracción de segundo. Tragó saliva deliberadamente para recuperar la compostura, se apartó de la mesa y se incorporó. La enorme cocina se encogió alrededor de Ria.

Él recogió el cuenco vacío y miró el fregadero, detrás de Ria. Estaba tan inclinada hacia atrás que casi tenía medio cuerpo dentro. Vikram volvió a dejar el cuenco sobre la mesa.

—Nos vemos. Ha sido una noche muy larga.

Su voz sonó regular y controlada y totalmente dispareja con lo que había salido de sus ojos un momento antes. Dio la vuelta y comenzó a alejarse de ella. Estupendo. Se marchaba. Perfecto.

—Entonces, ¿estás quedándote en la casa?

Ria oyó su propia voz, pero no entendía cómo podía ser tan estúpida.

Vikram se detuvo a mitad de un paso y se inclinó como si ella le hubiera tirado del cinturón hacia atrás. Se quedó así un instante, debatiéndose entre quedarse o alejarse sin responder, pero entonces se volvió. La impaciencia y la furia entristecían sus ojos y coloreaban las crestas de sus mejillas sobre la densa sombra de barba. No podía dejar más claro lo poco que deseaba estar allí hablando con ella.

—¿Crees que Uma me habría dejado quedarme en algún otro sitio?

A pesar de su enfado, su tono se suavizó al pronunciar el nombre de Uma.

Vikram siempre llamaba a todo el mundo por su nombre de pila. Uma, Vijay... nada de «tía», «tío», «atya» o «kaka». En cualquier otra persona habría sido increíblemente maleducado e irrespetuoso. En el caso de Vikram era natural.

Ria asintió y esperó a que le diera la espalda de nuevo. No lo hizo.

—¿Por qué? ¿Dónde quieres que me quede?

En su voz había un leve desafío y Ria supo que detenerlo había sido un error tremendo.

¿Por qué había tenido que hablar? ¿Por qué?

—No, no me refería a eso. Solo estaba... ¿Acabas de llegar a casa?

Vikram levantó las cejas. Ria no podía creérselo. Quería taparse la boca con cinta. Nunca había tenido problemas para hablar cuando estaba cerca de Vikram. Las palabras que se escondían de todos los demás brotaban junto a él espontáneamente. Eso era lo que lo había diferenciado, lo que le había atraído de él con tanta fuerza. Pero ya no tenía ocho años y aquello era absurdo.

Vikram endureció la mirada. «De acuerdo, voy a entrar en tu juego», decían sus ojos.

—Llevé a Mira a casa. Vive en la ciudad.

Mira.

El nombre cayó sobre ellos como una tonelada de ladrillo. Ria se rodeó con los brazos.

Lo que Vikram vio en su rostro le hizo acercarse un paso.

—Te acuerdas de Mira, ¿verdad? La conociste ayer. —Tenía los ojos tan helados que un escalofrío subió y bajó los brazos de Ria—. Es mi... Estamos juntos.

Vikram la examinó, tan intenso como un halcón de cacería, atento a cada acto, a cada reacción, y concentrándose en el dolor que esas palabras provocaban. El modo en que lo saboreó hizo rechinar algo profundo en el interior de Ria.

Obligó a su voz a sonar tan fría como la de él.

—Sí, me di cuenta. Enhorabuena. Parece muy agradable.

La furia surgió de las profundidades árticas de los ojos del hombre.

—Sí. Lo es. Es la mejor.

Ambos se clavaron la mirada.

—Y guapa. Es muy guapa.

—Y no es solo una cara bonita. —Ria reaccionó a su comentario, y una luz satisfecha iluminó sus ojos—. Es divertida. Con ella nunca me aburro.

Sabía que no debía contestar, pero no pudo evitarlo.

—No. Anoche no parecías aburrido.

Vikram retrocedió. La ira que había estado controlando llenó sus ojos y opacó el gris cristalino casi por completo.

—Tienes razón, no estaba nada aburrido. Aunque entraste antes de la mejor parte.

El puñetazo golpeó a Ria con fuerza en el centro del pecho. Estuvo a punto de soltar un gemido.

Él sonrió, listo para marcharse. Pero aquellas malditas palabras estaban fuera del control de Ria.

—Me alegro de que no tuvieras problemas para seguir por donde lo habías dejado. Ni siquiera esperaste a que me marchara.

Su sonrisa desapareció.

—Oh, no tuvimos ningún problema. —El joven tensó la mandíbula—. ¿Qué puedo decir? Tengo un don.

Se acercó un paso. Estaba a menos de treinta centímetros de Ria, que se sentía como si estuviera a los pies de un *tsunami* que no paraba de crecer, esperando para liberarse y acabar con ella.

—Pero tú ya sabes cómo es. Tampoco necesitaba mucho tiempo para calentarte a ti, ¿o es que ya no te acuerdas?

Ria contuvo la respiración y observó impotente cómo Vikram perdía el poco control que le quedaba. La ola rompió y se los tragó a ambos.

—No, espera —continuó—. No era solo yo. Cualquier hombre. Cualquier hombre de quien necesitaras algo.

En sus ojos ya no había solo ira, sino repulsión, y eso lo convirtió en una persona que Ria no reconocía. La humillación cayó como agua helada sobre la adrenalina que le había estado corriendo por las venas.

—¿Cómo está él, por cierto? Tu... —Tragó saliva—. Perdona, aunque sea suficientemente viejo para ser tu padre, ¿todavía se le llama novio?

Ria sintió un dolor horrible.

—Dime, ¿necesita que sus matones hagan todo el trabajo por él? ¿O solo los usa para dar palizas a los pobres capullos con los que tú terminas?

Ria cerró los ojos. No podía soportar mirarlo. Los recuerdos de su rostro ensangrentado, de su cuerpo renqueante y magullado, le inundaron la cabeza. Los guardaespaldas de Ved habían intentado alejarlo cuando fue a verla al volver de Brasil y descubrió que no estaba. Pero él se negó a marcharse hasta que lo dejaran hablar con ella y los atacó, una y otra vez, como un pájaro desesperado volando contra el cristal. Al final, ella había temido por su vida y accedió a verlo. Había dejado que Ved la abrazara, había fingido que quería que lo hiciera aunque le erizara la piel y le revolviera el estómago. Vikram se había llevado una paliza sin hacer un gesto de dolor, pero verla en los brazos de Ved lo había destrozado, como ella sabía que ocurriría. Después de eso, se marchó sin mirar atrás.

Ria abrió los ojos. Él la estaba mirando, tenía los ojos clavados en su rostro. Durante un segundo fugaz, Ria vio el dolor de su corazón roto reflejado en sus ojos.

Vikram dio un paso atrás con la mandíbula ferozmente tensa.

—Maldita sea.

Cerró los ojos con fuerza y se pasó los dedos por el cabello, agarrando los mechones negro azabache hasta que los nudillos se volvieron blancos. Durante un largo momento se quedó inmóvil.

Cuando abrió los ojos, un telón había caído de nuevo sobre ellos.

—Eres buena. —La miró como si estuviera viéndola por primera vez—. Eres realmente buena. Nunca tuve ningún atisbo de posibilidad, ¿verdad? Joder, ni siquiera el puto viejo rico tuvo una posibilidad, ¿no? —Se le escapó una breve carcajada sin alegría—. Pero ¿sabes qué? No me importa. Ya no. Te tengo calada. Te tengo calada de verdad.

Las rodillas de Ria cedieron. Se dejó caer sobre el granito que se clavaba en su espalda. Un profundo y oscuro agotamiento se cerró a su alrededor. Esta vez, el silencio de la habitación fue impenetrable. Vikram le echó una última mirada, desafiándola a decir algo más, y después fue a la mesa, recogió su cuenco y lo llevó al fregadero. Ella seguía bloqueando su camino, pero eso ya no parecía importarle. Se inclinó sobre ella y dejó el cuenco sobre el montón de platos.

Su fresco aroma a almizcle llegó a Ria a través del mortificante dolor. Otra pieza terriblemente conocida se soltó del embrollo de recuerdos y encajó en su lugar. Notó el grueso acero de la armadura de la que él se había rodeado y se movió para alejarse de él. Pero él se movió también, intentó apartarse rápidamente de ella y la rozó con el brazo. Por sí mismo, su cuerpo se inclinó hacia el de Vikram.

Él se alejó bruscamente.

Mortificada, Ria se replegó en sí misma. Mientras retrocedía, Vikram jadeaba entrecortada y trabajosamente. Ria no se atrevía a mirarlo, pero oyó la prisa en sus pasos, lo oyó abrir la puerta del sótano y bajar las escaleras.

Durante mucho tiempo se quedó allí como una muñeca de trapo, con el cabello suelto alrededor de su rostro mientras los pasos de Vikram resonaban en sus oídos, su aroma llenaba sus sentidos, sus manos excavaban recuerdos que eran espinas alojadas a demasiada profundidad.

Se obligó a volver al fregadero y atacó el montón de ollas y sartenes, trató de localizar cada mancha de comida seca y arremetió contra ellas como si fueran una abominación. Cuando el fregadero quedó resplandeciente y los platos estuvieron colocados meticulosamente en el lavaplatos, empezó con las encimeras, que roció y frotó hasta que los dedos se le arrugaron como ciruelas pasas. Todo brillaba, pero nada parecía limpio.

«Te tengo calada.»

Se dirigió a zancadas a la puerta del sótano y la abrió. Pero no consiguió bajar un peldaño.

¿Para qué? ¿Qué iba a decirle? «Vomité en el baño de Ved cuando te marchaste. Y no paré hasta que me desmayé. Dejar que Ved tocara lo que tú habías tocado fue muy doloroso, y no he vuelto a dejar que nadie más lo haga desde entonces.»

Se frotó el brazo, la zona donde permanecía la impronta de su piel. La impotencia que sentía crecía y se extendía desde ese punto.

Él creía que lo sabía todo... Y no sabía nada.

No sabía las cosas que Ved la había obligado a hacer cuando descubrió lo de Vikram. «Vaya, ¡le has roto el corazón a ese muchacho! No solo eres una chiquilla fría y codiciosa, también eres despiadada.» La había hecho arrodillarse frente a él y pagar. La había hecho agacharse y pagar. Pero ella se lo merecía. Por aceptar la oferta: un papel en la mayor producción del año a cambio de su cuerpo. Y por tener tantas cosas que pagar y solo aquello que vender.

Pero si Vikram se enteraba alguna vez de la verdad no sobreviviría.

Se apartó de la puerta, se odiaba por necesitar limpiarse la sensación de las manos, odiaba aquel deseo desesperado que no tenía alivio. Sus sentimientos por Vikram no eran lo único que no había cambiado. Nada había cambiado. La oscura tristeza que estaba extendiéndose tan rápidamente por su interior lo demostraba, las lágrimas que acechaban demasiado cerca de la superficie en todo momento lo demostraban. En un solo día se había acercado más al colapso nervioso de lo que había hecho en mucho tiempo, había perdido todo el control que había tardado años en desarrollar. Era una bomba a punto de estallar, y él estaba suficientemente enfadado para ser su detonante. Y juntos eran una tragedia esperando repetirse.

Cerró la puerta y se arrastró escaleras arriba. Ansiaba el consuelo de su habitación, ansiaba cualquier consuelo. Sabía que nunca volvería a ella, pero lo deseaba de todos modos. Desearlo con tantas fuerzas la hacía sentirse como la lunática delirante que se escondía en su interior. La había llamado una vez desde el chirriante ático sobre el techo de vigas de la casa de la que Baba la había expulsado. Ahora vivía en las diminutas partículas que la mantenían de una pieza.

CAPÍTULO 7

Ria abrió las puertas de listones blancos de su armario. Antes había deshecho la maleta y colocado la ropa en pulcros montones sobre los estantes de madera. La seda y la gasa con lentejuelas parecían fuera de lugar allí, donde diez años antes no había nada más que camisetas y *jeans*. Ria miró el techo del armario. La pequeña trampilla cuadrada que conducía al ático parecía incluso más pequeña que antes. Las huellas de colores se habían atenuado, pero todavía podía verlas. Se puso de puntillas y empujó la fina madera pintada. Se resistió solo un momento y después se levantó como siempre había hecho.

Usando el estante inferior como escalón accedió a la oscuridad del ático. La última vez que hizo aquello fue Vikram quien la levantó, le rodeó los muslos con los brazos y le clavó la barbilla en el vientre, entre su camiseta y los *jeans*. Su barba le había raspado la piel y la sensación había despertado sus partes más íntimas.

El recuerdo tensó esas mismas partes mientras buscaba en el ático la caja de cartón. La bajó, se arrodilló junto a ella en el suelo y levantó la tapa polvorienta. En el interior había una caja de acrílicos cuyos tubos deformados estaban casi vacíos, algunos lápices 4B todavía afilados y trozos secos de pastel. Y dos brochas. Eligió una y acarició los finos pelos de marta.

El año que pasó sin palabras, un profesor de Dibujo, bienintencionado, le había dado un pincel y pinturas. Y, durante una maravillosa hora, eso la había hecho libre. Cuando mojaba el pincel en la seda espesa de la pintura y lo deslizaba sobre el papel, ella fluía con él, sangraba en él. Todas las cosas que no podía decir, todo lo que temía que saliera, se convertían en color y formas, en tormento, en furia y en dolor.

«Esto fue lo que hizo cuando le pedimos que dibujara una palmera, señor Pendse —le dijo más tarde el profesor a su padre, como si hubiera sido Baba en lugar de Ria quien hubiera dado al árbol cara y extremidades y después lo hubiera desmembrado violentamente. Las heridas eran tan grotescas que el pobre profesor de Dibujo tiró el papel húmedo como si estuviera empapado en veneno—. Esto no es obra de una niña normal de siete años. Le sugiero que busque ayuda psiquiátrica, señor Pendse.»

Baba sacó a Ria de ese internado sin decir nada y encontró otro, pero no se la llevó a casa. Ria no había vuelto a pintar. Al menos, no hasta que Vikram la pilló dibujando en la parte de atrás de una revista unos años después. «Por favor, no puede verlo nadie», le había suplicado. Al día siguiente, él le compró colores y un cuaderno de bocetos y se los entregó en una bolsa de papel marrón. «No dejes que nadie lo vea.» Eso fue lo único que le dijo.

En aquel entonces, las cosas de su interior ya no eran tan feas. Sobre todo cuando estaba allí. Sus dibujos no eran exactamente bonitos, y estaba segura de que seguían sin ser la obra de una niña normal. Pero a Vikram le habían encantado y se había negado a tirarlos. En lugar de eso la había ayudado a esconderlos en el ático, sobre el armario. Al final, un par de años después, dejó que el resto de la familia los viera y Uma empezó a comprar marcos como loca. Pero Ria solo pintaba allí, en verano, nunca en su otra vida en la mazmorra.

Un par de años antes lo había hecho sin darse cuenta durante un rodaje: en la parte de atrás de un guion había dibujado a una mujer con el cuero cabelludo arrancado. Era tan horrible como si la mente de Ria hubiera sufrido una hemorragia y hubiera rebosado. Quemó el dibujo antes de que alguien lo viera y empezó a obsesionarse con la necesidad de mantener la mente despejada durante tanto tiempo como fuera posible.

Cerró la caja de nuevo, deseando poder cerrar todas las cosas que se estaban abriendo en su interior con la misma facilidad, y la guardó de nuevo en el ático. Al otro lado de la ventana, la luz naranja de la mañana teñía el cielo, pero la casa permanecía en un imperturbable silencio. La punzada de la ira de Vikram todavía la envolvía como la ropa demasiado ceñida que su diseñador le obligaba a ponerse.

Solo le quedaba una cosa que hacer. Se puso las mallas de correr, un sujetador deportivo, una sudadera y zapatillas; bajó corriendo las escaleras y salió por la puerta de la cocina.

Ria no era una corredora nata. De hecho, odiaba correr. Pero además de hacer puzles y seguir un estricto régimen de vitaminas que en Internet prometía equilibrar la química cerebral, el ejercicio físico era su única esperanza para posponer su destino. De todas las formas de ejercicio que su entrenadora se sacaba de la manga, solo correr le embotaba la mente. El ejercicio aeróbico se parecía demasiado a sus bailes de Bollywood; terminaba analizando cada movimiento para hacerlo perfecto y eso la hacía sentirse incluso más inadaptada de lo que ya estaba. El yoga hacía que su mente corriera por todo el lugar en vez de concentrarse, y todas aquellas respiraciones y estiramientos resultaban inútiles. Correr era trabajo de verdad: cada músculo, cada inspiración, tenía que estar comprometida, toda su voluntad tenía que estar enfocada en ello.

Aquel día, Ria necesitaba correr.

Siguió el río Dupage, que serpenteaba por el bosque que había detrás de la casa. Naperville era un barrio frondoso y tranquilo. La promesa vigorizante de un día hermoso la rodeaba. Cada roca musgosa, cada trino, despertaban en ella recuerdos de los días de verano del pasado, perfectos pero escasos, ya que habían sido los únicos normales que había conocido.

Ria aumentó la velocidad, deseando que el martilleo de su pecho y el calambre de sus muslos bloquearan todo lo demás. Estaba sudando. Las gotas calientes se deslizaban sobre las cicatrices apenas visibles de sus hombros, de su pecho. Recuerdos de antiguas heridas que jamás dejarían de sangrar inundaron su mente: el desgarro de su cuero cabelludo, las costillas aplastadas contra sus pulmones.

Corrió hasta que el ritmo implacable le quitó el aliento y el pensamiento. Al final, cuando el roble alto apareció ante su vista, supo que casi había llegado a casa y se permitió aminorar la velocidad. El sonido de los niños llegó a ella antes de ver a los chavales jugando al fútbol en el claro junto al roble. La imagen le encogió el corazón. Debían tener diez años, estaban desaliñados y sudorosos y eran chillones y llevaban camisetas de fútbol a juego, justo como las que Nikhil había llevado cuando jugaba al fútbol en el equipo del centro comunitario.

Ria estaba a punto de dejar atrás a los chicos cuando una silueta conocida apareció en la colina. Cuando vio a los niños se detuvo y se agachó para recuperar el aliento con las manos apoyadas en las caderas. Aquel movimiento era tan característico de Vikram que Ria supo que era él incluso antes de fijarse en sus anchos hombros, en los mechones negro azabache que caían sobre su frente y en el perfil decidido que se destacaba contra el cielo.

Se escondió detrás de un grupo de árboles.

Él estaba a unos cien metros de distancia, pero el aliento de Ria se acompasó con su trabajosa respiración. Su camiseta técnica, de un blanco resplandeciente, se le pegaba al cuerpo. Incluso desde aquella distancia podía ver cómo se le movían los músculos, formando patrones en la tela húmeda.

—¿Quieres jugar, Vic? —gritó uno de los chicos del grupo. Le lanzó la pelota.

Vikram la atrapó con una mano, la lanzó al aire y se la devolvió de una patada.

—Hoy no, chicos.

Se levantó la camiseta para secarse la cara y dejó al descubierto un abdomen musculado y magro que brillaba del sudor.

—Venga, Vic. Solo un partido, Vic. Por favor, Vic —empezaron a corear los niños. Corrieron hacia él y lo rodearon, brincando.

—¿Qué pasa? ¿Temes que te pateemos el trasero? —lo provocó el mayor, con un descaro impresionante, teniendo en cuenta que era exactamente la mitad de Vikram.

Vikram se rio, desordenó el cabello del chico y le robó la pelota de debajo del pie.

—Eso será si puedes alcanzármelo, mequetrefe. —Regateó con el balón colina abajo—. ¿Estáis preparados para un cinco contra uno?

—¡Trato hecho!

Los cinco niños corrieron tras él, pero no consiguieron atraparlo ni arrebatarle el balón. Vikram fingía movimientos, hacía saltar la pelota hacia atrás, hacia los lados, hacia delante, y la controlaba con tal gracia y destreza que era como si la pelota estuviera conectada a él por un hilo invisible. De vez en cuando dejaba que uno de los niños se hiciera con ella y después se la volvía a robar. Los críos seguían sus movimientos, lo imitaban. Antes de que Ria se diera cuenta de qué estaba pasando, el partido se había convertido en una sesión de entrenamiento.

—Jack, pásasela a Josh... Estupendo, sigue pasándola... Es un deporte de equipo, Sahil, no seas fanfarrón... Estupendo. Despacio... Corred... No pienses, Sean, aprovecha la ocasión.

Ria aplastó la mejilla contra la corteza áspera que estaba abrazando. A pesar de estar escondida en las sombras, su cuerpo se calentó como si estuviera absorbiendo la luz del sol.

Uno de los chicos consiguió por fin quitarle la pelota a Vikram y llevarla hasta la portería. Aulló, encantado, e hizo una voltereta lateral. Vikram se encorvó, riéndose; la alegría salía de él como una cosa viva.

—Deberías poner esos movimientos en AulaV, Vic —gritó uno de los chicos, imitando los regates y pases de Vikram.

Vikram se quedó paralizado. Perdió de vista la pelota, que le golpeó la cabeza. Los niños se revolcaron por el suelo de risa. Vikram dio una patada a la pelota, la hizo rebotar sobre una rodilla y la agarró con las manos.

—¿Habéis entrado en AulaV?

—La madre de Sahil nos lo enseñó. —El niño señaló al chico indio—. Bordé el examen de Introducción a álgebra gracias a eso.

—¿Qué unidad?

De repente, Vikram se había puesto serio. Su cuerpo emanaba tanto entusiasmo que parecía casi tan joven como ellos.

Se escuchó el claxon de un automóvil.

—Esa es mi madre —dijo alguien, y todos corrieron por la colina en dirección a la calle mientras hacían señas a Vikram para que les lanzara la pelota.

—¿Qué unidad? —les preguntó de nuevo.

—¡Ecuaciones simultáneas!

Vikram lanzó la pelota por el aire de una patada justo cuando los niños desaparecían al otro lado de la colina. No gritó de alegría, pero podría haberlo hecho.

Ria no sabía de qué habían estado hablando. No sabía si era jugar al fútbol con los niños o lo que estos le habían dicho, pero fuera lo que fuera, levantó un velo y proporcionó a Ria un atisbo de su Viky: despreocupado, optimista. Como solía ser.

No duró mucho. Con la misma rapidez, sus hombros volvieron a tensarse. Se volvió lentamente y miró el roble. Durante mucho tiempo no se movió. Después echó a correr, se dirigió a toda velocidad hacia el enorme tronco y subió de un salto a la rama más baja.

Su puente.

Vikram se agarró a la rama y se puso de pie. Después, con la habilidad de un equilibrista, caminó por la rama hasta el punto donde se detenía sobre las onduladas aguas. Su cuerpo se inclinó hacia delante como si fuera a zambullirse con ropa, zapatos y todo. Ria se mordió el labio para evitar gritar. Pero no saltó. Se quedó allí, con el sol de la mañana incendiándolo y la tensión enroscada en su cuerpo como una flecha tensada en un arco.

Ria no se dio cuenta de que tenía las mejillas mojadas hasta que una ráfaga de brisa se las acarició. Otra vez. Se apartó del árbol, lejos de aquella descorazonadora visión. Quería volver a casa. Quería quedarse justo allí y seguir espiándolo para siempre. Quería estar en su puente de nuevo, a su lado, con las manos sobre su piel sudorosa y resbaladiza.

Pero más que ninguna otra cosa, quería verlo sonreír otra vez de aquel modo. Se apartó del árbol y corrió hacia la casa.

A Vikram siempre le había gustado estar con niños. Los dos veranos que estuvo haciendo prácticas en la consulta pediátrica de su tío se había entusiasmado con cada niño que iba a la clínica. Se sabía el nombre de todos ellos. Debía ser un pediatra estupendo. Incluso mejor que Vijay kaka, si eso era posible, pero solo porque se trataba de Vikram y él siempre era el mejor en todo.

Ella, por otra parte, no quería tener nada que ver con niños.

Su nacimiento había desencadenado la psicosis de su madre. Un mes después de dar a luz a su madre, su abuela se había tirado a un pozo para suicidarse. Genéticamente, los médicos habían calculado las probabilidades de que Ria desarrollara la enfermedad en un treinta y cinco por ciento. Ni en un millón de años arrastraría a un niño a ese juego de cifras. Aquello terminaría con ella.

Se secó las lágrimas con los puños de la sudadera. Permitirse llorar el día anterior había sido un error. Ahora el maldito grifo no se cerraba, y lo peor era que le hacía sentirse increíblemente bien.

*   *   *

—Por Dios, *beta*, ¿has salido a correr? Anoche estabas exhausta, ¿es que has perdido la razón?

A pesar de la reprimenda, ver a Uma en la mesa de la cocina con esa expresión en la cara hizo que Ria se acercara a su tía y la abrazara.

Uma presionó la mejilla contra la de Ria.

—Estupendo, ¿ahora cómo voy a enfadarme contigo?

—¿Cómo es que siempre se libra de todo con solo un abrazo?

Nikhil levantó la mirada por encima del periódico que estaba leyendo.

Su tío, Vijay kaka, le dedicó una de sus resplandecientes sonrisas. Aquella sonrisa podía sanar a un niño enfermo solo con su presencia. Soltó a su tía y abrazó a su tío. Él le acarició la mejilla y señaló a los dos rostros familiares que había a su lado.

—Ria, ¿te acuerdas de Matt y Mindy?

—Por supuesto.

Matt había sido el compañero de habitación de Vijay kaka en sus años de residencia. El hijo de Matt y Mindy, Drew, había sido el compañero de cuarto de Vikram en Northwestern.

Mindy se levantó y abrazó a Ria.

—Es maravilloso verte, Ria —le dijo—. Uma, debes estar encantada de tener a todos los cachorros de nuevo bajo tu techo. Me alegro mucho de que decidiéramos quedarnos a pasar la noche.

Habían conducido desde Indiana la noche anterior para la ceremonia de compromiso, igual que habían hecho un par de fines de semana cada verano.

—Me alegro mucho de que os quedarais. —Uma sirvió una taza de café y se la ofreció a Ria—. Es una *lagna ghar*, una boda en casa. Tiene que haber ajetreo, bullicio de gente. De otro modo, ¿qué gracia tendría?

Ria tomó un sorbo y sonrió a su tía.

—Hablando de *lagna ghar*. Es casi mediodía y estamos muy relajados. ¿No tenemos una boda que planear? ¿Dónde está la histeria? ¿El ajetreo?

—Bueno, pensábamos ponernos histéricas esta mañana, pero los duendes nos visitaron anoche y lo limpiaron todo. —Uma echó a Ria su típica mirada de regañina—. Ahora no sabemos qué hacer.

Ria sonrió, avergonzada.

—Entonces por eso habéis hecho *idlis*.

Se apoyó en la silla de Vijay kaka y miró el hervidor lleno de esponjosos pastelillos de arroz blanco y un *sambar* de lentejas con un aroma de lo más delicioso. Su estómago gruñó de modo impropio para una dama. Antes de que Uma pudiera empezar a sermonearla, Ria agarró un plato y se sirvió un *idli*. Uma le sirvió el *sambar*.

—¿Necesitas un cuentagotas para eso, Aie? —le preguntó Nikhil con su sonrisa más desesperante.

Ria le dio un golpe en el hombro.

—¿Qué pasa? No podemos tener actrices gordas correteando por aquí.

Parecía estar pasándoselo bomba. Ria lo miró, enfadada, pero todos los demás se rieron. Traidores.

—Oh, como en los viejos tiempos —dijo Mindy—. Ojalá estuviera Drew aquí. ¿Te acuerdas de nuestro hijo Drew?

Ria asintió. Drew la había llamado «señora Jota», porque el apellido de Vikram era Jathar, y las mejillas de Ria habían pasado por todos los tonos de rojo. Eso había hecho que Vikram pronunciara ese nombre siempre que quería hacerla ruborizarse.

—¿Cómo está Drew? —le preguntó Ria.

—Es profesor de Psiquiatría en la Universidad de Manitoba y tiene su propia consulta privada en Ann Arbor —le contó Mindy. Continuó poniendo a Ria al día de todos los detalles de la gloriosa carrera y la familia maravillosa de su hijo, lo cual hizo que Nikhil empezara a fingir arcadas tras ella. Ria se metió en la boca una cucharada de pastel de arroz; su expresión era también un franco testimonio de su propia y gloriosa carrera. Pero, si se atragantaba, mataría a Nikhil.

Mindy seguía hablando de Drew.

—Pero estará en la boda. No dejaría pasar una oportunidad de ver a Vic, ambos han estado trabajando juntos en ese proyecto —dijo a Uma con tanto orgullo que los ojos se le llenaron de lágrimas.

—¡Lo sé! Lo que están haciendo es maravilloso —asintió Uma con el mismo orgullo en los ojos. Ria tuvo dificultad para tragar saliva.

De repente, Uma se dirigió a Nikhil; el orgullo en su rostro se había transformado en preocupación.

—¿Dónde está ese chico? Desde ayer no lo veo.

—Tu «chico» de treinta y un años está bien, Aie. Solo es que anoche estuvo muy liado —dijo Nikhil, sonriendo de un modo tan insinuante que la imagen de Vikram y Mira entrelazados volvió a la mente de Ria—. Ya aparecerá, no te preocupes. No ha vuelto a marcharse.

La sangre abandonó la cara de Uma. Sus dedos apretaron su taza hasta que los nudillos se volvieron blancos. El *idli* se quedó atascado en la garganta de Ria.

Nikhil se acercó a Uma y la rodeó con los brazos.

—Venga, Aie, estoy bromeando. Relájate. Vikram está bien. Te preocupas demasiado. —Apoyó la barbilla en la cabeza de Uma, poniendo cuidado en evitar los ojos de Ria—. Ahora todos somos adultos. Y totalmente capaces de cuidar de nosotros mismos.

Ria se apartó de la mesa; necesitaba moverse. ¿De qué diantres estaban hablando?

Uma fulminó a Nikhil con la mirada.

—Vosotros creéis que eso es posible, ¿verdad? Que podemos dejar de preocuparnos por vosotros. Cuando tengas tus propios hijos sabrás lo que se siente. ¡«Relájate», me dice!

Mindy, al otro lado de la mesa, asintió vehementemente. Vijay y Matt miraron a Nikhil y negaron con la cabeza, incrédulos ante su estupidez. Nikhil gruñó y se disculpó de nuevo.

Ria agarró con fuerza su plato y lo llevó al fregadero. Esperaba que dijeran algo más, pero cambiaron de tema y no sabía cómo hacerlos volver. Después de tantos años mordiéndose la lengua para no preguntar por Vikram todavía se sentía a punto de explotar.

Uma jamás descubriría lo lejos que habían ido las cosas con Vikram, ni cómo había terminado todo. Y sin duda jamás descubriría el papel que había jugado la madre de Vikram en aquel lamentable asunto. Uma jamás comprendería qué había motivado a Chitra a ir a por Ria, ni por qué la había escuchado Ria. Igual que Uma jamás había comprendido por qué Ria no dejaba que nadie la ayudara con las facturas del psiquiátrico. Pero había algunas cargas que Ria jamás compartiría con nadie. No podía hacerlo.

El *sambar* especiado que le había sabido a gloria apenas dos minutos antes le quemó la garganta como el ácido. Tiró el *idli* a medio comer a la basura, asegurándose de que nadie la viera, y lo escondió debajo del resto de desperdicios con la cuchara.

«No permitiré que te aproveches de mi hijo —le había dicho Chitra—, igual que la loca de tu madre hizo con tu padre. Sabía muy bien lo que estaba haciendo cuando se casó con él. ¿Y tú quieres hacerle lo mismo a Vic? Sabes lo que ocurrirá. Abandonará la facultad de Medicina para cuidar de ti y de la loca de tu madre. ¿Cómo puedes arruinarle así la vida? ¿A eso lo llamas amor?»

No se había aprovechado de nadie y no le había arruinado la vida a nadie. Y nunca lo haría.

*   *   *

Tras ducharse y ponerse un par de *jeans* descoloridos y un jersey turquesa, Ria recordó que no había llamado a DJ desde su llegada. Como el día ya no podía ser peor, pensó en preguntar si había noticias del chantajista.

—He conseguido que se calle por ahora —le dijo DJ—. Pero no confío en ese cabrón. No creo que esto haya acabado.

Eso debería haberla inquietado, pero Ria no consiguió que le importara. Sentía cada uno de los trece mil kilómetros que la separaban de Bombay. Eso tampoco había cambiado. Los veranos pasados allí habían borrado su vida en la India de su mente, la habían purificado. Esos dos meses era una persona completa. Los diez meses que pasaba en la India, por otra parte, eran todo disonancia entre la persona que todos veían en el colegio («la niña que llevaba la locura en la sangre»), la persona que Baba veía («la niña que deseaba no haber engendrado») y la persona que no deseaba ser ninguna de esas dos niñas.

Se colocó el teléfono móvil entre la oreja y el hombro y estiró las arrugas de la colcha por enésima vez. DJ no dejaba de quejarse porque no lo hubiera llamado antes.

—Ha sido solo un día, Big. Estoy de vacaciones, ¿recuerdas?

—Sí, pero tenemos que leer el guion de *StarGangster*, ¿recuerdas? Tengo a ShivShri atosigándome. Amenazan con darle el papel a otra.

ShivShri era la mayor productora de la India y Shivji, el patriarca del negocio familiar, jamás firmaría con otra. Ria había estado en cinco de sus mayores éxitos de los últimos diez años y él la consideraba su amuleto de la buena suerte. Aunque le dieran el papel a otra, si Ria cambiaba de idea despedirían a la otra y se lo darían a ella. Y lo harían con una ceremonia *pooja* para agradecer a los dioses su buena fortuna.

Ria dejó de estirar las arrugas de la colcha. A pesar de lo agradecida que se sentía con Shivji y sus supersticiones, odiaba la violencia.

—No estoy segura de esto, Big. No estoy segura de poder ir por ahí disparando a la gente.

Ella era el tipo de actriz que vendía sueños felices. No quería vender oscuridad. Era mejor dejar el dolor en el mundo real al que pertenecía, en el que estaba tan profundamente arraigado que era necesaria una industria multimillonaria para escapar de él.

—Nena, llevas diez años haciendo lo mismo. ¿No quieres cambiar?

No. Lo que quería era que todo volviera a ser como antes, y que siguiera así. Pero, en realidad, ¿en cuántas películas de bodas más podría seguir interpretando a la ruborizada novia?

—Escucha, nena, esto es lo que hay. —Hizo una de sus largas pausas dramáticas—. A menos que...

Ria sabía exactamente en qué estaba pensando.

—Ya te lo he dicho, DJ, no voy a hacer películas raras.

—No son «películas raras» —replicó, escupiendo la palabra como si supiera mal—. No estamos en los ochenta. Es cine independiente. Guiones profundos, no tus habituales fórmulas comerciales. Quizá ha llegado el momento de darle una oportunidad.

—¿Por qué? ¿Porque tengo casi treinta años y todos los papeles de protagonistas en las películas comerciales se escriben para chicas de dieciocho?

—No tienes treinta —le dijo, malhumorado, como ella sabía que haría. El hecho de que estuviera envejeciendo preocupaba a DJ más de lo que admitía—. Acabas de cumplir veintiocho y esto no tiene nada que ver con la edad. Estoy convencido de que serías muy buena.

Ella se rio.

—Oye, nena, hay algunos guiones realmente buenos, muy valientes, cosas emocionalmente honestas. Verdaderas oportunidades para buscar en tu interior. ¿Qué tiene de malo intentarlo?

Esa era precisamente la razón por la que no quería intentarlo. El último sitio donde quería buscar era en su interior. Quería enterrar lo que había en su interior tan profundamente que dejara de acosarla. Alisó la última arruga que quedaba en la colcha, pero seguía sin parecerle perfecta.

Lo que DJ quería decir en realidad (lo que llevaba meses intentando decirle) era que no tenía opción. El público no estaba interesado en protagonistas de veintiocho años bailando con sus enamorados. Tenían veinteañeras de sobra que podían hacer eso mismo.

—De acuerdo. Envíame *StarGangster*. Lo leeré.

—Estupendo. —Como siempre, DJ no se molestó en ocultar su alegría—. Va de camino.

—Estoy deseando recibirlo —murmuró Ria, y quitó la colcha y las sábanas. Tenía que volver a hacer la cama.

Tan pronto como volviera aquella noche de visitar a Jen, se sumergiría en ese guion. Era el momento de concentrar todas sus energías en el trabajo, una vez más, y bloquear todo lo demás.

CAPÍTULO 8

Jen vivía en la ciudad, en un almacén reconvertido. El edificio parecía un hotel elegante, con portero, vestíbulo y todo eso. El apartamento tenía vistas al lago Michigan, que parecía una versión del océano de Bombay, con sus olas y playas, pero más azul. El apartamento no se parecía en nada al espacio moderno y minimalista en el que Ria vivía. Aquel lugar tenía vida. El calor del hogar envolvió a Ria en cuanto entró.

—¿Te gusta? —le preguntó Jen mientras miraba hipnotizada el techo alto, las paredes de cemento sin enlucir y las obras de arte más sorprendentes que había visto en su vida.

—Me encanta.

Ria se acercó a uno de los enormes lienzos sin marco que colgaban de las paredes y tocó la superficie. La exuberancia vibrante de las pinceladas viajó por sus dedos hasta su corazón. A diferencia de sus propias obras, el artista parecía haber bailado alegremente por el lienzo. Eso enviaba al interior de Ria una oleada de algo profundo a lo que temía dar nombre.

Las pinturas compensaban la simplicidad del práctico sofá de tela, las mesas con cubierta de piedra y los suelos de madera despejados, y proporcionaba tal serenidad al espacio que Ria quería acurrucarse con un libro y escuchar música suave. Exhaló. Aquello era exactamente lo que necesitaba: tiempo lejos de la casa.

No había visto a Vikram después de salir a correr y Nikhil no lo había mencionado por el camino. Habían hablado de todo excepto de Vikram, esquivando su nombre cuidadosamente como habían hecho los últimos diez años. Pasó los dedos sobre el lienzo una vez más. Aquello era perfecto. Una tarde solo con Nikhil y Jen.

Cuando se dio la vuelta, vio que estaba sola en la sala de estar. Ambos se habían marchado. La puerta del dormitorio estaba abierta, así que fue a buscarlos. Nikhil tenía a Jen aplastada contra la pared y estaba devorándole la boca como si llevara años sin verla.

—Por Dios, chicos, al menos cerrad la puerta o algo —dijo Ria antes de volverse.

La llevaron a la habitación con idénticas expresiones bobaliconas en sus caras. Jen le dio una palmada a Nikhil en el hombro, pero dejar la mano allí durante demasiado tiempo lo estropeó todo.

—Nikhil, compórtate —le dijo.

Ria se rio.

—Sí, si lo dices así seguro que se comportará.

Nikhil le dio a Jen otro sonoro beso. Ella lo apartó y señaló la cama baja de estilo asiático.

—Ahí están.

Los saris que Ria había traído de Bombay estaban extendidos sobre la cama.

—¿Te gustan? —le preguntó Ria.

—¡Me encantan!

Los ojos de Jen brillaban al escudriñar las telas de seda y raso. Eso hizo que las horas que Ria había pasado con su diseñador merecieran la pena. Él había insistido en hablar con Jen por *webcam* para «conocerla». Había hecho que Jen caminara, se sentara, se levantara. «Estoy haciendo esto a distancia solo por ti, querida. Soy Manish Jain y Manish Jain hace alta costura, no *prêt à porter*.»

Lo había hecho estupendamente. Los colores eran perfectos. Raso azul marino decorado con *aara* para la ceremonia de la *henna*; un *kanjivaram* de seda en color jade, más tradicional, para la boda, y un llamativo crepé carmesí con cristales de Swarovski para el banquete que era la mezcla perfecta de rojo, cobre y marrón fundidos en un espléndido irisado de color vino.

—Son preciosos, Ria. No sé cómo agradecértelo. —Jen pasó los dedos con suavidad sobre la tela brillante, como si intentara rozar la superficie del agua sin provocar ondas—. Pero no tengo ni idea de qué hacer con ellos.

De repente Jen parecía perdida y más apabullada de lo que Ria la había visto nunca.

—Yo tengo un par de ideas —dijo Nikhil frotándole los hombros y plantándole un beso en el cuello.

Jen no reaccionó.

—Nikhil, ahora mismo vamos a concentrarnos en poner ropa, no en quitarla, ¿de acuerdo? —Ria, sonriendo, desdobló la seda azul marino para extenderla sobre la cama.

Nikhil se rio, pero sus ojos no se apartaron de Jen, que seguía mirando los saris con nerviosismo.

—No me he puesto un sari en mi vida. Y la boda es dentro de una semana.

Se mordisqueó una cutícula.

Ria colocó la seda jade sobre el hombro de Jen.

—De verdad, Jen, cuando le pillas el truco no es difícil. Mira, vamos a ponerte uno y verás lo fácil que es. No te preocupes, te convertiremos en la novia *desi* perfecta.

Como Jen era una apasionada de la cultura *desi* y asumía con naturalidad todo lo indio, su nerviosismo resultaba encantador y Ria le dio un abrazo rápido. No tenía duda de que Jen iba a estar bailando *bhangra* con su sari antes de que se diera cuenta.

—Tú ya sabes más de la historia y cultura india que Nikhil y yo juntos, y al final, también se te dará mejor vestirte con ropa india que a nosotros.

—Ria tiene razón —dijo Nikhil—. Ya puedo ver a Aie restregándomelo por la cara. «¿No te da vergüenza, Nic? ¡Aprende algo de tu novia!»

El joven agitó las manos, imitando perfectamente a Uma Atya.

Ria sonrió y subió la cremallera de la blusa de Jen. Después ató las enaguas a la cintura y le envolvió con el sari, plegando y remetiendo la resbaladiza tela. Jen se mantuvo inmóvil, con los brazos levantados en ángulo como un agente de tráfico.

—Me siento como si me estuvieran envolviendo para regalo.

A Ria no se le ocurría un modo mejor de describirlo, sobre todo porque Nikhil estaba mirándola como si fuera una matrona que estuviera ayudándola en el parto de su primer hijo. Ajustó la tela en el hombro de Jen, la sujetó con un imperdible e hizo que Jen se volviera para que Nikhil la viera.

—Nikhil, tu regalo de boda.

Nikhil estaba embelesado.

No era de extrañar, porque Jen estaba impresionante. La seda jade resaltaba el tono dorado de su piel y el intenso negro de su cabello y sus ojos.

—Jen, estás preciosa. Manish va a ponerte en un cartel, te lo prometo.

—Gracias.

Que Jen dijera solo una palabra no era buena señal, y Ria jamás la había oído hablar entre dientes. Le puso un mechón de cabello detrás de la oreja.

—¿Por qué no caminas un poco? No se soltará cuando te muevas, te lo prometo.

Jen dio dos pasos hacia delante como una muñeca de cuerda y se detuvo.

—Pero, ¿cómo podéis moveros con esto? Lo tengo atado como un vendaje. Joder, ¿qué voy a hacer? —Se miró en el espejo sin ver lo que Ria y Nikhil veían—. Creo que no puedo hacerlo. Y la boda es dentro de diez días. —Se dirigió a Ria. En los ojos mostraba pánico claramente—. Tienes que ayudarme.

Ria nunca había sido capaz de exponer sus miedos ante nadie. Nunca había sido capaz de pedir ayuda. Algo increíblemente tierno brotó de su interior y dio a Jen otro abrazo.

—Jen, todo va a salir bien. Millones de mujeres llevan saris, y la mayor parte de ellas no son magníficas cirujanas que hacen milagros en las peores condiciones posibles. Confía en mí, puedes con esto.

Jen hundió los hombros todavía más. Nikhil, inquieto, dio un par de pasos de un lado a otro y retorció las manos. Intentó frotar los hombros de Jen otra vez, pero ella le echó una mirada feroz al joven, que a su vez miró a Ria con cara tan desvalida que le entraron ganas de hacerle una foto para la posteridad.

—De acuerdo, chicos, hora de relajarse. Sé exactamente qué hacer. —Ria recogió el sari azul marino y sacó a Nikhil del dormitorio—. Nikhil, fuera. Ve a buscarnos un café.

Entonces se quitó los *jeans* y se puso la blusa y las enaguas. La blusa le quedaba demasiado corta y ancha, pero no le importaba en absoluto. Se envolvió en el sari con rapidez y seguridad. Jen se quedó boquiabierta al verla, como si acabara de hacer una operación a corazón abierto.

—En serio, Jen, no es para tanto. Es solo cuestión de acostumbrarse. Sígueme y haz lo que yo haga.

Tiró del extremo vaporoso del sari sobre sus caderas y enseñó a Jen cómo sostenerlo, cómo ponérselo alrededor de la cintura estando de pie, pasarlo sobre los hombros al sentarse y colocarse el abanico de pliegues entre los dedos para levantarlo apenas un centímetro al andar.

Con un pequeño empujón, Jen empezó a moverse. Lentamente al principio, y después con mayor seguridad. Ria se lo explicó todo paso a paso. Al final, Jen se dio cuenta de que el sari no se caería por el hecho de moverse. Se relajó y empezó a seguirla; sus ojos volvieron a iluminarse. Ria sintió un alivio que era totalmente desproporcionado, pero aun así dejó que la embargara.

Pronto estuvieron ambas paseándose de un lado a otro de la habitación. Jen imitaba cada movimiento de Ria. Echaban la cabeza hacia atrás y lanzaban miradas seductoras al espejo antes de estallar en carcajadas. Jen le había pedido específicamente blusas que fueran más discretas que la moda actual. Incluso así, la mayor parte de su vientre y cintura quedaba al descubierto entre la blusa y la enagua.

—¿Por qué tiene que ser tan corta?

Se tiró de la blusa, arrugó la nariz e intentó taparse la barriga.

—Se supone que la barriga debe cubrírtela el *sari pallu*, no la blusa —le explicó Ria, pasando la mano por el extremo libre del sari que le envolvía la parte delantera del cuerpo y le caía sobre el hombro—. Cuando llevas un sari, el *pallu* es tu mejor amigo. Con él puedes controlar cuánto muestras u ocultas. Deja que se deslice un poco sobre el hombro y mostrarás más escote. Ténsalo a tu alrededor y destacarás tus curvas. Es muy útil.

—¡Qué ingenioso!

Jen, con un brillo malicioso en los ojos, dejó que el *pallu* cayera sobre su hombro como había hecho Ria, y después lo levantó y se envolvió en él.

La alegría de Jen era contagiosa. Ria estaba muy animada. Le apetecía abrir la cortina que había colocado entre el mundo y ella. Antes de que se diera cuenta, estaba interpretando a la ruborizada novia para Jen, y después a la mujer fatal. Se envolvió con el *pallu*, estiró el cuello con la elegancia de una reina, y lo plegó en una tira estrecha entre sus pechos, tan sugerente como una lolita.

—Con un sari puedes ser quien tú quieras, remilgada y decorosa o una auténtica mujer fatal —dijo con una sonrisa.

A Jen le encantó. Se llevó el *pallu* a los labios, lo atrapó entre los dientes y agitó las pestañas. Se lo colocó como un velo sobre la cara, mostrando solo los ojos y sus cejas arqueadas, y echó a Ria una insinuante mirada que hizo que se retorciera de risa. No recordaba la última vez que se había reído tanto; tenía los ojos llenos de lágrimas.

Llamaron a la puerta. Ria corrió para abrir a Nikhil. Tenía que ver aquello.

—Te estás volviendo muy buena con el *pallu*. ¡Los invitados van a sudar la gota gorda! —gritó sobre su hombro. Se secó las lágrimas de los ojos mientras agarraba la manija de la puerta—. ¿Te imaginas un salón lleno de gente cachonda porque la nov...?

Vikram estaba al otro lado de la puerta. Ria dejó de sonreír. La blusa demasiado ancha de Jen siguió su ejemplo y se deslizó por su hombro. La mirada de Vikram se detuvo en su hombro descubierto, permaneció en la blusa que terminaba justo debajo de su pecho y viajó hacia abajo, recorriendo su vientre desnudo, la depresión de su cintura, la curva de sus caderas.

Mira apareció tras él.

—¡Hola! —exclamó alegremente.

Vikram parpadeó y volvió a respirar.

Ria se colocó el *pallu* sobre los hombros y los envolvió tan fuerte como pudo. Debajo de la fina tela ardía cada centímetro de piel.

—¡Guau! Me encanta tu sari. Es precioso.

Mira sonreía de oreja a oreja.

Ria se apartó para dejarlos entrar.

Mira se paseó por el apartamento con la familiaridad de un visitante frecuente. Soltó el bolso en la encimera de la cocina y se dirigió directamente al dormitorio, justo cuando Jen salía.

—No pongas esa cara de sorpresa, chica —le dijo Mira—. Estábamos en el barrio, así que teníamos que pasar a saludar. —Señaló el sari de Jen—. ¡Me encanta!

Las dos jóvenes se abrazaron y siguieron hablando. Ninguna de ellas se dio cuenta de que Vikram no se había movido.

—¿A que es precioso? —Jen giró como una profesional—. Lo eligió Ria. Ha estado enseñándome a ser una mujer fatal con sari.

Guiñó el ojo a Ria.

Ria intentó sonreír, pero no estaba segura de conseguirlo. Vikram se dirigió a la cocina abierta.

—Oye, ¡yo también quiero ser una mujer fatal! Enséñame a mí también. —Mira se rio y se dirigió a Vikram—. ¿Qué te parece, Vic?

—Creo que eres perfecta tal como eres —le contestó mientras sacaba un botellín de cerveza del frigorífico.

—¿No es el mejor? —preguntó Mira a nadie en concreto. Se puso de puntillas y le dio un beso en la mejilla. Vikram le rodeó el hombro con el brazo un segundo demasiado tarde y Ria se riñó a sí misma por fijarse en el instante que había tardado en hacerlo.

—Es un pelota, eso es lo que es —se burló Jen, riéndose.

Vikram abrió la cerveza y tomó un buen trago.

Ria nunca había agradecido tanto el hecho de que la gente no esperara que ella dijera algo. Ser la Princesa de Hielo tenía sus ventajas.

Jen miró a Ria y a Mira, al otro lado de la barra americana de cemento pulido.

—Chicas, a vosotras no os han presentado, ¿verdad? —preguntó— Ria, esta es Mira. Mira, esta es Ria.

—Oh, nos conocimos ayer —dijo Mira—. Nos encontró a Vikram y a mí en el...

—¿Dónde está Nikhil? —la interrumpió Vikram, mirando a su alrededor. Los latidos se percibían en su garganta a un ritmo frenético. Sus ojos se encontraron con los de Ria un instante. Se llevó la mano al cuello y apretó el pulso con el pulgar.

—Ha ido a por unos cafés. O a sembrar las semillas. Lleva un rato fuera, será mejor que lo llame. —Jen se dirigió de nuevo al dormitorio—. Por cierto, Mira, a Ria le han encantado tus cuadros.

Señaló las obras de arte de las paredes y salió de la habitación.

Mira se dirigió a Ria.

—¿De verdad te gustan? —le preguntó con expectación.

Las palabras se atascaron en la garganta de Ria. ¿Aquellas pinturas eran de Mira? El conato de envidia que antes se había negado a reconocer estalló en su interior.

Mira la miraba fijamente, esperando una respuesta. Por primera vez desde que se conocieron, la joven parecía insegura.

—Son preciosos. Me encantan —dijo Ria, y era cierto.

La alegría floreció en el rostro expresivo de Mira, como si Ria acabara de entregarle una medalla. Eso la hizo parecer tan joven, tan inocente, que a Ria le entró un absurdo deseo de protegerla.

—De verdad. Las pinceladas, los colores, el movimiento... Es imposible apartar la vista de ellos.

Mira rodeó la barra y abrazó a Ria.

—Ah. Te quiero, gracias.

Sorprendida, Ria dio una palmadita a Mira en la espalda y vio sobre su hombro que Vikram la estaba mirando. Aquel día no dejaba entrever nada. Sus ojos se mantenían inexpresivos e inescrutables. Y eso estaba bien, teniendo en cuenta su última reunión.

—Odio exponer mis obras —le explicó Mira dirigiéndose a un cuadro—. No llevo bien que a alguien no le gusten. Tú también eres artista. Sabes lo que quiero decir, ¿verdad?

La sangre abandonó el rostro de Ria. ¿Cómo sabía Mira que pintaba?

—Está hablando de tus películas.

La voz de Vikram le dio pánico. Su mirada la afianzó; después la abandonó. Se alejó de la encimera y salió de la cocina. Él estaba muy inquieto.

—¿De qué otra cosa podría estar hablando? —le preguntó Mira, pero no esperó una respuesta—. Pones el alma en algo y la gente cree que puede juzgarlo sin más. Nunca me acostumbraré a las críticas.

Ria no sabía qué responder a eso. Lo que los críticos decían sobre sus interpretaciones normalmente le daba ganas de reír, sobre todo porque estaba de acuerdo con sus pequeñas e inteligentes reseñas. Pero sus dibujos... Solo había una persona a la que había mostrado esa parte de ella.

—Hace falta valor, Mira. —Ria oyó la voz de Vikram a su espalda—. Te expones, y no todo el mundo tiene agallas para hacerlo. Es más fácil esconder las cosas, no dejar que nadie vea nunca de lo que eres capaz.

Ria se negó a buscar el cemento para sujetarse, se negó a reaccionar a sus palabras.

«No dejes que nadie lo vea.»

Se volvió para mirarlos: Mira estaba apoyada en él, con la espalda contra su pecho. Los brazos de Vikram colgaban de sus costados.

—¿Qué sentido tiene crear si lo escondes? —Mira parecía abatida, como si la misma idea de esconder algo fuera inconcebible para ella—. Todos los artistas sueñan con compartir su arte con el mundo. ¿Verdad, Ria? Quiero decir, ¿quién querría hacer una película que no viera nadie?

Ria asintió sin saber qué responder a aquello.

—Bueno, Ria, ¿cómo llegaste a ser actriz? ¿Siempre quisiste serlo?

Vikram se quedó completamente inmóvil.

El mismo aire que le rodeaba se detuvo, se tensó y crispó. La tensión excavó un camino hasta los pulmones de Ria.

Mira siguió acariciando el hombro de Vikram. Él se apartó de ella y dejó que la mano de Mira resbalara. Mira no pareció darse cuenta, pero Ria creyó que la mano de Mira caía del hombro de Vikram a cámara lenta. De repente, todo se movía a cámara lenta.

—Estoy segura de que es una historia increíble. Cuéntanosla.

Mira se acomodó en el sofá con una sonrisa interesada y esperó. Vikram se quedó allí, quieto, con la mente a kilómetros de distancia, a años de distancia.

La lengua de Ria se había convertido en plomo. Buscó las palabras, pero por mucho que lo intentó no consiguió encontrarlas. Se estaba retorciendo las manos y se las miró mientras la impotencia paralizante que conocía tan bien se la tragaba.

—Puede que sea algo que no quiera compartir, Mira —dijo Vikram en voz baja; el eco de demasiados recuerdos le descarnaba la voz.

Ria lo miró.

El caleidoscopio de sus ojos estaba vivo de nuevo: la monotonía fría había desaparecido, y los cristales se movían para exponer todas las cosas que Ria desearía no haber visto.

Durante un buen rato, no pudo apartar la mirada.

—Puede que sea algo de lo que no está orgullosa —añadió por último.

Ria quería abrazarse a sí misma, pero no lo hizo. Quería apartar la mirada, avergonzada, pero no lo hizo. Eliminó toda emoción de su voz, de su rostro. Uno de los dos tenía que terminar con aquello, fuera lo que fuera. Relajó la mandíbula, abrió la boca y se concentró solo en Vikram. Las palabras llegaron cuando lo miró a los ojos, como sabía que ocurriría.

—Hace tanto tiempo que apenas lo recuerdo.

Vikram tensó la mandíbula. El pulso en su garganta volvió a golpearla. Se volvió y miró el ventanal con vistas al lago, las olas que se habían vuelto de un gris polvoriento bajo la menguante luz. El agua y el cielo se encontraban y fundían en uno.

—¿Fue uno de esos casos en los que un cazatalentos te ve en el centro comercial y cree que eres perfecta para un papel? —le preguntó Mira, insistente y desconocedora del silencio que el momento pedía.

Ria volvió a mirarla, desorientada.

—Algo así —dijo.

Pero no había sido en el centro comercial. Había sido en el funeral de su padre.

CAPÍTULO 9

De nuevo en el dormitorio de Jen, Ria tardó en quitarse el sari. Habían pasado diez años desde el funeral de Baba, pero bien podría haber sido el día anterior. Seguía sintiendo el calor de la pira funeraria sobre su piel. Seguía sintiendo los pulmones llenos de un humo que le dificultaba la respiración. El fuego pintó de negro la sábana de algodón blanco en la que estaba envuelto antes de que la lengua naranja de las llamas se la comiera. Uma y Vijay la flanqueaban, pero estaba más sola que nunca.

La única otra persona presente era un amigo fotógrafo de Baba. Trabajaba para revistas de cine y resultó saber que la mayor productora de la India estaba buscando una chica nueva..., alguien que combinara inocencia y atractivo sexual. Ved le contó más tarde que así era como se llamaba en el negocio a una chica joven con las tetas grandes y la mirada vacía. Ella encajaba perfectamente.

A pesar de las protestas de Uma, Ria había ido con el fotógrafo al despacho de Ved.

—Ved Kapoor elige personalmente a la chica que quiere en su película —le explicó amablemente. Y con «la chica que quiere» se refería a «la chica que quiere follarse durante el tiempo que dure el rodaje».

Baba había muerto. Había perdido la casa, y un año de psiquiátrico costaba más que las matrículas de todos los años de universidad; en esas circunstancias, la promesa que había hecho a Baba se tensaba como una

101

horca alrededor de su cuello. Lo único positivo había sido que Vikram estaba demasiado lejos para verlo. Se había ahorrado tener que ver en qué se convertiría ella, o dónde terminaría él si se quedaba con ella.

El campamento de Vikram en la cuenca amazónica estaba totalmente desconectado del mundo exterior, pero le había dicho a sus padres que estaba enamorado de Ria justo antes de marcharse. Tras la muerte de Baba, su aterrada madre corrió a Bombay a ver a Ria. Pero había perdido el tiempo. Para cuando Chitra llegó a Bombay, con sus amenazas y sus predicciones de fatalidad, Ria ya sabía lo que tenía que hacer. Se despidió de Uma y Vijay y aceptó el trato.

Ved le metió mano y se volvió loco cuando eso llenó los ojos de Ria de lágrimas de vergüenza. «¡Menuda princesa de hielo! —exclamó, con esa sonrisa que decían que volvía locas a las mujeres pero que aquel día asqueó a Ria—. ¿Sabes? Eres demasiado sofisticada para un apellido *ghati* como Pendse —le dijo, usando el insulto que la gente de otras regiones usaba para los habitantes de la región natal de Ria. Entonces se dirigió a su secretaria, que estaba mecanografiando el contrato para que Ria lo firmara—: deberíamos ponerle un nombre elegante en inglés.»

Por casualidad había una pluma Parker sobre su escritorio. La ortografía de Ved había sido tan descuidada como su moral y Ria se había convertido en Ria Parkar.

Se puso el jersey sobre los *jeans* y dobló los saris en rectángulos perfectos. Si tardaba lo suficiente, quizá Vikram y Mira se habrían marchado cuando saliera.

Pero la voz animada de Mira fue lo primero que oyó cuando regresó a la sala de estar. Jen y Mira estaban haciendo planes para cenar.

Para los cinco.

Si las cosas habían ido mal antes, aquello elevaría el día a una categoría totalmente nueva de catástrofe. Vikram estaba hablando con Nikhil en la cocina y parecía completamente relajado..., esa calma tensa que parecía parte de él ahora.

¿Cómo había permitido Vikram aquello? Después de la furia que había notado en sus ojos, debería haber hecho todo lo posible por evitar pasar la tarde con ella.

¿Cómo había permitido Nikhil aquello? Según había mirado a Jen mientras se probaba los saris, no debería haber deseado nada más que librarse de todo el mundo. A Ria le había encantado cada minuto que había pasado con Jen y Nikhil aquel día, pero no cabía duda de que su papel era el de aguanta velas. Ahora el grupo de tres se había convertido en un grupo de cinco, y ella era aguanta velas por duplicado. ¿Podría empeorar el día?

Como respuesta a esa pregunta, una migraña empezó a formarse en la parte de atrás de su cabeza. Como su medicación estaba en la casa, su única opción era convencer a Jen y Nikhil de que la dejaran volver en taxi. Los llevó aparte, pero ninguno de ellos quiso escucharla. Nikhil ya había hecho una reserva en el restaurante favorito de Ria. Y eso era todo.

Su procesión de cinco marchó por Lake Shore Drive hacia Millennium Park con Vikram y Mira a la cabeza, Nikhil y Jen en la retaguardia y Ria en el centro. El sol casi se había puesto, así que al menos tenía la oscuridad invasora de su parte. Se puso las gafas de sol y enterró el rostro en el cuello alto de su americana. Un par de indios se detuvieron a mirarla dos veces, pero Ria no esperó lo suficiente para que la reconocieran. Siguió moviéndose.

No recordaba la última vez que había ido caminando por una calle sin un equipo de seguridad. DJ le arrancaría la cabeza de un mordisco si se enteraba. Su representante había llamado a una empresa de seguridad local y le había contratado un guardaespaldas, pero Ria no podía ni pensar en mezclar su mundo cinematográfico con aquel. Le parecía una violación de algo sagrado. La verdad era que con Nikhil y Vikram tan cerca se sentía más segura de lo que se había sentido en años. Al menos físicamente.

Nikhil y Jen parecían tan cómodos caminando de la mano que les sonrió, se metió las manos en los bolsillos e intentó dejarles algo de espacio. Pero cuando Nikhil la agarró, se apoyó en él.

En cuanto a Vikram, su estado de ánimo se había alterado completamente. Parecía haber decidido compensar lo que había ocurrido antes entregando su total e indivisa atención a Mira. Entrelazó los dedos con los de la chica y se pegó a ella tanto como era humanamente posible.

Cuando llegaron al restaurante, se apretó tanto contra Mira en el sofá curvado que dejó el resto del reservado violentamente vacío. Ria se sentó en una butaca frente a ellos y se preparó para una insoportable velada. Era uno de esos sitios de comida asiática fusión en los que echas tus propios ingredientes en un cuenco y un montón de cocineros entusiastas los cocinan en una plancha gigantesca y humeante.

De pequeña, a Ria le encantaba aquel lugar. Le daba la misma sensación de libertad que experimentaba en los parques de atracciones, como si pudiera hacer todo lo que quisiera, como si la realidad y las reglas estuvieran demasiado lejos en ese momento para importar. Pero aquel día la gente era demasiado ruidosa, los olores de la soja, del jengibre y de la carne al sellarse eran demasiado abrumadores y su limonada estaba demasiado dulce. La migraña empeoraba, y por mucho que lo intentó no consiguió evocar un recuerdo feliz en aquel lugar.

Para empeorar las cosas, Jen relató cada momento de su día juntos con doloroso detalle. Los contoneos, los desfiles, los mohines sexis, y dejó a Ria como si fuera una especie de ángel vengador para todos los problemas de vestuario. Afortunadamente, Vikram estaba demasiado preocupado por pegarse a Mira para darse cuenta. Entre Nikhil y Jen, que estaban haciendo un esfuerzo evidente por mantener las manos alejadas el uno del otro y Vikram, que no dejaba de acariciar con la nariz las distintas partes de la anatomía de Mira, Ria casi rezó para que la migraña la sacara de su agonía.

Si hubiera tenido sentido común se habría levantado y se habría marchado. Pero se sentía como si estuviera obligada a quedarse para demostrar a Vikram que estaba tan bien como él, y que el hecho de que él estuviera bien le parecía estupendo. Puede que aquello fuera lo que necesitaban para conseguir una pizca de normalidad. Como decían en la industria del cine, «si quieres ser una estrella tienes que actuar como una estrella». Así que levantó los hombros, esbozó una sonrisa experta en su rostro y se concentró en la conversación.

Mira empezó a contar la historia de cómo Vikram y ella se habían conocido, un par de meses antes, en una gala para recaudar fondos para artistas asiáticos en la que Mira había expuesto su trabajo.

—Vikram me dijo su nombre y le dije: «¿Sabes que ese nombre es indio?», porque, en serio, jamás me habría imaginado que era indio. Con esos ojos y esa piel, ¿quién lo hubiera imaginado? Y él me dijo: «¿Sabes qué? Es posible, ya que mis padres, que son indios, me pusieron ese nombre por mi abuelo, que también era indio». Después de eso solo fue cuestión de pedirle salir una y otra vez antes de que me dijera...

—Estaba viajando. No estaba en el país —la interrumpió Vikram—. Y después descubrimos que Mira había ido al instituto con Jen.

—Era el destino —dijo Mira.

Ria sonrió educadamente. Pero, tras cada una de sus educadas muestras de interés, la mirada de Vikram se endurecía. Entonces intentó parecer poco interesada. Pero, tras cada muestra de indiferencia, su mandíbula se tensaba más. Los cambios eran casi imperceptibles, pero para ella gritaban. Habría deseado poder bloquear aquella demencial conciencia de cada uno de sus movimientos.

—¿Sabes lo que hace Vic, la cara que pone cuando parece estar meditando en silencio? Es muy difícil de resistir.

Mira sonrió a Vikram como si fuera una especie de enigma.

¿Por qué no podía ser también un enigma para ella? ¿Por qué tenía que ver todos y cada uno de sus pensamientos?

Vikram tuvo la elegancia de parecer avergonzado. Echó a Nikhil una mirada de advertencia. Nikhil soltó la cerveza y sonrió como un niño de cinco años con un tarro de caramelos. Que alguien dijera que Vikram era un enigma era absurdo. Vikram estaba continuamente expuesto. Todos sus sentimientos estaban siempre a la vista. Si te quería, lo sabías. Si quería algo de ti, no podías evitar dárselo.

—Deberías preguntar a mi madre por el señor Enigma —dijo Nikhil—. Nos metió en muchos problemas cuando éramos niños, porque todo se le notaba en la cara.

Vikram le dio un buen sorbo a su cerveza.

—Porque Uma, respecto a mí, es como una bruja con un sexto sentido.

Eso era cierto. Era casi como si Uma adivinara los planes de Vikram antes de que se le ocurrieran.

—¿Os acordáis de *Avellanas*? —preguntó Nikhil. Ria no pudo evitar sonreír. Habían intentado domesticar a una ardilla en el sótano cuando ella tenía diez años—. Vic le puso *Avellanas* a una ardilla porque, palabras textuales: «¡Mira lo gordas que las tiene!» —Nic hizo una copa con las manos y se señaló el vientre. Vikram y él empezaron a reír—. El pobre animal era probablemente un semental alfa y Vic decidió meterlo en una vieja jaula para perros que había en el sótano para intentar enseñarle trucos.

—Oye, casi hicimos historia con él —dijo Vikram, todavía riéndose—. Y la culpa de que el experimento fallara la tuviste tú. Si no hubieras llorado como un bebé, Uma nunca lo hubiera sabido.

—¡Me mordió! Tuvieron que ponerme diez inyecciones. ¡Diez!

—Te arañó. Ni siquiera te traspasó la piel. —Ambos estaban riendo a carcajadas, y Ria descubrió que sus propios hombros habían empezado a agitarse—. Y empezaba a responder a su nombre.

Nikhil negó con la cabeza.

—No, qué va. Pregúntale a Ria.

—No lo recuerdo —dijo Ria. Aunque estaba segura de que *Avellanas* había acudido cuando Vikram lo había llamado por su nombre.

—Claro que no —dijo Nikhil mientras se levantaban para ir a por la comida.

Ria se sirvió verdura en el cuenco y la roció con aceite de oliva. La idea de comer con el dolor de cabeza presionando sus sienes le revolvía el estómago, pero si no comía le harían un millón de preguntas, y la atmósfera era tan relajada en ese momento que esperaba una cena rápida y un final de velada sin incidentes.

Terminaron de cocinar su comida mucho antes que la de los demás, y se sentó a observar a Nikhil y Vikram, que discutían las leyes de la física que les permitían meter la mayor cantidad posible de comida en sus cuencos hasta que torres de verdura, carne y fideos se balancearon en sus manos. Ria descubrió que estaba sonriendo de nuevo. Por enésima vez le sorprendió lo poco que había cambiado todo, a pesar de todos los cambios. Quizá las cosas con Vikram no tenían por qué ser incómodas. Quizá podían ser normales.

—Uma se tomaba con tranquilidad todas las cosas que hacíamos. No entiendo cómo nos aguantaba —dijo Vikram mientras regresaban a la mesa. Su cara, todo su cuerpo estaba más relajado que en los últimos días. Quizá también se había dado cuenta de que podían coexistir pacíficamente. Vikram atacó el cuenco a rebosar que tenía delante—. Creo que mamá intentó venderme a Uma un par de veces.

Nikhil levantó la mano mientras se metía una enorme cantidad de comida en la boca.

—Corrijo: Chitra Atya intentó cambiarte por mí. No me extraña que tenga tanto éxito con los negocios.

—¿Cuándo llegarán tus padres, Vic? —le preguntó Jen.

Vaya. Los dos minutos de cordialidad de Ria, evaporados en un instante.

—Están en Copenhague en una conferencia. Llegarán a tiempo para la boda.

Fantástico. Allí estaba ella, esperando que aquellas dos semanas pasaran volando, y Chitra estaba esperándola al otro extremo.

—Me muero de ganas de conocer a tu madre —dijo Jen— si se parece a Uma.

Nikhil levantó su cerveza.

—Por las madres.

Jen levantó su vaso.

—Por la familia.

Vikram levantó su botella.

—Por una casa llena de críos para Jen y Nic.

Mira levantó el suyo.

—Por encontrar al amor de tu vida.

La mano de Vikram titubeó de camino a sus labios y Ria intentó apartar la mirada antes de que sus ojos se encontraran.

—Bueno, Vic, estabas contándonos cómo os conocisteis Mira y tú —dijo Jen con su mejor sonrisa de alcahueta.

Vikram miró a Ria por encima de su botella, y ella supo que nada bueno podía pasar a continuación.

—Al principio, lo que me atrajo fue el arte de Mira —dijo—. Pero nunca había conocido a alguien tan abierto. Tan poco complicado. Tan leal.

—Sigue.

Mira se rio de ese modo suyo tan lleno de vitalidad, y sus ojos resplandecían bajo su entusiasmo. Vikram no lo notó. Tenía los ojos fijos en el botellín de cerveza.

Y volvieron al punto donde habían comenzado. Una irritación enfermiza creció en el interior de Ria. Estaba atrapada en una farsa trágica e ilógica, dando vueltas y vueltas a todo lo que no podía cambiar, agitándolo como en la leyenda donde los dioses y los demonios habían removido el océano en busca del néctar de la inmortalidad, pero en lugar de eso habían producido veneno y Shiva había tenido que bebérselo para que la paz prevaleciera.

—Suena bien —dijo ella sin poder evitarlo—. Yo nunca he conocido a alguien tan especial.

Vikram entornó los ojos, y el veneno de su pasado compartido burbujeó a su alrededor.

—Venga, no irás a decirme que estás soltera. Quiero decir, ¡mírate!

Mira echó una mirada incrédula alrededor de la mesa. Jen asintió, de acuerdo. Nikhil se movió incómodo en la silla. Toda la atención de Vikram pareció concentrarse en quitar la etiqueta de la botella de cerveza.

—En serio, ¿cómo consigues alejarlos? Los hombres deberían estar peleándose por ti —dijo Mira, sin notar la tensión en los hombros de Vikram, la fuerza que cerraba su mandíbula—. No creo que exista ningún hombre que no quiera salir contigo.

La joven miró a Nikhil y Vikram, y Ria tuvo la sensación de estar viendo a alguien adentrándose en un campo de minas. Quería lanzarle una manta sobre la cabeza y llevársela a un sitio seguro.

Vikram se frotó las sienes con los dedos. Cuando por fin miró a Mira, su mirada se endulzó.

—Es necesario algo más que belleza, Mira —dijo, acabando con todas las esperanzas de paz que tenía Ria, que no sabía por qué le sorprendía. Él no iba a dejar pasar una sola oportunidad de menospreciarla. Esa era la naturaleza del veneno: alguien tenía que recogerlo y bebérselo. Era el único modo de librarse de él.

—¿Qué se supone que significa eso, Vic? —Jen saltó a la refriega desde el otro lado de la mesa y la convirtió en una batalla campal. Lo fulminó con la mirada.

—Es lo más desagradable que te he oído decir nunca. Cualquier hombre en su sano juicio querría estar con Ria. Y eso no tiene nada que ver con su aspecto.

Nikhil colocó una mano tranquilizadora sobre las de Jen.

—No creo que Vic haya querido decir eso, Jen.

—¿Qué has querido decir, Vic? —le preguntó Jen con dulzura exagerada, y Ria deseó abrazarla y pedirle que lo dejara estar al mismo tiempo.

Vikram se encogió de hombros.

—Solo eso. Que el aspecto no lo es todo.

Le devolvió a Jen la mirada y se negó a echarse atrás. La tensión de su mandíbula, la obstinada resolución de su mirada eran tan típicas de Vikram que Ria olvidó de qué estaban hablando. Aquel era el Vikram que había creído tanto en ellos, en ella, cuya herida sangraba todavía diez años después.

Como una idiota, notó un escozor en los ojos. Pero no dejaría que las lágrimas escaparan.

Jen pinchó sus fideos con el tenedor. No había dejado de mirar a Vikram. Ria dejó a un lado aquella inútil oleada de sentimientos. Tenía que bajar de aquella montaña rusa. Sonrió a Jen, agradecida, y se recordó que Vikram no había hecho nada más que insultarla y provocarla desde que se habían encontrado. No importaba que se mereciera cada palabra. Él se moría de ganas de tener la pelea que nunca habían tenido. La que ella le debía pero nunca le daría. Y ya lo había alentado suficiente.

—No pasa nada, Jen —dijo—. Tiene razón. Se necesita algo más que belleza. Se necesita tiempo y esfuerzo, dos cosas que no puedo dedicar a una relación ahora mismo.

—Suena a que no has encontrado todavía a la persona adecuada —dijo Mira, apoyándose en Vikram, que cada vez estaba más tenso y erguido.

—Algo así.

La voz de Ria sonó tan tranquila que ella misma se sorprendió.

En lugar de calmarse, Mira se iluminó como si un par de bombillas se hubieran encendido a la vez en el interior de su cabeza.

—¿Sabes qué? —dijo, casi saltando de la silla—, deberíamos encontrarte a alguien mientras estás aquí.

Tanto Vikram como Nikhil saltaron como un resorte. Ria se agarró a su silla.

Los ojos de Jen se iluminaron.

—¡Qué buena idea, Mira!

—¿Sabes quién sería perfecto? —Mira habló directamente a Jen; el entusiasmo habitual de su rostro era un auténtico desmadre—: Sanjay.

Jen aplaudió y sonrió de oreja a oreja. Tanto Mira como Jen se volvieron hacia Ria, que se aclaró la garganta y controló sus gestos con toda la habilidad que poseía.

—Sanjay es mi hermano. Es escritor —le explicó Mira—. Da clases de escritura creativa en Northwestern. Es el tipo más agradable que conocerás jamás.

—Y está *muy* bueno —añadió Jen, abriendo mucho los ojos para demostrar lo atractivo que era Sanjay.

Nikhil gruñó.

—Venga, Nic, tienes que admitir que Sanjay es perfecto para Ria. Ambos son sinceros, creativos y reflexivos. Serían una pareja perfecta.

—No, la verdad es que no. Lo último que Ria necesita es alguien reflexivo. Acabarían tirándose por la ventana juntos.

Nikhil miró a Ria y a Vikram como si estuvieran intentando poner una bomba.

La bomba hacía tictac en el cuello de Vikram. «Por favor, otra vez no.» Una premonición horrible atrapó a Ria, pero la idea de que la novia de Vikram la emparejara con su hermano era tan absurda, tan totalmente inesperada, que se quedó sin habla.

—Deja de ser tan sobreprotector, Nic. —Mira se unió a Jen. Ambas observaron a Nikhil con el ceño fruncido—. A Ria no le parece un problema.

—¡Y una mierda no le parece un problema!

La voz de Vikram se oyó en todo el restaurante.

Los cuatro se volvieron hacia él, sorprendidos. Cuatro pares de cejas se alzaron simultáneamente, cuatro bocas se abrieron como personajes de una tira cómica.

—¿Qué demonios os pasa? ¿Es que no le veis la cara? —Su pecho bombeaba mientras se esforzaba por bajar la voz. La gente de las mesas vecinas se movió incómoda en sus asientos—. Acaba de deciros que no tiene tiempo para una relación. ¿Es que no la habéis oído? Es una maldita estrella de cine. No está interesada en dejarlo por un don nadie.

Mira hizo un mohín.

—Sanjay no es un don nadie. Creí que te caía bien.

—Claro que me cae bien —le espetó Vikram, y Mira retrocedió. Sus ojos atravesaron a Ria—. Es un tipo estupendo. Y por eso precisamente es por lo que tienes que olvidarte de esto. Sanjay no necesita esta mierda. Joder, ¡nadie la necesita!

El sonido que hizo Ria al inspirar quedó magnificado por el repentino silencio que se formó en la mesa. Vikram estaba temblando. Emanaba furia en forma de oleadas calientes, tan palpables que no dejaban de golpear a Ria, pequeñas explosiones de dolor en su cabeza que estallaban más allá de su control. Se echó hacia delante y le devolvió la mirada. Todos los demás desaparecieron. Todo lo que los rodeaba desapareció, los dejó solos, a ellos y a aquel momento. Y otro momento diez años antes. Todo lo que había entre esos dos momentos salió ardiendo.

El dolor y la tristeza desaparecieron. La pérdida. El deseo. Todo desapareció. La furia descarnada que se había amontonado y ampollado entre esos dos momentos ahogó lo demás. Golpeó a Ria en los oídos como un címbalo.

—¡Vic! —La voz de Mira parecía llegar desde kilómetros de distancia—. ¿Qué te pasa? Nunca te había visto así. ¡Vic!

Le tiró de la manga, pero él apartó el brazo.

—¿Sabes qué? —le dijo Ria, tragando saliva con dificultad—. Sería estupendo conocer a un tipo agradable. Parece que hasta ahora solo he conocido a capullos.

La voz le temblaba y se le rompió: aquello fue más de lo que pudo soportar. El dolor le atravesó el cráneo y atrapó sus sienes como una tenaza. La comida se le revolvió en el estómago.

Maldita fuera. Iba a vomitar.

Se apartó de la mesa. El chirrido de la silla sobre los azulejos le abrió en dos la cabeza. Huyó.

Las voces zumbaron a su espalda como un enjambre de abejas. Nikhil, Jen, Mira, voces suplicantes, persuasivas. «Siéntate, tío.» «Cálmate.» La atención de todo el restaurante estaba centrada en ella. Mierda. Mierda.

Escuchó pasos a su espalda y empezó a correr. Pero no sirvió de nada, porque él estaba justo detrás de ella. Notó su aliento en la espalda. Las oleadas de ira a las que ya se había acostumbrado la embistieron. Uno detrás del otro, atravesaron un pasillo estrecho. El letrero rojo de salida refulgía en su visión borrosa. Ria continuó, abrió la puerta y salió a la noche. Oyó el golpe de la mano de él contra la puerta y quiso darse la vuelta y empujarlo al interior.

Estaban en un callejón. Un espasmo de dolor atroz gritó en sus sienes cuando se encorvó. El olor de la comida podrida le golpeó en el vientre, y algo horrible salió a chorro de su garganta. Se apoyó en la pared, intentando controlar las convulsiones, intentando cerrar la boca y concentrarse en no echarlo todo.

—Ria... —dijo él a su espalda. Su voz sonaba desvalida de repente. Pero no intentó tocarla.

—Déjame en paz. Por favor.

Se puso las manos en el estómago para detener las oleadas de náuseas y apoyó la cabeza en el áspero ladrillo. La vergüenza por su falta de control se mezcló con la quemazón de la bilis en la garganta y la explosión de dolor en la cabeza.

Antes de que Vikram pudiera responder, Nikhil salió al callejón.

—¿Ria? ¿Estás bien? —le preguntó, pasando junto a Vikram y apartándola de la pared.

—No. Lo siento. Solo quiero irme a casa, Nikhil, por favor.

Nikhil la acompañó por el callejón hasta el aparcamiento. Vikram no se movió. No dijo nada. Se quedó allí sin más. Ria no tenía que mirarlo para saber qué expresión tenía su rostro exactamente.

CAPÍTULO 10

Por si el remordimiento y la culpa no habían sido suficientes, Ria se sentía abrumada por una vergüenza tan profunda que no creía que pudiera llegar a superarla. Ni siquiera corriendo conseguía bloquearla. Con cada zancada junto al río, el embrollo de recuerdos de su cabeza se enmarañaba un poco más. Lo único que lograba sacar en claro de aquel caos era la ira que vio reflejada en la cara de Vikram. Y en lugar de concentrarse en eso, su mente seguía buscando los sentimientos que habían engendrado tal ira. Cuanto más intentaba contener su propio enfado, más menguaba y daba paso a la tristeza que era su maldición.

Había vomitado después de llegar a casa la noche anterior, en silencio, para que nadie lo supiera. Y después había intentado dormir. Pero desde el compromiso de Nikhil no había podido hacerlo; llevaba casi cuarenta horas sin pegar ojo. Sus párpados se habían convertido en pantallas que reproducían sus recuerdos en bucle.

Los rayos de luz atravesaban el follaje y caían en círculos sobre la hierba a su alrededor. Un par de árboles ya habían cambiado de color. Franjas naranjas y amarillas ardían contra la fronda densa y verde que bordeaba el agua. Nunca había visto Chicago en otoño. Tampoco había estado allí en primavera o en invierno; solo lo había visto en verano. Era una chica de una sola estación. Incompleta.

Sentía las piernas entumecidas, pero retomó el paso y siguió corriendo. Aquel último verano había estado a punto de quedarse a ver el cambio de estación: la habían aceptado en Purdue y tenía el I-20 sellado en su pasaporte. Después de tantos años destrozada por las infinitas separaciones, Vikram y ella no tendrían más que un viaje de dos horas en tren entre ellos. Habían planeado un horario para las visitas de fin de semana apoyados sobre un calendario en la mesa de la cocina. La luz se filtraba por las ventanas con parteluz, con los dedos entrelazados bajo la mesa y los sueños entretejidos en sus corazones.

Saltó sobre un tronco de árbol caído que bloqueaba su camino, y después al otro lado. Notó un fuerte dolor que le bajaba por la pierna hasta el tobillo, pero no se detuvo.

Collages del pasado pasaban zumbando junto a ella como las vistas desde un tren en movimiento. El modo en que Vikram la había besado en el aeropuerto, tras agarrarla de la mano y tirar de ella hasta un rincón. El dolor de soltar su mano aquella última vez y que él desapareciera por la puerta había sido como si le arrancaran el corazón. Pero después se había marchado a casa y la expresión en la cara de Uma le había enseñado cómo era el dolor de verdad. El vuelo sin fin de vuelta a Bombay. De vuelta con Baba. «Dios, por favor, deja que viva.» Aquella había sido su única oración, su salmodia. «Puedes quitarme cualquier otra cosa, pero deja que Baba siga vivo.»

El dolor atenazaba sus piernas, su pecho. Se aferró a él y continuó. El olor en la unidad de quemados, como ahogarse en grasa de motor con algo podrido atrapado en el interior de los pulmones. Los gritos. Locos de dolor. Como si hubieran estado dispuestos a devorar sus extremidades para escapar de ello. Gritos que nunca desaparecían de su memoria, sin importar cuántos años pasaran.

La carne sin piel de Baba. Sin gritos, solo agonía muda y un propósito decidido en sus ojos. El movimiento trabajoso de sus labios resecos. «Ningún hospital público, Ria. Ninguna institución. Nadie más que tú. Tienes que cuidar de tu madre. Tú. Prométemelo.»

No le habían permitido tocarlo. Su cuerpo era una masa bajo la gasa. «Sí, Baba, te lo prometo.»

Había querido decirle muchas cosas, pero sus últimas palabras habían sido la promesa de proteger a su asesina. La esposa a la que se había pasado toda la vida cuidando antes de que ella le lanzara una lámpara de aceite y lo convirtiera en una mecha que incendiaría la casa de madera. Pero él no se había marchado sin ella; la había envuelto en una manta y la había sacado de la casa con el cuerpo envuelto en llamas. La enfermera no lo consiguió.

Ria, la hija de su matrimonio maldito, se había quedado con las cenizas de la casa que nunca había sido su hogar, las cenizas de un padre con el que tanto había deseado vivir, y dos promesas, una de las cuales tenía que romper para cumplir la otra.

Vikram y Baba. Dos hombres que lo eran todo para ella, pero siempre por separado. Había estado a punto de unirlos. Había estado muy cerca de llenar el hueco entre sus dos vidas. Y entonces una tercera vida totalmente inesperada se había llevado la suya.

Voló por el camino, desesperada por sacarse el hedor putrefacto de sus pulmones. Aquel día había visto la cara de Vikram en el cuerpo de su padre muerto y había sabido lo que ella podía hacerle a él.

«Viky, Viky, Viky», decían sus pies al golpear el suelo. Llevaba horas corriendo, y en lugar de relajar su mente se estaba dañando gravemente el cuerpo. Todos sus músculos gritaban, doloridos y sobrecargados. La hilera de casas apareció ante su vista y se permitió por fin detenerse y empezar el largo camino a casa cojeando.

A cada paso que daba perdía más el equilibrio, hasta que todo a su alrededor se inclinó. Necesitaba sentarse. Había un banco de madera delante de un roble justo al doblar la esquina. Fue cojeando hacia allá.

Pero estaba ocupado, como casi todos los espacios donde quería estar aquellos días. Gimió; el melodrama de sus pensamientos haría que las histéricas a las que interpretaba se sintieran orgullosas. Intentó cambiar de dirección, pero sus piernas ya no acataban sus órdenes. Se tambalearon y temblaron. La persona que estaba en el banco se levantó y Vikram emergió de las sombras con una compostura que habría reconocido sin la corriente eléctrica que le atravesó el vientre.

Reconoció el momento exacto en el que él cambió de idea sobre esperarla. Se sacó las manos de los bolsillos y corrió hacia ella.

—La madre que te parió, Ria. ¿Qué ha pasado? ¿Te has caído? ¿Estás herida?

La miró de arriba abajo.

Ella negó con la cabeza. Una punzada de dolor nuevo la atravesó al moverse.

—Estoy bien.

¿Qué tipo de idiota corre hasta destrozarse el cuerpo?

Un calambre atroz le retorció la pantorrilla. Tuvo que esforzarse para no hacer un gesto de dolor. Él extendió la mano, pero se detuvo antes de tocarla.

—¿Cuánto has corrido? ¿Has estirado antes, al menos? ¿Qué pasa contigo?

Ria apretó los dientes para bloquear el dolor. «Por favor, Viky, ahora no.»

La expresión de Vikram se suavizó.

—Vamos al banco. Te vendrá bien sentarte.

Le ofreció el brazo y esperó a que ella lo agarrara.

Pero Ria no podía moverse. El calambre de la pantorrilla la tenía inmovilizada.

Vikram se agachó a su lado y le puso una mano por debajo de un pie.

—Pon la mano sobre mi hombro. No quiero que te caigas.

Su voz era tan brusca como sus dedos suaves.

Ria lo tocó, y sus dedos percibieron la calidez de los músculos de su hombro.

—Intenta levantar los dedos de los pies.

Vikram presionó el pie y masajeó el músculo que había sufrido el tirón.

El dolor le subió y bajó por la pierna. Sus dedos se cerraron sobre el material escurridizo de la camiseta del hombre.

—Shh. No pasa nada. Intenta relajarte, intenta estirar. Tienes que estirar el músculo para que se te pase.

Era una tonta por estar derritiéndose con su amabilidad. Él era médico: solo estaba haciendo su trabajo. No tenía nada que ver con ella. Justo como le había pedido, Ria levantó los dedos. Después de un par de minutos, el dolor cesó.

Vikram le soltó el pie y, sin perder siquiera un segundo, se levantó.

Ella puso una mano sobre su hombro. Se resistía a soltarlo. Deseaba con todas sus fuerzas alargar el contacto.

Pero el pulso era evidente en la garganta de Vikram, que estaba tan rígido como una estatua.

—¿Puedes caminar? —le preguntó, ofreciéndole el brazo.

Ria no lo agarró y se dirigió al banco concentrándose en poner un pie delante del otro.

Él la acompañó.

—¿Cómo se te ocurre salir a correr después de lo de ayer?

Ante el recuerdo de su último encuentro, las mejillas de Ria se calentaron de vergüenza.

—Estoy bien —le dijo de nuevo.

Llegaron al banco. Una vez más, Vikram le ofreció el brazo. Una vez más, Ria no lo tomó. Apretó los ojos, dobló las rodillas y cayó desgarbadamente en el banco. El dolor era, definitivamente, una buena distracción.

—No, no lo estás. Ayer te pusiste enferma, deberías estar descansando en la cama.

—No estoy enferma. Era solo una migraña. No debería haber pedido esa limonada, estaba demasiado dulce.

—¿Migraña? —Parecía enfadado—. ¿Has corrido con una migraña? ¿Qué demonios te pasa? ¿Las sufres a menudo?

Vikram parecía enorme cuando se cernía sobre ella de aquella manera, pero al mirarlo a los ojos seguía teniendo aquella antigua sensación de seguridad. Como si nada pudiera salir mal si él estaba cerca.

—Te he dicho que estoy bien. Pero, de verdad, ahora no tengo fuerzas para discutir.

«Ni para enfrentarme a esa mirada tuya.»

Vikram tomó aliento profundamente y se derrumbó en el banco a su lado.

—No estoy aquí para discutir. —Se frotó las sienes, moviendo los dedos para aliviar lo que fuera con lo que estaba luchando. Cuando volvió a mirarla, había una disculpa en sus ojos—. Lo digo en serio. Ya no quiero discutir más.

El corazón de Ria volvió a encogerse. Intentó sonreír.

—¿No? —preguntó, fingiendo sorpresa.

Cuando él respondió con una sonrisa leve, un calor desenfrenado y estúpido estalló en su corazón.

—Lo sé. Increíble —dijo. Era la primera vez que le sonreía desde su regreso. Por un instante, Ria se olvidó del dolor. Se olvidó de todo.

Vikram se pasó las manos por el pelo. Lo tenía húmedo, recién lavado.

—En realidad estoy aquí para disculparme. Siento lo de ayer. Me comporté como un auténtico imbécil.

Probablemente no era más que el aroma embriagador del jabón que desprendía, pero su propia sonrisa se sumergió en su corazón y la hizo sentirse mareada.

—Bueno —dijo, alargando la palabra hasta que la sonrisa de Vikram también se amplió.

—Oye, fue así. Lo admito. —Levantó las manos, rindiéndose—. Sabes que puedo ser muy idiota cuando me cabreo.

Ria tragó saliva y él apartó la mirada.

Esperó a que el momento incómodo avivara su ira como había hecho antes, pero él no dijo nada más. Su Viky se había decidido, y así supo que la guerra había terminado.

Aun así, su mente luchó contra la tranquilidad que sintió mientras estaban allí sentados, escuchando el borboteo del río sobre las rocas. Siempre había sido demasiado ruidoso para ser tan pequeño. Vikram delineó la hierba húmeda con sus zapatillas. El movimiento hizo que los músculos se marcaran bajo la camiseta deportiva negra y los pantalones de chándal que llevaba tan relajadamente. Otra chispa se movió formando un arco desde su corazón hasta su vientre. Allí estaba ella, después de pasar diez años congelada desde el interior, incapaz de recordar la aversión que había sentido ante el roce de otro humano. Una princesa de hielo sin su armadura helada.

Los hombres con los que trabajaba tenían ese aspecto después de que un equipo de expertos pasara horas arreglándolos. Él era el tipo que sus protagonistas intentaban parecer. Y fracasaban, a tenor de la reacción de su cuerpo. Con sus compañeros no había sentido más que un desagrado frío, pero con él la necesidad de tocarlo, de descubrir lo que había cambiado, de buscar lo que seguía siendo igual, era tan fuerte, que hacía que su estómago se tensara. Su cuerpo, así como su corazón, siempre lo había reconocido, y nunca dejaría de castigarla por lo que había hecho.

—En realidad no es el hombre adecuado para ti, ¿sabes?

Ria levantó la mirada.

—¿Quién? —preguntó distraídamente, inhalando el dulce aroma a tierra del otoño mezclado con el olor a jabón de él... Aunque ningún jabón del mundo olía así. Se preguntó cuánto tiempo había estado esperándola en el banco.

—Sanjay... El hermano de Mira —le aclaró, frunciendo el ceño.

Así que se trataba de eso. Mira y su estúpido hermano profesor. Ria se volvió hacia él y recibió con agrado la puñalada de dolor.

—Tienes razón —dijo con tanto desinterés como pudo.

—Bueno. ¿Eso es lo único que vas a decir?

—¿Qué quieres que diga?

—No lo sé, anoche parecías dispuesta a que te concertaran una cita. ¿No tienes nada que decir ahora?

Ria se tragó un gemido.

—¿Por qué no me dices qué quieres oír?

—Quiero saber cómo puedes perder el interés por alguien tan fácilmente.

El sonido del río intensificó el silencio que siguió a su pregunta. Ria se movió, pero el dolor no funcionó esta vez. Los ojos de Vikram brillaban intensamente. Todo su cuerpo estaba a la espera, pero ella no podía proporcionarle ninguna respuesta. Ni a la pregunta que le había hecho, ni mucho menos a la pregunta que no le había hecho.

El cabello húmedo de Vikram caía en gruesos mechones sobre su frente. Hizo un mohín, como hacía siempre que fruncía el ceño. Conocía tan bien sus expresiones que era como si nunca se hubiera marchado. Vikram era una segunda naturaleza para ella, como las cicatrices que la marcaban... A pesar de evitarlas en el espejo año tras año, no había olvidado dónde estaba cada una de ellas.

—Nunca estuve interesada —dijo finalmente—. Es lo que intentaba decirle a Mira, pero tú no dejabas de provocarme y dejé que me arrinconaras.

Algo puro e inesperado oscureció la mirada de Vikram. Le había encantado arrastrarla a un rincón cuando menos se lo esperaba. Le había encantado sorprenderla, provocar su timidez. La sensación de tocarlo con todo su cuerpo, piel con piel, célula con célula, el modo en el que habían encajado, llenó la mente de Ria.

El caleidoscopio azul grisáceo de sus ojos se abrió y la succionó. El agua se cerró sobre su cabeza. Si no conseguía volver a nadar hasta la superficie, se ahogaría. Cerró los ojos con fuerza y contuvo el aliento.

—¿Por eso estabas esperándome aquí, para proteger a tu querido profesor de mis garras?

El silencio fue su única respuesta.

¿Cómo era posible que la mirara como acababa de hacerlo si pensaba que era una devora hombres desalmada? ¿Cómo podía haber olvidado todo lo que sabía sobre ella?

Pero lo había hecho. Ella había hecho cosas imperdonables para hacerlo olvidar. Y las haría de nuevo. No importaba que la idea de estar con alguien que no fuera él la hiciera desear vomitar. No podía decírselo, por mucho que lo deseara, así que le dijo:

—Mira, ayer hablaba en serio. No estoy interesada en una relación. Con nadie. No tengo tiempo para eso. Y dentro de diez días me iré, así que, ¿qué sentido tendría? Tu amigo está seguro.

Vikram siguió con los hombros tensos.

Ria se obligó a sonreír.

—Tranquilo. Buscaré a otra persona a la que clavar mis garras.

Vikram levantó una de sus comisuras, pero su sonrisa incompleta resultaba triste.

—No será difícil —le dijo—. Ellos deben estar deseando clavártelas a ti.

Ria se llevó las manos a la boca.

—Oh, ¡venga ya! Sabes que no me refería a eso. Ha sonado mal. Las garras. Me refería a las garras. Clavarte las garras. —Su sonrisa se volvió auténtica y le arrugó los ojos—. Me callo ya.

Ella asintió.

—Por favor.

Y entonces empezaron a reírse. El tipo de risa que empieza en la barriga y sube vibrando hasta los hombros. Alivio y vergüenza a partes iguales los unieron con demasiados hilos compartidos. Un dolor dulce atravesaba los músculos de Ria a cada carcajada.

—Mierda, eso ha sido horrible. Lo siento —le dijo Vikram. Sus hombros todavía temblaban—. Parece que ya no sé decir nada en condiciones, ¿eh?

—No.

Sus ojos se encontraron y mantuvieron el contacto. Un momento desguarnecido pasó entre ellos. No hubo furia, no hubo dolor: solo ellos.

Ria se rodeó con los brazos y dejó que la sensación de dolor la devolviera a la realidad.

—¿Cómo está Mira? —le preguntó, intentando mantener los pies en la tierra.

Vikram examinó su rostro buscando algo, pero sin cerrarse del todo en banda.

—Bastante molesta. Creo que la asusté.

—Lo siento.

Era el turno de Ria de disculparse. No había conseguido sacarse de la cabeza el dolor y el desconcierto de la cara de Mira.

—No puedo volver a hacer daño a Mira. No puedo creer que le hiciera eso ayer —dijo él. Parecía cansado y decepcionado consigo mismo.

Toda su vida había cumplido las exigencias que se había fijado a sí mismo, y también las que los demás habían fijado para él. No había sido fácil, con dos leyendas como padres. Era siempre lo primero que la gente le preguntaba: «¿Tú eres el hijo de Chitra y Ravi Jathar?» Sus padres habían puesto en marcha su empresa cuando estudiaban en Stanford y habían conseguido que entrara en la lista Fortune 500 en cuestión de unos años. Por si eso no fuera suficiente, el abuelo de Vikram fue el primer ministro de sanidad de la India y su abuela había revolucionado ella sola los tratamientos de fertilidad del país. Su otra pareja de abuelos eran premios Nobel, los primeros en llevar la banca comunitaria a las aldeas para dar poder a las mujeres. En la familia Jathar no había ovejas negras, solo leyendas. Pero Vikram nunca había acusado la presión. La había superado, había hecho que pareciera fácil.

En ese momento parecía cansado. Por primera vez desde su reencuentro, no había ni una pizca de enfado en él. Y eso le rompió el corazón más que ningún insulto.

—Creo que ambos deberíamos dejar de disculparnos —le dijo él, con la voz totalmente controlada y demasiado distante. Y ese cambio escoció a Ria más de lo que debería—. No debería haber dicho esas cosas. Desde que regresaste he estado actuando como un imbécil. Lo cierto es que no esperaba que vinieras a la boda. Me pillaste por sorpresa.

¿De verdad creía que ella se perdería la boda de Nikhil? Sabía lo que Nikhil significaba para ella. Sintió todo el dolor de su cuerpo en el corazón.

Pero aquello era exactamente lo que necesitaba... que él pensara eso de ella, no esa calidez que acababa de iniciarse entre ellos.

—En realidad no iba a venir, pero necesitaba irme un tiempo. He tenido problemas con los paparazis, ¿sabes? —La ligereza de su voz era totalmente «Princesa de Hielo». Se encogió de hombros delicadamente—. Esta era la salida más fácil.

La decepción nubló los ojos de Vikram. Y la danza que habían estado bailando entre mentiras y verdades continuó sobre la atronadora música de fondo de su pasado.

Vikram se enderezó y echó los hombros hacia atrás. La decepción parecía haberlo aliviado. La decepción era más sencilla que la alternativa.

—Estoy seguro de que Nikhil se alegra de haberte sido útil.

Ria no contestó. Habría resultado demasiado sencillo empezar otra discusión.

—Lo siento, empezaré otra vez —dijo él rápidamente, sacudiendo la cabeza—. Lo importante aquí debería ser Nikhil, no nosotros. —Su voz se volvió ligeramente más aguda al pronunciar la palabra «nosotros», pero tal vez eran sus pensamientos, traicionándola—. Ayer creí que Nikhil iba a matarnos. No podemos hacerle esto a Jen. No es justo.

—Cierto.

Por fin estaban completamente de acuerdo en algo. Sin mentiras ni medias verdades.

—Vamos a tener que vivir en la misma casa otros diez días. ¿Podrás llevarlo bien?

Ria asintió.

—¿Y tú?

—Por supuesto. En el pasado fuimos amigos. Ahora deberíamos ser al menos civilizados el uno con el otro.

—Me gustaría ser civilizada.

Ria sonrió.

Vikram se levantó y la miró.

—¿Estás lista para volver a casa?

Se metió las manos en los bolsillos.

Ria se levantó. Tenía las piernas agarrotadas de dolor. Tuvo que hacer un esfuerzo para no caerse. «Oh, por favor, dejadme volver a casa sin humillarme. Solo esta vez. Juro que no volveré a correr. Jamás.»

Dio un par de pasos, pero tenía las piernas tan pesadas y correosas que no estaba segura de que siguieran conectadas a su cuerpo. Se obligó con todas sus fuerzas a poner un pie delante del otro. Justo cuando pensaba que iba a conseguir avanzar, aunque fuera cojeando torpemente, tropezó con una piedra suelta y se dobló. Hizo un ángulo de lo más extraño con todo el cuerpo y pegó un doloroso batacazo sobre las manos y las rodillas.

En un segundo, Vikram estaba de rodillas a su lado.

—Por Dios, ¿estás bien?

Parecía tan sorprendido que a Ria le dieron ganas de reír, pero un latigazo de dolor en el tobillo la hizo gritar. Suave, muy suavemente, Vikram la rodeó con el brazo y la ayudó a levantarse, apoyando su peso en él.

La fuerza de Vikram, su calor... El cuerpo de Ria cobró vida bajo sus manos e hizo que cada insoportable punzada de dolor mereciera la pena.

Él le limpió la tierra de las palmas de las manos y vio sangre bajo los rasguños. La arruga entre sus cejas se acentuó.

—¿Puedes andar?

Ria intentó dar un paso, pero el tobillo no podía con su peso y cedió de nuevo. Haciendo un solo gesto, sin esfuerzo, Vikram se inclinó, la tomó en brazos y la sostuvo contra su pecho.

—¿Qué estás haciendo? Bájame.

Pero se sentía tan bien, con tanto derecho a ello, que sus palabras patalearon sobre su lengua. Intentó mantener el cuerpo rígido para no notar el rasgueo irregular del corazón de Vikram contra su pecho, para no fundirse con su calor, para no buscarle ese trozo de piel en la base del cuello en el que se había escondido tantas veces.

—¿Y qué hago, dejo que te arrastres con los codos hasta la casa?

Caminó llevándola en brazos como si allí fuera donde debiera estar.

—Puedo andar —le dijo Ria. Vikram curvó los labios, y unas pequeñas arrugas le rodearon los ojos.

Su rostro estaba demasiado cerca del de Vikram. Podía ver los toques bronceados y rosados de sus mejillas que desaparecían en la barba recién afeitada de su mandíbula. Podía sentir la calidez de su aliento, la humedad de su cabello.

Intentó alejarse de él.

Vikram tensó la mandíbula.

—Casi hemos llegado —le dijo—. Intenta concentrarte en el dolor. Eso hará que sea más soportable.

—Creía que íbamos a ser civilizados.

—Te estoy llevando en brazos. Eso es bastante civilizado, ¿no te parece?

No respondió. Siguió su consejo e intentó concentrarse en el dolor. El tobillo le palpitaba, las palmas le escocían, pero en lo único que podía pensar era en la fuerza de los brazos que la rodeaban y en el aroma demencialmente embriagador de su piel.

Cuando llegaron al porche y Vikram llamó a la puerta de la cocina con el pie, Ria buscó desesperadamente algo, cualquier cosa, que evitara que abrieran la puerta para poder estar en sus brazos solo un momento más.

CAPÍTULO 11

Tan pronto como Nikhil abrió la puerta y Vikram metió a Ria en casa, una ráfaga de actividad erupcionó a su alrededor. Uma y Vijay saltaron de sus asientos y fueron corriendo tras ellos hasta la sala de estar.

—Ya está, hemos llegado.

El susurro de Vikram le pareció duro, pero la dejó en el sofá con tanta delicadeza que su vientre se contrajo como protesta tras la pérdida de contacto.

Antes de poder decir nada, Uma formó un alboroto.

—Por el amor de Dios, Ria, *beta*, ¿estás bien? ¿Qué diantres ha pasado? —Se sentó junto a Ria, le agarró las manos y se las miró, desesperada—. Estás sangrando. Oh, Dios, Está sangrando. Vijay, está sangrando, haz algo.

Antes de que Vijay kaka pudiera reaccionar, Vikram frotó los hombros de Uma.

—Cálmate, Uma. Se ha caído. Solo son unos rasguños. —Tenía la voz tranquila, pero la arruga entre las cejas era como un profundo tajo en su frente—. Creo que se ha doblado el tobillo. Nic, ¿puedes echarle un vistazo?

Nikhil ya estaba agachado junto a Ria, quitándole las zapatillas.

—Es el otro.

Vikram le señaló el pie derecho.

—Mírate, pobrecita mía.

129

Uma le apartó el cabello de la cara y se lo colocó tras la oreja. Se lamió el pulgar, le limpió un poco la suciedad de la mejilla y le sacudió la tierra de los codos chasqueando la lengua todo el rato.

—¿Has salido a correr otra vez? ¿Qué te pasa, niña? Estás de vacaciones. ¿No puedes quedarte en casa y descansar?

—Es que has estado cebándola, Aie —dijo Nikhil, quitándole la zapatilla—. Va a tener que matarse en el gimnasio para quemarlo todo.

—Cállate.

Ria hizo una mueca de dolor cuando Nikhil le quitó la zapatilla. Nikhil chasqueó la lengua.

—Esto no tiene buen aspecto.

Uma miró a Nikhil como si hubiera doblado el pie de Ria con sus propias manos. Vikram regresó a la sala con una bolsa de hielo y se la entregó a Uma. La mujer se relajó y miró a Vikram como si acabara de descender del cielo con unas alas de ángel.

—Gracias, *beta*. Gracias a Dios que la encontraste. ¿Tú también habías salido a correr? ¿Qué ocurrió?

—¡Ay! —gritó Ria— ¿Puedes dejar de hacer eso, Nikhil?

Aunque el pobre Nikhil no había hecho nada más que examinarle el pie dañado.

—Lo siento.

Nikhil le aplicó el hielo sobre el tobillo. Solo estaba un poco hinchado, pero palpitaba como si tuviera vida propia.

Le quitó el hielo y lo examinó de nuevo.

—No creo que esté roto, pero deberíamos hacer una radiografía para asegurarnos. Papá, ¿tú qué opinas?

—No está roto, Nikhil. No quiero ir al hospital. Por favor —suplicó Ria. Sabía lo que era romperse un hueso y eso no lo parecía.

Vijay se agachó a su lado y le examinó el tobillo. Lo tocó y movió tan suavemente que apenas lo notó. Cuando terminó, le acarició la mejilla.

—Estoy de acuerdo. Yo tampoco creo que esté roto. Podemos esperar a mañana. Analgésicos, un montón de hielo y un montón de descanso y estará lista para bailar en la boda. ¿Te parece bien, Uma?

Uma estaba caminando de un lado a otro de la habitación. Se detuvo, pero en lugar de contestar se dirigió a Ria.

—Me levanté hace tres horas y ya no estabas. —El horror en la cara de Uma hizo que Ria quisiera golpearse a sí misma—. Por favor, dime que no has estado corriendo todo ese tiempo.

Vikram levantó la cabeza bruscamente y miró a Ria a los ojos. La vergüenza incendió las mejillas de Ria. Había sido increíblemente estúpido por su parte, pero no había sido su intención correr tanto. Lo único era que no había conseguido parar. Vikram tensó la mandíbula y se enfadó de nuevo.

—Uma Atya, estoy bien. En serio. Ya has oído a Nikhil y Vijay Kaka. No es más que un tobillo torcido. Ya me duele menos. De verdad.

Vikram retrocedió un paso y se alejó de ella, se alejó de todos ellos.

—Tengo que irme. —Dio un golpecito a su reloj—. ¿Te ocupas de esto, Nic?

Nikhil asintió.

—Vamos a dejarla inconsciente y a mantenerla encamada el resto de su viaje. Estará bien.

Vikram sonrió, una expresión distraída que no llegó a sus ojos. Parecía tan impaciente y ansioso por marcharse que era como si ya lo hubiera hecho. «Vete», quiso decirle antes de que perdieran la poca paz que habían conseguido junto al río. En cuestión de minutos se había marchado, cargado con un montón de tubos de papel.

Ria lo vio marchar, y el agotamiento y el dolor descendieron sobre ella con tal violencia que le arrebataron el aire de los pulmones y la fuerza de las extremidades. Ni siquiera podía fingir que estaba atenta a la inquisición de la preocupada Uma. Cerró los ojos, incapaz de seguir manteniendo los párpados abiertos.

Uma se levantó y dedicó toda su energía a hacer que Ria estuviera cómoda.

Antes de darse cuenta, la alimentaron, la medicaron y la llevaron a su dormitorio, donde se cambió y se metió, agradecida, en la cama. Uma la arropó y lo último que Ria recordó fue su suave mano acariciándole la frente antes de que la oscuridad se cerrara a su alrededor y el sueño la reclamara por fin.

* * *

Ria no tenía ni idea de cuánto había dormido. Le habían parecido días, meses. Había dormido como un animal hibernando, que lo hacía hasta que el mundo volvía a estar listo para él, hasta que la vida regresaba a sus miembros. Unas manos amorosas la reconocieron en sus sueños, le tocaron las mejillas, la frente, le dijeron palabras de cariño, la incorporaron y le dieron pastillas. La curaron.

Cuando su mente comenzó a pensar de nuevo, intentó acallarla desesperadamente, esconderse bajo la colcha y robar al tiempo un poco más de paz. Pero una vez que los pensamientos encontraron una grieta no hubo modo de hacerlos retroceder. Se filtraron por su cerebro como lava fundida y expulsaron el entumecimiento del sueño. Abrió los ojos y tuvo que hacer un esfuerzo para mover sus pesados párpados. Al principio solo aparecieron a su alrededor imágenes borrosas. Una silueta alta estaba desplomada en la butaca de al lado. Su corazón tartamudeó, y sus ojos se abrieron.

Él se incorporó.

—Ey, superestrella. ¿Has terminado con tu cura de sueño?

Ria sonrió. Oír aquella voz nunca la decepcionaría.

—¿Cuánto tiempo he estado fuera de juego?

Su propia voz sonaba ronca y reseca.

Nikhil la ayudó a incorporarse y le ofreció un vaso de agua.

—El suficiente. ¿Cómo te sientes?

La joven se sentó, estiró el cuello y retorció el cuerpo contra el cabecero. No le dolía nada.

—Estupendo —dijo sinceramente.

—¿Y el tobillo?

Ria movió el pie esperando que le doliera, pero no sintió más que un pinchazo.

—Nada. Creo que está bien.

Dejó que Nikhil le examinara el tobillo. Él lo tocó y movió, lo rotó y le pidió que empujara con los dedos del pie contra su mano igual que Vikram había hecho junto al río. Pero no sintió nada más que un leve dolor muscular. Su corazón había seguido el ejemplo de su tobillo; lo sentía en calma y descansado, apenas ligeramente dolorido.

—En serio, me siento muy bien. ¿Qué me habéis dado?

Nikhil se rio.

—Es un secreto que tenemos los médicos. Si te lo contara tendría que matarte.

—Ayer habría aceptado la oferta —le dijo con una sonrisa—. ¿Podrías al menos conseguirme más?

—Claro. Te daré el número de mi camello. ¿Crees que podrías salir de la cama? Aie está a punto de cancelar la boda.

Ria saltó como un resorte.

—¿En serio?

—Le falta muy poco. Sinceramente, creo que si Jen no le diera tanto miedo ya lo habría hecho.

—Jen da un poco de miedo —dijo Ria sonriendo a Jen, que acababa de entrar en la habitación.

—¿Solo un poco? —preguntó la chica, con tono ofendido. Entregó a Ria una bandeja de humeante sopa de pimienta *Rasam*. Algo sospechosamente parecido al hambre mordisqueó el interior de Ria. No recordaba la última vez que había tenido hambre. En serio, ¿qué le habían dado? Devoró la sopa mientras Nikhil se burlaba de ella.

—En serio, superestrella, no es tan difícil —le dijo—. Solo tienes que comer, dormir y no agotarte hasta el punto de que tu cuerpo entre en *shock*. ¿Podríamos probar a hacerlo, por favor?

Ria le echó una mirada fulminante, pero no podía dejar de comer.

Jen le dio un puñetazo en el hombro a Nikhil y se sentó en el brazo de su butaca.

—Tienes razón, da un poco de miedo.

Nikhil se frotó el hombro que Jen le había golpeado y le echó una de sus miradas cariñosas para compensar su pequeña regañina.

No era que Ria no estuviera de acuerdo con él. Se había comportado de un modo tremendamente irresponsable y debería haber sido más prudente.

—Sí, pareces aterrado —le dijo, y se metió las últimas lentejas rojas en la boca—. Pero, caray, ¡haces una sopa fabulosa! ¿Dónde aprendiste a hacer esto, Jen? Está deliciosa.

Jen sonrió.

—Aie me ayudó. Debe ser la mujer con más paciencia del planeta, y sin duda es la mejor cocinera.

Jen no había conocido a su madre biológica. Había perdido a su madre adoptiva a los cinco años, después de lo cual su padre adoptivo no había hecho mucho más que beber hasta matarse y dejarla pasar la adolescencia en casas de acogida. Uma y Vijay la habían aceptado en sus corazones con el mismo amor incondicional con el que colmaban a todos los niños que entraban en su círculo. La relación de Jen con Uma le proporcionaba a Ria una afinidad especial con ella. Era como si fueran hermanas, patitos perdidos acogidos bajo una misma ala.

—¿Cómo estás? —Jen le quitó el cuenco vacío y le tocó la mejilla con el dorso de la mano—. No tienes fiebre.

—¿He tenido fiebre?

—Unas décimas. Era sobre todo agotamiento. Tu cuerpo necesitaba descansar. Descansar un montón.

Jen imitó a la perfección la expresión que ponía Uma cuando la regañaba y recordó a Ria lo estúpidamente que se había comportado. En lugar de ayudar con la boda, había hecho que la familia se preocupara.

Tragó saliva.

—Lo siento.

A partir de aquel momento, se dedicaría totalmente a la boda.

«Lo importante aquí debería ser Nikhil, no nosotros.»

«Nosotros.» Se negaba a pensar en cómo se había derretido la voz de Vikram con aquella palabra.

—Me alegro de que te sientas mejor.

Jen sonrió, pero echó a Nikhil una mirada de preocupación.

—¿A qué ha venido esa mirada? ¿Tengo un mal diagnóstico? ¿Es mortal?

—No, exagerada, estás bien. Y es «pronóstico», no «diagnóstico». Pero Aie se ha puesto como loca con nosotros. Quería que canceláramos las despedidas de solteros, y eso que no son hasta el viernes. Ya ha cancelado la cena de esta noche en casa de la tía Anu. Y la brigada de las titas está que echa humo porque todavía no han podido pasar tiempo contigo.

Ria frunció el ceño.

—Yo también me muero de ganas de ver a las tías. Uma Atya no puede cancelarlo. Estoy perfectamente.

Apartó las sábanas y sacó las piernas de la cama.

—Bueno, Aie ya le ha arrancado a papá la cabeza por sugerir que estabas bien, así que no voy a ser yo el portador de esa buena noticia.

—Voy a casarme con un cagón —se burló Jen mientras empujaba la butaca.

—¿Por qué no se lo cuentas tú, princesa guerrera? —la picó Nikhil.

Jen tomó aliento profunda y dramáticamente y se dispuso a hacerlo. Dio un beso a Ria en la cabeza antes de marcharse.

—Me encanta Jen —dijo Ria tan pronto como se marchó.

—Sí, a mí también.

Nikhil miró la puerta como soñando.

Ria extendió un brazo y le alborotó el cabello.

—Has tenido suerte, niño. Es perfecta para ti.

Nikhil no respondió. No le replicó nada ingenioso. Se volvió hacia ella con la cara seria de repente. Si le soltaba una de esas frases manidas sobre que había alguien ahí fuera para ella, gritaría. Se sentía mejor de lo que se había sentido en mucho tiempo, pero oír a Nikhil escupiendo aquellas tonterías la enfermaría.

No lo hizo.

—Ria, ¿qué ocurrió ayer? —le preguntó con un tono tan inusualmente acusatorio que ella se puso a la defensiva.

—Mi familia me drogó y me dejó fuera de juego porque soy una idiota y estuve a punto de matarme corriendo.

Él frunció el ceño.

—¿Qué estaba haciendo Vic allí fuera contigo?

¿Nikhil estaba sacando el asunto de Vikram? Ria no podía creérselo. Había sido la regla no escrita entre ellos durante los últimos diez años: no mencionar jamás a Vikram. Nikhil era el único de la familia que había sabido lo que había entre ellos y les había guardado el secreto. Nunca había hecho preguntas y ella nunca había compartido con él los detalles sórdidos de la ruptura. Desde luego, no estaba de humor para cambiar eso en aquel momento. Pero él estaba allí, sentado, atravesándola con la mirada mientras esperaba una respuesta.

—Nada. Solo estuvimos hablando. Intentando hacer las paces después de ponernos en ridículo el día anterior.

Al parecer no era la respuesta que él había esperado. Siguió mirándola fijamente como si fuera a explotar si no le decía lo que tenía en mente.

—Suéltalo, Nikhil. ¿Qué te preocupa?

Él tomó aliento profundamente y obedeció.

—Creo que no deberías acercarte a Vic.

—¿Disculpa?

Los dedos de Ria se cerraron sobre la colcha.

Nikhil tuvo el descaro de mostrarse compasivo.

—Mira, Ria, hay muchas cosas que no sabes. Acaba de conocer a Mira y parece feliz. Hace mucho tiempo que no lo veía así. Pero desde que has regresado... Solo os pido que no empecéis nada, ¿de acuerdo?

¿Ahora Nikhil iba a protegerlo de ella? La desesperación le encogió el corazón. La furia creció en su interior tan rápida y colérica que deseó zarandearlo. Su primer instinto fue tragárselo y dejarlo pasar, pero en lugar de eso lo miró a los ojos y no se molestó en esconder su decepción y su enfado. Él se estremeció.

—¿Es que no me oíste anoche? —le preguntó— No estoy interesada en una relación. Con nadie. Ahora, si no te importa, me gustaría levantarme y vestirme. Estoy segura de que así estoy demasiado desaliñada para ser una vampiresa devoradora de hombres.

Apartó las mantas y salió de la cama. Notó un leve tirón en el pie. Justo entonces habría agradecido una buena sacudida de dolor, una de esas que te embotan la mente.

—Ria, no seas así. Él solo...

—No quiero hablar de él, Nikhil. Podría acabar diciendo cosas que no quieres oír.

Y dicho eso se encaminó a la ducha sintiéndose más sucia de lo que se había sentido en mucho tiempo.

CAPÍTULO 12

—Definitivamente no.

Uma Atya parecía inflexible. Habría sido más fácil dejar que se saliera con la suya, pero Ria necesitaba distraerse. Seguía enfadada y no conseguía que las palabras de Nikhil dejaran de resonar en sus oídos una y otra vez.

—Por favor, Uma Atya, me muero de ganas de ver a las tías. Mírame, estoy bien.

Ria se señaló. Se había puesto unos *jeans* y una camisa de rayas turquesa esperando contra toda esperanza que la afirmación de su diseñador (que aquel color la hacía resplandecer) fuera lo suficientemente verdad como para convencer a su tía.

—No vas a salir de casa hoy. Te quedaste frita y gemiste y te has quejado en sueños durante dos días. No hay nada que discutir.

Ria abrió la boca para quejarse, pero Uma la detuvo.

—Pero las chicas han sugerido que celebremos la cena aquí.

Antes de que Ria abriera la boca de nuevo, Uma levantó, seria, una ceja.

—Si me prometes que te quedarás en el sofá toda la noche, celebraremos la fiesta aquí. Anu lleva dos días cocinando, así que sería absurdo desperdiciar toda esa comida.

Ria abrazó a su tía.

—Lo que tú digas, Uma Atya —le dijo, inhalando el aroma a jazmín dulce del cabello de su tía—. Pero después de esto no cambiarás ningún otro plan.

Uma le dio un beso en la frente y le dedicó una de esas miradas traviesas que sin duda evitaba que sus estudiantes perdieran el interés.

—La despedida de soltero es segura. Ya va siendo hora de que Nikhil luche sus propias batallas, ¿no crees?

Sí, ella sí lo creía. Y también iba siendo hora de que sacara el trasero de las batallas de los demás.

¿Cómo era posible que Nikhil lo hubiera entendido todo tan pésimamente mal? Se negó a pensar en el hecho de que para él no había forma de conocer la verdad. Ella nunca le había dado una explicación. Le había dejado creer lo que había querido que Vikram creyera, que era una zorra traidora que se había vendido por un lanzamiento al estrellato. Apartó el amargo pensamiento que no dejaba de exasperar su mente: que ninguno de ellos había creído en ella lo suficiente para ver más allá de sus mentiras. Sabía que era injusto tenerles rencor por ello, pero eso seguía clavado en su corazón como una espina fina y afilada.

La maraña de mentiras, siempre presente, se tensó a su alrededor como la red de un cazador. Cuanto más la empujaba, más se pegaba a ella como una telaraña pegajosa y alargada. Pero la verdad debía seguir oculta en aquel psiquiátrico remoto y en el interior del cono de silencio que formaban Uma, Vijay y ella, y, lamentablemente, también la madre de Vikram.

Si Vikram descubría alguna vez que la madre de Ria estaba viva, si descubría por qué lo había dejado en realidad, si veía alguna esperanza, ella sabía que todo cambiaría. A pesar de todo lo que había hecho, sabía que tiraría del mantel sin pensar en la porcelana valiosa e irreemplazable que había sobre ella.

Solo había tenido que mirarlo una vez a los ojos para saberlo.

Igual que solo había necesitado mirarlo una vez a los ojos para responder a la primera pregunta que le hizo.

«¿Quieres que seamos amigos?»

Y para saber que se refería a «para siempre».

No, Vikram nunca descubriría la verdad, o ella no tendría ningún modo de protegerlo. Pero quería que Nikhil creyera en ella con o sin la verdad. Era Nikhil, siempre había estado de su lado. Había sido el único que había estado. Era totalmente injusto por su parte, pero quería que supiera sin que se lo dijera que ella nunca haría nada que pudiera dañar a Vikram de nuevo.

«Solo os pido que no empecéis nada, ¿de acuerdo?»

Como si necesitara que Nikhil se lo dijera. Como si necesitara que alguien le recordara que empezar algo con Vikram sería como colgarle a una enferma demente del cuello y dejar que se ahogara. Ella sabía demasiado bien a qué devastación se enfrentaría cuando empezara a perder la cabeza. Pero, aunque en ese aspecto no tenía más remedio que seguir los pasos de la mujer que le había dado la vida, a diferencia de ella, Ria se aseguraría de dejar en herencia el mínimo dolor posible.

*   *   *

Cuando Ria bajó las escaleras, Vikram y Mira estaban agarrados de la mano. O, para ser más precisos, Mira estaba agarrada a Vikram. Lo tenía sujeto por el antebrazo mientras él tenía la mano en el bolsillo. Era un detalle menor, pero para Ria fue tan evidente como si hubieran ampliado ese detalle de la imagen. El recuerdo de sus brazos rodeándola mientras la llevaba a través del patio cobró vida sobre su piel, y se la frotó para eliminarla.

Vikram la vio y asintió educadamente en dirección suya, pero Mira evitó mirarla a los ojos y se negó a reconocer su presencia de ninguna manera. Ria no estaba segura de haberle devuelto el asentimiento antes de escabullirse a la cocina.

—¡Aquí está nuestra Ria!

El coro de voces que había estado esperando oír la recibió cuando entró en la cocina. La brigada de las titas se abalanzó sobre ella.

Había algo abrumadoramente familiar en aquella imagen, todas alrededor de la isla de la cocina, y durante un breve instante Ria se sintió una niña de nuevo y se cobijó sin vergüenza alguna en los brazos de cada una de ellas. Todas llevaban *kurtis* sobre los *jeans* y Ria sabía que habían hecho un sinfín de llamadas antes de tomar esa decisión. Hasta donde Ria podía recordar, habían discutido qué ponerse en cada ocasión, ya fuera grande o pequeña. «¿Vamos de indias o normales?» o «Estoy demasiado cansada para arreglarme, vamos a ponernos *jeans* hoy» o «Llevamos siglos sin ponernos un sari. Que todo el mundo se ponga uno». Ya fuera una fiesta, una noche en el teatro o un *picnic*, ellas siempre aparecían con el atuendo apropiado.

Sus maridos e hijos se burlaban de ello, pero el código de vestimenta era parte de ellas, tanto como su amistad y el círculo de lealtad que habían creado al convertir una tierra extranjera en su hogar. A pesar de sus caracteres y de sus preferencias personales, siempre se ajustaban al código de vestimenta. Era algo suyo.

—Me encantan los *kurtis* —dijo Ria, y todas a la vez comenzaron a hacerle un relato detallado del origen de cada uno, incluyendo cuánto habían costado.

Ria no pudo evitar sonreír.

—Mirad, ahora se ríe de nosotras —se quejó Radha con una mano en la cadera.

—Te lo mereces. ¿A quién se le ocurre contarle a una estrella de cine cuánto le costó un *kurti* en Delhi Haat durante su último viaje a casa? —dijo Priya, aunque ella había hecho exactamente lo mismo.

—No me estoy riendo de vosotras, tía Radha. Sonrío porque no habéis cambiado nada.

—*Leh*, ¿por qué íbamos a cambiar? —preguntó Radha, señalándose con incredulidad exagerada— ¿Por qué cambiar algo tan absolutamente perfecto?

Se rieron. Ria asintió efusivamente.

—*Vaise*, tú tampoco has cambiado, *beta*. Eres una actriz importante, pero sigues siendo tan dulce como siempre —dijo Anu, acariciándole la mejilla.

—Es verdad —asintió Sita, sonriendo—. No has estado metida en un solo escándalo. Con todas las cochinadas que se oyen sobre Bollywood, cuando empezaste a hacer cine nos preocupamos mucho.

—Apretó los hombros de Uma—. Pero Uma confiaba en ti al cien por cien y tú has demostrado que tenía razón. Estamos muy orgullosas de ti.

El orgullo resplandecía en sus rostros, pero fue el orgullo de Uma el que se quedó atrapado en la garganta de Ria como un nudo que no podía tragar.

—*Arrey*, yo la crie. ¿Cómo iba a hacer mi niña alguna indecencia? —dijo Uma, y a Ria le resultó difícil respirar.

No iba a pensar en Ved. No en ese momento, no allí. Lo único remotamente positivo de su sórdida aventura con Ved era que los medios no se habían enterado. Había prometido a su esposa que mantendría en secreto las aventuras con sus putillas y era tan poderoso que la prensa solo imprimía aquello a lo que él daba el visto bueno. Ria se moriría de vergüenza si Uma o las tías descubrían alguna vez lo indecente que era en realidad.

—Ria, ¿estás cansada, *beta*? —Uma examinó su rostro—. ¿Sabes qué? Me prometiste que no te levantarías del sofá, vamos —le dijo, empujándola fuera de la cocina—. Tú necesitas descansar y nosotras tenemos que preparar la cena.

—Vete, vete antes de que la mandona de tu atya nos eche de casa.

Se despidieron de Ria y le hicieron prometer que les contaría los últimos cotilleos de Bollywood, todos los detalles jugosos de los escándalos de los que estaban tan orgullosas que ella no participara. A continuación, dirigieron su atención a las interminables bandejas de aluminio llenas de comida.

Uma llevó a Ria a la sala de estar, la empujó al sofá e intentó que colocara los pies sobre un otomán.

—Uma Atya, por favor. No lo necesito, de verdad.

Volvió a poner el pie en el suelo.

Uma le echó una mirada fulminante y le colocó el pie de nuevo en el otomán.

—Deja el pie aquí y no hagas promesas que no vas a mantener.

Como si aquella fuera su señal, Vikram entró en la habitación.

—Tiene razón, ¿sabes?

Tomó la fuente de verdura y salsa de la mesa de café. Entonces captó su expresión y le miró el pie.

—Me refiero a que tiene razón sobre tu pie. Ponerlo en alto ayudará a que se cure.

—Ya has visto. Vic siempre fue el más listo de vosotros. —Uma se levantó rápidamente, obligó a Vikram a bajar la cara y le besó la frente—. Asegúrate de que Ria come algo antes de llevártelo —le dijo en maratí antes de marcharse.

—*Ho* —respondió él en aquel maratí con acento que a Ria siempre le había parecido adorable. Normalmente, Nikhil y Vikram respondían en inglés siempre que alguien les hablaba en maratí, pero de vez en cuando dejaban caer un par de palabras en el idioma y a Ria le encantaba.

—¿Cómo tienes el tobillo?

Vikram le echó un vistazo rápido al pie y sostuvo la bandeja frente a ella pacientemente hasta que eligió una tira de pepino.

—Bien. Está curado.

Él entornó los ojos y fingió examinarlo.

—Todavía parece un poco hinchado y los moretones se van a quedar para siem...

Se quedó pálido, atrapado en el retorcido meñique de Ria con su cicatriz en forma de cremallera.

Ria puso el pie en el suelo y lo metió en la zapatilla, pero la mirada de Vikram siguió al pie.

Un día, mientras construía unos estantes para Uma en el garaje, a Vikram se le cayó el martillo sobre el meñique de Ria. El dedo de Ria siempre había estado un poco torcido después de aquello.

—Vic... ¡Oh!

Mira se detuvo en seco. Echó una mirada al rostro culpable de Vikram y puso cara de que la hubieran abofeteado.

Ria quería decirle que su expresión culpable no tenía nada que ver con lo que acababan de hacer. De hecho, no tenía nada que ver con nada. Estaba totalmente infundada, ya que la culpa había sido solo de Ria. Pero no podía decirle a Mira que había sido tan estúpida que había besado a alguien con un martillo en la mano.

—Hola, Mira. —Ria rompió el silencio. Mira asintió ligeramente, pero no la miró a los ojos. Miró la bandeja que Vikram tenía en la mano—. Todo el mundo está esperando la salsa, Vic. ¿Vienes?

—Iré dentro de un minuto.

Vikram seguía mirando fijamente el lugar que el pie de Ria había ocupado sobre el otomán.

—Ese inversor privado amigo del tío Vijay está buscándote. Creo que querías hablar con él. Vamos.

—Iré dentro de un minuto —repitió él distraídamente, todavía perdido en sus pensamientos.

Mira lo observó fijamente, esperando que él la mirara a ella. Como no lo hizo, le quitó la bandeja de las manos y se marchó de la habitación sin decir una palabra más.

Ria se levantó. Si Uma Atya quería que se quedara sentada, lo haría en la cocina.

—Deberías ir con ella.

—Pienso hacerlo —dijo Vikram. Dejó de mirarle el pie y la miró a la cara—. Y tú deberías tener más cuidado. ¿Sabes lo irresponsable que es correr largas distancias sin entrenar?

Ria abrió la boca y después la cerró de nuevo. Estaba decidida a no empezar otra pelea.

—No estoy intentando comenzar una discusión —le dijo, mirándola a los ojos—. Hablo en serio, no puedes hacer las cosas sin pensar en las consecuencias. No puedes despertarte un día y correr una maratón. El primer tipo que lo intentó cayó muerto.

Se volvió para abandonar la sala, pero se detuvo y la miró de nuevo.

—Y no te preocupes, cuando dije que sería civilizado, lo decía en serio. No tienes que poner esa cara de miedo cada vez que abro la boca. Yo cumplo mis promesas.

Y con esa bofetada sin manos, el joven salió trotando de la habitación para buscar a Mira.

Ria intentó recordar la última vez que había hecho algo sin pensar en las consecuencias. Había sido probablemente aquel beso que terminó con su dedo aplastado bajo un martillo.

CAPÍTULO 13

Ria había olvidado cerrar las persianas aquella noche. Los rayos de sol se filtraban a través de las cortinas transparentes. Soltó la almohada, un sustituto patético del cuerpo que había estado abrazando en un estúpido sueño del que había disfrutado demasiado.

Su teléfono móvil, junto a la almohada, vibró. Lo miró.

Era un mensaje de DJ: «¿Ha ocurrido algo, nena?»

Sin pensarlo, escribió: «Q pasa?» y pulsó la tecla de envío. ¿De qué estaba hablando?

El guion... Nunca tardas tanto en responder... ¿Quién se ha muerto?

«Yo. Estoy muriéndome lentamente. Y volviéndome terriblemente dramática.»

Tecleó algo más.

«Estoy de vacaciones... Dame un pto respiro... Ad+, voy a hacer la peli. »

Antes de poder retractarse, pulsó «Enviar». Entonces se arrepintió de inmediato. Ni siquiera había abierto el guion.

Su teléfono móvil sonó. Era DJ. No respondió. Vibró de nuevo.

«DPM... Llama cuando puedas hablar... el chantajista no ha dado señales d vida.»

Se sentó.

¡Magnífico! Ojalá se haya muerto. Pero lo borró y en su lugar escribió: «Gracias. Mantenme informada.»

Al menos ahora estaba lo suficientemente despejada como para salir de la cama.

Se dio la ducha más larga que se había dado nunca. Se puso crema en cada centímetro de piel, frotando hasta que formó una capa blanca y tuvo que quitársela con un pañuelo. Se cepilló el cabello, y lo dejó tan sedoso que el cepillo apenas se deslizaba sobre él. Se cambió tres veces de ropa y seguía sin estar convencida. Al final, después de que Nikhil gritara desde abajo por tercera vez, se decidió por unos *jeans* negros y un jersey negro con un ribete turquesa que era muy fino, gracias a Dios, y bajó las escaleras arrastrando los pies como si fueran de plomo.

—Vaya, esa ha sido la ducha más larga de la historia de la humanidad.

Ria le dedicó una sonrisa avergonzada e intentó ser tan encantadora como siempre, pero seguía enfadada con él. No le había dicho una sola palabra desde que intentara proteger a Vikram de sus famosas garras.

Se concentró en recogerse el cabello en un moño y no le hizo caso.

Vikram asintió a modo de saludo sobre su taza, recién bañado y con tan buen aspecto como bien olía el café.

Ria le devolvió el gesto y se dirigió a Jen.

—Hola, Jen. Estás guapísima.

—Gracias. —Jen se volvió para enseñarle el *kurta* blanco que llevaba sobre los *jeans*—. Tienes que venir al templo con nosotros para reunirnos con el sacerdote sobre los votos, ¿recuerdas? ¿Café?

—Sí, por favor. La taza más grande que haya en la casa.

Consiguió por fin ponerse el cabello en algo parecido a un moño y se lo sujetó con un palillo.

Vikram le quitó la taza de las manos a Jen y sirvió el café. El palillo se escapó del cabello de Ria, cayó al suelo y rodó hasta los pies de Vikram. El cabello se desenrolló y le cayó sobre los hombros. La mirada de Vikram se posó sobre el cabello suelto y en sus ojos apareció, caliente y radiante, el deseo. Se puso de rodillas y recogió el palillo. En lugar de entregárselo, lo dejó en la encimera que había entre ellos.

—Gracias.

Intentó sujetarse el cabello de nuevo. Había hecho aquello un millón de veces y nunca había tenido problemas, pero aquel día su cabello se negaba a cooperar. Jen le quitó el palillo, le enrolló el cabello en un rodete y se lo sujetó de nuevo.

Vikram puso una cucharada de azúcar y un par de gotas de leche en el café y empujó la taza hacia Ria.

Ella tomó un sorbo. Estuvo a punto de gemir de placer. La cantidad de leche perfecta. La cantidad de azúcar perfecta. Perfecto.

Y él lo sabía. Lo vio en sus ojos antes de que apartara la mirada.

—¿Dónde está todo el mundo?

Rodeó la taza caliente con las manos y tomó otro sorbo, largo y perfecto.

—Mamá y Mindy han ido a la tienda de manualidades. A por algo de los centros de mesa del cóctel —dijo Nikhil—. Papá y Matt van a intentar sacar tiempo para jugar nueve hoyos.

—¡Vaya! ¿Golf? ¿En serio? Qué valiente por parte de Vijay kaka —dijo Ria.

—Sí. Valiente. Estúpido, diría yo. —Nikhil puso los ojos en blanco—. Va a pasarse mucho tiempo intentando compensarlo, el pobre.

—Entonces, pobre Uma Atya —dijo Ria, preguntándose qué se había perdido aquella mañana—. No es buen momento para el golf, ¿verdad? —preguntó lealmente.

—¿Por qué no?

Vikram la miró a los ojos. Su tono de voz parecía despreocupado, pero la postura de sus hombros y el modo en que presionaba los labios no.

—Sí, ¿por qué no? —preguntó Nikhil— Queda una semana para la boda y todo está controlado. No sé por qué está Aie tan estresada.

En lugar de contestarle, Ria señaló con la taza la lista de cosas por hacer pegada en la puerta del frigorífico. Había dos folios pegados escritos pulcramente con rotulador negro. Cada línea tenía un asterisco delante. Había un par de cosas tachadas, pero la mayor parte estaba sin hacer.

—Oh, por favor. —Nikhil se acercó al frigorífico y miró la lista con el ceño fruncido—. ¿Adornar cocos? ¿En serio? ¿Eso está en la lista?

Vikram y Jen sonrieron.

Ria les echó una mirada fulminante.

—Los cocos son una parte importante de la ceremonia nupcial. Los necesitaréis en todos los rituales.

—Tiene razón, hombre —dijo Vikram—. Tienes que respetar los cocos.

Nikhil y Vikram se rieron a carcajadas.

—Callad, chicos —dijo Jen—. Ria tiene razón. Los detalles son importantes.

—Claro que lo son. En una boda, los rituales lo son todo. Dios no quiera que tengas que casarte sin cocos.

Vikram fingió estremecerse y tomó un sorbo de café.

Ria empezaba a estar muy cansada de todas aquellas insinuaciones.

—No me refería a eso. Es una boda. Los rituales son importantes.

—Es una boda. Los rituales no significan nada. Hay una novia y un novio y se dan el «sí, quiero». Eso es lo único que significa algo.

La mirada de Vikram era puro peligro. La respuesta que golpeaba en el corazón de Ria era puro peligro y debería haber rectificado. Y con cualquier otro lo habría hecho. Pero su mirada siempre lo conseguía: hacía que las palabras escaparan de ella. Había pasado un año sin hablar a pesar de que todos los que la rodeaban intentaran arrancarle alguna palabra. No había podido hablar por miedo, porque le aterraba qué revelaría, qué diría. Pero nunca tenía miedo cuando lo miraba a los ojos. Incluso en aquel momento en que tenía tanto que temer, bastaba una mirada a sus ojos para que su miedo se disipara como las estrellas al amanecer.

—¿Y qué tiene de malo dar el «sí, quiero» con respeto y de un modo tradicional, rodeado de familia y amigos? —le preguntó.

—¿Como en tus películas, quieres decir?

—No. Como en la vida real. Como Nikhil y Jen quieren hacer, y como nuestros padres y abuelos han hecho durante siglos.

—Creía que lo importante de los votos eran las promesas que se hacen, las personas a quienes se hacen. No sabía que lo importante era el modo en que se hacen.

¿Cómo conseguían aquello sus ojos? Pasaban de la burla a la intensidad, del enfado al dolor en un suspiro. ¿Cómo se llenaban de aquel modo?

Había demasiadas cosas allí. Demasiado que él no comprendía. Demasiado que él quería dejar de sentir pero no podía. Ella no podía soportarlo más. No aguantaría un segundo más de aquel machaque continuo, de aquel acorralamiento. «¡Sé lo que son los votos! —quería gritar— ¡Sé lo que significan!»

No era capaz de recordar una sola razón por la que no pudiera pronunciar esas palabras. ¿Por qué no podía decirle cómo se sentía? Estaba allí, justo delante de ella. Si extendiera un brazo podría tocarlo, y le dolía todo el cuerpo por el esfuerzo de no hacerlo. Algo en su interior se encabritó y se liberó, algo desesperado y voraz. Aquella mirada en sus ojos lo había despertado, le había insuflado vida hasta llenarla por completo de ella.

Se miraron fijamente el uno al otro, sin importar que Nikhil y Jen estuvieran en la habitación, incapaces de apartar la mirada, sin necesidad ya de palabras.

El teléfono móvil de Jen sonó. Eso los sacó de su trance.

—Oh, no —dijo Jen al teléfono, con pánico en la voz.

Nikhil dejó de prestar atención a Vikram y Ria. Todos se concentraron en Jen mientras esperaban en silencio a que colgara el teléfono.

—Era el tipo del altar —dijo Jen cuando terminó—. Su almacén se ha incendiado. ¡Nuestro altar se ha perdido! Se ha achicharrado. Consiguió rescatar algunos, así que tenemos que ir y elegir otro justo ahora, antes de que los reserven todos.

Jen se mordisqueó la cutícula. Parecía consternada.

—Pero tenemos cita con el sacerdote para repasar las traducciones de los votos. —Nikhil frotó los hombros de Jen—. Tenemos que entregárselas a los invitados, el sacerdote solo tenía tiempo hoy.

—De todos modos, Ria iba a ayudarnos con eso, ¿verdad? —dijo Jen, mirando a Ria con esperanza—. Puedes hacerlo sola, ¿no, Ria? No nos necesitas. Vic podría llevarte.

Ria comenzó a sentir el mismo pánico que había sentido Jen.

Nikhil la miró con súplica.

—Por favor...

Ria le echó una mirada asesina. ¿En serio? ¿De repente le parecía bien que pasara varias horas a solas con Vikram? «¿Y si empiezo algo?», estuvo a punto de decir.

Vikram levantó una ceja inquisitiva, mirando primero a Nikhil y después a Ria.

—Vikram puede ir solo —le dijo Ria a Jen—. Nikhil podría ir con él. Yo iré contigo.

Jen negó con la cabeza.

—Vikram y Nikhil no entienden de esas cosas. Solo puedes hacerlo tú. Ninguno de nosotros sabe qué es qué. Tienes que ir. Por favor.

La voz de Jen se quebró y Ria le puso la mano rápidamente en el hombro.

—Claro que iré —aseguró a Jen mientras Vikram la abrazaba—. Tranquila, Jen. Nos ocuparemos de todo. La cita es en el templo Aurora dentro de media hora, ¿verdad? No hay problema.

Jen resopló y sonrió con vacilación.

—Lo siento mucho. Te juro que esta boda está volviéndome loca.

Vikram le dio un beso en la cabeza.

—Creo que la palabra es *Bridezilla*, «novia histérica» —fingió susurrar, y ella se rio y les dio las gracias una y otra vez antes de que Nikhil la sacara de la habitación.

—Gracias, superestrella —dijo Nikhil a Ria, abrazándola, antes de marcharse.

—No te preocupes, no sacaré las garras —le dijo Ria al oído. Pero le dio un abrazo rápido. Estaba enfadada con él, pero sabía que la intensidad de su enfado era desproporcionada. Nada de aquello era culpa suya.

La puerta del garaje se cerró, y Vikram y ella se quedaron solos en casa. Solos por primera vez desde aquel verano tremendamente mágico en el que pronunciaron sus propios votos. Y después ella los había hecho añicos. Los restos de aquellos jirones pendían en el aire en aquel momento. Estaban en los ojos de Vikram y se aferraban al cuerpo de Ria, imposiblemente tozudos.

Ria recogió su propia taza, y el resto de tazas que había dispersas por la cocina y las llevó al fregadero. Abrió el grifo y empezó a enjuagarlas.

Vikram se quedó allí, clavado, como si ninguna fuerza terrena pudiera moverlo. La observó con los ojos entreabiertos, calentó con su mirada cada centímetro de su cuerpo hasta llegar a su dolido corazón. El silencio se prolongó entre ambos. Ria no quería saber qué le estaba pasando por la mente. Aquello era demasiado, todo aquel conocimiento, todos aquellos sentimientos.

Frotó las tazas y limpió las manchas de color barro hasta que el vapor le subió al rostro y los dedos enrojecieron con el agua hirviendo. Vikram se movió por fin. Se acercó por su espalda y cerró el grifo. Su respiración acarició la nuca de Ria. El suave vello de su cuello se erizó y estiró hacia él, buscando el calor familiar de su cuerpo. Solo sería necesario un leve movimiento y estaría en sus brazos. La taza de café se le escurrió de las manos y cayó en el fregadero estrepitosamente.

Vikram retrocedió rápidamente y se situó en el lado contrario de la cocina.

—Deberíamos marcharnos —le dijo—. No podemos hacer esperar al sacerdote.

CAPÍTULO 14

Ria siguió a Vikram hasta la enorme camioneta pickup roja aparcada en la calle. ¿Aquel era su vehículo? El joven le abrió la puerta. A pesar de ser alta, Ria necesitó utilizar el peldaño de apoyo para subir a aquella cosa. Subió al asiento con la torpeza de una yegua joven. Vikram cerró la puerta y corrió hacia el otro lado, donde saltó al asiento del conductor con la facilidad y elegancia de un semental.

Aquella monstruosidad descomunal cobró vida con Vikram. Encajaba en ella como si la hubieran construido para él. A pesar de lo grande que parecía el vehículo por fuera, el interior era diminuto y tenía un único asiento corrido. ¿Quién seguía construyendo automóviles con bancos en lugar de asientos? Ria se lo tragó todo y se echó sobre la puerta.

No funcionó.

La presencia de Vikram a su lado la consumía. Notaba cada una de sus inhalaciones y exhalaciones. Sentía todos sus movimientos. Cada vez que él cambiaba de marcha o giraba el volante, los músculos de sus brazos se movían y Ria notaba un fogonazo de energía. Habría dado cualquier cosa por un reposabrazos o una caja de cambios... Cualquier cosa sólida que les separara. Colocó el bolso entre ellos y se envolvió en su cazadora de cuero. La tensó tanto que los dedos se le entumecieron con la presión.

Vikram se inclinó y encendió la calefacción.

—¿Quieres que ponga la calefacción en los asientos?

Ria negó con la cabeza. El silencio entre ellos era pesado y agotador. Cuando entraron en el aparcamiento del templo, Ria descubrió que tenía las rodillas rígidas por culpa de la tensión. Vikram la esperó con la puerta abierta. Ella saltó desde la plataforma y él la agarró del codo para ayudarla. Sus ojos se encontraron. La chispa a la que Ria comenzaba a acostumbrarse subió por su vientre. Él apartó la mano, pero la conciencia de su tacto permaneció sobre su piel.

Caminaron juntos. La tensión entre ellos era tan fuerte, tan palpable como una fuerza física. El silencio los acompañó al templo, los rastreó mientras subían los peldaños y se colgó entre ellos cuando se inclinaron para quitarse los zapatos en una habitación llena de casilleros. Anduvieron descalzos sobre los fríos azulejos de cerámica hacia el despacho del sacerdote. Habían visitado el templo con Uma y Vijay un par de veces cada verano y les resultaba tan familiar como siempre. Lo único nuevo era el silencio entre ellos.

Incluso cuando el sacerdote comenzó su sermón sobre la importancia del matrimonio, ninguno de ellos consiguió encontrar las palabras para corregirlo. Al final, cuando les preguntó desde cuándo se conocían, Vikram confesó.

—No somos los novios. —Su voz le retumbó gravemente en el pecho—. Somos los primos del novio.

Aquella información no pareció hacer mella en el sacerdote, que siguió con su sermón a pesar de todo, negando con la cabeza benevolentemente mientras les dispensaba su sabiduría desde el otro lado del escritorio metálico. Dos tallas en palosanto de las diosas Laxmi y Durga flanqueaban la ventana que tenía detrás, y la luz del sol danzaba sobre su calva, generosamente oleosa, como un halo. Tenía un sermón que dar e iba a darlo pasara lo que pasase.

—Las tentaciones están en todas partes —dijo con un acento tan fuerte que parecía un idioma totalmente distinto—. Vienen a nosotros por todas partes y se alimentan de nuestros deseos, de nuestra ansia de excitación momentánea. En el matrimonio lo importante no son los placeres externos, sino la unidad emocional.

Hizo una pausa y miró a Ria y a Vikram como si fueran parte de un público mayor. Ria sintió la necesidad de darse la vuelta para asegurarse de que no había más gente a su espalda. Miró a Vikram de soslayo y casi sonrió.

El sacerdote extendió las manos.

—Las primeras en unirse deben ser vuestras mentes. —Cerró las manos y las apartó con un dramatismo propio del mejor actor de reparto—. Si permitimos que lo externo trascienda a lo interno, solo veremos diferencias y eso nos llevará a la separación, jamás a la armonía. —Otra pausa. Otro gesto enfático—. Nuestro intelecto distorsiona la realidad. Tenemos que estar conectados a lo que es real e ignorar lo que se disfraza de realidad. Lo que debe encajar es nuestro interior.

Les echó una larga mirada significativa y esperó en silencio a que asimilaran sus palabras.

Vikram estaba inmóvil como solo él podía estar. Su quietud tenía su propio lenguaje. No estaba enfadado; el esfuerzo que estaba haciendo para evitar sonreír le hacía brillar los ojos. Echó a Ria una mirada de advertencia: «No te atrevas a sonreír.»

Como ninguno de ellos dijo nada, el sacerdote suspiró con satisfacción, contento de haber cumplido con su deber y extrañamente despreocupado por el detalle menor de que ellos no fueran los novios. Buscó en el cajón de su escritorio y sacó una carpeta de terciopelo rojo con un Ganesha dorado en relieve. Extrajo dos folletos de la carpeta y los colocó uno junto al otro sobre la mesa. Después volvió a guardar la carpeta en el cajón.

—Necesitaréis los votos en maratí, ¿correcto? —les preguntó.

Ria asintió. El hombre dio una palmadita al folleto con cubierta de cartón más grueso.

—Este es más riguroso, todas las ceremonias se explican en detalle. Este, sin embargo —dijo, levantando el más fino y sencillo—, es la versión abreviada, más sencilla de entender para la mente occidental. ¿Por qué no los miráis y decidís cuál queréis usar? Os haré una fotocopia. No hay prisa. Volveré dentro de un par de minutos.

Dicho eso, se marchó de la habitación dando unas enormes zancadas.

Vikram se levantó de la silla. Por un momento, Ria pensó que iba a seguir al sacerdote, pero se dirigió al lado contrario de la mesa, donde apoyó la cadera y esperó, totalmente serio de nuevo.

Ria le dio uno de los folletos.

—¿Por qué no miras este? Yo miraré el otro.

Vikram retrocedió de un salto, como si le hubiera sugerido algo totalmente irracional.

—De ninguna manera. —Le dio el folleto de nuevo—. Esto es cosa tuya.

Ria frunció el ceño y abrió el folleto más grueso. La fuente, florida y en negrita, era todo curvas y espirales. Al principio de cada párrafo había un símbolo de Ganesha en miniatura.

La ceremonia nupcial hindú está constituida por los siete pasos del matrimonio singularizados en los siete votos. En el primer paso de los siete votos se confiere el compromiso de que los contrayentes se afanarán para proveer su hogar de prosperidad y soslayarán todo aquello que pudiera resultar un obstáculo para su desarrollo saludable.

Ria parpadeó ante aquel lenguaje tan farragoso. Seguían dos párrafos explicando cómo debían hacer aquello «los contrayentes». Lo leyó por encima y continuó.

En el segundo de los pasos, la novia y el novio han de prometer que favorecerán el desarrollo de todo su potencial físico, mental y espiritual para alcanzar un modo de vida saludable.

Otros dos párrafos explicando lo que significaba «vida saludable». Ria empezaba a impacientarse.

Durante el tercer paso, los contrayentes prometen esparcir su legado engendrando hijos.

Ria reprimió un gemido.

De esos niños, los frutos de su unión, será responsable la pareja.
Asimismo rezarán para ser bendecidos con hijos sanos, honestos
y valientes...

Ria cerró el folleto de golpe y lo apartó. Sabía que era irracional, pero estaba tan enfadada con la persona que había escrito aquello que le entraban ganas de tirarlo por la ventana. Abrió el otro.

Estamos unidos en nuestras formas humanas: hombre y mujer,
pero la divinidad de nuestro interior se une hoy...
Yo comenzaré donde tú termines.
Yo seré tu fortaleza cuando tu fuerza decaiga.
Yo seré tu salud cuando enfermes.
Yo seré tu riqueza cuando carezcas de ella.

Ria se imaginó a Jen vestido con su sari nupcial. Nikhil estaba detrás de ella, con la mano derecha entre las manos de Jen, ambos caminando alrededor del fuego de forma deliberada y consciente.

Yo renunciaré a todo lo que se interponga entre nosotros y acoge-
ré lo que nos enriquezca.
Yo seré tu guía espiritual, la encarnación de tus valores.
Yo llevaré seguridad y prosperidad a tu vida y la llenaré con la
alegría de la familia.
Pero, sobre todo lo demás, yo seré tu amigo.

De repente, la novia ya no era Jen, sino ella. Y no necesitaba mirar la cara del novio para saber quién era. Levantó la vista, sabiendo que Vikram la estaba mirando. La observaba con intensidad.

—Parece que ya has decidido cuál quieres —le dijo, y se apartó del escritorio.

—¿Estás seguro de que no quieres echar un vistazo?

Su voz estaba llena de emoción.

—Sí, estoy seguro. ¿Te importa si te espero fuera? Tengo que hacer algunas llamadas.

Antes de que Ria pudiera contestar, ya se había ido.

Cuando el sacerdote fotocopió las páginas, sermoneó a Ria un poco más sobre los votos hindús durante otros veinte minutos. Vikram no estaba en el patio cuando salió. Miró a su alrededor, entornando los ojos para buscarlo en la cegadora luz. Estaba a los pies de la escalera, apoyado en el balaústre de cemento. Levantó la cabeza y la miró. La luz se reflejaba en su cabello y atrapaba los cristales de sus ojos. Un fuego suave y brillante comenzó a arder entre las costillas de Ria, justo en el centro. Dio un paso con cautela, asegurándose de no tropezar, aunque en aquel preciso momento no había nada que deseara más que salir volando hasta sus brazos.

Vikram subió la escalera corriendo y se encontró con ella a mitad del camino. Algo en sus ojos hizo que le entrara pánico.

—¿Qué pasa?

—Nikhil acaba de llamarme. No es importante, no quiero que te preocupes...

—Vikram, ¿qué pasa?

—A Uma empezó a dolerle el brazo... el brazo izquierdo. Así que Vijay la ha llevado al hospital.

—No.

Vikram la agarró por el codo y la calmó con la mirada.

—Ria, está bien. Vijay solo quería asegurarse. No cree que sea nada. Seguramente sea un desgarro muscular o algo así.

—Quiero ir al hospital. De inmediato.

—Por supuesto. Ya le he dicho a Nikhil que vamos de camino.

Corrieron juntos hacia el vehículo; Vikram tenía la mano apoyada en la parte inferior de la espalda de Ria. En lugar del habitual calor que provocaba en ella, esta vez su cercanía la tranquilizó, le infundió fuerza. Cuando la ayudó a subir a la camioneta, su mano se detuvo un momento antes de soltarla para asegurarse de que estaba bien. La cabina de la camioneta seguía siendo demasiado pequeña y la presencia de Vikram a su lado continuaba pareciéndole abrumadora, pero en lugar de una tensión chispeante sentía en su interior el zumbido de una extraña mezcla de emociones... Un inflexible capullo de seguridad que envolvía su inquietud y ansiedad para evitar que se derrumbara.

Pero no podía quedarse quieta. No dejaba de moverse y de preguntarle a Vikram una y otra vez qué le había dicho Nikhil. Intentó llamar a Nikhil y a Vijay, pero probablemente estaban dentro del hospital y no consiguió dar con ellos. Insistió a Vikram para que le diera detalles y le preguntó por enésima vez qué había dicho Vijay exactamente.

—No parecía creer que hubiera por qué preocuparse. No sé qué ocurrió exactamente, pero estoy seguro de que Uma estará bien. Casi hemos llegado. Solo quedan un par de minutos.

Vikram se volvió para mirarla mientras hablaba, igual que había hecho siempre cuando eran más jóvenes. Cuando iban en bici apartaba la vista de la carretera para mirarla al hablar con ella. Y después quitaba los ojos de la carretera y se volvía hacia ella al hablar mientras conducía. Solía matarla de miedo y terminaba gritándole.

—¿Qué estás haciendo? ¡Mantén los ojos en la carretera, Viky!

Era la voz estridente y asustada de una chica de dieciséis años.

Vikram agarró el volante con fuerza. El músculo de su mandíbula cobró vida. Volvió a mirar la carretera y mantuvo los ojos allí el resto del viaje sin decir palabra.

El silencio entre ellos volvió a hacerse tenso y denso. Pero no consiguió borrar el nombre que ella había pronunciado después de diez años. Resonó entre ellos y se asentó allí, sobre aquel silencio y todo lo demás que había entre ellos.

CAPÍTULO 15

El extenso complejo hospitalario apareció ante ellos, y el nerviosismo de Ria se convirtió en pánico. Odiaba los hospitales. La primera vez que estuvo en uno fue cuando le dieron una paliza de muerte. La última vez, cuando perdió a su padre.

El recuerdo de su propio cuerpo maltrecho se arremolinó con el recuerdo de la cara llena de ampollas de Baba. La gasa teñida de granate en sus mejillas. Los algodones blancos metidos en la nariz. Había deseado sacarle aquel algodón de la nariz más que ninguna otra cosa. «No puede respirar. Está ahogándose. Sacádselo, no puede respirar.» Pero no había podido decir esas palabras. Lo habían colocado en la pira del mismo modo: sábana blanca, gasa blanca, algodón blanco. Las llamas naranjas habían tardado unos segundos en pintar de negro todo aquel blanco antes de consumirlo.

Le habría gustado que aquel no fuera el último recuerdo que tenía de él. Ella debería haber estado a su lado, sosteniendo su mano, haciendo algo para mitigar su dolor. Como también debería haber estado con Uma en aquel momento. En lugar de eso, ambas veces estaba con Vikram, soñando sueños imposibles en lugar de aceptar su destino.

No podía imaginarse a Uma acostada en una cama de hospital.

Vikram aparcó y salió del automóvil. Corrió a su lado y le abrió la puerta.

—Ria —le dijo, agarrando sus manos temblorosas—. Oye, escucha, ya estamos aquí. Y te prometo que Uma está bien. ¿Puedes mirarme? Por favor.

Ria lo miró.

—Ya estamos aquí. Vamos a verla, ¿de acuerdo?

Su voz, sus ojos, todo en él era calma y tranquilidad.

La joven asintió y él la ayudó a salir del vehículo.

El edificio de ladrillo rojo se alzaba ante ellos. El nerviosismo volvió a inflarse en el vientre de Ria y la llenó como un globo. Pero no se detuvo hasta que llegaron al vestíbulo. Los desagradables olores antisépticos del hospital le arrancaron más recuerdos y la llevaron atrás en el tiempo. Vikram la agarró del codo y la devolvió al presente.

Encontraron a Jen y Nikhil en la sala de espera. Nikhil la miró y la rodeó con los brazos.

—Es solo un tirón muscular, no seas dramática. Relájate.

—¿Estás seguro? —le preguntó Ria, estudiando su rostro.

—No, es una suposición. Claro que estoy seguro. Pasé diez años en la facultad de Medicina, ¿recuerdas?

Sintió un gran alivio; apretó la cara contra el hombro de Nikhil y se negó a llorar.

—¿Dónde está?

—Están haciéndole algunas pruebas más. Papá, Matt y Mindy están dentro con ella. Nosotros estábamos esperándote. En serio, cambia esa cara. Ni siquiera le han hecho un electro. Papá la trajo porque era el brazo izquierdo y porque ha estado muy estresada. Ni siquiera debería haberte llamado.

—¿Estás loco, Nikhil? Te aseguro que te mataré si alguna vez me escondes algo así.

Lo fulminó con la mirada.

—De acuerdo, entonces te prometo que te llamaré cada vez que a alguien le dé un tirón.

Nikhil tenía razón: Uma Atya estaba bien. Tan bien, de hecho, que no dejaba de sermonear a Vijay kaka por haberla obligado a acudir al hospital.

—¿Qué tipo de médico eres? —no dejaba de decir—. Ni siquiera sabes distinguir un tirón de un ataque al corazón.

—Nadie puede diferenciarlo, Aie. Por eso es tan peligroso —le explicó Nikhil de forma profesional.

Uma le dio un golpe en el brazo.

—Deja de defender a tu padre. Acaba de malgastar un día entero entre el golf y el hospital... ¡Solo quedan seis días para la boda!

—Estás hablando de Vijay, Uma —dijo Vikram—. Eso suena a un día de ensueño para él.

Y, como fue Vikram quien lo dijo, Uma sonrió.

Nikhil y Jen tenían que hacer algunos recados más antes de que todos se reunieran para cenar en casa de una de las tías. Matt y Mindy irían en automóvil a la ciudad para encontrarse con la hermana de Mindy. Ria se negaba a separarse de Uma, así que Nikhil se llevó la camioneta de Vikram y Vikram se quedó para llevarlas a casa.

Mientras Vijay y Uma pasaban por el largo procedimiento del alta, Vikram se quedó con Ria en la sala de espera. Era enorme, pero claustrofóbica para Ria. Los rostros inquietos y preocupados les rodeaban. Ahora que sabía que Uma estaba bien, lo único que quería era salir del hospital.

Vikram se levantó.

—¿Quieres salir a respirar un poco de aire fresco?

Sin decir nada, fue con él hacia las puertas giratorias. El aire frío del atardecer le golpeó la cara como agua fría y se empapó de él.

Vikram señaló un banco frente a la zona de entrada de pacientes y se dirigieron hacia él.

—¿Estás segura de que estás bien? —le preguntó por enésima vez aquel día. Ria se recordó a sí misma que eso no significaba nada. Vikram solo estaba siendo civilizado, justo como le había prometido. Nada más.

—Estoy bien, es solo que odio los hospitales. Me hacen sentirme muy incómoda —dijo sin pensar. Si no tenía cuidado, todos los recuerdos que abarrotaban su cabeza le saldrían por la boca.

—Sí, a mí también.

Vikram aminoró el paso para que ella lo alcanzara.

Ria se detuvo y lo miró. Era extraño que él dijera eso.

—¿De qué estás hablando? ¿Cómo es posible que no te gusten los hospitales?

—Los odio. Me sacan totalmente de quicio. No puedo creer cómo una vez quise ser médico.

El gigantesco complejo hospitalario giró tras ellos y siguió dando vueltas. La sangre abandonó la cara de Ria, sus extremidades, sus pies. No podía moverse.

Vikram tardó un momento en darse cuenta de que se había detenido. Se volvió, frunciendo el ceño, extrañado. Y entonces se fijó en su expresión. Músculo a músculo, empezó a comprenderlo.

—¿No lo sabías?

Los labios de Vikram se movieron, pero el ruido de sus sus oídos evitó que oyera sus palabras.

Las piezas comenzaron a encajar en su cabeza. Se había quedado totalmente en blanco, como la luz blanca y vibrante de una pantalla que funciona mal. Vacía.

Vacía.

Vacía.

—No lo sabías —dijo él de nuevo. Esta vez Ria oyó las palabras. Vikram se presionó la frente con los dedos para esconder unos ojos que se habían convertido en piedra fría—. Claro, no lo sabías.

Ria se llevó las manos a las mejillas. Estaban ardiendo. Su garganta también ardía.

—Pero tú... Oh, Dios, Vikram, no puede ser. ¿Cómo pudiste...?

—¿Cómo pude qué?

Seguía hablando tan bajo que Ria apenas podía oírlo, pero su voz la atravesó como un grito.

—¿Cómo pude qué, Ria? ¿Cómo pude no seguir adelante como si nada hubiera pasado? ¿Como si todo fuera normal? Volver a la rutina. Volver a lo de siempre.

Toda la dulzura, toda la calidez de antes abandonó de un golpe el cuerpo de Vikram.

—¿De verdad lo creías? ¿Que todo había seguido como siempre?
—Se le escapó una carcajada sin alegría— ¿Así fue para ti? ¿Día nuevo,
sueño nuevo?

El dolor, crudo e inmutable, se arremolinó en el azul grisáceo de
sus ojos.

«No volveré a tener una oportunidad como esta, Viky. Es un sueño hecho realidad. ¿Cómo puedes interponerte en mi camino?» Eso
fue lo que le dijo después de que los guardaespaldas de Ved lo tiraran a
la calzada. Y en sus ojos había aquella misma expresión.

Ese fue el único modo que se le ocurrió de conseguir que se alejara
de ella, de obligarlo a dejarla y que viviera la vida que debía vivir.

«Vic está destinado a hacer grandes cosas.» En eso era en lo único
que había estado de acuerdo con Chitra Jathar. Y había decidido asegurarse de que fuera así por muy alto que fuera el precio a pagar.

Pero él no había recuperado su vida.

Ria se presionó las mejillas con las manos. No podía ser verdad.
Vikram se había esforzado mucho para entrar en la facultad de Medicina, había hablado de ello continuamente.

—Te encantaba la facultad de Medicina. ¿Cómo pudiste...?
—¿Dejarlo? Fue fácil. No podía volver. Ya no era lo que quería.

¿Cómo podía decir eso? ¿Cómo podía un sueño desaparecer así,
sin más?

No obstante, ella había esperado que abandonara los sueños que
habían compartido sin darle elección.

—¿Por qué?
Pero ya sabía la respuesta.

La farola brillaba tras él como un halo ensombreciendo su rostro.
—Porque yo ya no era el mismo. El que creía saberlo todo. El que
tenía toda su vida planeada. Ese tipo... murió cuando lo dejaste. No
podía volver a esa vida.

Los ojos de Ria se empañaron en lágrimas y emborronaron la belleza de Vikram.

—¿A dónde fuiste? —susurró. De aquello era de lo que Uma había estado hablando aquel día en el desayuno. A eso se había referido

167

Nikhil cuando dijo que no había vuelto a marcharse. Y ella no se había dado cuenta de nada.

Vikram vio sus lágrimas y suavizó la expresión. Se metió las manos en los bolsillos.

—A todas partes. A ningún sitio. Donde nadie me conociera. Acababa de estar en Brasil, así que volví allí, pero tenía que seguir moviéndome. Brasil, Perú, de Colombia a Costa Rica. Cualquier sitio donde pudiera hacerme entender, donde pudiera colocarme. Cualquier sitio donde pudiera encontrar un trabajo que evitara que mi cerebro funcionara. Obras casi siempre, pero también plataformas petrolíferas, campos, fábricas. Cualquier cosa.

La mente de Ria se llenó de imágenes horribles y distorsionadas. Vikram, que valoraba y disfrutaba del calor familiar más que cualquier otra persona que conociera, totalmente solo. Vikram, que no había conocido más que la buena vida, castigando su cuerpo con trabajo duro. Pensó en todas las cosas horribles que ella misma había hecho, cosas cuyo recuerdo hacía que se le erizara la piel. Y todo había sido para nada. Las lágrimas la ahogaron. No podía tragar, no podía respirar.

Vikram la observó llorar separado apenas unos centímetros de ella y absorbiendo su dolor. Un descorazonador momento de total comprensión, de unidad, pasó entre ellos.

Al final se movió para secarle las lágrimas de las mejillas.

—¿Sabes lo que me hizo volver al final? Estaba en un restaurante de Lima, emborrachándome después del trabajo. Allí había una familia india de vacaciones. Tenían una revista y tú salías en la portada. Era la primera vez que te veía en cinco años.

»Estabas vestida de novia, envuelta en telas brillantes y cubierta de joyas, con la mirada baja y las mejillas sonrosadas. "La novia favorita de Bollywood", te llamaban. Había algo en tu cara, en cómo apartabas la vista de la cámara, algo en esa fotografía que me enfadó tanto que deseé matar a alguien. Me metí en una pelea. Me dieron una paliza tan grande aquel día que el tipo para el que trabajaba se asustó y llamó a Nikhil. Él estaba en África. Voló desde el otro extremo del mundo para recogerme. Me llevó a casa y me metió en la cabeza un poco de sentido común.

—Nunca me lo contó —susurró Ria; las palabras parecían papel de lija en su garganta; los dedos de Vikram, seda sobre su mejilla—. ¿Cómo es posible que no me lo contara?

—Nunca se lo contó a nadie. Ni a Uma, ni a Vijay, ni a mis padres. Ni siquiera creo que Jen lo sepa. Yo no le di detalles. Él no me los preguntó. Aquel fue nuestro trato. Fue la única condición que puse para aceptar volver a casa y quedarme. Como todos los demás, probablemente cree que estaba en Brasil viviendo con una mujer que conocí allí. Pensaban que estaba teniendo una crisis de identidad de niño mimado, que estaba intentando encontrarme a mí mismo. Lo cual, ahora que lo pienso, era verdad.

Esbozó una sonrisa sarcástica. El dolor retorció el corazón de Ria. Quería agarrarle los dedos y apretárselos contra la mejilla. En lugar de eso, presionó el puño contra su corazón.

—Lo siento.

No servía de nada decir eso, pero lo sentía, lo sentía mucho. Durante un momento, él no dijo nada. Las emociones brillaron en sus ojos como estrellas en un cielo sin nubes: demasiadas para separarlas e identificarlas. Ria no supo cuándo cerró sus propios ojos, ni cuándo los labios de Vikram se acercaron lo suficiente para que su aliento la acariciara. Todo su cuerpo reconocía aquella intimidad y la anhelaba, esperaba que acortara la distancia, que tomara sus labios. Era lo único que aliviaría el dolor, que daría sentido a la locura. Levantó la cabeza. Fue un movimiento leve, pero Vikram se apartó de ella como si lo hubiera empujado con todas sus fuerzas.

Ria retrocedió. El aire frío de la noche la abofeteó en las mejillas, justo donde habían estado sus dedos.

Vikram no se detuvo hasta que hubo medio metro entre ellos.

—No quiero una disculpa, Ria. No quiero que te sientas culpable. —Su pecho se elevaba y caía como si hubiera corrido una larga distancia—. No fuiste tú quien huyó. Fui yo. Hice daño a la gente a la que quería. Hice que mi familia pasara por un infierno. Fui yo, no tú. Nunca había perdido nada, nunca me habían negado lo que quería. No tenía ni idea de cómo manejar el fracaso.

Ria se rodeó con los brazos, cerró los ojos y notó el dolor de su voz. «Tú no fracasaste, Viky. Fui yo. Rompí mi promesa.» La culpa había sido una carga constante en ella todos aquellos años, pero la había llevado sabiendo que era el castigo que merecía. Sin embargo, el castigo que él había recibido había sido tan injusto, tan equivocado, que no podía aguantarlo.

—Di algo, maldita sea. No te quedes ahí mirándome así.

El dolor crudo de su voz llegó a ella demandando unas palabras que nunca diría.

—Lo sien...

—No. He dicho que no quiero tus disculpas y que tampoco quiero tu lástima.

—Entonces, ¿qué quieres, Vikram?

—No lo sé.

Se pasó los dedos por el cabello. Pero se acercó un paso y sus ojos no pudieron seguir respaldando aquella mentira. Sí lo sabía.

Ria habría deseado acercarse, rodearlo con los brazos, desaparecer en él. Pero retrocedió porque, ¿cómo iba a arrebatarle algo más?

Fue como si lo abofeteara.

Vikram volvió a meterse las manos en los bolsillos, con la mandíbula tensa, y soltó aire fuertemente.

—Lo único que sé es que tenemos que superar esto. Hasta la boda no deberíamos preocuparnos por nada más. Jen y Nic nos necesitan y se merecen disfrutar de su día sin tener que estar pendientes de nosotros.

—Lo sé —dijo Ria en voz baja—. Eso también es lo que yo quiero. Solo quiero estar aquí para Jen y Nikhil. Después me marcharé.

—Bien, porque parece que Nikhil no puede hacer nada sin ti —dijo lentamente. Una leve sonrisa torcida apareció en sus labios desiguales—. Te pidió que te alejaras de mí, ¿no?

Ria se secó las mejillas con la manga y le devolvió la sonrisa.

—Parece que mis garras están poniendo nervioso a todo el mundo.

Vikram volvió a ponerse serio.

—¿Cómo puedes culparnos? Cualquier hombre sería un tonto si no se pusiera nervioso teniéndote cerca, Ria.

CAPÍTULO 16

—¡Eso es totalmente absurdo, Uma Atya!

Ria no podía creer que su tía quisiera que la llevaran directamente del hospital a una fiesta. Aquellas últimas noches habían estado haciendo las rondas de cenas preboda con la brigada de las titas, como era tradición. Cada noche, Uma les decía a dónde ir y todos se metían en el automóvil para hacerlo, como habían hecho cuando eran niños. Cuando Ria empezó a pasar los veranos allí, Uma dejaba su trabajo como profesora de Matemáticas en la Universidad de Dupage durante los meses estivales para llevarlos a todos los museos, parques y teatros de la zona de Chicago, siempre como un tornado de energía.

En ese momento parecía tan cansada que la propia Ria la habría metido en la cama.

—Acabas de salir del hospital, por el amor de Dios. ¿Por qué no podemos cancelarlo e ir a casa?

Uma le acarició la mejilla.

—¿Y lo dice la chica que me montó un escándalo por no dejarla salir de fiesta después de pasar dos días enteros en la cama?

—Pero te hice caso y estuve sentada. Ni siquiera fui a la despedida de soltera de Jen.

En realidad había usado a Uma como excusa para no ir, porque Mira era la organizadora y últimamente se comportaba de un modo muy extraño con ella.

—¿Por qué no me haces caso? Por favor. ¿Y si te empieza a doler el brazo de nuevo?

—¿Sabes cuántos médicos habrá en esa casa? No podría pasarme nada sin que se abalanzaran sobre mí inmediatamente —dijo Uma con seguridad.

Después de ver a Uma en un hospital, saber que estaba bien debería haber sido un alivio tremendo, pero Ria estaba demasiado trastornada por todo lo que había ocurrido aquel día como para no sentir preocupación. Su mente se aferraba a la oscuridad porque no podía confiar siquiera en el destello más ligero de luz.

Era paranoia, uno de sus dones especiales aparte de la tristeza y el miedo. Vikram tenía motivos para estar nervioso, y eso que ni siquiera sabía cuánta razón tenía. Su propio nerviosismo era un infierno.

—¿A casa de qué tía iremos hoy, Uma? —le preguntó Vikram con una sonrisa insolente que Ria vio por el espejo retrovisor. ¿Cómo podía estar tan tranquilo después de lo que acababa de contarle? Lo cierto era que su vida no acababa de descarrilar: era ella quien acababa de descubrirlo.

—Hoy es viernes, ¿verdad? —Uma se dio un golpecito en la cabeza—. Estoy mayor. Oh, por supuesto, a casa de Priya. Le dije que iríamos directamente.

La mujer se echó hacia atrás en su asiento, riéndose de sí misma, y Vikram y Vijay también se rieron.

Su frivolidad dispersó el nerviosismo de Ria. Había demasiadas cosas que no sabía, e incluso más que no podía controlar.

Miró a Vikram por el espejo. Su relajante mirada era como hielo y calor, los dos mejores remedios para el dolor, y contra todo pronóstico también servía para aliviar los desastres del pasado. «Relájate. Todo va a salir bien —parecía decir—. Yo estoy bien.»

Ria negó con la cabeza para rechazar sus afirmaciones mudas. «No. Nada va a salir bien.»

La tía Priya vivía en el mismo vecindario arbolado de Naperville que Uma y Vijay, y cuando Vikram aparcó en el camino, su *pickup* roja ya estaba allí, lo que significaba que Nikhil y Jen ya habían llegado. Vikram corrió para abrirle la puerta a Uma, que hizo una mueca de dolor al quitarse el cinturón.

—Ria tiene razón, Uma. Quizá deberíamos habernos ido a casa —le dijo, frunciendo el ceño.

—Tenéis que dejar de sobreprotegerme. Ahora aparta, niño, y déjame salir del automóvil. Llegamos tarde.

Uma le dio una palmadita en la cara.

Vikram vio la expresión de Ria y sus ojos brillaron de repente.

—Bueno, pero tienes que prometernos que vas a quedarte sentada —le dijo, y se inclinó para levantar a Uma del asiento—. Creo que te llevaré en brazos.

Uma gritó y golpeó la mano de Vikram.

—Tu tía todavía no es tan vieja, y así no tendremos que volver a urgencias cuando te rompas la espalda.

Vikram gruñó.

—Estupendo. Eso suena a desafío. Ahora voy a tener que hacerlo.

—Vikram Jathar, ¡no te atrevas!

Pero ya la había levantado en brazos. La mujer gritó y lo agarró de la oreja mientras él la sacaba del vehículo y la llevaba hacia la casa.

—¡Suéltame ahora mismo!

Le retorció la oreja con una mano y comenzó a golpearle el brazo con la otra.

—Al final te caerás —le dijo él, riéndose.

Vijay corrió para adelantarlos; les sostuvo la puerta abierta e hizo una elegante reverencia ante Uma cuando la mujer gritó pidiendo ayuda.

—¿Alguien ha pedido una tía testaruda?

Vikram entró en la casa. Nikhil, Jen y la brigada de titas al completo se apresuraron para enterarse de a qué venía tanto jaleo.

Vikram salió corriendo tan pronto como soltó a Uma en el sofá; agarró a un niño que estaba riendo a carcajadas y lo sostuvo ante él como un escudo para que ella no lo atrapara.

—¡Vikram, mocoso, espera a que te ponga las manos encima!

Uma intentó recuperar la respiración, le echó una mirada asesina e intentó llegar hasta él a pesar del niño que tenía delante, pero estaba riéndose tan fuerte que se cayó hacia atrás en el sofá.

Vikram hizo darse la vuelta al niño y le dio un beso en la frente.

—Gracias, Rahul. Creo que me has salvado la vida.

Estaba a punto de soltarlo cuando el pequeño se le agarró al cuello.

—Rahul se queda en el regazo de Vic Bhaiya.

Vikram gimió.

—Rahul va a romperle la espalda a Vic Bhaiya —le dijo, pero acurrucó al chico a su lado y sonrió cuando Uma puso los ojos en blanco.

—Rahul quiere que Vic Bhaiya robe *gulab jamuns* como la última vez. Sé dónde los esconde *Naani*.

Vikram le puso un dedo en la boca.

—Shh. Vic *Bhaiya* se meterá en problemas si la *Naani* de Rahul se entera.

Echó una mirada de disimulo a su alrededor y se llevó a un sonriente Rahul a la cocina.

Ria estaba riéndose, pero el corazón le dolía tanto que se sentía tan mal como si estuviera llorando. Se derrumbó en el sofá junto a Uma, que no dejaba de reír. Las tías, que iban todas vestidas de negro (algunas con sari, otras con *salwar kameeze*) animaron a Uma a que se levantara y se pusiera algo de Priya para que ella también fuera de negro.

Uma siguió a Priya escaleras arriba y Ria fue con ellas.

—No estás reposando, Uma Atya —le riñó Ria, aunque tenía que admitir que había recuperado su buen color habitual y ya no estaba tan asustada como antes.

—Tú tampoco, *beta* —le riñó Uma a su vez—. Y lo mío fue una alarma infundada, pero tú te hiciste daño de verdad.

Ria se había olvidado del tobillo por completo, pero lo utilizó como excusa cuando llegó el momento de bailar. Las tías afirmaban que aquella cena era parte de las celebraciones de la boda y que por tanto había que bailar, aunque realmente no necesitaban una excusa para hacerlo.

«Bailar es la auténtica cirugía estética —solía decir Uma—. Es lo que te mantiene joven.»

Uno de los tíos había grabado varios CD con la última música de Bollywood. Tras otra cena terriblemente elaborada, enrollaron la alfombra de la sala de estar, la apoyaron contra la pared y el suelo vibró con *thumkas* agitando la cadera, *bhangras* subiendo y bajando los hombros, y gritos de ¡*Oye, Oye!*

—Mira, hoy no ha venido la novia esa tan guapa de nuestro Vic —dijo Sita al ver a Vikram entrar en la habitación.

—No es su novia —replicó Uma—. Hace apenas un mes que se conocen.

Ria oyó que hablaban de Vikram y empezó a arrancar la etiqueta de su botella de agua.

—*Arrey*, ¿y qué? Todas las relaciones empiezan en algún momento —dijo Radha en tono apaciguador. Las tías intercambiaron una mirada.

—Por favor, no llaméis a eso relación —dijo Uma—. Vijay tuvo que perseguirme durante dos buenos años antes de poder decir que yo era algo de él.

¿Por qué no se había dado cuenta antes de lo que Uma Atya pensaba de Mira?

—¿Y qué os parece Nic? Un mes después de que conociera a Jen ya empezasteis a pensar en imprimir las invitaciones de boda.

La tía Anu no se andaba por las ramas.

Uma le echó una mirada cortante.

—Había pasado más de un mes, pero mira a Jen y a Nic. ¿Quién no ve la pareja ahí?

Sita dio una palmadita en el brazo de Uma.

—En eso estamos todas de acuerdo. Jen y Nic son la pareja perfecta. Pero vamos, Uma, tranquilízate y deja que los chicos se diviertan un poco.

—Y nosotras también —dijo Anu mientras Vikram se acercaba. Lo rodearon y dejaron a Ria sentada con las piernas cruzadas en el sofá.

—¡Mírate! ¡Estás cada día más guapo!

Priya le pellizcó las mejillas y le guiñó un ojo.

Anu tiró de él hasta la pista de baile justo cuando comenzaba una nueva canción.

—*Chalo*, ¡hoy tienes que bailar con tus viejas tías!

Vikram se volvió y examinó la habitación.

—¿Qué viejas tías? —preguntó, y todas se rieron como niñas.

—¡Qué chico este! —exclamó Uma mirando a Ria, y negó con la cabeza—. ¿Cómo es posible que una bruja como Chitra tuviera un hijo así?

Ria se había hecho esa misma pregunta un millón de veces. Ambas hicieron una mueca antes de que Uma se alejara de ella para unirse a las tías.

En la pista de baile, Vikram exhibía su sonrisa más encantadora y seguía el ritmo mientras las tías hacían un círculo a su alrededor y empezaban a bailar.

—Mira cómo se mueve —dijo una de ellas, aunque la verdad es que Ria no podía evitar mirar. Su cuerpo se movía en perfecta sintonía con la música y seguía con facilidad los movimientos de la tía hacia la que giraba. Bailó con todas a la vez y después una a una, por turnos, dando vueltas y echándolas hacia atrás. Incluso levantó a Anu en brazos y la hizo girar en un momento culminante de la canción.

—Solo por esto —dijo la mujer, ruborizándose de un modo que no encajaba con ella— ha merecido la pena todo el ejercicio que hago.

Vikram era tan caballeroso, generoso e irresistiblemente encantador que las tías estaban resplandecientes. Ria sentía tanta plenitud en su corazón que le dolía bajo la mano. Por mucho que lo intentara, no podía apartar los ojos de él. Su corazón brincaba cada vez que lo miraba de soslayo y le daba un vuelco cada vez que él la pillaba haciéndolo. Al final, se levantó del sofá y se marchó de la habitación para evitar ponerse en evidencia. Pero entonces, Vikram y Nikhil comenzaron a bailar *break dance* y Uma la llamó desde la sala de estar.

—Ven, ven —le dijo—, los chicos están haciendo eso de caminar hacia atrás.

De niños lo habían hecho en todas las fiestas. Siempre les salía mal, pero aquel día fue tan espantoso que se rio hasta que le dolió el estómago, y ni siquiera pudo parar cuando Vikram la pilló desternillándose. Y entonces exageró sus movimientos y la hizo reír incluso más.

Mucho más tarde, cuando toda la pista de baile estaba saltando al ritmo del último éxito de Bollywood, Nikhil brincó hacia ella, dio una especie de paso a la pata coja como si lo estuvieran electrocutando y cayó de rodillas delante de ella.

—Lo siento —gritó, uniendo las manos—. Me comporté como un capullo insensible. Por favor, perdóname.

—¿Cuánto ha bebido? —le preguntó Ria a Jen fingiendo un susurro.

—Lo suficiente para hacer el ridículo sin que le importe —le contestó Jen, también susurrando de mentira.

Nikhil levantó a Ria en brazos y la llevó al centro de la pista de baile. Saltó con tanto entusiasmo que la chica empezó a reír de nuevo.

—¡La mejor hermana del mundo! —gritó Nikhil por encima de la música, y ella levantó los brazos y dejó que él la hiciera girar.

Como si alguien allá arriba tuviera calculada la felicidad que le estaba permitida, el teléfono móvil de Ria vibró en el bolsillo, a modo de alarma avisándola de que debía volver a la tierra. Dio un abrazo a Nikhil y corrió hacia la tranquilidad relativa de la cocina. Vikram ya estaba allí, con su teléfono móvil en la oreja.

«Hola, Mira», oyó que decía justo cuanto ella decía: «Hola, Big», y ambos se dieron la espalda y se dirigieron a extremos opuestos de la habitación.

—Creí que me habías prometido que tendrías cuidado —le espetó DJ sin ni siquiera decir hola. Ria se fue al patio y cerró las puertas de cristal al salir.

De algún modo, el hecho de que Ria estuviera en Chicago se había filtrado a los medios y las especulaciones sobre qué estaba haciendo allí estaban por todo Internet, desde una nueva película extranjera hasta una boda secreta y todo lo que había entremedias. Nada nuevo.

Ria se apoyó en la barandilla del porche. Veía a Vikram caminando por la cocina con el teléfono móvil en la oreja.

—Tranquilízate, DJ. ¿Qué ha pasado con eso de «no existe la mala publicidad»?

—No te hagas la tonta, Ria. Estoy encantado de que estés por todo Internet. Pero, ¿por qué tengo la desagradable sensación de que vas a ser tan cabezota como siempre respecto a la seguridad?

—No vamos a discutir eso, Big.

De ninguna manera iba a dejar que aprovechara aquello para que un par de extraños se pegaran a ella como una lapa. Solo le quedaban seis días de no necesitar guardaespaldas para salir de casa y no iba a permitir que se los arruinara.

—Te juro que no voy a ir a ningún sitio público la semana que viene. Quedan demasiadas cosas que hacer en casa. No tengo tiempo de callejear.

Dentro, Vikram dejó de caminar y se frotó la frente.

Al teléfono, la voz de DJ se hizo más grave.

—Ria, tenemos a un chantajista que amenaza con vender las fotografías de un intento de suicidio. No necesitamos ningún incidente desagradable en América que incremente el precio de venta de esas imágenes. Ya sabes cómo son los medios. Si una historia capta el interés del público, harán todo lo posible por encontrar más.

Vikram la miró, y lo que vio en su cara hizo que frunciera el ceño con preocupación. Ria se dio la vuelta para ver el patio y agarró la barandilla.

—Creía que te habías ocupado del chantajista.

DJ dudó. DJ nunca dudaba.

—No quiero que te preocupes, pero alguien ha estado haciendo preguntas, intentando averiguar información sobre tu pasado.

—¿Y cuándo pensabas contármelo?

—Nena, estoy ocupándome de ello. —Su representante hizo una pausa inusitadamente vacilante—. Hay otro problemilla, pero no quiero que te preocupes.

Ria se sentó en una silla del porche. Cuando Big DJ te decía que no te preocuparas, había que preocuparse.

—Ved Kapoor... Tú sabes las ganas que tiene de publicidad desde que dejaron de darle papeles. Parece que está tomándole el gusto a recordar en las revistas sus conquistas del pasado.

Ria pensó que iba a vomitar. No porque la mención del nombre de Ved siempre tuviera ese efecto en ella, sino por lo orgullosa de ella que había parecido Uma el otro día.

—Por favor, dime que no me ha mencionado.

Ved era el que le había presentado a DJ cuando el representante no era más que un joven presuntuoso, así que sabía que habían tenido una aventura.

—Todavía no. Pero si alguien te saca en portada, te convertirás en un vehículo publicitario irresistible para él. Así que, por favor, hazme caso sobre el maldito guardaespaldas. Hay demasiados chiflados ahí fuera.

Ria se levantó y caminó por el porche. En la cocina, Vikram se metió el teléfono móvil en el bolsillo y salió de la habitación sin mirarla.

—No va a pasarme nada, DJ. Aquí estoy segura, en serio. Mis tíos conocen literalmente a todos los indios en doscientos kilómetros a la redonda. Los indios de aquí ni siquiera se fijan en mí. No voy a contratar a un guardaespaldas, pero tú tienes que asegurarte de que el chantajista esté controlado.

—Ya estoy en ello —le aseguró DJ—. ¿Puedes prometerme al menos que tendrás cuidado?

—Por supuesto que sí. Siempre tengo cuidado —le dijo, observando la enorme camioneta roja que bajaba la calle y desaparecía en la noche.

CAPÍTULO 17

Cuando habló con DJ la noche anterior, Ria estaba totalmente convencida de que no abandonaría la casa excepto para ir a ver a alguna tía. Pero eso fue antes de que el cargamento de ropa nupcial que había pedido para Nikhil antes de irse de Bombay se perdiera, y Uma y Jen (o «las gemelas desquiciadas», como Nikhil y Vikram habían empezado a llamarlas) sufrieran un infarto.

Por suerte, la tía Anu tuvo el ingenio de recomendarles una boutique masculina india en la avenida Devon. Así fue como Ria se encontró en la parte trasera del Town and Country de dieciséis años de Uma viendo a Nikhil y Vikram discutir sobre quién de los dos no conduciría el «mamá-móvil» ni muerto. Jen no iría con ellos, porque Uma había sugerido, en un tono suave que aquellos días reservaba solo para Jen, que daba mala suerte que la novia escogiera el traje del novio.

Vikram los acompañaba, porque las gemelas desquiciadas habían destrozado su plan de ir con traje a la boda. Mira se encontraría con ellos en la tienda, así que Ria intentó pensar en un modo de tranquilizarla y convencerla de que no era una amenaza para ella.

Nikhil había vuelto a ser el de siempre. Cualquier cosa de la kilométrica lista de cosas por hacer le hacía ponerse serio de inmediato, pero el resto del tiempo parecía caminar sobre las nubes, borracho de felicidad. A Ria le extrañaba que no fuera dando saltitos por ahí. Un foco lo seguía allá donde iba, y eso ayudó a Ria a concentrarse en lo importante en lugar de en el ceño fruncido de Vikram.

Al final Nikhil cedió ante el malhumor de su primo y se puso al volante.

—Te vendrá bien practicar para cuando Jen y tú tengáis niños —le dijo Vikram, todavía hablando sobre el automóvil. Echó su asiento al máximo hacia atrás para meter sus largas piernas.

—Oh, ambos sabemos quién va a necesitar una furgoneta para meter dentro a todos sus hijos. No hay más que verte con los niños del barrio; no creo ser yo quien va para papi del año.

Vikram sonrió de oreja a oreja.

—Son unos niños estupendos —dijo, y su malhumor desapareció en un instante—. ¿Sabes que conocen AulaV? Josh me dijo que lo ayudó a aprobar un examen sobre ecuaciones simultáneas. ¿No es maravilloso?

Nikhil le chocó los cinco y dio marcha atrás.

«AulaV.» Esa palabra se había grabado en la cabeza de Ria el día que había espiado a Vikram jugando al fútbol con los chavales. Entonces tenía aquella misma expresión animada en la cara.

—¿Qué es AulaV? —les preguntó.

Vikram se volvió hacia ella.

—Solo es algo en lo que estoy trabajando.

—Ese «algo en lo que está trabajando» podría revolucionar la educación en todo el mundo —afirmó Nikhil.

Vikram se encogió de hombros, pero sus ojos hicieron eso que hacían siempre que algo acaparaba toda su atención.

—Di clases a algunos niños en Brasil y prometí seguir haciéndolo después de marcharme. Así que empecé a grabar vídeos y a subirlos a Internet para que los vieran. Y les gustaron tanto que comenzaron a compartirlos con otros chicos.

El joven se rascó la nuca, avergonzado, pero sus ojos brillaban como lámparas encendidas.

—Y entonces Vic se puso en plan Vic y empezó a añadir cada vez más vídeos. Y ahora tiene a un montón de inversores privados persiguiéndolo. Pero no quiere bajarse del burro y conseguir ayuda.

Vikram cruzó los brazos sobre el pecho.

—Todavía no estoy donde quiero estar. Y no quiero que los inversores lo estropeen.

—Vic, tienes un millón de visionados al día. Tienes más de diez mil vídeos subidos. Los usan en todos los continentes. Tío, los inversores te darán todo el control que quieras. Además, Chitra Atya está deseando patrocinarte. Sobre todo con la parte en la que estás trabajando con Drew.

—Por eso estoy hablándolo con ella. De todos modos, preferiría hacerlo con ella, y además tengo otras cosas en marcha ahora mismo.

—¿Qué cosas?

Ria estaba sentada en el borde. ¿Desde cuándo se había vuelto Vikram tan prudente? El Vikram al que ella conocía se lanzaba a las cosas sin frenos, sin cautela.

Por un momento pareció que iba a decirle que se metiera en sus asuntos, pero se encogió de hombros.

—Un día de compras con el blandengue de mi primo, que no es capaz de decirle a su prometida que quiere ponerse un traje en su boda.

Nikhil hizo un gesto obsceno con la mano.

Vikram desvió la conversación al tiempo, al mercado de valores, al precio de los billetes de avión, a cualquier cosa que se le ocurrió. Ria se mantuvo en el borde de su asiento, enfadada consigo misma por cuánto deseaba saber más sobre aquello que había encendido esa luz en sus ojos, e incluso más enfadada con él por su indiferencia al respecto, algo impropio de él.

Cuando llegaron al vecindario mediocre que rodeaba la avenida Devon, Ria se alegró más que nunca de ver sus coloridos escaparates. Aquella parte de la avenida Devon era el distrito indio de compras más grande de Chicago. No era uno de los recuerdos más felices de la infancia de Ria. Uma la había arrastrado allí para comprar artículos extraños que no estaban disponibles en la tienda india local, pero a Ria no le gustaba ir. No le gustaba su aspecto, ni su olor, ni los tenderos incoherentes y sudorosos. Todo aquello le había parecido desconcertantemente extranjero. No era americano, como el resto de la ciudad, ni indio, como los bazares de casa, sino algo a medio camino entre los dos.

Desde el cereal envuelto en plástico a las cajas de dulces colocadas en estanterías metálicas, todo le había parecido fuera de lugar. Aquella India artificial de Devon había conseguido lo que nada más había hecho: había conseguido que Ria añorara la India. Le había hecho extrañar las calles ruidosas del mercado, donde las lentejas y el cereal estaban en sacos de arpillera sobre estantes de madera desgastada, donde los tenderos sacaban el grano con medidores de latón y lo envolvían en papel de periódico con la destreza de artistas de *origami*.

Aquel día, las tiendas de alimentación llenas de pasillos de Devon no parecían distintas de los supermercados que habían surgido por todo Bombay, aunque los de allí eran menos ostentosos y ruidosos. Allí el mundo parecía haberse detenido en el tiempo, suspendido en el mismo estado en que lo había dejado hacía diez años. Incluso los pósteres de películas que compartían espacio con las imágenes de dioses y diosas sobre muros blancos parecían al menos una década anticuados.

Ria se puso sus gafas de sol gigantes, se envolvió la cabeza en el pañuelo turquesa y siguió a Nikhil y Vikram junto a los sucios escaparates. Carteles fluorescentes con la palabra «rebajas» lo adornaban todo, desde maniquíes con saris de cuentas a cajas de patatas. Una mezcla de *techno* y *bhangra* escapaba de las puertas abiertas, el olor de la masa frita cargaba el aire.

Un par de personas se detuvieron a mirarla. El pánico le recorrió la columna dorsal. Se arrepentía de no haberse acordado de pedir a Nikhil que la dejara en la puerta antes de aparcar. Se acercó un poco más a Nikhil y aceleró. Vikram le echó una mirada y la flanqueó por el otro lado; su enorme cuerpo era mejor escudo que la figura desgarbada y larguirucha de Nikhil, su fortaleza gemela la relajaba de un modo que no quería reconocer.

Una mujer que empujaba un carrito de bebé se metió la mano en el bolsillo y sacó un teléfono móvil. Ria se bajó el pañuelo hasta la frente, hundió el rostro en su cazadora de cuero y corrió directa hacia Vikram, que se había detenido en seco junto a Nikhil. Ninguno de ellos se había fijado en la multitud que se estaba reuniendo, demasiado ocupados mirando boquiabiertos el letrero de neón sobre la fachada de la tienda.

«KOMAL – Estilo indio para el macho indio.»

Nikhil se volvió hacia Ria.

—Si dices una sola palabra te mato, lo juro.

Coloreó su voz con un tono de advertencia tan frío que, a pesar de lo asustada que estaba, Ria casi estalló en carcajadas.

Le agarró la manga y lo arrastró al interior de la tienda.

—Es hora de ponerse guapo, machote.

La tienda estaba iluminada como un *spa*. Unos altavoces discretamente escondidos emitían una música suave de sitar. La atmósfera relajante de la *boutique* contrastaba tan claramente con el resto del vecindario que los tres parpadearon a la vez para adaptarse. Había elefantes de madera de todos los tamaños sobre pedestales. Estantes cromados llenos de *kurtas* pulcramente doblados, camisas de seda y pantalones *churidar* forraban las paredes. *Sherwanis* bordados colgaban de barras suspendidas con alambres del alto techo creando un arcoíris de color meticulosamente coordinado y salpicado de motas doradas, plateadas y cobrizas.

En uno de los estantes había turbantes preanudados rojos y dorados. Si Nikhil había estado horrorizado antes, al ver los turbantes parecía que fuera a sufrir un infarto justo allí, en la tienda. Vikram le puso una mano en el hombro para darle fuerza o para tomar fuerza él mismo.

Ria sonrió. Los chicos le echaron una mirada cargada de tanto desprecio que podría haberse marchitado.

—Oh, venga ya. Nikhil, te ganas la vida curando a niños moribundos, por el amor de Dios. Deja de actuar como si hubieras entrado en zona de guerra.

Ambos abrieron la boca como carpas y después las cerraron de nuevo. Ria se acercó a un perchero de *sherwanis*, buscó entre los recargados trajes y sacó uno granate con bordados dorados.

—Es ropa, no muerde.

Sostuvo el traje sobre Nikhil. Tanto él como Vikram retrocedieron.

185

—No hablarás en serio —dijo Nikhil.

—Estás aquí para comprarte un *sherwani* para la boda, ¿no?

—Pero es rojo.

—Es granate. Más burdeos, en realidad.

Ambos hombres la miraron como si acabaran de brotarle una trompa y dos colmillos como el elefante que tenía al lado. Ria puso los ojos en blanco, volvió al perchero y encontró uno color crema con discretos bordados en bronce.

—Eso es dorado —dijo Nikhil con una voz que parecía recién sacada de su fase de mocoso llorica a los diez años.

Ria tenía ganas de pegarle.

—No, es crema bordado en bronce.

—Eso lo convierte en dorado.

Ria miró a Vikram en busca de ayuda, pero estaba claro de parte de quién estaba él.

—No estás comprando un esmoquin, Nikhil. Estás comprando un *sherwani*. Va a ser de color.

Nikhil no respondió. Ria empezó a perder la paciencia. Tomó aire profundamente. No serviría de nada que ella también actuara como una niña.

—Si estás más cómodo con un esmoquin que con un *sherwani*, ¿por qué no se lo dices a Jen?

Intentó detener a Vikram con una mirada de súplica, pero no sirvió de nada y murmuró: «Calzonazos».

Nikhil emitió un gruñido incoherente.

—¿Por qué no compramos el de Vic primero? —preguntó como si estuvieran repartiéndose los turnos para saltar delante de un tren en marcha.

Vikram retrocedió y estuvo a punto de volcar el perchero de *kurtas* dorados que tenía detrás. Nikhil fue hacia el perchero más colorido, sacó un *sherwani* azul con un montón de bordados granates y lo sostuvo ante Vikram.

—Perfecto. El turquesa va muy bien con tus ojos —dijo, imitando a Ria.

Vikram entornó los ojos, enfadado, hasta que parecieron dos rendijas. Examinó la tienda desesperadamente y se animó al ver los turbantes. Escogió uno de un rojo vivo con el borde dorado y se lo puso a Nikhil.

—También necesitas uno de estos, ¿no?

Nikhil estaba a punto de arrancárselo cuando un hombre bajito que parecía un pajarillo, vestido con una camisa de seda demasiado almidonada, corrió hacia ellos.

—Bienvenidos a Komal —dijo, esforzándose por esconder su irritación tras una tensa sonrisa de vendedor—. ¿Puedo ayudarles en algo?

Le quitó a Nikhil el *sherwani* con un cuidado exagerado y echó una mirada incisiva al turbante torcido que se había puesto.

Nikhil le entregó el turbante e intentó ponerse serio. Vikram parecía muy satisfecho consigo mismo. Ria quería abofetearlos a ambos.

El hombre se acercó a los estantes y soltó el turbante y el *sherwani*, demostrando cómo merecían ser tratadas aquellas prendas valiosas. Se dio la vuelta y se dirigió a ellos con su mejor voz de experto.

—¿Se trata de una ocasión especial...?

Se quedó boquiabierto a media frase y sus ojos se volvieron redondos y aletargados.

Vikram y Nikhil siguieron su mirada y lo encontraron mirando a Ria como si un ser celestial hubiera entrado en la tienda y estuviera cegándolo con su resplandor.

Ria les echó una mirada de advertencia y ofreció al hombre una de sus sonrisas de hoyuelos perfectos. Automáticamente, cambió de postura. Enderezó la espalda, alzó la barbilla. Se puso en «modo famosa».

—¡Oh, Dios! ¿Es usted...? Se parece mucho a... ¿Es...?

El hombre se relajó de inmediato y sonrió como si no creyera su propia suerte.

Vikram gruñó.

—Tienes que estar de coña.

Ria se obligó a no mirarlo.

—Soy su mayor admirador —le dijo el vendedor dando un paso hacia ella—. He visto todas sus películas. ¡Desde *Oh, cariño*!

—Gracias. Es muy amable —dijo Ria sin alterar su sonrisa.

—Es un honor tenerla en nuestra tienda. Somos la mejor tienda de ropa india de Norteamérica. Podemos conseguirle cualquier cosa que pida. Cien por cien *hot cootoor*. Esto es un gran honor para nosotros. Un grandísimo honor.

—Oh, por el amor de Dios.

Vikram echó una mirada asesina al hombre, que lo miró confundido.

—Mi primo va a casarse —le explicó Ria con amabilidad—. Necesitamos algunos *sherwanis* y *kurtas*. No importa que sean de confección.

—¡Enhorabuena! ¡Es una noticia maravillosa! —exclamó, y se dirigió a Vikram—: Felicidades, señor. ¿Tiene preferencia por algún color?

Vikram lo miró como si fuera a retorcerle el cuello.

—Es él quien se casa.

Apuntó a Nikhil con el pulgar. Nikhil levantó la mano como un colegial.

—Lo siento mucho. Discúlpeme. ¿Tiene preferencia por algún color, señor? —preguntó el hombre a Nikhil.

—Le gusta el burdeos —murmuró Vikram.

El hombre se volvió hacia Vikram, todavía más confuso.

Ria echó una mirada furiosa a Vikram.

—En realidad, ambos necesitan un traje. Estamos buscando algo discreto. Crema o beis con bordados *zardozi*, preferiblemente antiguos, sería perfecto.

Los ojos del vendedor se abrieron deslumbrados. Parecía a punto de caer a los pies de Ria para besarle los zapatos. La joven pasó los dedos por algunos *sherwanis* crema.

—Algo así.

Los ojos del vendedor rebosaban reverencia; Ria retiró los dedos con timidez.

Vikram se interpuso entre ambos y se aclaró la garganta.

El hombre se sobresaltó y se apartó de Vikram.

—No, no —dijo el vendedor. Señaló el estante que Ria estaba mirando—. Olvide esos. Tengo los trajes perfectos. Acaba de llegar una nueva remesa. Ni siquiera la hemos sacado todavía, pero permita que la saque para usted. —Empezó a alejarse rápidamente, pero se dio la vuelta—. Miren todo lo que quieran. Consideren esta su casa. ¿Puedo traerles algo de beber? Cualquier cosa. ¿Algo frío? ¿*Chai*? ¿Café?

—Un vaso de agua sería estupendo —dijo Ria rápidamente, antes de que Vikram o Nikhil dijeran nada.

—¿Solo agua? También tenemos *Vitamin Water*. Puedo pedir *lassi* de mango. —Dio un paso hacia Ria—. Cualquier cosa que quiera.

—Queremos los *sherwanis* —interrumpió Vikram con una expresión seria que lo hizo apartarse de Ria rápidamente.

—Sí, sí, iré a por ellos, señor.

Se marchó rápidamente.

Antes de que Ria pudiera decir nada, Vikram le dio la espalda y empezó a mirar fijamente los estantes. Su mal humor había regresado con toda su fuerza. Ria intentó calmar su propia irritación y se dirigió a Nikhil. Estaba un poco pálido.

—Vas a estar perfecto, cielo. Has llevado *kurta*, ¿no? Los *sherwanis* no son más que *kurtas* sofisticados.

No había usado aquel tono con él desde su fase de mocoso llorica.

Nikhil se encogió de hombros.

—Tienes razón. Pero nada de granate —le dijo. Y entonces añadió rápidamente—: ni tampoco burdeos.

—Entendido. Nada que se parezca al rojo. Veamos, Jen irá de jade... de verde, quiero decir, así que necesitamos algo que le vaya bien.

—Uhm. De acuerdo.

—Como los rojos están descartados, los cremas son nuestra mejor opción. Este gris metalizado es muy bonito. Pero no quedaría bien con verde. Además, no está lo suficientemente adornado.

Vikram se volvió hacia ella como si hubiera dicho las palabras mágicas. Le quitó el *sherwani* gris de la mano.

—Tienes razón, este no está nada mal.

Nikhil lo miró con ansias.

—¿Por qué no puedo quedarme ese?

—Porque tú eres el novio y tienes que parecer un pavo real para atraer a tu pareja —le dijo Vikram. Levantó el *sherwani* y lo examinó con los ojos entornados, mordisqueándose el labio inferior, concentrado. La seda gris con motas plateadas era del color exacto de sus ojos cuando adquirían intensidad.

La mano de Ria apretó la percha forrada en seda. Pensar en él con un *sherwani*, en la seda sobre sus hombros y por su cuerpo, hacía que la cabeza le diera vueltas. Incluso el polo negro y los *jeans* descoloridos que llevaba aquel día parecían haber sido cortados para él. La anchura exacta en los hombros, la estrechez perfecta en la cintura... Los músculos de sus muslos atirantando la tela desgastada de los pantalones... Tragó saliva.

—¿Por qué no te lo pruebas? —le preguntó, intentando mantener un tono trivial.

Al parecer, no lo suficientemente trivial. Sus ojos se oscurecieron hasta un gris profundo y hambriento que reflejaba todo lo que ella sentía.

La percha se le escapó de entre los dedos y cayó al suelo. Cuando la recogió, Vikram se había marchado.

Ayudó a Nikhil a elegir un par de trajes y le pidió que se los probara justo cuando el vendedor volvía con un perchero con ruedas lleno de *sherwanis* tan chabacanos que se alegraba de que Nikhil y Vikram no estuvieran allí para verlos. El vendedor descolgó dos y los sostuvo ante ella. Uno estaba cubierto de tul dorado y el otro tachonado de cristales y perlas.

—Son totalmente exclusivos, señorita Parkar. Todos los novios de Bombay y Delhi los llevan. Solo en las bodas más lujosas...

Vikram salió del probador. La seda salvaje se tensaba en sus hombros y le abrazaba el pecho. El suave brillo de la tela atrapaba la luz como el océano una noche de luna. Todo su cuerpo resplandecía.

El gris profundo intensificó el gris de sus ojos, tal como ella había sabido que haría. Su cabello despeinado le caía en mechones sobre la frente. Quería echárselo hacia atrás, tocar esos espesos rizos oscuros. Vikram se pasó unos dedos inseguros por el cabello sin apartar los ojos de ella. Un profundo suspiro, atropellado y cohibido, escapó de los labios de Ria. Él se acercó un paso.

Llevaba torcido el cuello bordado de la levita. Ria se lo puso derecho. Los músculos de Vikram se tensaron. Notó chispas en el mismo centro de su vientre.

—¿Señora?

El vendedor la miró con los ojos muy abiertos, expectante. Parecía estar esperando una respuesta. Ria lo miró sin comprender.

—Bueno, ¿qué le parece? —le preguntó.

Ria apartó la mano y la presionó contra su estómago. Evidentemente, no estaba pensando en nada.

—Yo... Bueno...

—¿No es buena idea?

—Claro.

No tenía ni idea de lo que acababa de aceptar.

Vikram no dejaba de mirarla. Su mirada le quemaba en la piel y hacía que la humedad se concentrara en la parte de atrás de sus rodillas, en las hendiduras en la base de la columna vertebral. Ria retrocedió un paso.

—¡Oh, Dios mío! ¿No eres Ritu, de *Ritu y Raj*?

Una chica corrió hacia ella; debía tener unos trece años. Su madre la seguía. Parecían eufóricas y avergonzadas a la vez.

—¿Podemos hacerte una foto, por favor? Te adoramos.

Ria sacó su sonrisa, les dio las gracias y posó mecánicamente, sin dejar de ser consciente de que Vikram la estaba mirando. Cuando se fueron, él había vuelto a esconderse tras una máscara. Volvía a estar enfadado y ella no sabía por qué. O quizá lo sabía, pero no había nada que pudiera hacer al respecto.

El vendedor señaló a Vikram.

—Bueno, señorita Parkar, muy bonito, ¿no? Queda al señor como un guante. Incluso en los hombros y caderas. No necesita ningún arreglo. Ya le dije que tenemos los mejores patrones de Norteamérica. ¿Qué le parece?

Los ojos de Vikram la atravesaron.

—¿Señorita?

—Le gusta.

La voz de Vikram sonó como un gruñido.

El hombre sonrió de oreja a oreja.

—La dama tiene razón, es perfec...

—Lamentablemente, a mí no.

—Siento oír eso, señor. ¿Por qué no se prueba uno de estos?

El hombre levantó las perchas que sostenía con expresión esperanzada y turbada.

La voz de Vikram se moderó un poco.

—No, lo siento. He cambiado de idea; no creo que este tipo de ropa sea para mí. Creo que usaré traje.

—De eso nada.

Nikhil salió del probador con el *sherwani* crema y bronce.

Vikram se presionó las sienes con los dedos.

—Venga, tío, mírame. No me hagas esto.

Nikhil eligió un turbante y se lo puso. Después se señaló con ambas manos.

—¿Que no te haga esto? Mírame.

Vikram parecía impasible. Nikhil lo miró, enfadado.

—Escucha, Vic, Jen quiere que la familia vista al estilo indio y eso es lo que vamos a hacer. Tú eres parte de la familia, ¿recuerdas?

—Oh, no, a mí no me vengas con esas —le dijo Vikram.

El vendedor miró a ambos entre la confusión y el pánico.

Ya era suficiente. Ria se interpuso entre Vikram y Nikhil.

—¿Estáis hablando en serio? —les preguntó, fulminándolos con la mirada y con una mano en la cadera— ¿Qué diablos te pasa, Nikhil? Es tu boda. ¡Tu boda! Y este es tu legado. Jen ni siquiera es india, pero lo entiende. Entiende la belleza, la tradición. Y aquí estáis vosotros dos, con aspecto de auténticos príncipes y comportándoos como payasos. Como si esto fuera algún tipo de castigo horrible. ¿Y sabéis qué? Deberíais llevar traje. Joder, por lo que a mí respecta podríais ir en *jeans*. No voy a quedarme aquí con vosotros ni un minuto más.

Se dirigió al vendedor. Estaba otra vez boquiabierto. Todos los demás clientes de la tienda estaban mirando. ¿Cuándo había entrado tanta gente? Un hombre con una camisa amarilla sostenía un teléfono móvil. Probablemente había grabado su rabieta al completo. ¡Joder!

El hombre bajó el teléfono rápidamente y corrió hacia la salida, pero Vikram se lanzó tras él. Le quitó el móvil de la mano y lo empujó al interior de la tienda.

—Devuélvemelo.

El hombre se puso de pie rápidamente y se abalanzó sobre Vikram. Esta vez, Nikhil se lanzó contra él y lo retuvo mientras el vendedor se movía de un lado a otro dando grititos.

Vikram pulsó los botones del teléfono móvil furiosamente.

—¿Qué pasa contigo, hombre? ¿Es que no puedes respetar la intimidad de los demás?

Cuando borró el vídeo lanzó el teléfono al tipo, que lo agarró y se zafó de Nikhil.

—Si tu estúpida novia es tan valiosa, capullo, ¿por qué no la encierras en casa en lugar de dejar que se pasee ante nosotros moviendo su trasero de zorra?

Vikram se lanzó de nuevo contra él, pero el hombre corrió hacia la puerta, agarró uno de los elefantes pequeños de un pedestal y se lo lanzó a Vikram. La gente empezó a gritar y a correr atropelladamente hacia la puerta. El elefante de madera golpeó a Vikram en la frente, cayó al suelo y le hizo un tajo que comenzó a sangrar. El hombre dejó a la gente atrás y atravesó la puerta rápidamente.

Ria corrió hacia Vikram, se quitó el pañuelo y le presionó la sien. Le temblaban las manos, le temblaba todo, y él también estaba temblando.

Pero él dejó de hacerlo primero.

—Shh, Ria, no pasa nada —le dijo. Le rodeó la cintura con el brazo y sujetó su mano en su frente—. Amor, estoy bien. Respira. No pasa nada.

Le secó las lágrimas de las mejillas.

Ria tomó aliento, pero los temblores empeoraron.

—Déjame echar un vistazo —dijo Nikhil, pero Vikram se negó a soltar a Ria.

—Nic, en serio, estoy bien. Trae el automóvil a la entrada de servicio por la puerta de atrás. La sacaré por ahí dentro de cinco minutos.

Tenía la voz tranquila. Muy tranquila. El latido constante de su corazón la envolvió. Ria se concentró en él y presionó más sobre la herida. El pañuelo que tenía en la mano se teñía de humedad y calor. Su miedo volvió a crecer.

El vendedor le llevó un botiquín.

—Lo siento mucho, señorita Parkar, nunca había pasado algo así en Komal. Nunca —le dijo con sinceridad, pero Ria no podía responder.

—Vamos a comprar estos.

Vikram señaló el *sherwani* que todavía llevaba puesto y sacó una tarjeta de crédito de su cartera con una mano. La otra era un círculo impenetrable alrededor de la cintura de Ria.

—Sí. Sí. Por supuesto, señor.

El vendedor aceptó la tarjeta de crédito y salió corriendo.

—Pero no te gustaba —susurró Ria sobre el hombro de Vikram, inhalando su aroma como si eso pudiera arreglar el mundo.

Por un segundo parecía que Vikram no tenía ni idea de a qué se refería. Después sonrió.

—Está bien. Si tú has reaccionado así, no quiero imaginar lo que nos haría Uma si volviéramos a casa con las manos vacías. Ya puedes dejar de apretarme la cabeza con esa cosa. Creo que ha dejado de sangrar.

Con mucho cuidado, Ria apartó el pañuelo de su cabeza.

—Se llama pañuelo —le dijo, y examinó el corte. Sangraba menos, pero estaba hinchado y parecía doloroso.

Los dedos de Vikram rozaron su barbilla. Un roce suave, tierno.

—Por favor, no empieces a llorar de nuevo. Ni siquiera lo noto.

Ria cerró los ojos.

—¿Por qué hay tanta gente fuera?

Ria abrió los ojos al oír la voz de Mira. Se apartó de Vikram.

Mira se detuvo allí y los miró asombrada.

Vikram dejó que Ria se apartara de él, pero mantuvo una mano en su antebrazo.

—Alguien intentó grabar a Ria y salir huyendo con el vídeo.

Mira se llevó una mano a la boca.

—Oh, no.

Ria apartó el brazo.

—Vikram lo detuvo, pero salió herido.

Señaló la herida. Mira abrió los ojos como platos.

Ria abrió el botiquín y ofreció a Mira la gasa y el esparadrapo. Mira lo empujó hacia Ria.

—No. Hazlo tú.

Su voz era tan triste que el corazón de Ria se retorció.

Volvió a ofrecérselo a Mira.

—No. Hazlo tú.

Vikram tomó la gasa de la mano de Ria y se presionó la sien con ella.

—Puedo hacerlo solo.

Debió dolerle, pero estaba tan enfadado que ni siquiera pestañeó.

Ria cortó un trozo de esparadrapo con los dientes y lo colocó sobre la gasa. Vikram le dejó hacerlo, pero se negó a mirarla. Eso fue bueno, porque Ria no quería que viera la vergüenza que sentía. Sus dedos temblaron al notar el calor de la piel de Vikram. Él le sujetó la mano.

Ria apartó la mano de nuevo, pero esta vez él no se lo permitió fácilmente.

—Mira, ¿puedes llevarlo al hospital?

—No necesito un hospital. Necesito llevarte a casa.

Por la tensión de su mandíbula, Ria sabía que Vikram no cedería. Lo intentó de todos modos.

—Estoy bien. Esperaré a Nikhil, tú vete con Mira.

—Nikhil debería estar ya esperándonos. Y no estás bien, no has dejado de temblar. —Le agarró la mano y la condujo hacia la parte de atrás. Se dirigió a Mira—: Volveré dentro de un minuto, no te marches.

En el aparcamiento de servicio solo estaba la furgoneta de Uma. Vikram la acompañó hasta ella. Su mano era una tenaza sobre la de Ria y le hacía sentirse demasiado segura para intentar zafarse de ella. Nikhil salió del vehículo y abrió la puerta. La palma de Vikram se quedó en la espalda de Ria mientras la ayudaba a entrar. Se detuvo en su cintura antes de retirarla y el contacto entre ellos se rasgó como una tirita sobre la piel dolorida, una célula, un poro cada vez. Ria se hundió en el asiento.

—Vete, Vikram, por favor. Estoy bien.

Pero no podía mirarlo.

No se movió. Ninguno de ellos estaba bien. Ninguno había estado bien desde hacía mucho tiempo. Ria era una maldita mentirosa.

—¡Ahí está! —gritó alguien desde lejos. Una multitud dobló la esquina y corrió hacia el aparcamiento vacío.

Vikram retrocedió y cerró la puerta del automóvil.

—¿Te ocupas tú? —preguntó a Nikhil.

—¿No vienes?

Nikhil se deslizó tras el volante.

—Mira está aquí. Tengo que hablar con ella.

Vikram tocó la mano con la que Ria se aferraba a la puerta. Ria quiso retirarla, pero no lo consiguió.

Y no pudo evitar mirarlo por el espejo mientras el vehículo se alejaba. Vikram herido y sangrando: su peor miedo, hecho realidad.

CAPÍTULO 18

Ria oyó otro vehículo y corrió a la ventana de su dormitorio. Apartó un poco la cortina y miró la calle. Eran las dos de la mañana. La luz de una farola solitaria se derramaba al final del camino de entrada y lo pintaba todo de un gris irreal. Había corrido hasta la ventana tantas veces desde su regreso de Devon que le sorprendía no haber marcado indeleblemente el camino en la alfombra. Frotó las fibras aplastadas distraídamente con el dedo gordo del pie y observó el automóvil que pasó de largo sin parar.

Su portátil estaba abierto en la cama, era la única luz de la habitación. Había intentado leer el condenado guion, pero en lugar de distraer la mente del hedor metálico de la sangre que se aferraba a sus fosas nasales como melaza podrida solo lo había intensificado. Una espantosa muerte tras otra, con vehículos explotando y edificios en llamas de fondo. Fuego y sangre intercalado con más fuego y sangre.

Otro vehículo entró en la calle. Ria apartó las cortinas para echar un vistazo. Esta vez, el automóvil giró en el camino de entrada y se detuvo. La leyenda «Taxi americano», encendida en la parte superior, parpadeó. Vikram salió tambaleándose del asiento trasero; su enorme cuerpo casi cayó de bruces sobre el cemento.

—¿Necesitas ayuda, amigo? —le preguntó el taxista.

—No, gracias, hombre. Ya estoy.

¿Arrastraba las palabras?

Vikram se enderezó y se despidió del conductor antes de que se alejara. Se había vuelto a poner el polo y los *jeans*. La luz se reflejó en el esparadrapo que se había pegado en la sien. Llevaba sobre el hombro el pañuelo manchado de sangre.

Dio tumbos, lentamente, por el camino que llevaba a la casa. De repente, se detuvo y miró hacia su ventana. Ria se sobresaltó, se apartó y pegó la espalda a la pared. Oh, por Dios, ojalá no la hubiera visto.

Durante unos segundos, eternos, nada se movió. Solo oía los latidos de su corazón. Caminó de puntillas hasta la puerta de su dormitorio y presionó la oreja contra la madera fría, esforzándose por oír algo. Por fin, una llave giró en la puerta delantera, que se abrió con un chasquido y se cerró con otro. Hubo otro largo momento de silencio. Entonces oyó sus pisadas en la escalera.

Pero, en lugar de alejarse, los pasos se oían cada vez más cerca.

Se apartó de la puerta. No estaba bajando las escaleras. Estaba subiéndolas. Mierda. Corrió a la cama, cerró el portátil de golpe y se metió bajo las sábanas. En el silencio sepulcral oyó el momento exacto en que Vikram llegó a la parte superior de la escalera. Oyó cada paso lento y deliberado que dio hacia su puerta. Oyó el momento justo en el que su mano tocó el pomo. Oyó un golpe suave en la puerta.

El corazón se le desbocó. Intentó relajar la mano sobre la colcha, controlar la respiración. Vikram giró el pomo. La tensión se enroscó en los resortes de su vientre. Contuvo la respiración y esperó a que la puerta se abriera. Cada segundo que pasaba se extendía y vibraba en la quietud.

La puerta no se movió.

Oyó cómo él soltaba el pomo lentamente. Sin apenas hacer ruido, volvió a su lugar. Igual de silenciosamente lo oyó apartar la mano y volver a bajar las escaleras.

Ria estaba temblando, pero lo que sentía no era alivio. Era algo totalmente distinto. Intentó no reconocerlo, intentó descartarlo antes de que su mente articulara el pensamiento, pero no pudo. Había estado esperando, rezando para que la puerta se abriera. Se quedó allí mucho tiempo, inmóvil, con el dolor ensordecedor de su corazón paralizándola en la cama, que se había quedado fría de repente.

No había creído que pudiera volverse loca en menos de una semana. La voz constante en su cabeza (que le pedía que pensara, que sopesara las cosas, que mantuviera el control) había enmudecido por completo y ni siquiera lo había notado, pero la cálida untuosidad de la sangre de Vikram en sus dedos la había hecho volver. Se dio la vuelta y frotó los dedos contra las sábanas, pero no podía borrarla. La sensación le subió por el brazo, le recorrió el cuerpo y cayó hacia atrás en el tiempo. Se encogió en unos brazos pequeños y frágiles, en unos pies pequeños y curiosos.

Unos pies pequeños que la niña de siete años que había sido usó para seguir los gemidos por la escalera todos aquellos años atrás. Fueron los gemidos los que llamaron a Ria. Habían sido su recuerdo más antiguo, aquellos lamentos animales que habían sonado en toda la casa y que la habían despertado en medio de la noche.

Pero nunca antes había subido aquellas escaleras. Supo que estaban prohibidas incluso antes de que Aji le tomara la cara entre las manos para ordenárselo: «Jamás debes subir, ¿entendido?»

Sin embargo, Aji murió un par de días antes de su séptimo cumpleaños, y la prima de Aji, que no gustó a Ria, vino a quedarse el día de su funeral. En cuanto Baba se marchó de casa, la anciana encorvada sacó a Ria a empujones de la cocina. «Aléjate de mí, niña maldita —protestó—. Esa mujer no debería haberse casado con tu padre. Ha traído la maldición a la familia. Debió deshacerse de ti antes de que nacieras. Ahora tu padre tiene que aguantarte, a ti y a tu posesión diabólica.»

«Llevas la locura en la sangre. Es tu destino. Esconderla en un ático no va a hacer que desaparezca.»

Entonces encendió una lámpara de aceite en el altar y recorrió la cocina con ella para librarse de la presencia maldita de Ria.

De repente, la peculiaridad de su vida empezó a cobrar sentido... Comenzaba a entender por qué Baba nunca la había enviado a la escuela o a jugar con el resto de niños de la calle, por qué los vecinos desaparecían como gotas de lluvia sobre la gravilla cuando Baba y ella pasaban junto a ellos camino del mercado. Por qué su padre, siempre tan amable, se volvía oscuro y amenazador si alguien se acercaba a su puerta de madera.

Miró la puerta pintada de verde del ático, con su enorme pestillo de latón, y echó una última mirada sobre su hombro.

«Jamás debes subir, ¿entendido?»

¿Había que mantener las promesas después de que la persona hubiera muerto?

Agarró el enorme pestillo con ambas manos. Apenas alcanzaba, así que necesitó todas sus fuerzas para arrastrarlo hacia delante y hacia atrás hasta que la puerta se abrió. Y entonces entró, tambaleándose.

Lo primero que oyó fueron unos gruñidos animales. Una criatura de pelo mate y ropa harapienta voló hacia ella, la tiró al suelo y se subió a horcajadas sobre ella. La saliva le salpicó el rostro. Unos ojos salvajes revolotearon por toda la habitación. Ria la empujó, intentando escapar, y la criatura se apartó de ella y tiró de sus muñecas atadas gimiendo y gruñendo. Ria retrocedió sobre los codos; intentó gritar, pero aquel ser se abalanzó sobre ella.

Sus dientes le atravesaron la carne, se clavaron en la piel como cuchillas y le aplastaron los huesos. El cuerpo se le humedeció. Los gruñidos se intensificaron hasta un registro febril. Algo duro y pesado le golpeó la cabeza y el dolor explotó en sus costillas, algo se rompió en el interior de su vientre. La criatura la levantó y la lanzó contra la pared. Se le llenó la boca de sangre y se formó un charco con ella en el frío suelo de cemento. Sus dedos le agarraron la garganta y le apretaron. Ria intentó mantener los ojos abiertos, pero un líquido caliente le goteó sobre los párpados.

Baba apareció en la neblina roja y le quitó a la criatura de encima. Su padre estaba sollozando. Tenía los ojos incandescentes de furia, pero trató con cuidado a la maltrecha criatura que tenía en los brazos.

—Shh, por favor, es solo Ria. Nuestra hija. Solo Ria.

La sangre resbalaba en hilillos de los dientes de la criatura. Tenía los ojos muy abiertos, confusos, suplicantes, anhelantes.

La oscuridad envolvió a Ria y ocultó aquel rostro de su vista. Pero no antes de que hubiera visto el pico de viuda, su gran frente y sus ojos verde botella y de que hubiera sentido la conmoción de saber que mirar a aquella criatura era como mirarse en un espejo.

Ria se sentó en la cama; el dolor de su cuerpo de niña de siete años creció hasta llenar su forma adulta, y la locura de su interior le clavó sus garras como una bestia. Se frotó la piel. Las cicatrices casi invisibles de su carne cobraron vida, tatuajes conmemorando su único encuentro con la mujer que la había traído a aquel mundo, marcas indelebles de aquello en lo que estaba destinada a convertirse.

Bajó de la cama y se puso su kimono y sus zapatillas. Tenía que salir de aquella habitación.

«Es tu destino.» Jamás se permitiría olvidarlo de nuevo.

«Llevas la locura en la sangre.» La madre de Vikram le había repetido aquellas mismas palabras diez años más tarde, y el terror de lo que Ria podría hacerle a su hijo había convertido cada una de esas palabras en un susurro trémulo. «Llevas la locura en la sangre.» Como si la locura fuera una bomba activada esperando detonar.

«Es genético. Todas las mujeres de tu familia lo tuvieron. ¿Por qué no ibas a tenerlo tú? ¿Por qué?»

Lo tendría. Ria había sido lo suficientemente estúpida para olvidarlo una vez, y ese error había destruido su vida y casi había destruido la de Vikram. Casi.

Solo había un sitio a donde ir. Solo había un sitio que la devolvería al presente. Salió al porche desde la cocina y dejó que sus pies la llevaran al roble. La copa estaba teñida de amarillo. La primera luz de la mañana atrapaba cada hoja amarillenta y la convertía en oro. Una necesidad urgente de capturarlo con pinceladas, de envolverlo en pintura, la abrumó. Pero lo último que necesitaba era otro modo de sacar las locuras.

Se rodeó con los brazos y apoyó la espalda en el tronco. Todavía le dolía el cuerpo tras el sueño. Eso era lo que ocurría cuando te pegaban... jamás olvidabas el dolor ni la conmoción por lo mucho que dolía. Ni la humillación de no saber si te lo merecías.

Aquella humillación le había robado las palabras. Todas ellas. Despertó en el hospital con Baba acariciándole la cara y con lágrimas en sus ojos tristes.

«Aquí está mi *rani*, mi princesita. ¿Cómo estás?», le preguntó.

Y ella no tuvo respuesta. No a aquella pregunta, ni a todas las demás preguntas que llegaron después de esa, de médicos, de profesores, de Baba. Preguntas que se habían convertido en súplicas, provocaciones y amenazas.

No había tenido respuestas.

Hasta que aquellos ojos de un azul grisáceo pálido, de un tipo que nunca había visto antes, le hicieron por fin una pregunta que podía responder: «¿Quieres ser mi amiga?»

Estaba a punto de cerrar los ojos cuando la rama que estaba sobre su cabeza se movió. Levantó la vista y encontró aquellos ojos mirándola de nuevo.

Él no. Allí no. Por favor.

Tenía los ojos más cansados que nunca, teñidos de rojo y rodeados de ojeras. Se abrieron presos de pánico. Saltó de la rama y cayó sobre la hierba húmeda junto a ella.

—Por Dios, ¿qué te ha pasado?

La agarró por los brazos.

Ria cerró los ojos y bajó la barbilla hasta el pecho, dejando que el cabello le cayera por el rostro y la escondiera de sus ojos inquisitivos. Si empezaba a llorar de nuevo no se lo perdonaría.

—Oye...

Vikram intentó acercarla a él.

Ria lo apartó.

—¿Por qué no puedes dejarme en paz, Vikram? ¿Qué pasa contigo? ¿Por qué no te largas y me dejas sola?

No se movió, así que ella se zafó de sus manos y se apartó.

—Me encantaría, Ria. Pero primero necesito saber qué demonios pasa contigo.

El pulso en la garganta de Vikram comenzó su ritmo familiar.

—No sé de qué estás hablando.

Vikram se tocó la venda con dos dedos. Debajo de la gasa tenía la frente teñida de púrpura. Los *jeans* que había llevado todo el día todavía le caían sobre las caderas, pero se había puesto una camiseta blanca que reflejaba la luz de la luna.

—No dejas de decirme que no me quieres, pero tendría que estar ciego para creerte. Tendría que ser un idiota para creerme toda esta mierda. —Agitó las manos a su alrededor. Llevaba el pañuelo enrollado alrededor del puño—. ¿Qué está pasando, Ria? ¿Por qué lo haces?

—¿Por qué hago qué?

Ella no se molestó en esconder su cansancio y se apoyó en el tronco.

El pecho de Vikram se elevó bajo el ceñido algodón.

—Para empezar, ¿por qué sigues con toda esta mierda? Los admiradores, la atención... Es evidente cuánto lo odias.

—No lo odio.

Al menos no tanto como antes.

—Venga, Ria, las cosas no salieron como esperabas, ¿por qué es tan difícil de admitir? —Le levantó la barbilla con la mano para obligarla a mirarlo a los ojos—. Éramos muy jóvenes. Cometimos errores, ¿y qué?

La comprensión suavizó su mirada y la tiñó de una esperanza traicionera. Durante unos segundos, su esperanza se contagió al corazón de Ria. Después dio paso al pánico.

La joven le apartó la mano.

—Todo salió justo como esperaba. —Levantó la barbilla—. Me dieron una oportunidad y la aproveché. Y salió estupendamente. ¿Por qué es tan difícil para ti aceptarlo?

Vikram hizo un gesto de incredulidad.

Ria respondió con determinación.

—Al menos yo aproveché las oportunidades que se me presentaron. Al menos yo no hui de ellas.

Vikram entornó los ojos. Retrocedió un paso sin pensarlo. Eso la hizo traspasar el límite.

—¿Qué pasa con AulaV? Siempre que hablas de eso pareces entusiasmado. ¿Por qué no haces nada al respecto?

—No sabes nada de AulaV. Ya no sabes nada de mí. Deja de actuar como si me conocieras.

—Estupendo. Entonces cuéntamelo. Cuéntame qué haces.

«Dime que yo no te destruí.»

—De acuerdo. Doy clase en la Universidad de Chicago. Un taller especial sobre técnicas de construcción sostenibles. Tienes que cumplir muchos requisitos para asistir a mi clase, no puede acceder cualquiera. Cuando viajé por el mundo después de que mi novia me dejara pasé mucho tiempo en empresas de construcción, y descubrí que las poblaciones indígenas usan técnicas increíbles que no se cargan el puto planeta. Y como pasé varios años sin poder dormir descubrí cómo aplicarlas a la construcción moderna. Y ahora creen que soy un puñetero experto. Pero, ¿sabes qué más descubrí? Que hay cosas más importantes en la vida que perseguir metas de mierda. Que no tenía que ser quien todo el mundo quería que fuera.

»Oh, y esos vídeos de AulaV... No aparecen solos. Yo los puse allí, y subo más cada día. Pero AulaV es mía. Puedo dársela a quien la quiera, a quien la necesite. No quiero que alguien la tome y la convierta en otra máquina de ganar dinero. No quiero que se convierta en otra herramienta para exprimir a los desfavorecidos. ¿Responde eso a tu pregunta?

Estaba respirando con dificultad. Y había puesto varios metros entre ellos.

—Entonces, lo que estás diciendo es que el éxito ha estado persiguiéndote como siempre y que has aprendido a huir de él. ¿Cuándo te convertiste en un cobarde, Vikram?

Él tuvo las agallas de reírse.

—¿En serio? ¿Tú me llamas cobarde? —La miró hasta que el calor le cubrió las mejillas, y entonces suavizó la mirada—. De acuerdo, entonces dejaré de ser un cobarde. Seré valiente y lo soltaré todo. Es el momento de que dejemos de mentirnos el uno al otro.

—Yo no estoy mintiendo. Estoy intentando decirte la verdad, pero tú no quieres escucharla. No me arrepiento de haberme convertido en actriz. —No podía arrepentirse. Pero él se merecía al menos un poco de verdad—. Sin embargo, desearía no haberte hecho pasar por lo que pasaste.

Él volvió a reírse. ¿Estaba loco? El corazón de Ria estaba haciéndose pedazos, ¿qué tenía tanta gracia?

—Es la primera cosa sincera que sale de tu boca desde que volviste. Pero no importa. Las cosas por las que pasé no importan. Eso fue hace mucho tiempo. Lo que importa es lo que está ocurriéndonos ahora.

La esperanza volvió a emerger en sus ojos.

Ria tenía que encontrar un modo de extinguirla. Se obligó a hacer un recuento mental de todo el daño hecho. El cuerpo de Baba quemado. La enfermera, una espectadora inocente, quemada. La casa de su familia, quemada hasta los cimientos. La carrera de Vikram, destruida antes de empezar. Un asesinato que había encubierto y del que se había permitido salir impune. Generaciones de locura se retorcieron en su interior a la espera de brotar.

El único futuro que tendrían juntos sería más horrible que lo que ya habían soportado. Ria sabía que volvería a tomar la misma decisión.

—Vikram, volvería a hacer lo mismo.

Él se estremeció pero, en lugar de apartarse de ella, se acercó más.

—Eso tampoco es mentira. Pero ¿por qué?

—Porque me encanta lo que hago, esa es la razón. Me encanta la fama y la fortuna. Es la mejor sensación que existe.

Vikram echó la cabeza hacia atrás y se rio como si le hubiera dicho justo lo que estaba esperando. Entonces se acercó tanto a ella que sus alientos se fundieron.

—Tonterías.

Ria pudo oler un leve rastro de alcohol, pero sabía que estaba tan sobrio como ella.

—Yo digo que eso es una chorrada. Me creí tus mentiras una vez, Ria. Esta vez no.

¿Esta vez? No existía eso de «esta vez». Buscó desesperadamente algo que diera la vuelta a las cosas.

—¿Y Mira?

¿Cómo había podido olvidar a Mira? Se aferró a ella como si se estuviera ahogando.

Vikram retrocedió un paso. En sus ojos hubo remordimiento.

—Esto no tiene nada que ver con Mira.

—¿Cómo puedes decir eso? Tiene todo que ver con Mira. Es tu novia.

—Ya no, en realidad.

La culpabilidad creció tanto en su mirada que cerró los ojos con fuerza. Unas gruesas pestañas oscuras le bordeaban los párpados.

—Oh, Dios, Vikram, ¿qué has hecho?

Él abrió y cerró la boca, pero no se decidió a decir lo que quería.

—Hemos roto —dijo sencillamente—. En realidad, ha sido ella quien lo ha dejado. Hace dos días.

—Eso no puede ser. Vino a la tienda hoy.

—Solo porque ella quería hablar y yo quería asegurarme de que está bien y que supiera que puede quedarse para la boda si quiere. Pero no quiere. Se va a Michigan a pasar un tiempo con su familia. No estoy orgulloso de lo que he hecho, pero ha terminado, Ria.

Quería preguntarle qué había pasado, pero algo en su rostro le decía que no tendría fuerzas para oírlo. No en ese momento. No con sus ojos ardiendo de aquel modo.

—En realidad todo empezó el día que bajaste al sótano —le dijo. Observó su rostro, concentró de nuevo toda su atención en ella—. Mucho antes de eso, en realidad. No tenía sentido estar con Mira. Con nadie.

Ria quería taparse los oídos con las manos, pero los brazos le pesaban demasiado.

—No. Eso no es verdad. Ella es perfecta para ti. Tú mismo lo dijiste.

—No, Ria, no es ella quien es perfecta para mí.

Un enorme espacio sin aire se formó en el interior de Ria y lo arrastró todo en su interior. Aquello no estaba pasando. Se volvió y se dirigió a la casa, incapaz de seguir enfrentándose a él.

Vikram comenzó a caminar a su lado y Ria aceleró el paso.

—No puedes huir de esto, Ria. Mira no se merecía verse atrapada en mitad de esta situación. Solo hay espacio para nosotros dos.

Ria subió los peldaños del porche y se detuvo. Se obligó a darse la vuelta y mirarlo. Vikram estaba un peldaño por debajo, con los ojos a la altura de los suyos. La decisión que había en su mirada era casi física.

—Vikram, escúchame —le dijo, con ganas de zarandearlo—. No hagas esto. No te hagas esto otra vez.

Sus ojos la atravesaron, y su mirada, como un láser, la paralizó en el sitio. Tenía una expresión que Ria conocía demasiado bien, una expresión tan propia de Vikram que se sintió mareada de deseo. Era el tipo de cara que ponía la mayoría de la gente antes de tirarse en paracaídas, pero Vikram la mostraba cada vez que decidía que quería algo.

—Demasiado tarde —le dijo justo cuando Uma abría la puerta de la cocina y sacaba la cabeza.

CAPÍTULO 19

—**C**hicos, ¿es que estáis intentando matarme? —Uma echó una mirada a Vikram y se llevó las manos a las mejillas—. Ya no tengo treinta años, ¿sabéis?

—No es más que un arañazo, Uma.

Ria no había oído a Vikram llamarla «Uma» desde su regreso, y eso hizo que Uma sonriera como una niña.

—Oh, y ya no tenemos diez años, así que deja de actuar como si nos hiciéramos daño solo para llamar tu atención. —Dio un beso a Uma en la cabeza y la empujó hasta una silla—. ¿Alguien quiere café?

La mirada que echó a Ria bajó directa hasta su vientre.

Estaba hablando de café, por amor de Dios, pero hacía que su mundo escorara como si hubieran girado repentinamente en la camioneta y se hubieran caído dando vueltas por un acantilado. Su peor pesadilla y todos los sueños que no se había atrevido a soñar cayeron unos sobre otros.

A Uma le encantaba contarles historias de la mitología india cuando eran pequeños. Cuentos del Ramayana y el Majabhárata, historias que Ria había oído muchos años antes de boca de Aji pero que a menudo eran nuevas para Nikhil y Vikram. A Vikram le gustaban especialmente las del príncipe Pándava, Áryuna, el héroe más importante y el arquero más legendario de todos los tiempos.

—El gurú real estaba dando al príncipe una clase de tiro con arco —les había contado Uma una vez, acurrucados en la cama—. Había colocado un pájaro de madera sobre un árbol y había pedido a cada príncipe que cargara su arco y se preparara para disparar. En ese momento los detuvo y les preguntó qué veían.

Uma había esperado a que ellos intentaran adivinar la respuesta.

—¿Por qué vería un arquero algo más que el ojo del pájaro que se supone que debe disparar? —había preguntado Vikram incrédulo, y arruinó la clave del relato e hizo reír a Uma.

El resto de príncipes veían las hojas de los árboles, las nubes del cielo, las flores en el prado, pero Áryuna solo veía el ojo del pájaro. Y también Vikram.

El joven se acercó a la cafetera con un paso nuevamente ligero. Todo aquel malhumor que se había aferrado a él como una enfermedad había desaparecido. Se había despojado de todas sus defensas y ahora era tan tentadoramente vulnerable que Ria se sentía impotente como las hojas que se mecían con el viento al otro lado de la ventana. Tenía que encontrar un modo de apartarlo de ella, de protegerlo del desastre al que se dirigía.

Ria jugueteó con el cartón de huevos que estaba depositado sobre la isla de cocina.

—¿Nos prepararás tus huevos revueltos especiados, *beta*? —le preguntó Vijay, que dejó el periódico sobre la mesa y se sentó junto a Uma.

—Guau, ¿la superestrella va a hacer su gran especialidad de huevos revueltos especiados?

Nikhil entró en la cocina en pijama y tiró a Ria del pelo.

Ria llevaba diez años sin cocinar, pero necesitaba desesperadamente algo que hacer. Buscó una sartén.

Vikram apareció por detrás y colocó la sartén sobre la hornilla que tenía delante. Su calor la envolvió. Su cercanía le desordenó los pensamientos. Pero iba a cocinar para su familia después de diez años, y de algún modo eso hacía que el mundo fuera exactamente como debía ser. Se tensó el cinturón del kimono y aceptó el café que Vikram le ofreció.

Mientras Ria cortaba cebolla, él empezó a cascar los huevos. Ria salteó la cebolla, él batió los huevos. Ella sacó la tostada de la tostadora, él le untó mantequilla. Vikram vertió los huevos en la sartén, Ria los removió con las cebollas y añadió comino y pimentón. Se acercaron, se separaron, sincronizados como bailarines, dos mitades de una misma unidad. La calidez del hogar danzaba tras los párpados de Ria. Una sonrisa floreció en su corazón.

Nikhil puso la mesa y colocó todos los cuchillos y tenedores en equilibrio en el centro de la mesa formando una tienda, como había hecho siempre. El mundo cobró un poco más de sentido cuando los cinco ocuparon su lugar en la mesa. Todos alabaron los huevos, y eso los llevó a recordar sus veranos juntos. Ria se descubrió absorbiendo cada detalle, incluso el calor del muslo de Vikram a unos centímetros del suyo. Él no acortó la distancia como siempre había hecho, y la necesidad cobró fuerza en el vientre de Ria como un ser monstruoso.

Tenía que decirle cuánto se equivocaba, lo inútil que era su esperanza. Pero la lista de cosas pendientes de Uma se puso por delante de las listas de los demás, ya que quedaban solo tres días para la boda; todos se pusieron manos a la obra. Enviaron a Vikram con una lista de la compra que irónicamente incluía cocos, y Vijay y Nikhil tuvieron que ir a que les arreglaran sus trajes. Uma y Ria se sentaron con las piernas cruzadas en el suelo de la sala de estar y se ocuparon de envolver todos los regalos que la familia entregaría a los invitados, que volaban desde todas partes del mundo para participar en la celebración.

Ria guardaba los detalles que Uma le entregaba en bolsas de regalo (saris para las mujeres, bisutería para las niñas, camisas para los niños y hombres, manteles para los ancianos) mientras Uma tomaba notas en su cuaderno y pegaba etiquetas en las bolsas. Mientras tanto, Ria buscó en su interior las fuerzas para decirle a Vikram de una vez por todas que no tenía ninguna posibilidad.

Pero, dos minutos después de que él regresara a casa, el timbre sonó y las cuatro tías entraron en tropel. Sus maridos las seguían, cargados de bandejas de comida, botellas de vino y cajas a rebosar de elementos decorativos.

Vikram ayudó a alguien con una caja y miró a Ria sobre un barullo de luces de Navidad. Entonces supo que él ya sabía en qué había estado pensando toda la tarde.

Las tías se acomodaron, dejaron la comida en la cocina y colocaron una tetera de *chai* a hervir. Pronto estarían todos comiendo y charlando y comenzando proyectos en grupos alrededor de la cocina: pelando y cortando verdura; cortando y cosiendo el dobladillo de los caminos de mesa para el cóctel; estirando los *pedhas* de dulce de leche que Uma había estado cocinado el día anterior y envolviéndolos como caramelos en cuadrados de celofán para repartirlos después de la boda.

Anu miró la bandeja repleta de *samosas* y dio un golpecito a Vikram en el hombro.

—¿Recuerdas todos esos concursos de comer *samosas* que Nikhil y tú hacíais?

—Yo todavía los haría —dijo Nikhil—, pero aquí el niño bonito está demasiado preocupado por su tipito.

Vikram escogió una *samosa* y saludó a Nikhil con ella.

—Este niño bonito todavía puede patearte el trasero en casi cualquier competición.

Se metió la *samosa* entera en la boca.

Nikhil hizo lo mismo y se sentó en un taburete junto a Vikram. Procedieron a meterse cantidades obscenas de las sabrosas empanadillas en la boca, burlándose e intentando desmoralizar al otro entre mordiscos masticados sin modales. Todos dejaron lo que estaban haciendo para rodearlos, aplaudir, vitorear y quejarse de lo injusto que era que alguien pudiera comer de ese modo sin que se le acumulara todo en la cintura.

Vijay sacó la cámara. Uma metió otra bandeja de *samosas* en el horno. Nikhil y Vikram habían participado en competiciones de comida de todo tipo, desde pizza a asados y pastel de chocolate. Una vez Uma estuvo friendo *puris* de masa dos horas antes de que uno de ellos se rindiera. ¿Cómo era posible que tantas cosas hubieran cambiado y sin embargo nada lo hubiera hecho?

Vikram saludó a Nikhil con otra empanadilla en forma de cono y le dio un bocado gigante. Nikhil intentó que pareciera que acababa de empezar. Alguien comenzó a hacer apuestas. Si le gustara apostar, Ria habría sabido en quién poner su dinero. No había duda: una característica palidez verdosa empezaba a extenderse por el rostro de Nikhil.

Mientras las *samosas* de la segunda bandeja desaparecían, Jen parecía a punto de vomitar. Pidió que alguien detuviera aquella locura.

—No te preocupes, Jen. Estos dos tienen años de práctica como estúpidos. No les pasará nada —dijo Ria.

Vikram le sonrió como un niño, y sus años de entrenamiento ocultando sus sentimientos desaparecieron más rápido que la bandeja de *samosas*.

Sus dedos ansiaban quitar una miga que colgaba de la comisura de los labios de Vikram. Él se la metió en la boca con un pulgar vacilante. Ria se alejó de su vista y se unió al grupo de la mesa del comedor, que estaba dando los últimos retoques a los centros de mesa.

Cuando las tías volvieron a sus proyectos, la cocina se convirtió en una zona exclusivamente femenina. Los hombres empezaron a destacar con sus pulgares doloridos, incómodos con las cestas de costura, la tela que caía en cascada de la mesa y las bandejas de caramelos con bonitos lazos retorcidos. Las conversaciones empezaron a cambiar a hormonas y relaciones y los hombres huyeron.

Escaparon al patio y se llevaron sus cajas de luces festivas para comenzar su propio proyecto de decoración de la casa. Durante las siguientes horas, las mujeres se dedicaron a sus cosas en la cocina mientras los hombres llenaban la casa de luces, trabajando para transformarla en la típica casa de boda, una *lagna ghar*, justo como habrían hecho en la India. Algunos de los vecinos se unieron a ellos y trajeron sus propias luces de Navidad por si acaso.

Cuando terminaron, Vijay llamó a la ventana de la cocina y pidió a las mujeres que salieran a inspeccionar su trabajo. Ria siguió a las tías, que se congregaron en la puerta. Se quedó boquiabierta. La casa parecía una novia engalanada de la cabeza a los pies con brillantes joyas. Las tías entraron en éxtasis y se agarraron el pecho. Sus maridos sonreían con orgullo.

La belleza de la casa rodeó a Ria como si fuera magia. Se apretó contra Uma y se escondió tras ella. Recorrió los presentes con la mirada, pero no encontró a Vikram por ninguna parte. Sabía que había estado ayudando con las luces porque había escuchado su voz y su risa desde la cocina. Buscó con la mirada en el patio, el camino de entrada, la calle. Al final miró hacia la casa y el corazón le dio un vuelco. Estaba sentado en el tejado, sobre el garaje, con los codos apoyados en las rodillas, envuelto en el cielo estrellado.

La estaba mirando y había esperado a que ella lo encontrara, a que le respondiera. Hubo algo tan posesivo, tan tierno, tan increíblemente magnético en su rostro, que Ria no pudo apartar la mirada. Vikram se frotó el pecho, totalmente inconsciente de ello, tan vulnerable en aquel momento que Ria habría hecho cualquier cosa por proteger aquella expresión, por mantenerlo a salvo. Absolutamente cualquier cosa.

La multitud que los rodeaba aplaudió. Ria apartó la mirada. Vijay abrió una botella de champán y todos empezaron a pasarse copas. Vikram fue al borde del tejado, saltó y cayó de pie. Todos aplaudieron y lo vitorearon de nuevo, y él hizo una reverencia y aceptó una copa de Vijay kaka. Brindaron por la casa, por la pareja, por la familia, por la amistad. Alguien preguntó a Vijay cuánto tiempo llevaba esperando a que el sol se pusiera para poder sacar el alcohol, y brindaron por los cortos días del otoño en Chicago.

Nikhil y Jen habían desaparecido. Habían estado por allí hasta el concurso de comer *samosas*, pero ese era el último momento en que los había visto. Los buscó entre el gentío.

—No te preocupes, estarán en alguna parte, en la casa —le dijo Vikram, con la boca tan cerca de su oreja que Ria perdió el equilibrio. Sintió la mano con la que la sujetó como si le hiciera un agujero en el jersey y le chamuscara la parte baja de la espalda. Ria se dio la vuelta para decirle que la apartara, pero la expresión en sus ojos le hizo tragarse las palabras. Consiguió pestañear, sin romper el hechizo del todo, pero sabiendo que tenía que hacerlo, y rápido.

—Creía que estabas buscando a Nikhil. Intentaba ayudar.

—No necesito tu ayuda. Solo me preguntaba dónde estarían. No tengo que encontrarlos —dijo ella.

—Estoy seguro de que Nikhil se sentirá aliviado al saberlo. No creo que quieran que los encuentren justo ahora.

Sonrió, y el desigual centro de sus labios se separó.

—Eso no lo sabes —dijo Ria, por decir algo para no quedarse mirándole la boca.

—Algunas cosas se saben.

La expresión en sus ojos se volvió tan descaradamente seductora que Ria retrocedió un paso.

—Tienes que dejar de hacer esto, Vikram. No sabes nada.

Pero no podía quedarse para verlo intentar demostrar que se equivocaba. Porque el equivocado era él. Volvió a la casa, puso una excusa sobre trabajo y escapó a su habitación.

Desesperada por encontrar algo que la devolviera a la realidad, abrió el portátil y el archivo del guion. DJ se había controlado bastante y le había mandado solo diez mensajes al día para recordarle que tenía que terminar de leerlo. Lo llamó.

—¿Has entrado en Indiastars.com? —le preguntó él con aquel horrible tono de advertencia que solo le había oído usar con otros clientes, nunca con ella. Nunca había necesitado que la reprendiera.

Abrió la página web y encontró una fotografía suya en brazos de Vikram. El rostro del joven no era visible, gracias a Dios, pero la rodeaba con los brazos con una actitud tan protectora, que Ria tocó la imagen. Ella le presionaba el pañuelo contra la frente. Era una fotografía mal encuadrada, era evidente que alguien la había hecho con un teléfono móvil mediocre desde lejos. Su rostro estaba demasiado borroso para que fuera evidente lo que había provocado en ella ver a Vikram así. Pero el recuerdo no estaba tan borroso.

—No me dijiste que habían herido a tu primo.

—No es mi primo.

Cerró los ojos.

—No me importa quién sea, pero estás en el candelero, nena, y ya sabes lo que pasa cuando el público se interesa por una historia, que siempre quiere más.

No debería haber llamado a DJ.

—¿Hay novedades sobre el chantajista o sobre Ved?

—No —le dijo DJ, pero no volvió a sermonearla para que buscara un guardaespaldas.

—¿Se sabe algo sobre *StarGangster*? —le preguntó, porque sabía que eso lo animaría.

Y lo hizo. Se pasó la siguiente hora diciéndole lo emocionados que estaban los productores por haber aceptado y porque fuera a comenzar con ellos una nueva etapa en su carrera. Habían hecho un gran *pooja* para dar las gracias a los dioses de la fortuna.

DJ le recordó que, ya que era un papel de acción, uno de los requisitos era tener un cuerpo esbelto y tonificado.

—Te refieres a que es el único requisito —le dijo ella.

Él no le hizo caso.

—Los productores te han preparado un entrenamiento físico durante las seis semanas anteriores al inicio del rodaje. Espero que no te acostumbres demasiado a los banquetes de boda y que sigas con tus rutinas de ejercicio.

Era la mejor noticia que podía darle. Iba a necesitar aquel entrenamiento para volver a la realidad cuando aquello hubiera terminado.

CAPÍTULO 20

Por fin había llegado: la ceremonia de la *henna* con la que las celebraciones nupciales estaban oficialmente en su apogeo. Uma haría el papel de madre de la novia aquel día y sería la anfitriona de una ceremonia que tradicionalmente se llevaba a cabo en casa de la novia. Era un asunto solo de mujeres: madres, hijas y hermanas. Los hombres fueron expulsados hasta la cena. Abandonados a su suerte, decidieron jugar al golf. Uma parecía relajada y entusiasmada por primera vez en muchos días y Ria no pudo evitar sentirse aliviada.

Miró a las cinco mujeres reunidas alrededor de la mesa de la cocina. Las tías habían llegado temprano para terminar los últimos preparativos de la lista.

Aquel día el código de vestuario era sari rojo. Cada una iba engalanada en cinco tonos distintos y cinco tejidos diferentes. Desde la sencilla gasa de Anu al recargado georgette de Radha y todo lo que había entre medias, no había modo de evitar que sus personalidades y estilos únicos resplandecieran. Mientras trabajaban resueltamente en la cocina, atareadas, Ria se sintió embargada por una intensa sensación de pertenencia.

Anu, que había estado siguiendo la temida lista de cosas pendientes, tachó con ganas una de las pocas tareas restantes. Todas la vitorearon. Para entonces, casi todos los elementos de la lista estaban terminados, incluso la decoración de los cocos, que Vikram había tachado con un gesto de disculpa a Ria. Guardaron todos los artículos para las distintas ceremonias en cestas de la colada y en bolsas de plástico y las almacenaron en el garaje para llevarlas al hotel el día de la boda. Tras terminar los caminos de mesa para la cena del día siguiente, los doblaron y colocaron en pulcros montones. Envolvieron los caramelos de dulce de leche y los pusieron en cestas plateadas forradas de seda. Incluso el jengibre para el *chai* de la tarde había sido cuidadosamente rallado y guardado en una fiambrera en el frigorífico.

Los aperitivos para la ceremonia de aquel día estaban en envases de aluminio, sobre la isla de cocina, listos para meterlos en el horno. Habían encargado el resto de la cena a una empresa de *catering*. Uma recordó a Vikram y Nikhil, varias veces antes de marcharse, que debían recogerla a las cinco.

—¿De verdad tenemos que hacerlo? —le había preguntado Vikram con pereza cuando Uma se lo repitió por décima vez—. Deja que me lo apunte.

Uma habría fulminado a Nikhil con la mirada por decir algo así, pero con Vikram se rio como si jamás hubiera oído algo tan gracioso.

A Ria también le pareció bastante divertido. Pero no debería haber sonreído, porque él la miró tan pronto como terminó de hablar, y la pilló sonriendo como una tonta. Una sonrisa engreída y ufana se formó en su rostro. Ria intentó parecer molesta, pero la sonrisa de Vikram no se disipó. Cuando llegó la hora de marcharse, la saludó con la mano antes de salir por la puerta.

La expresión firme en la mirada de Vikram al despedirse se quedó grabada en la cabeza de Ria para el resto del día. Jen estaba sentada en un grueso cojín en el suelo rodeada de un círculo de mujeres; las artistas de *henna* les dibujaban patrones sinuosos en las manos; Radha tocaba el tambor *dholki* y Priya cantaba canciones populares con su sencilla voz; todas las mujeres se unían para hacer los coros, dar palmas y bailar en círculos; hacían juegos de palabras y hablaban sobre qué se pondrían en cada ceremonia; comían *bhajjias* recién fritas y bebían *chai* especiado. Mientras ocurría todo eso, a Ria le resultó imposible quitarse de la cabeza la inquebrantable fe de sus ojos.

Y, cuando volvió, Vikram parecía saberlo. En cuanto entró, examinó la habitación. La profundidad plateada de sus ojos se iluminó de alivio y se oscureció de deseo cuando la encontró.

—¿Puedo verlo?

Vikram se dirigió a ella. No se detuvo hasta que estuvo demasiado cerca.

Su aroma le llegó al cerebro, su cuerpo bloqueó su visión. Lo miró sin saber de qué estaba hablando, ya que su cerebro se negaba a procesar nada que no fuera su reacción física ante él.

—La *henna*.

Vikram señaló las manos de Ria. Las tenía en los costados, cuidadosamente suspendidas lejos del cuerpo para evitar que la pasta seca manchara su *salwar kameez*. Las levantó y le mostró las palmas.

Vikram examinó concentrado, con el ceño fruncido, los complicados dibujos.

—Vaya —exhaló—. Muy bonito.

Automáticamente, levantó las manos y tomó las de Ria, una caricia ligera como una pluma, porque no quería estropear la *henna*. Sintió el calor de su piel, le subió por los brazos, llegó a su interior y se propagó por dentro. Ria se empapó de él y grabó la sensación en su conciencia. No se había dado cuenta de que había cerrado los ojos hasta que los abrió y lo encontró mirándola. Un pánico doloroso que conocía muy bien la inundó. Apartó las manos.

—¿Ria? —le preguntó, como si no estuviera seguro de que sus palabras la alcanzaban.

Pero ella no se detuvo. Durante el resto de la noche mantuvo los ojos bajo control. Se mantuvo tan lejos de él como pudo y no permaneció en la misma habitación si podía evitarlo, aunque Vikram no hizo ningún esfuerzo por localizarla. De vez en cuando notaba que la miraba, pero no hizo caso al efecto que provocaba en ella. La noche se desarrolló en un borrón de actividad.

Después de la cena, Vikram desapareció. Los invitados habían empezado a marcharse, de modo que quizá habría ido a llevar a alguien a su hotel. Ria se negaba a reconocer que se moría de ganas de saber dónde estaba e intentó concentrarse en las tías, que se habían acomodado en las sillas del comedor con aspecto cansado. Todas se habían quitado la pasta negra de la *henna* después de la cena, una vez seca, y habían dejado los diseños teñidos de rojo en sus palmas. Los dibujos seguirían oscureciéndose durante la noche. Las manos de cada mujer adquirían un tono distinto (profundo y oscuro o ligero y brillante): como el amor de su hombre, o eso se creía.

La *henna* de Ria estaba ya más oscura que la de todas las demás.

—¡Ajá! Alguien te ama apasionadamente —le dijo Radha examinándole las palmas.

—No, no. Eso significa que su amor es incondicional —replicó Sita, mirando los dibujos granates sobre el hombro de Radha.

—¿No sería maravilloso que fuera ambas cosas? —preguntó Anu con tristeza, y todas suspiraron.

Examinaron por turnos el color de sus propias *hennas* y lo que estas decían sobre sus maridos. Se habían quedado para limpiar y terminar los centros de mesa para el cóctel del día siguiente, que iba a celebrarse en una carpa en el patio de atrás.

Los centros terminados, doce bandejas plateadas con lámparas de cerámica pintadas a mano, estaban sobre la mesa del comedor y la isla de cocina. Cada lámpara, de alegres colores, contenía una vela de té. En cada bandeja, alrededor de las lámparas, había un juego de pulseras de cristal rojas y doradas anudadas con un cordón dorado, un paquete de *bindies* y anacardos garrapiñados envueltos en plástico. Cada mesa redonda se vestiría con un mantel de seda crema y un camino de mesa dorado. Los centros de mesa plateados estarían en el centro, sobre un pañuelo rojo enrollado y retorcido formando un cojín circular. Las tías habían tardado horas en preparar todo aquello.

Todo, excepto los manteles, estaba ya listo para el día siguiente, y Ria bajó al sótano a buscarlos para que todo estuviera en su sitio. Encontró los doce paquetes sin abrir en un estante e intentó apilarlos en sus brazos. Era imposible subirlos en un solo viaje, así que buscó algo con que transportarlos entre los estantes abarrotados que bordeaban el cemento sin pulir. No había bolsas ni cajas vacías a la vista. Fue a la habitación de invitados, pensando que quizás encontraría algo allí.

En cuanto entró supo que había cometido un error. Un aroma embriagadoramente familiar removió todos sus sentidos, que empezaron a vibrar a un ritmo lento pero constante. Aquella era la habitación de Vikram.

Su impronta estaba en todas partes. La ropa que había llevado los últimos días estaba amontonada de cualquier forma en una cesta de la colada en la esquina. Reconocer cada prenda le fue dando escalofríos por todo el cuerpo. Se frotó las manos en el *kurta*. Sobre la cama había una colcha de cuadros azules y verdes, no perfectamente estirada, pero tampoco descuidada. Había hecho la cama, pero no había quitado las arrugas como ella habría hecho, como estaba deseando hacer en ese momento.

Junto a la cama había una pila de libros de gran tamaño. *Historia de la arquitectura*, de Sir Banister Fletcher, *El trazado de la ciudad postmodernista*, *Chicago moderno*. Ria se acercó y abrió uno de los libros. Estaba lleno de alegres imágenes de edificios antiguos y modernos. Sobre la cama había una tableta gráfica con fórmulas matemáticas garabateadas en la pantalla. El pañuelo turquesa colgaba del respaldo de una silla. Sobre un escritorio apoyado en la pared había un tablero de dibujo de pino. Justo como los que Baba solía tener en su despacho.

¿Por qué estaban allí todas esas cosas? La habitación no parecía la de un invitado a una boda, sino la de alguien que vivía allí. Había demasiadas cosas que no sabía, demasiadas cosas que no había considerado. Pasó los dedos por la madera sin tratar. Con una facilidad casi mágica, se imaginó a Vikram sentado ante el tablero de dibujo: su enorme cuerpo inclinado sobre la mesa, la expresión contemplativa de su rostro.

—¿Qué estás buscando esta vez?

Su voz la envolvió desde atrás.

Se le erizó el vello en la nuca. Ya debería estar acostumbrada a aquella conciencia que lo consumía todo cuando él estaba cerca. Aun así, la pilló de improviso y la devoró. Su respiración se aceleró. Notó calor en el vientre y tensó la zona entre sus piernas. No se dio la vuelta para mirarlo. Él no debía verla así. Estaba totalmente abierta, era completamente vulnerable.

Lo oyó caminar hacia ella con paso lento y deliberado. No se detuvo hasta que el calor de su cuerpo llegó a la seda vaporosa del *kurta* de Ria.

—¿Cuándo vas a dejar de seguir buscando y aceptar lo que has encontrado?

El aliento de Vikram acarició la sensible piel de su oreja y le recorrió la piel como una pluma.

Ria se volvió y se alejó de él.

—No sé de qué estás hablando.

Odiaba el temblor de su voz.

—¿Por qué no dejas de decir eso últimamente?

—Porque es cierto, no lo sé. ¿Por qué estás tan raro?

—¿Estoy raro? Eres tú la que se sobresalta cada vez que me acerco un poco.

—Eso es absurdo. Solo estaba buscando un mantel para unas bolsas... un mantel para algunas mes... —Tomó aliento—. Estaba buscando una bolsa. Para los manteles.

¿Su maldito corazón no podía dejar de latir con tanta fuerza aunque solo fuera un segundo?

—¿Y has entrado aquí a buscarla?

—Sí.

—¿A mi habitación?

—No sabía que era tu habitación.

—Desde que llegaste he estado aquí.

—Lo olvidé.

—Tonterías. Chorradas otra vez. ¿Cómo puedes cerrar los ojos a todo lo que no quieres ver? ¿Eso va a hacer que desaparezca?

—No sé de qué estás hablando.

Incluso a sus propios oídos, su murmullo repetitivo sonó patético y poco convincente.

Vikram se acercó y la paralizó con su abrasadora mirada.

—Estoy hablando de cómo estamos quemándonos con la mirada. De este disparate, esta locura que hay entre nosotros. Estoy hablando de cuánto nos deseamos el uno al otro. Es hora de terminar con esto, Ria.

—Qué romántico. ¿Suelen funcionarte esas frases?

La joven retrocedió, pero por dentro estaba tan derretida como los ojos de Vikram.

—Dímelo tú. ¿Están funcionando contigo?

Él lo sabía de sobra.

—No mucho —dijo Ria, mirando fijamente la puerta tras él—. Será mejor que me vaya.

—Estupendo. Entonces, ¿vamos a seguir fingiendo? ¿No estás ya cansada?

¿Cansada? Había dejado el cansancio a millones de kilómetros de distancia.

—No estoy fingiendo, Vikram. Tienes que dejar de hacer esto. No tienes ni idea de lo que estás haciendo.

—Entonces dímelo tú. Dime qué es lo que te asusta tanto.

—¿No lo comprendes? Solo me quedan cuatro días aquí. Después de eso, tendré que marcharme.

Su voz sonó a quejido.

—No me importa. No me importa lo que ocurra dentro de cuatro días, lo que ocurra en el futuro, lo que ocurrió en el pasado. No me importa. Solo quiero estar contigo.

Su mirada respaldó sus palabras, cada una de ellas.

Ria se tragó un sollozo.

—Podrías estar con quien quisieras. Mira te perdonaría.

«Y ella te mantendría a salvo.»

—¡No quiero que lo haga! No lo entiendes, ¿verdad?

Si Vikram avanzaba un paso más, si decía otra palabra, estallaría. Y si todavía no había dicho lo que iba a decir, ella no creía que pudiera soportarlo.

—Cuando contemplo a Mira, cuando miro a cualquier otra mujer... lo único que veo, lo único que hago... es buscarte a ti. Tus ojos. Tus labios. Nadie es como tú, Ria. Nada es como esto. Cuando te miro... lo que veo cuando te miro...

Cerró los ojos. La arruga entre sus cejas cavó un tajo en su frente. Ria cerró los puños con fuerza para evitar suavizársela.

—Dios, cuando te miro... cuando veo cómo me miras. Eso... hace que me relaje. Es como poder respirar de nuevo. —Se pasó los dedos por el cabello—. Llevaba diez años sin respirar, Ria.

Tensó la mandíbula y separó los labios, formando una vulnerable O. Tuvo una imperiosa necesidad de besarlo.

—Sé exactamente lo que estás pensando, ¿sabes? ¿Cuánto más vas a esperar?

Vikram parecía tan atormentado que le dolía mirarlo.

Ria estrujó el *kurta* con los puños.

—No estoy esperando nada. Entre nosotros no va a pasar nada.

—¿No va a pasar nada? ¿Y lo que está pasando ahora?

—No está pasando nada, Vikram.

—¿Nada?

Ria asintió con vehemencia, negándose a apartar la mirada de la obstinada profundidad llena de esperanza de sus ojos.

Vikram se acercó.

—Entonces, cuando hago esto... —Acarició sus labios con su aliento caliente—. ¿No sientes nada?

Todas las células del cuerpo de Ria se hicieron conscientes.

Apenas consiguió asentir, pero se lo guardó todo dentro para no cerrar los ojos, para no completar el beso.

—Y cuando hago esto... —Él le tomó la mejilla; la electricidad del contacto la atravesó; sus hoyuelos danzaron bajo su mano, la sensación vibró en su interior como la misma locura—. ¿Nada?

Ria no se movió. No podía.

—Puedo sentir cómo grita tu cuerpo, Ria. Siento lo que tú sientes.

Sus ojos se encontraron de nuevo con los de ella. Le agarró el cabello con las manos. Le dio un suave tirón y su rostro se elevó hacia el de él, a un suspiro de distancia de un beso.

—¿Todavía nada?

Sopló las palabras sobre sus labios.

Ria se puso de puntillas, presionó sobre su boca y encontró aquel enloquecedor hueco con el mínimo rumor de un roce. Su sabor anegó todo su ser. Los recuerdos cobraron vida en cada una de sus células y amenazaron con explotar en su piel. Las sensaciones la absorbieron y las tanteó con la lengua. La sacudida del contacto atravesó sus cuerpos como corrientes gemelas mientras el deseo se incrementaba como un infierno en el que sus labios apenas se rozaban. Hubo fuegos artificiales tras sus párpados cerrados. Vikram gimió guturalmente y la atrajo hacia él, y entonces Ria estuvo perdida.

Le rodeó la cabeza con los brazos y se hundió en sus labios, le comprimió la boca y le acarició cada milímetro con la lengua. Dejó que su piel húmeda y suave se deslizara sobre la piel húmeda y suave de Vikram y que la fusión empapara su ser, totalmente sediento.

Vikram la tomó, abrió cada parte de su alma, la dejó invadir lugares que ella sabía que no permitiría que nadie más tocara. La dejó descubrir lo que sus palabras no conseguirían mostrarle.

El beso se hizo más lento y se prolongó antes de volverse frenético de nuevo. La envolvió en lujuria, encajó su cuerpo contra el de ella y se hundió en su alma. Era el tipo de beso que quedaría grabado en sus labios para siempre, que la perseguiría el resto de su vida. Eso era lo que estaba ocurriendo entre ellos. Todo lo que había ocurrido entre ellos en el pasado. Todo lo que ocurriría en el futuro.

—Absolutamente nada —dijo Ria aún pegada a sus labios antes de separarse, desenredando los dedos del cabello de Vikram, desprendiendo sus senos, sus muslos y su vientre del abrazo de su cuerpo, arrancando la boca de su embriagadora dulzura; mareada y desorientada, y más viva de lo que recordaba haberse sentido nunca.

—Mentirosa —le dijo Vikram mientras ella se alejaba más. Pero no la siguió. Se quedó allí, con los puños en los costados y la boca húmeda, los ojos dilatados desprovistos de cualquier defensa—. Te seguí una vez, Ria. No lo haré de nuevo. No puedo. Si me quieres, tendrás que venir a mí.

Sus ojos la abrasaron. Tenía el cerebro tan inundado, tan lleno de él, que tuvo que tocarse para saber que seguía existiendo. Escuchó un sollozo, pero no sabía si se había quedado en su interior o se le había escapado. Se lo guardó todo dentro, lejos de él, lejos de aquel campo magnético tan fuerte que la arrancaba de sí misma.

Entonces atravesó la puerta, subió la escalera y corrió a su dormitorio hasta que no hubo ningún otro sitio al que huir.

CAPÍTULO 21

Ria cerró la puerta de su dormitorio y se dejó caer sobre la cama. El dosel rosa no hizo nada por ella esta vez. Las cálidas paredes, la acogedora cama... Todo la carcomía y la hacía arder. Los labios de Vikram, su piel y su aroma la inundaban, le quitaban el aliento. La expresión de sus ojos, donde vio hasta lo más profundo de su ser, había despertado en ella un deseo que no podía volver a esconder.

Dio vueltas en la cama, se levantó y caminó de un lado a otro. Pasaron varias horas hasta que la gente empezó a marcharse, pero ella siguió caminando de un lado a otro hasta que escuchó a Uma y a Vijay subir la escalera. Volvió a meterse en la cama y simuló estar dormida.

Cuando Uma llamó a su puerta y se asomó para ver cómo estaba, la encontró inmóvil, aunque su mente no dejaba de divagar a toda velocidad. Rezó porque Uma no entrara en su habitación, como hacía normalmente, para darle un beso de buenas noches en la frente. Cualquier tipo de contacto físico la volvería loca justo en aquel momento. Uma debió notar algo, porque cerró la puerta y se marchó tras un «buenas noches» susurrado.

Incluso cuando todos los sonidos cesaron y la casa quedó en silencio, la mente de Ria siguió divagando. Le vibraba todo el cuerpo con un deseo tan intenso que le impedía respirar. Intentó convencerse a sí misma de que no era más que pasión, pero sabía que era algo más que eso.

227

Vikram tenía razón. Era una mentirosa. Lo que había entre ellos era importante. Mucho más que importante. Lo era todo. Y la llenaba hasta que no quedaba en ella nada más que el deseo de tocarlo. Solo una vez. Era lo único que quería: solo una vez. Lo único que necesitaba era estar con él una vez, eso era todo. Después de eso, aquella locura terminaría. Después de eso, encontraría la fuerza para controlarlo, para ponerle fin. Pero tenía que sentirlo solo una vez, sentirlo con su cuerpo, sentir quién era ella en sus brazos.

Salió de la cama. No tenía ni idea de qué hora era ni de cómo movió los pies sobre la alfombra. Estaba en pijama, pero no recordaba haberse cambiado. Un escalofrío le recorrió el cuerpo cuando salió de la habitación, pero por dentro sentía calor, fuerza y determinación. Bajó por la escalera en silencio hasta que abrió la puerta del sótano. Dejó atrás las escaleras y se detuvo al llegar a su puerta. No llamó: abrió la puerta sin más.

Vikram estaba sentado ante su escritorio, inclinado sobre algunos dibujos, exactamente como lo había imaginado antes. Verlo hizo que la plenitud cálida de su interior se volviera ardiente y voraz. Él se volvió y la miró. Directamente su interior, como si no pudiera ver nada más. Como si no hubiera nada más en el mundo que ella. Se levantó y se dirigió hacia Ria con pasos conscientes y decididos. Ria levantó la mano y le acarició la boca.

En el instante en que sus dedos rozaron sus labios, todo se paró a su alrededor. El momento se detuvo y los envolvió. Todos aquellos años de deseo, todos aquellos años de necesidad, explotaron en el instante en que las puntas de sus dedos rozaron la curva de sus labios. Con un movimiento fluido, Vikram la atrajo hacia sí y reemplazó los dedos de Ria por sus labios, estrujó su cuerpo contra el suyo, devoró su boca, la succionó, mordisqueó, consumió. Sus labios, sus mejillas, sus párpados. Los dedos de Vikram moldearon el cráneo de Ria y empujaron sus labios contra su propia boca rellenando el espacio entre ellos. Borrando toda la distancia.

Ria levantó los dedos y le agarró el cabello, le agarró la camisa, cualquier cosa a la que pudiera aferrarse. Su corazón latía como loco contra los latidos del pecho de Vikram. Abrieron las bocas, todo en ellos se abrió por completo, y se retorcieron y enroscaron el uno en el otro encajando y fundiéndose en una sola bestia, hambrienta y desesperada.

Las manos de Vikram abandonaron su cabello y bajaron por su cuerpo, reclamando cada curva, cada músculo, cada hueso fundido. El algodón de la camisa de Ria se le atascó en los dedos, y con un gruñido impaciente agarró la parte delantera y la rasgó. Los botones salieron volando y rodaron por el suelo. Las manos de Vikram se abrieron camino bajo la tela rasgada y la recorrieron con los dedos, con las palmas, con toda la abrasadora extensión de sus brazos. Cada centímetro de piel que tocaba se convertía en fuego. Ria profundizó el beso, deseó más, escarbó en él con los dedos, con los labios y con la lengua.

La joven abandonó su boca y le succionó y besó la mandíbula y los tensos tendones del cuello. Le mordió y probó la sal, el almizcle, el calor. Su rastro de barba excavó crestas en la lengua de Ria, que encontró todos los ángulos de los huesos de su garganta mientras él intentaba recuperar el aliento. Vikram atrajo su boca de nuevo hacia la suya con un gemido, como si no pudiera soportar no besarla. Ella se zambulló en su deseo y lo asaltó con la lengua, deseando que la devorara. No fue suficiente, nada de aquello era suficiente. Ria se puso de puntillas y se apretó más contra él.

Al final Vikram dejó que sus manos bajaran un poco más; la tomó por la cintura y la levantó contra su cuerpo. Ria le rodeó las caderas con las piernas y le envolvió el cuello con los brazos, aferrándose a él con todo su cuerpo. Las manos de Vikram se deslizaron por su trasero sosteniéndola, exprimiéndola. A través de la suave franela de sus pijamas, sus centros ardientes se unieron y modelaron el uno al otro.

Encajaban perfectamente, por un segundo estuvieron alineados, sincronizados en un ser completo. Vikram echó la cabeza hacia atrás y la de Ria hacia delante, y aplastó los senos contra el pecho de Vikram. Sus hombros, sus abdómenes, cada una de sus costillas se entrelazaron y encajaron como si hubieran encontrado a su mitad perfecta.

Durante un par de segundos, ninguno de ellos se movió. El latido de sus corazones y la palpitación de sus cuerpos bombeó a través de ellos antes de explotar en tal frenesí de deseo que ninguna fuerza terrena hubiera detenido lo que tenía que ocurrir.

Vikram la soltó y le quitó los pantalones antes de quitarse los suyos con un solo movimiento, espontáneo. Ria seguía besándolo; sus dedos permanecían enredados en su cabello, incapaces de soltarlo. Vikram la levantó y volvió a acercarla a él. Piel con piel.

Cuando sus cuerpos desnudos se tocaron, la sensación la pilló desprevenida. Ria jadeó en su boca y lo rodeó con las piernas mientras él la llevaba a la cama. Cayeron sobre el colchón, lado a lado, mordiendo, acariciando y arañando. Se hundían, se aferraban al cuerpo del otro con los dedos mientras sus caderas se convertían en piedras de molino. Vikram la hizo apoyarse sobre su espalda y se colocó sobre ella; le abrió los muslos e introdujo las caderas entre ellos, el lugar al que sin duda pertenecían.

Ria lo rodeó con los brazos, que se curvaron en la firme elevación de su trasero, y tiró de él hacia ella. Las caderas de Vikram temblaron, intentando empujar sus dedos y su interior al mismo tiempo, y ella se elevó para recibirlo.

De repente Vikram se detuvo y se incorporó sobre sus brazos. En sus ojos había un deseo tan enloquecedor que Ria estuvo a punto de subirse encima para montarlo. Vikram empezó a apartarse y ella lo sujetó, confusa.

—Mi cartera... Necesitamos un preservativo.

La buscó mientras intentaba recuperar el aliento.

Hurgó en la cartera con torpeza y manoseó el preservativo. Sus dedos lucharon con él, frenéticos, hasta que lo colocó.

Entonces volvió a tomar los labios de Ria y le agarró la parte de atrás de las rodillas para elevarlas y separarlas totalmente. En ese momento la penetró, deslizándose en su empapada humedad con un único movimiento, fuerte e implacable.

Su dilatado grosor la llenó por completo. No la había tocado con los dedos, no la había abierto: la había penetrado sin más, directo e imparable. La sacudida explotó en su interior como una brocheta ardiendo de insoportable placer. Encajaron con una familiaridad descorazonadora que le robó el aliento, y un calor líquido se derramó en el interior de Ria justo cuando las lágrimas le saltaron.

Vikram la penetró más profundamente, con la mandíbula tensa y los ojos cerrados con fuerza en un ritmo implacable y tan intenso, tan deseado, que explotó en añicos infinitos desde las sedientas profundidades de su alma. Cada parte de su ser cobró vida alrededor de Vikram.

—¡Viky!

Por fin. Por fin su nombre... La parte de él que era suya y solo suya se derramó desde sus labios hasta la boca de él. Una caliente y empapada satisfacción explotó en su interior justo cuando él también estallaba, bañando sus entrañas y reuniendo cada uno de sus fragmentos hasta que fueron un solo ser, una sola vida, completa y no fracturada.

Aquel temblor demencial en las entrañas de Ria se detuvo lenta, muy lentamente. Los últimos retazos de placer la atravesaron en oleadas. Volvió en sí misma y solo entonces encajaron los trozos de un modo distinto y la convirtieron en otra persona, en alguien completo y tranquilo. El aliento cálido de Vikram cantó su nombre en su oído.

—Ria. Ria. Ria.

Los dedos de Ria se relajaron sobre los hombros de Vikram, y él liberó la suave carne de la parte posterior de sus rodillas. La viscosidad de sus pieles mantenía sus cuerpos pegados. En otro nivel de profundidad lo envolvía la viscosidad de su interior. El latido de sus corazones asumió un ritmo congruente. Y el mundo fue un lugar diferente.

* * *

Ria no había dormido tan profundamente en toda su vida. Cuando despertó y descubrió el cuerpo de Vikram a su lado se sintió como si hubiera estado en coma, como si hubiera estado en otro sitio. Se sentía totalmente nueva. Renacida. Sin recuerdos. Sin cansancio. No cargaba con nada más que con una intensa tranquilidad interior. Se permitió tocarlo, con los ojos todavía cerrados. El áspero vello de las piernas de Vikram le arañaba la piel, los abruptos huesos de sus rodillas se clavaban en su muslo, la suave piel sobre el músculo estaba caliente bajo sus dedos.

Notó que él se inclinaba sobre ella y rozaba sus labios con los suyos, tan suavemente, que no estaba segura de que hubiera ocurrido. No se movió y él sonrió sobre su boca. Sabía que estaba despierta, si es que aquella evanescencia de ensueño podía considerarse así.

Se sentía ligera, más que un rayo de sol, y aun así demasiado pesada y lánguida para mover un músculo. Ni siquiera los párpados. Los labios de Vikram abandonaron su boca y se posaron tan suaves como plumas sobre sus ojos. Primero uno, después el otro. Recorrió sus cejas, las mejillas, con besos. Se detuvo para mordisquearle la punta de la nariz. Recorrió su mandíbula con besos y bajó por la garganta, siguiendo la línea de las clavículas, los brazos y el interior de los codos. Arrastró la suavidad de su boca sobre cada centímetro de su cuerpo, deteniéndose para saborear y jugar, para abrir y descubrir. Ria experimentaba cada caricia como si fuera la primera, sin saber a dónde iría a continuación.

Pero no quería saberlo, no quería nada. Ni una cosa más. Nada distinto de lo que tenía en aquel preciso momento.

Vikram siguió acariciando cada milímetro satisfecho de su cuerpo, rasgueando sus sentidos hasta que su sosiego se volvió frenesí de nuevo. Volvió a relajarla con caricias, volvió a enloquecerla y la relajó de nuevo. Ria se transformaba y flotaba... era la música que él estaba tocando, los colores que estaba pintando. Se tomó su tiempo y trabajó sobre ella; le hizo el amor despacio, tan lentamente que estuvo segura de que nunca jamás terminaría. Vikram se filtró en su piel como la luz del sol y floreció en su corazón como la fe. No se detuvo hasta que cada rincón de su ser alcanzó la plenitud, hasta que aquella la embargó tan profundamente que se convirtió en parte de ella, hasta que la alegría se volvió tan real que se la creyó.

CAPÍTULO 22

La segunda vez que Ria despertó, abrió los ojos de golpe. Oía movimiento en la cocina. La frenética voz de Uma, por encima de los reconfortantes tonos de Vijay, atravesaba el techo. Su mejilla reposaba sobre el pecho de Vikram, acurrucada bajo su hombro. Frotó su rostro sobre la piel de él e inhaló su aroma embriagador. Mezclado con su delicioso olor, percibió el suyo propio.

Una cazuela repiqueteó en el fregadero de la planta de arriba. Se obligó a levantar la cabeza.

Vikram estaba dormido, totalmente muerto para el mundo. Por alguna razón eso la hizo sonrojarse. La impronta de todas las cosas que le había hecho todavía permanecía en su cuerpo no como un recuerdo, sino como una sensación real y tangible. Le apartó el cabello de la frente. La suavidad de aquellos espesos rizos entre sus dedos la aferró a la tierra mientras el recuerdo de sus embates la hacía sentirse etérea.

Arriba, Uma llamó a Vijay. Su voz sonó aguda y tensa, al borde del auténtico pánico. Ria intentó sentarse, pero su cabello estaba atrapado debajo del cuerpo comatoso de Vikram. Le levantó el hombro y tiró.

—¿A dónde te crees que vas?

Su balbuceo, áspero y adormilado, provocó una curiosa sensación en su interior. Vikram enredó los dedos en su cabello mientras se apartaba de él y presionó el mechón contra su corazón. Todavía tenía los ojos cerrados, y sus gruesas pestañas se extendían sobre sus mejillas. Con una sonrisa obstinada y ligeramente arrogante la besó en los labios, lo que hizo que pareciera un niño consentido. Vikram se frotó la cara con el cabello de Ria.

—Es tan suave como seda líquida —murmuró.

—Gracias. No tenía ni idea de que eras un poeta.

Ria sonrió e intentó quitarle el cabello de los dedos.

—Soy un poeta y ella ni siquiera lo sabe —dijo melancólicamente, con los ojos todavía cerrados—. Quédate en la cama y te prometo que escribiré poesía sobre algo más que tu cabello.

—Muy tentador... ¿Sobre qué? —le preguntó, embelesada por la travesura de su sonrisa.

—Uhm. Me encantan tus ojos serenos... y el tamaño de tus senos —dijo con tono cantarín y la sonrisa coloreando su voz.

—No, gracias. Creo que paso —dijo ella, riéndose.

Más utensilios repiquetearon arriba. Ria se sentó en la cama.

—¿Qué hora es? Lo de arriba parece una zona en guerra. Tenemos que subir antes de que Uma Atya rompa algo.

Vikram abrió los ojos, pero no le soltó el cabello.

—Es Uma, la boda es mañana, hoy va a estar todo el día de los nervios. No podemos hacer nada al respecto. Sería más seguro que nos quedáramos aquí abajo.

Tiró de ella hacia atrás, rodó sobre su cuerpo y comenzó a mordisquearle el cuello.

Diminutas sacudidas de placer le subieron y bajaron por la columna.

—Viky, tengo que subir ya. Uma Atya me necesita.

Se obligó a apartarlo.

—Yo también te necesito.

Vikram se apoyó sobre un codo y le echó una pierna sobre las caderas para detenerla.

—Creo que ya has tenido suficiente por ahora, ¿no?

—¿Estás de broma? —Parecía tan abatido que era divertido verlo—. No he hecho más que empezar.

—En serio, Viky, va a venir a buscarnos. Tengo que irme.

—Entonces, vete —le dijo de malhumor, pero no apartó la pierna.

Ria se deslizó para escapar, se sentó de nuevo y se sujetó la sábana sobre el pecho. Miró a su alrededor, consciente de que él estaba observándola. Un furioso rubor calentó su rostro.

—Viky... Mi ropa está... —Señaló su pijama, tirado en el suelo al otro lado de la habitación—. Cierra los ojos.

Eso hizo que él se riera.

—Viky, por favor.

Cerró los ojos, tiró de la sábana con la que Ria estaba tapándose y abrió un ojo cuando la tela cayó. Ria gritó, corrió hasta su pijama y comenzó a ponérselo. Vikram se tumbó sobre su estómago, apoyó la barbilla en sus manos y la observó mientras se vestía, con una expresión tan concentrada, tan absorta, que Ria deseó desvestirse y volver con él.

—Tienes que ayudarme.

Intentó abotonarse la camisa, pero todos los botones habían desaparecido. Unió las solapas y las sostuvo con las manos.

—Lo que quieras —murmuró él—. Amor, justo ahora haría cualquier cosa por ti.

Estaba sonriendo, pero su corazón brillaba en sus ojos. ¿Cómo podía no arrodillarse ante él y besarlo? Vikram se sentó y la subió en su regazo para besarla hasta que su cerebro dejó de funcionar. Cuando se separó, buscando aire, Ria se sentía invencible. No se le ocurría nada que no pudiera hacer.

—Tienes que distraer a todo el mundo mientras subo y me ducho —le pidió junto a su rasposa mejilla. Detuvo la mano, que hurgaba bajo su camisa, y tiró de él para sacarlo de la cama.

—Solo si puedo ducharme contigo después.

—Qué más quisieras.

Le dio otro beso en el punto exacto donde sus labios no encajaban del todo.

—Soy una superestrella, ¿recuerdas?

Lo observó mientras se ponía la camiseta; sus hermosos músculos sobresalían y se estiraban bajo la piel tensa.

—Nadie se interpone entre mi ducha y yo.

«¿Es un desafío?», parecían decir sus ojos, pero dejó que lo arrastrara por las escaleras para que distrajera a Uma mientras ella se escabullía a la planta de arriba, incapaz de dejar de sonreír como una idiota.

*　　*　　*

—¿A ti qué te pasa? —Nikhil miró a Ria como si se hubiera vuelto medio tonta, de repente e inexplicablemente—. Es la tercera vez hoy que te oigo reírte.

—Estoy practicando para un papel.

—¿La Princesa de Hielo va a interpretar a una colegiala?

—Algo así.

Estaban montando las mesas para la cena de aquella noche bajo la enorme carpa blanca, que por suerte habían instalado sin complicaciones. Eso había mejorado mucho el estado de ánimo de Uma. Desde una de las aberturas con forma de ventana veía a Vikram subido a una escalera y tirando de una cuerda montada en una polea sobre la carpa. Unas cincuenta ristras de luces colgaban del otro extremo de la cuerda. Se había pasado toda la mañana asegurando las luces y creando un mecanismo que las sostuviera para poder elevarlas sobre la carpa y hacerlas bajar en cascadas por los laterales como los lazos de un mayo.

Ria había estado a su lado, sentada con las piernas cruzadas en el porche donde trabajaba. Era un día perfecto, despejado y soleado con un ligero frescor en el aire. La luz del sol se filtraba a través de los árboles y atrapaba el blanco resplandeciente de su camiseta y el negro reluciente de su cabello. Vikram le había explicado cómo encajaban todas las partes, le había entregado los ganchos y abrazaderas para que los viera, los había unido y separado con sus dedos, largos y fuertes. Había hecho dibujos muy detallados del montaje en un cuaderno de dibujo de papel grueso y los había usado para mostrar a Ria cuál iba a ser el resultado.

Ria sostuvo los dibujos en las manos y pasó los dedos sobre sus líneas, mínimas y resueltas. Vikram había sido muy minucioso. Había algo en la fuerza de los trazos, en cómo habían sido sombreados, que la cautivaba, que hacía que deseara abrazarlo.

Vikram le entregó un lápiz y pasó de página en el cuaderno.

—¿Por qué no dibujas algo?

Ria volvió a pasar la página sin responder.

—Esto es magnífico, Viky —susurró.

Los ojos de Vikram se calentaron con una vertiginosa satisfacción.

—Tiene mucho más sentido hacerlo así. De lo contrario tendríamos que colgar cada tira de luces por separado y encontrar un modo de sujetarlas en la parte de arriba. Eso nos llevaría además mucho más tiempo. Y yo preferiría estar haciendo otra cosa ahora mismo —le dijo, con una sonrisa cómplice que provocó todo tipo de imágenes en la mente de Ria.

Pero observándolo mientras trabajaba, tan concentrado y totalmente absorto, Ria supo que no lo cambiaría por nada. Otro trozo de ella se fundió con él mientras lo ayudaba a unir los ganchos y abrazaderas y él le hablaba de su empresa de construcción de energía limpia. Tenía tres patentes pendientes y una ya aprobada de una técnica ecológica de construcción de edificios energéticamente eficientes que restringe las pérdidas de energía y consigue que se necesite menos calefacción y aire acondicionado. Había estado trabajando con uno de los mayores grupos de empresas de construcción del mundo para desarrollar un material que fuera adecuado para edificios altos pero que replicara las características de los materiales tradicionales usados en la arquitectura indígena.

Se había mudado a Chicago a finales de aquel verano para dar un seminario en la universidad en otoño y ganar algo de tiempo antes de firmar el contrato que lo ataría durante mucho tiempo. Uma había insistido en que se quedara en casa y él se había dejado convencer. Aquello explicaba que viviera en la habitación.

Ria reajustó uno de los centros que Nikhil acababa de colocar mientras observaba a Viky en la escalera, tirando de la cuerda. Los músculos de su brazo se tensaron bajo el algodón de su camiseta y el recuerdo de sus caricias le calentó la punta de los dedos. El cabello de Vikram le caía sobre la frente, aunque Ria se lo había echado hacia atrás antes de que subiera a la escalera. Llevaba allí arriba casi una hora, y la expresión de su rostro era tan firme que Ria no podía apartar los ojos de él. Por suerte, a Nikhil se le daba tan mal lo que estaban haciendo que tenía que concentrarse mucho, y además estaba charlando por ambos.

Vikram dio un tirón más, y el pesado manojo de luces cayó dando un golpe seco sobre la tensa lona de la carpa. Bajó de la escalera y aseguró la cuerda a una piqueta que había clavado en el suelo. A continuación levantó los brazos y gritó de alegría.

Ria soltó la bandeja que sostenía y corrió hacia él. Por un momento parecía que Vikram iba a darle un beso en los labios, pero Nikhil gritó algo desde la carpa y frunció el ceño. Le señaló su obra.

—¡Impresionante!

Ria miró las tiras de luces que caían en cascada desde la parte superior de la tienda, como una fuente.

—¡Lo único que tenemos que hacer es sujetarlas alrededor de la tienda y ya está!

—¿Cualquier tira puede ir en cualquier parte? —le preguntó Ria, extendiendo la mano.

—Sí.

Vikram separó las ristras en varios manojos y le entregó un par. La joven colocó una de ellas con vacilación. Él la rodeó con el brazo para enderezarla y enseñarle cómo engancharla a las abrazaderas que había sujetado a la tienda. Sus hombros, sus brazos, todo su cuerpo se fundió alrededor de Ria. Cuando se apartó de ella y pasó a la siguiente tira sin dejar de mirarla, se llevó parte de ella con él.

Trabajaron juntos en silencio, separando y colocando las luces hasta que la carpa pareció revestida de una armadura luminosa que irradiaba desde la parte de arriba como una corona. Cuando terminaron, Vikram caminó hasta el porche y pulsó el interruptor. Toda la estructura se iluminó. El sol todavía brillaba, pero era fácil imaginar qué aspecto tendría a la luz de la luna.

—Viky, es precioso —dijo Ria.

—Hemos terminado —dijo, tomándola de la mano—. Salgamos de aquí.

Justo cuando lo dijo, Uma salió de la casa con la mano sobre la boca y los ojos llenos de alegría.

—Oh, Vikram, cielo, esto es maravilloso. ¡Absolutamente perfecto! Oh, Dios, no puedo creer que esto lo hayas hecho tú.

Prácticamente saltó de alegría alrededor de la carpa.

El joven parecía tan frustrado que Ria sonrió.

—¿Más risitas? —Nikhil salió de la carpa y se volvió para mirarla—. Vaya, hombre, esto ha quedado muy bien.

Uma rodeó a Vikram con los brazos.

—Es perfecto, ¿te lo he dicho ya? Eres mi mejor *beta*. Va a estar precioso por la noche.

—Yo monté todas las mesas solo —gruñó Nikhil—. Incluso la superestrella me abandonó por este proyecto tan glamuroso.

—Acéptalo, hombre, Uma me quiere más que a ti.

Vikram abrazó a Uma tan fuerte que la levantó del suelo.

—Ay. Eso es porque eres encantador. —Nikhil fingió vomitar—. Pero en serio, Vic. Esto está muy bien. Deberías añadirlo a tu lista de patentes.

—¿Patentar la polea? Buena idea —se burló Vikram, y Ria estalló en carcajadas.

Tanto Nikhil como Uma la miraron como si le hubieran salido cuernos. Ria se rascó la cabeza y fingió ajustar las luces, pero no podía dejar de sonreír.

—Si empieza a tararear, os juro que llamaré al médico de urgencias —avisó Nikhil.

—¿Porque eso sería demasiado grave para un matasanos como tú? —le preguntó Vikram, sonriendo a Ria.

Uma miró a Vikram y a Ria.

—Me encantan las bodas —dijo—. Tienen algo que te pone contento, ¿no os parece? Miraos... Hace mucho tiempo que no os veía tan alegres. Tocaré madera.

Tocó el palo de madera de la tienda. Sus ojos se empañaron. Ria la rodeó con los brazos. Vikram se acercó y las abrazó a ambas.

—¡Sí! ¡Un abrazo de grupo! —exclamó Nikhil, que rodeó a todos con los brazos y los apretó.

CAPÍTULO 23

Si Ria hubiera tenido que identificar un día como el más feliz de su vida, habría sido aquel. El cielo despejado, el zumbido de la felicidad en el aire, la presencia de todas las personas que significaban algo para ella... Todo había sido perfecto.

Después de trabajar toda la mañana con Vikram y Nikhil decorando la carpa y el patio prepararon un almuerzo informal a base de de sándwiches en el porche. Por primera vez, Vijay les contó cómo se habían enamorado Uma y él, cómo había conseguido ella que se enamorara, cómo después lo había tratado con desdén y cómo había conseguido él abrirse paso hasta su corazón. Ria sabía que Uma no había tenido alternativa cuando Vijay se fijó en ella.

Uma les había contado esa misma historia muchas veces, pero oír a Vijay contarla era totalmente diferente, mucho más vívido y lógico; incluso Nikhil y Vikram escucharon con atención, embelesados y sin interrumpir con sus ocurrencias. Entonces Vijay hizo algo que no hacía a menudo: dio un consejo a su hijo.

—El chiste dice que el secreto de un matrimonio feliz es despertar cada mañana y decirle a tu esposa que lo sientes —le dijo, y echó a Uma una mirada que la hizo sonrojarse—. Pero el verdadero secreto es despertarte cada mañana y darle las gracias. Porque la felicidad que una buena mujer lleva a tu vida es incomparable. Nadie más puede hacerte tan feliz como ella. Ni tu trabajo, ni tus amigos, ni siquiera tus hijos pueden darte lo que te da un buen matrimonio. Un buen matrimonio es lo único que necesitas para que todo lo demás merezca la pena. Y ella te da eso. El día que te das cuenta de eso, ya no tienes que preocuparte por nada más.

—Vijay, ¿qué te pasa hoy? Me estás avergonzando. Delante de los niños, además. Eres incorregible.

Uma simuló un reproche, pero sus ojos se anegaron, las lágrimas le cayeron por las mejillas, y no pudo disimular más.

Ria tampoco pudo contener las lágrimas. Salieron mientras sonreía. Vikram entrelazó los dedos con los suyos bajo la mesa, haciendo círculos en sus nudillos con el pulgar.

—Lo del rubor y las lágrimas debe ser algo genético —le susurró al oído.

Más tarde, Ria lloraría un poco más. Lágrimas purificadoras, liberadoras, lágrimas de incontenible placer mientras Vikram aceptaba el desafío y se duchaba con ella. Sus dedos resbaladizos por el jabón la habían liberado de la tensión y se la habían inculcado con igual habilidad mientras ella se esforzaba por evitar llorar. Estar en sus brazos de nuevo y hacer algo tan increíblemente erótico mientras se escondían en una casa llena de gente lo alejaba todo excepto a él de su mente. Cuando bajó para la cena, vestida con un *kurta* beige de corte imperio que le caía hasta los tobillos sobre unas mallas turquesa, *kohl* oscuro en sus ojos y el cabello retorcido sobre el hombro, se sintió de algún modo desnuda, frágil y vulnerable.

Toda la velada palpitó con un aura íntima y lenta: la satisfacción de después del sexo y la emoción de los juegos preliminares se encontraron con una mezcla embriagadora y narcotizante. Los ojos de Vikram no se apartaban de ella. No importaba con quién estuviera él bailando, no importaba con quién estuviera hablando, no importaba qué estuviera haciendo, ya que su atención no se apartaba de ella y Ria lo sentía en cada centímetro de su ser. Notaba sus ojos sobre ella mientras cada uno de los cien invitados se acercaba a ella para sacarla a bailar, hacerle una foto o propiciar una conversación.

Por primera vez en diez años, Ria no conseguía ponerse en «modo famosa». Siempre le había salido con facilidad, pero aquel día no conseguía fraccionarse. La transición desentonaba demasiado. Su sonrisa de estrella de cine no se formaba, porque ya estaba sonriendo. La fría elegancia glacial no la envolvía, porque la calidez de su alegría no lo permitía. Y no importaba cuánto buscara su afabilidad distante, porque la risa seguía escapando de ella y esparciéndose a su alrededor.

Cuando no estaba sacudiendo las caderas con un grupo de adolescentes que insistían en sacarla a la pista de baile cada vez que sonaba una canción de una de sus películas, estaba enseñando a las tías cómo hacer un paso de alguna película. Cuando no estaba posando para una foto, estaba respondiendo preguntas sobre los últimos rumores en la industria. Todo el mundo quería saber qué pasaba de verdad en Bollywood y ella era su periscopio.

¿Ranjit y Dolly estaban saliendo de verdad? ¿Los hermanos Kochar llegaban de verdad borrachos a las fiestas? ¿Vishal y Neha se habían casado en secreto? ¿Todo el mundo se hacía cirugía estética? ¿Quién se había operado las tetas? ¿Quién se había cambiado la nariz? ¿Ella se había hecho alguna operación? Ria les contestaba a todos con las respuestas que ya tenía preparadas y disfrutó de ello más que nunca, sobre todo de su favorita: «Oh, ¡yo lo llevo todo falso!» Pero aquella vez no parecía la verdad, sobre todo cuando Vikram la miró como si se enfadara al oír eso. No había nada falso en el feroz impacto de orgullo que la atravesó en aquel momento.

No había nada ni remotamente falso en lo que sus manos le hicieron cuando la pilló en el pasillo, ni en el masaje que le dio en los hombros porque pensó que estaría cansada. Ni cuando le llevó un plato de comida porque llevaba toda la noche rodeada de gente y no había tenido oportunidad de comer. O cuando se acercó a ella, le quitó la bandeja de postres que llevaba en las manos y le susurró palabras al oído que hicieron que la carne se le pusiera de gallina desde el cuello hasta la base de la columna.

—Una carrera hasta la parte de arriba.

La sonrisa de Vikram brilló con todos los tonos de la complicidad. Y después se marchó.

Ria subió la pendiente. A un lado estaba la casa brillantemente iluminada, con su gente brillantemente iluminada, y al otro el gorjeante río, oscuro como el carbón si no fuera por la luz de la luna, que flotaba sobre él como un velo plateado. Nadie la había visto marcharse, pero se volvió y lo comprobó de nuevo solo para asegurarse. El corazón le latía con una excitación tan intensa que tuvo que mantener una mano presionada contra el pecho mientras medio caminaba y medio corría hacia la sombra oscura del roble.

—¿Viky?

Apenas fue un susurro.

Las hojas sisearon sobre ella en respuesta.

Escudriñó en la oscuridad. Una brisa murmuró algo tras su oreja. Se volvió mínimamente. Nada. Y entonces, unas luces diminutas se fueron encendiendo, parpadeando una a una. El árbol cobró vida y resplandeció como una galaxia explotando en los cielos ante sus ojos. Se quedó sin aliento. La sorpresa cayó sobre ella como la primera lluvia del monzón. Se acercó al árbol y vio la oscuridad en retirada.

Había iluminado su árbol.

Gracias a Dios, no llevaba sari ni *ghaghra*. Se recogió el *kurta*, se envolvió con él y se lo sujetó en la cinturilla. Las mallas, que se ajustaban a sus piernas, eran perfectas para aquello. Se quitó los tacones, se enrolló el pañuelo en el cuello un par de veces y agarró la rama más baja, que se sometió a ella con la docilidad de una mascota. Trepó y plantó los pies en la solidez de su puente, que rebotó con algo más que su peso.

—No trepas como una niña —le dijo Vikram desde atrás. La rodeó por la cintura y tiró de ella. Ria giró en sus brazos, tomó su rostro sonriente entre sus manos y lo besó. Las estrellas titilaron en su interior y a su alrededor.

—Es precioso, Viky —le dijo, y lo besó y después lo besó de nuevo, y otra vez, incapaz de parar—. ¿Cómo diantres has conseguido electricidad tan lejos de la casa?

Otra sonrisa astuta. Se apartó de ella, saltó al suelo con agilidad y extendió los brazos. Ria saltó sobre ellos y se dejó resbalar por el cuerpo de Vikram. Él le dio otro beso apresurado y la llevó, rodeando el árbol, hasta un claro a tres metros de distancia. En la hierba había una caja metálica suspendida sobre escuadras que pivotaban sobre un pedestal. Parecía algo sacado de una película de ciencia ficción. Una rejilla con solapas plateadas flotaba, como pequeñas palancas, sobre cada superficie. Vikram movió una de las solapas con el dedo e hizo un círculo con ella.

Ria se agachó a su lado y tocó el cable que salía de la caja hasta las tiras de luces del árbol.

—Es una batería de teléfono móvil —dijo asombrada. Los ojos de Vikram brillaron.

—Concretamente es una batería solar de alta eficiencia con búsqueda automática de luz.

Entonces, tocó la solapa de nuevo e hizo que rotara en una dirección diferente.

Ria contempló nuevamente el reluciente roble, todavía alucinada por lo que había hecho.

—¿Cuánto ha tardado en acumular energía suficiente para esto?

Vikram sonrió con orgullo y le besó la nariz.

—Solo unas horas. La coloqué esta mañana, cuando Uma y tú estabais acosando a los tipos de la carpa. —Se levantó y tiró de ella para abrazarla—. Llevaba años modificando este prototipo, pero todavía no estaba listo para probarlo. No dejaba de postergar el momento y no sabía por qué.

Ria pasó la cara por su cuello; de repente sintió el corazón demasiado pesado para aguantar su mirada. Él retorció un mechón de su cabello con los dedos y le echó la cabeza hacia atrás para obligarla a mirarlo.

—Ahora sé por qué. Esto es muy importante para mí, Ria, y necesitaba que significara algo.

Los ojos de Vikram brillaron mucho más que el árbol, más que el cielo estrellado. ¿Cómo no iba a besarlo de nuevo?

Vikram sonrió con la boca pegada a la suya, una sensación que estaba grabada a fuego en su alma, y apretó las caderas contra las de ella.

—Mi batería ha estado esperándote.

Ria soltó una carcajada que le salió del corazón.

—Oh, Dios, Viky —dijo, apretándose contra él—. Tu batería es enorme.

Ambos estaban riéndose cuando él buscó el elástico de sus mallas.

* * *

—Creo que hay otra patente en el futuro de nuestro Vic —declararon las tías, sentadas en un círculo de sillas bajo la carpa iluminada. El árbol parpadeaba agradablemente en la distancia. Había sido objeto de mucha polémica. Uma se había pasado la velada señalándoselo a todos los invitados, junto a las luces de la carpa, y Vikram había tenido que explicar el funcionamiento de la batería y la polea a cualquiera dispuesto a escuchar.

—Debería haber grabado un vídeo —le dijo a Ria, pero cada vez que Uma presumía de él, Vikram volvía a explicarlo todo de nuevo.

La mayoría de los invitados se habían marchado. Solo quedaban la familia y los amigos más íntimos. Vikram, Nikhil y un par de hombres más llevaron el brasero portátil del porche a la carpa e hicieron fuego. Cambiaron la música estridente por algunas viejas melodías suaves y cantaron juntos cada vez que sonaba una canción que conocían.

Nikhil sentó a Jen en su regazo y la rodeó con los brazos; eso les valió algunos comentarios lascivos. Un número de baile antiguo comenzó a sonar dulcemente. Vikram levantó a la tía Anu, sentada junto a Ria, y bailó con ella. La mujer se rio y bailó mientras todos la vitoreaban. Cuando la música terminó, Vikram dejó a Anu disimuladamente en la que había sido su silla y él ocupó el asiento junto a Ria.

—Qué astuto —susurró Ria, con el corazón explotando de cariño.

—Vaya, ¡gracias!

Levantó la copa y le dedicó la más privada de las sonrisas, dejando que su brazo quedara junto al de ella para que los dorsos de sus manos se tocaran. Cualquiera que los viera pensaría que no eran más que dos personas sentadas juntas, pero toda la existencia de Ria convergía en el punto donde se tocaban.

El nieto de la tía Priya, Rahul, el pequeño que había salvado a Vikram de Uma el día que la había llevado en brazos, se subió al regazo de Vikram. Vikram lo apretó contra su pecho y, en cuestión de minutos, su pequeño cuerpecito se quedó lacio por el sueño.

Ria entrelazó los dedos en su regazo. Vikram la miró sobre la cabeza del niño, cómodo y feliz con un crío en brazos. Ria se apartó de él y él levantó las cejas.

—¿Qué pasa?

Ria sonrió, negó con la cabeza y apartó la mirada. ¿Cómo iba a decirle que no podía tener hijos, que no los tendría? Sobre todo cuando lo veía así, con un niño en los brazos. Vikram se acercó a ella, presionó la pierna contra la suya y ella lo olvidó todo, excepto la dicha de su contacto y el minúsculo y valioso sueño robado que estaba permitiéndose. Aquel atisbo de su futuro compartido, de Ria y Viky, y lo que podría haber sido. Si pensaba en cualquier otra cosa, aquello se terminaría. Y ella quería que durara un poco más.

Un poco después de medianoche, Uma se levantó y puso fin a la celebración.

—Hora de recoger. Mañana es el gran día. Tenemos que estar levantados a las seis, y en el hotel a las nueve.

Ria iba a quedarse en el apartamento de Jen aquella noche para ayudarla a vestirse por la mañana. Uno de los amigos de Nikhil las llevaría. Por décima vez aquella noche, Nikhil les preguntó por qué no podían quedarse en la casa. Jen y Uma lo miraron como si estuvieran demasiado cansadas para discutir. Jen se acercó y le dio un beso antes de levantarse y comenzar la ronda de despedidas. Solo Ria se fijó en la expresión de la cara de Vikram.

—Esta noche se quedarán en casa al menos veinte personas, Viky. De todos modos no podríamos vernos.

Pero se sentía tan consternada como él.

Vikram subió a su habitación para ayudarla con las bolsas. No dejaba de seguirla mientras recogía algunas cosas de último minuto.

—Además, ¿no has...?

—No, no he tenido suficiente. —La empujó contra la pared—. Ni siquiera he empezado. Le levantó la barbilla con los dedos y la besó como si no fuera a volver a verla.

—Yo tampoco quiero irme —le confesó cuando él retiró la boca.

—Entonces no lo hagas.

Apoyó la frente contra la de Ria.

—Pero quiero quedarme con Jen esta noche, y Nikhil te necesitará mañana. Dios santo, Viky, ¡Nikhil va a casarse! ¿Te lo puedes creer?

Eso le hizo sonreír. Le acarició la mejilla con el pulgar y le echó una mirada tan irresistible, tan cargada de todas las cosas que pensaba que ella era, que fue un milagro que su ya rebosante corazón no explotara.

En esta ocasión, su beso fue un suave empujón en la comisura de los labios.

—Prométeme una cosa —le dijo—. Prométeme que no pensarás en nada más esta noche. Solo en nosotros y en lo agradable que es esto. En nada más, ¿de acuerdo?

Ria presionó la mejilla contra sus labios. En aquel momento no quedaba espacio en su mente para pensamientos. Más tarde habría demasiado en lo que pensar, pero justo ahora, por una vez en su vida, no tenía energía para pensar en nada excepto en aquel hombre, que era el amor de su vida de un modo que jamás podría explicar a nadie, y en la expresión de sus ojos, que la hacía sentirse como la persona que deseaba ser con todas sus fuerzas.

—Te lo prometo —le dijo.

Y, al menos por aquella noche, lo dijo en serio.

CAPÍTULO 24

Las luces fluorescentes del vestíbulo hacían que el brillante cabello negro de Vikram resplandeciera como un halo. Fue la primera persona que vio Ria cuando entró en el hotel con Jen a la mañana siguiente. Su corazón brincó con una alegría tan pura e inalterada que tuvo que hacer un esfuerzo consciente para mantener los pies en el suelo. Llevaba el *sherwani* gris metalizado que habían comprado juntos. La gruesa seda caía desde sus anchos hombros hasta sus rodillas, se estrechaba en las caderas y rozaba los sólidos músculos de su pecho y de sus brazos. Parecía incluso más alto e imponente de lo habitual. Los pantalones *churidar* abrazaban la curva dura y ancha de sus pantorrillas. La última vez que habían hecho el amor, Ria había recorrido aquellas pantorrillas con los dedos y se había quedado asombrada de cuánto había crecido y cambiado su cuerpo.

«He corrido un montón, cielo —le había contado él—. Maratones, el Iron Man, cualquier cosa que mantuviera mi cuerpo moviéndose y mi corazón bombeando.»

Eso había hecho que su corazón se encogiera, pero él no la había dejado ponerse triste. Había sabido qué hacer exactamente para despejar toda la tristeza de su mente.

—Me gusta lo que estás pensando —susurró en su oreja cuando se acercó para recoger su bolsa antes de atender a Jen, que parecía totalmente perdida con su atuendo nupcial.

Había sido una mañana preciosa, y vestirse juntas como viejas amigas había sido lo más divertido que Ria había hecho nunca con otra mujer. Había ayudado a Jen con su sari, le había recogido el cabello y le había planchado un par de mechones para que cayeran en tirabuzón sobre sus increíbles pómulos. Incluso la había ayudado con el maquillaje. Jen se había negado a dejar que un maquillador profesional la tocara, pero confiaba en Ria.

—¡Ponme guapa, muchacha! —le había dicho.

—Ya eres preciosa, Jen —le contestó Ria, plegando y sujetando el sari alrededor de las proporciones perfectas de Jen—. ¿Has visto cómo te mira Nikhil? Y a él nadie le parece guapo. Se quedó dormido viendo *Pretty Woman*. ¡Cree que Jessica Alba es una marca de zapatillas!

—Bueno, ha estado a tu lado toda la vida —dijo Jen, mirando a Ria sin una pizca de envidia—. Eso haría a cualquiera inmune a la belleza.

Por primera vez en su vida Ria soltó una sonora carcajada acompañada de un gruñido y no le importó. Y a Jen le pareció tan divertido que se tiró al suelo entre risas y destruyó el efecto del elegante maquillaje que Ria acababa de ponerle. Había definido los hermosos ojos rasgados de Jen con *kohl* y una brillante sombra verde ahumada. Jen estaba deslumbrante y preciosa y resultaría absolutamente despampanante... si pudiera dejar de tirarse del sari.

—¡Vaya, Jen! —Vikram se agarró el corazón—. Mírate. Creo que no puedo respirar.

El joven dio a la novia un abrazo enorme y un beso cariñoso en la coronilla.

—¡Anda, no digas tonterías! —exclamó Jen, pero parecía un poco menos insegura.

—¿Estás de broma? Deja a ese fracasado y cásate conmigo. Todavía no es demasiado tarde. ¿Te he dicho que Nikhil era un mocoso repelente? Y siempre con costras en los labios. —Se señaló el labio superior e hizo una mueca—. Ria tenía que llevar pañuelos para él a todas partes.

Sonrió de un modo tan irresistible que Ria quiso llevarse la mano al corazón.

Jen se rio. Vikram le ofreció el brazo y la condujo por el vestíbulo, excesivamente iluminado por las lámparas de araña gigantes, hacia el ascensor.

—Pero, en serio —continuó Vikram, acercándose a la oreja de Jen—, eres la novia más guapa que he visto nunca. Ahora vamos a sacarte de aquí, porque tenemos que esconderte del novio. Al parecer, el cielo caerá sobre nuestras cabezas si os veis antes de que las estrellas estén perfectamente alineadas.

Las llevó a la suite nupcial, donde los tres esperaron a que las estrellas se alinearan. Vikram intentó convencer a Jen de que tomara un trago de vodka del minibar para que la ceremonia, que era increíblemente larga, fuera soportable. Jen miró con ganas la botella, pero se resistió a la tentación. Así que Vikram abrió un paquete de M&M's. Jen y Vikram procedieron a acabar con todas las chucherías del minibar mientras Ria los observaba.

—¿En serio? —le preguntó Jen tras meterse el último Ferrero Rocher en la boca— ¿Ni siquiera te tienta?

Ria asintió.

—No me tienta casi nada.

Robó una mirada rápida a Vikram, sabiendo exactamente qué encontraría allí.

Jen levantó una ceja y miró a Vikram y a Ria.

—¿Y pensáis hacer oficial lo vuestro, o es una especie de secreto?

Vikram se atragantó con el trozo de chocolate que tenía en la boca, y tosió tan fuerte que los ojos se le llenaron de lágrimas. Ria se acercó a él y comenzó a darle golpes en la espalda, esperando que su tos cesara y que sus propios latidos se relajaran. Evitó la mirada inquisitiva de Jen y ofreció a Vikram una botella de agua cuando por fin dejó de toser. Él bebió un trago largo y su teléfono móvil sonó.

Entonces dedicó a Jen la sonrisa más petulante.

—¡Hola, Uma! Llamas justo a tiempo —dijo al teléfono, guiñando un ojo a Jen y abriéndoles la puerta—. Vamos, Jen. La función va a empezar.

* * *

Jen no tenía familia, así que había pedido a Vikram que la acompañara al altar. Se detuvieron ante el arco de entrada al salón de banquetes y Vikram le rodeó los hombros con un brazo.

—¿Lista? —le preguntó, frotándole el brazo. Jen asintió y dio un paso inseguro hacia el salón, que estaba abarrotado de invitados.

Nikhil estaba debajo del altar tallado, flanqueado por Uma y Vijay. Escudriñaba la sala con los ojos, esperando la entrada de Jen. Una mirada a Nikhil y Jen se relajó por completo. Relajó los hombros y las extremidades y su paso se hizo más firme. Dejó de moverse nerviosamente y se transformó en alguien que había nacido para ser una novia con un sari verde jade.

Ria pasó junto a Jen y se acercó a Nikhil. Le dio un abrazo rápido y le ajustó un poco el turbante antes de colocarse detrás del trono de respaldo alto en el que él se sentaría durante la mayor parte de la ceremonia. Vikram condujo a Jen al asiento junto a Nikhil y la ceremonia comenzó con el primer ritual para obtener la bendición de Ganesha, el dios de los comienzos auspiciosos. Durante las siguientes cuatro o cinco horas, Nikhil, Jen, Uma y Vijay seguirían las instrucciones del sacerdote, que los guiaría a través de los distintos rituales, mientras los invitados, sentados en hileras concéntricas de colores, socializaban, tomaban aperitivos y participaban si lo deseaban.

El sacerdote se sentó en un taburete, delante de Nikhil y Jen, y comenzó a cantar.

Vikram rodeó las butacas de los novios y se acercó a Ria. Juntos observaron la ceremonia en silencio mientras el sacerdote los guiaba. Detuvo sus cantos en sánscrito para explicar su significado en su acentuado inglés.

—¿Te he dicho lo guapa que estás? —susurró Vikram a su lado, aunque la expresión de sus ojos hacía que las palabras fueran innecesarias— Hoy no vas de azul.

—Turquesa —dijo ella, y él puso los ojos en blanco y jugueteó con las borlas doradas que bordeaban su sari.

Por supuesto, Manish le había diseñado un sari turquesa para que lo usara en la boda, de raso con bordados *zardozi*. Pero cuando Uma sacó uno de sus saris de boda el día anterior y le preguntó si quería llevarlo, no se lo pensó dos veces. Era un *paithani*, la seda tradicional fucsia y dorada trabajada a mano por artesanos durante muchos meses, una forma de arte que se remontaba milenios en su herencia maratí.

«Quería que lo llevaras en tu boda —dijo Uma—. Pero tengo otro escondido para eso.»

—Es de Uma —le dijo, intentando no quedarse sin voz.

Vikram se acercó más y le acarició la cintura desnuda, una caricia reconfortante al principio, pero que pronto se volvió seductora. Ria sonrió, sorprendida por cuánto había tardado en hacerlo. Su cuerpo había estado irradiando calor desde el momento en que se paró a su lado. Se había quedado quieto, pero su excitación había sido tan evidente que Ria había sabido exactamente lo que se le estaba pasando por la cabeza incluso antes de que su mano le rodeara la cintura tras los altos respaldos de las sillas que los escondían del resto de los invitados.

—Si no paras va a enterarse todo el mundo.

Ria le tomó la muñeca con los dedos con la intención de apartarle la mano, pero entonces cometió el error de mirarlo a los ojos y se olvidó de lo que iba a hacer; todos sus pensamientos coherentes desaparecieron bajo su mirada magnética. Sus dedos encontraron el pulso en la muñeca de Vikram y sus latidos frenéticos cubrieron su propio cuerpo con una vertiginosa sensación de poder.

—¿Van a enterarse de qué?

Una sonrisa levantó las comisuras de sus labios.

—No lo sé. He olvidado lo que estaba diciendo.

Ria apartó la mirada. Tenía las mejillas ardiendo, y su corazón latía como si fuera a rasgarse por las costuras. Le agarró la muñeca con más fuerza, ya no para apartar la mano, sino para sostenerla.

El sacerdote inició un fuego en el brasero *havan*, y el aroma de la madera de sándalo quemándose y del humeante *ghee* llenaron el aire, etéreo y puro. El fuego, con su consumidora pureza, era una parte esencial de la ceremonia, un testigo atemporal de los votos. Habían apilado vasijas de cerámica bordeadas de oro y bermellón en columnas como centinelas a cada lado del altar. Unas cortinas de seda escarlata colgaban de la parte superior del altar y caían detrás de las vasijas amontonadas.

Ria esperaba que la vaporosa tela y los respaldos altos de las butacas de Nikhil y Jen fueran suficientes para ocultarlos de la vista de los invitados. Echó un vistazo rápido a la gente elegantemente vestida que estaba absorta en conversaciones u observando la ceremonia. Vikram siguió mirándola, y su insistente mirada empezó a derretirle las entrañas.

Sabía que no debería estar allí, a su lado, delante de toda aquella gente. Había un millón de cosas de las que ocuparse. Había que revisar el *catering*, hacer de anfitrión con los invitados. Pero Ria no podía moverse. Que Vikram la mirara así le hacía sentir cosas que no había creído que sentiría de nuevo, sensaciones que había recuperado con tal facilidad que no era capaz de recordar la época en la que un implacable vacío había ocupado su lugar. En el fondo de su mente había algún pensamiento oscuro y molesto, pero no permitiría que tomara forma.

Pronto tendría que pensar, pronto tendría que encontrar la fuerza para hacer lo correcto, pero todavía no. Justo entonces ni siquiera era lo suficientemente fuerte para apartar la mano de la de él. De ningún modo podía pensar en lo que estaba bien o mal. Justo entonces quería más de aquello, solo un poco más antes de encontrar un modo de dejarlo todo.

—No voy a dejarte hacer eso, ¿sabes? —le dijo Vikram, acariciándole la cintura con tanta ternura que deseó llorar.

—¿Hacer qué?

—Encontrar un modo de ponerte triste ahora.

—No estoy triste. Soy más feliz que nunca en toda mi vida.

Algo primario latió en los ojos de Vikram.

—¿Más feliz que ayer en la ducha, o más feliz que ayer debajo de nuestro árbol?

Su voz se puso ronca. El contacto de sus manos quemaron su piel con un fuego suave.

—¿Ayer pasó algo? No lo recuerdo —dijo Ria, sabiendo muy bien cómo reaccionaría él.

Por supuesto, su mano se movió hasta su trasero, una caricia tan posesiva que el calor se reunió entre sus piernas.

—¿Te refresca eso la memoria?

Ria se apoyó en la silla tras la que se estaba escondiendo.

—Viky... —jadeó sin volverse a mirarlo. Su aliento cálido tras su oreja no la ayudaría a mantenerse en pie.

—¿Uhm?

—Hay al menos doscientas personas mirándonos.

—Entonces vayámonos a donde nadie nos vea.

Vikram le echó una larga mirada y se volvió para marcharse. Dio dos pasos y regresó. La agarró por los hombros y la colocó delante de su cuerpo.

—Vas a tener que ir delante, cielo, o los invitados asistirán a un espectáculo distinto del que han venido a ver.

Se acercó un poco más a ella. Ria comprendió exactamente a qué se refería. Se sobresaltó y dejó escapar un gritito sorprendido. Nikhil y Jen se volvieron para mirarlos. El sacerdote levantó una ceja sin dejar de cantar. Ria se tapó la boca con la mano e intentó convertir el grito en algo entre una tos y un bostezo.

—Lo siento —dijo, y salió apresuradamente de la habitación. Vikram la siguió casi pegado, punzando con su erección la parte baja de su espalda y riéndose junto a su oreja.

—Estás loco.

Pero ella tampoco podía dejar de reír. Por suerte, no había invitados en el pasillo y no tuvieron que detenerse a saludar a nadie.

Vikram le agarró la mano y corrió por el largo pasillo hacia los ascensores. Pulsó el botón y el ascensor se abrió. La empujó al interior, la acercó a él y la abrazó. Ria se puso de puntillas para sentirlo con cada centímetro de su cuerpo. Él bajó la cabeza y atrapó sus labios, frenético por la urgencia un momento y lenta y minuciosamente al siguiente, haciéndole perder la razón. Cuando el ascensor se detuvo, Ria se apartó de él. Pero nadie entró. Se cerró de nuevo.

—¿A dónde vamos?

Vikram buscó en un bolsillo y sacó una tarjeta decorada con una orquídea dorada.

—Nada menos que a la suite nupcial para ti, mi amor.

La apretó contra su cuerpo de nuevo.

—¿Esa es la llave de la suite nupcial de Nikhil?

Vikram asintió despreocupadamente y comenzó a besarle el nacimiento del cuello.

—De ninguna manera voy a usar la suite nupcial de Nikhil, Viky —le dijo mientras él le mordisqueaba el cuello y hacía que se derritiera. Tuvo que esforzarse para concentrarse en lo que estaba diciendo.

—No estás escuchándome... Viky...

—Me encanta cómo dices mi nombre.

Recorrió sus clavículas con besos. Su aliento se reunió en el hueco en la base de su garganta y ella se echó hacia atrás y entrelazó los dedos en su cabello para mantenerlo allí.

—Viky...

—Llevo diez años soñando que me llamas así.

Rozó el hueco sensible con su lengua. Ria gimió y luchó por seguir pensando.

—Viky...

—Uhm.

—Escúchame, no voy a usar la suite nupcial de Nikhil. Así que, si no se te ocurre otra cosa, lo único que vas a hacer es seguir soñando un poco más.

Vikram se enderezó y la miró.

—Hablas en serio, ¿verdad?

Ria asintió y él pareció tan indignado que se le escapó una risita, justo cuando la puerta del ascensor se abría de nuevo. Él se inclinó y la levantó en brazos.

—En ese caso vamos a tener que buscar una alternativa. Porque, cielo, mis días de soñar han terminado.

Salió rápidamente del ascensor al largo pasillo con rayas rojas y doradas. Ria le rodeó el cuello con los brazos y observó la expresión decidida de su cara. Su Viky tenía una misión. El joven comenzó a trotar, dobló la esquina y fue de puerta en puerta hasta que encontró una con el letrero: «Solo personal de servicio». Giró el pomo y la puerta se abrió. Emitió un grito triunfal.

Era un almacén con estantes en dos de los lados llenos de montones de toallas blancas y del abrumador olor del detergente y del suavizante para secadora. Cerró la puerta de una patada, soltó a Ria sobre una estrecha mesa que había contra una pared y empujó un carrito contra la puerta sin que sus ojos abandonaran los de Ria. Una estimulante combinación de excitación y diversión burbujeó en su interior y escapó de ella. Él se la robó de los labios. Sus dedos le masajearon el cuero cabelludo y la abrazaron imposiblemente fuerte, imposiblemente cerca, hasta robarle todo lo que le quedaba. De repente, lo único que Ria podía oler era él. Lo único que podía sentir era él.

—Ria...

Le dio un beso tras la oreja y ella le empujó los labios. A ella también le encantaba el modo en que él decía su nombre, y Vikram lo sabía.

Una ristra de besos recorrió su mandíbula.

—Ria. Ria. Ria. Ria.

Un mordisquito en la comisura.

—Ria...

¿Cómo lo hacía? Tomar su nombre y convertirlo en todo en su corazón. Ria le agarró la cara y buscó sus labios, pero él solo le permitió un besito, lo saboreó y se apartó. Su hambrienta mirada la abrasó y se detuvo en su boca separada, reflejando el dolor de su cuerpo. Con un ágil movimiento le agarró los tobillos y los levantó, usó sus manos como unas esposas calientes que inmovilizaron sus pies contra la mesa, apartó sus rodillas y la abrió por completo. En cuerpo y alma, la abrió por completo.

—Se acabaron los sueños, Ria. Esto es real.

El caleidoscopio de sus ojos destelló con un desafío. Brutalmente insistente. Inflexible. Un brote de terror germinó abruptamente en el interior de Ria, que luchó por asirse al calor fundido. Vikram metió las caderas entre sus piernas, adentrándose en su centro cubierto de seda, y la oscuridad huyó. Todos sus pensamientos huyeron. Se movió hacia delante y lo rodeó con las rodillas. Su deseo era un infierno.

—Viky, por favor —gimió en su boca—. Por favor...

—¿Por favor qué?

Vikram encontró el surco de su hoyuelo y hurgó en él con la punta de su lengua, acariciando primero uno y después el otro y haciéndolos danzar en sus mejillas hasta que Ria agarró un puñado de su cabello y le metió la lengua en la boca.

Él la succionó. Sus dedos se tensaron alrededor de los tobillos de Ria, presionaron sus muslos y acariciaron la cima sensible de sus piernas. Ria jadeó en su boca, retorció los dedos en su cabello y se empujó contra sus manos.

En lugar de incrementar la presión, su roce se hizo más suave. Su cuerpo se contraía y latía. Lenta y deliberadamente, Vikram frotó las capas de seda contra su piel ardiente, subiendo, arrastrando los pliegues de su sari como un millón de plumas contra el sensible interior de sus muslos. Ria movió las piernas, sus músculos se contrajeron en respuesta a sus caricias, sus pies se arquearon eróticamente.

—Por favor, Viky...

Lo rodeó con las piernas y le sujetó la cintura con los tobillos.

—¿Por favor qué?

Notaba sus labios calientes sobre ella. Vikram volvió a agarrarle los pies para soltar la tenaza con la que lo rodeaba.

—Dime qué quieres.

Su voz sonó ronca por el deseo. Colocó los pies de Ria sobre la mesa y se apartó de ella.

Ria escuchó que un sollozo escapaba de su propia garganta.

—Por favor, Viky. No...

Presionó el rostro contra su cuello, incapaz de terminar.

Los dedos del hombre se detuvieron en el acto de subir el dobladillo dorado de su sari por sus piernas.

—¿Quieres que pare?

Ria le mordió el cuello con fuerza.

—No te atrevas a parar.

Vikram le mordió el cuello y levantó la pesada tela sobre sus muslos. Ria, que succionó su piel y aspiró su calor, arrancó un gemido de sus labios. Vikram incrementó la presión de sus dedos, acariciando y amasando, subiendo y después bajando por sus muslos hasta que por fin encontró el encaje de sus bragas.

Revoloteó sobre los adornos curvados y su mano dejó una estela de fuego en los pétalos y flores de encaje. Aquella leve caricia fue suficiente para volverla loca.

—Viky... —suplicó, empujando la mesa con las manos y levantando las caderas e impulsándose contra él.

Vikram gimió en su boca, pero no incrementó la presión. Subió la mano hasta el pecho de Ria para bajarle la blusa sin tirantes y cubrir su carne dolorida con la palma. Su pezón se arrugó ante su roce y todos sus nervios gritaron. Ella también habría gritado. No le importaba. Se presionó contra él, suplicando más. Suplicando con sus labios, suplicando con sus caderas, suplicando con cada parte de su ser.

—Viky, por favor...

—«Viky, por favor», ¿qué? Di las palabras, Ria. Dilas.

—Más, Viky. Más fuerte, Viky. Ahora, Viky.

Movió su pelvis contra la mano de Vikram.

Él incrementó la presión entre sus piernas, pero mantuvo su pecho hambriento, tocando pero sin tocar. Pero la mano entre sus piernas... Oh, Dios, la mano entre sus piernas. La rasgueó y acarició usando la textura del encaje para extraer sensaciones de cada terminación nerviosa, en su interior, a su alrededor, sobre ella. Ria danzó al borde de la explosión. Un placer fundido y líquido fluyó de ella como lava ardiente. Vikram la mantuvo allí, con la lengua en su boca y sus manos implacables ante sus demandas, retirándose y atacándola una y otra vez hasta que Ria creyó que iba a morirse.

Gritó al liberarse, arqueando su cuerpo y tensando sus piernas temblorosas, y Vikram le quitó la prenda empapada y la reemplazó con su boca, reconfortándola, volviéndola loca. Ria sollozó entre convulsiones y agarró la gruesa seda que cubría los musculosos hombros de Vikram, incapaz de discernir un clímax de otro. Y aun así, él no se detuvo. Siguió hasta que ella no pudo más, hasta que no pudo continuar y se quedó lacia y consumida sobre la mesa. Entonces la dejó y se acercó para mirarla, con la boca brillante y los ojos intoxicados y hambrientos. Echó mano a su pantalón y entonces lo detuvo ella.

Se bajó de la mesa, fuera de control y con la mente perdida, todavía inestable debido a la fuerza de su liberación. Cayó sobre él y lo empujó contra la pared. El fuego bajó por sus piernas, doblándolas. Él la sostuvo; sus manos eran hierros de marcar en su trasero, su dura longitud una furiosa palpitación contra su cuerpo.

Ria se mojó los labios y dejó que sus manos desataran el cordón de los pantalones de Vikram. Abandonó la boca del hombre y el sabor de su propia liberación y le arrancó un gemido gutural al deslizarse sobre su cuerpo. Sus dedos temblorosos bajaron la seda del pantalón por sus piernas, recorriendo su estela con la boca. La sensación opuesta de la suave seda y del músculo duro prendió fuego a sus labios, a sus mejillas, a su nariz. Lo devoró y saboreó cada centímetro hasta llegar a su tensa extensión, que no sabía solo a sal y piel, sino a él.

Un suspiro escapó de sus labios.

—Oh, joder, Ria...

Sus dedos vacilantes se entrelazaron en su cabello para empujarla y sostenerla. Pero no pudo seguir: la apartó, cayó de rodillas ante ella y tomó su boca, mezclando su necesidad con la de ella, su hambre. Sin soltarle la boca, agarró un montón de toallas, todavía calientes, las esparció por el suelo y la tumbó sobre ellas.

Se detuvo de repente, con la mirada clavada en su rostro. Sus dedos recorrieron los riachuelos de lágrimas que salían de los ojos de Ria. El furioso calor de su mirada se oscureció y solidificó en algo tan intenso que le robó lo poco que le quedaba dentro. Ria había desaparecido; todo su ser se había disuelto en él. Desaparecida. Vikram la tumbó como si estuviera hecha de caramelo hilado y le subió el sari hasta la cintura. Su mirada estaba llena de dulce veneración, de adoración, de embeleso total y completa rendición.

Ria sintió cada instante de la unión. Centímetro a centímetro, se llenó de él y lo rodeó. Él se envainó profundamente en ella y se detuvo. Dejó de moverse. El tiempo se congeló. Los sentidos de Ria se sacudieron como si la hubiera embestido con una fuerza salvaje. Un gemido animal salió de su garganta. Lo rodeó con las piernas, tirando de él, conduciéndolo, buscando el roce desesperadamente. Desesperada.

—Shh, amor. Todavía no, espera un poco —susurró Vikram en su boca—. Siéntelo.

Tomó sus labios y rozó con su lengua lugares tan profundamente enterrados que fue como si le desnudara el alma. Sus sentidos se rasgaron entre la demencial quietud que se extendía entre sus muslos y el frenético saqueo de su boca. El placer volvió a incrementarse y aumentar en su interior y después explotó con una fuerza tan insoportable que el dolor le retorció el vientre desde la columna. Ria gritó en su boca y consumió su quietud con delirantes y ruidosos envites.

Vikram dejó que Ria sintiera su propia hambre, su propio poder, y la estimuló hasta que se ahogó en él. Entonces se unió a ella, dándole todo lo que le había pedido y aliviándola, con su boca, sus manos y su cuerpo mientras ella lloraba y se estremecía y se aferraba a él hasta con su aliento.

CAPÍTULO 25

—¿Sabes que para ser una princesa de hielo puedes llegar a ser muy ruidosa?

El pecho de Vikram se levantaba y caía bajo la cabeza de Ria como si hubiera corrido un kilómetro. Ella estaba tumbada sobre él y su cabello caía en tirabuzones por su cuerpo. La habitación ya no olía a detergente, sino a ellos, a sus olores combinados. Ria ya no olía a ella misma, ya no se sentía ella misma.

Un cálido rubor quemaba sus mejillas.

—¡Oh, no! ¿Crees que alguien nos habrá oído?

—Amor, creo que nos han oído en el salón de bodas veinte pisos más abajo. —Pasó las yemas de los dedos por la calidez de su rostro en llamas—. Tu rubor es del mismo color que tu sari, ¿lo sabías?

Los ojos de Vikram siguieron a sus dedos, acariciándole las mejillas sonrosadas, el cuello y la curva del pecho.

—¡Mierda, Viky, la boda!

Salió de su trance y se incorporó de un salto. ¿Cómo podía haberse olvidado de la boda?

A él no parecía importarle. Su mano seguía moviéndose lentamente. Ria lo detuvo.

—Tenemos que irnos. Ya.

Intentó levantarse, pero no podía. Su sari se había desatado y lo tenía retorcido. Ambos estaban vestidos, pero no se había sentido tan desnuda en la vida.

—Mierda. Mierda. Mierda. Uma Atya debe haber enviado ya una partida de búsqueda. ¿Qué hora es? ¿Cómo voy a conseguir ponerme esta cosa de nuevo?

Se subió la blusa. Vikram se la bajó de nuevo y le dio un beso en el pecho.

—¡Viky!

—¿Uhm?

Empezó a dibujar curvas alrededor del pezón con el pulgar. Parecía tan dichoso que le dolió el corazón. Por un momento, se olvidó de todo. Pero después la idea de la partida de búsqueda de Uma la devolvió a la realidad. Apartó la mano de Vikram e intentó parecer seria.

—¡Viky, concéntrate!

—Estoy concentrándome.

Miró su pecho con una expresión absorta y reverencial e intentó volver a cubrirlo con la mano.

—Tenemos que regresar a la boda. Oh, mierda, espero que Uma Atya no haya llamado al 911. —Ria volvió a subirse la blusa rápidamente y se levantó antes de que él la bajara de nuevo—. ¿Estás loco? Ni siquiera creo que sea posible hacerlo de nuevo tan pronto.

Él se levantó y le dio un beso largo y prolongado.

—¿Por qué no lo descubrimos?

—Viky. Por favor.

—De acuerdo. Pero deja de decir mi nombre así o no iremos a ninguna parte.

—¿Cómo?

—Como si te quedaras sin aliento al hacerlo.

Eso hizo que ella se sonrojara un poco más.

—¿Ves? No hagas eso tampoco —le dijo Vikram, acercándose a ella de nuevo.

—Viky... Vikram. Por favor. Tenemos que vestirnos.

—De acuerdo, estupendo. Puedes decir «Vikram». Suena exactamente igual que cuando lo dice Uma. Y da bastante miedo.

Sonrió como si no tuviera una sola preocupación en el mundo. El corazón de Ria sufrió otro doloroso apretón.

Se quitó lo que quedaba de su sari, canturreando «Vikram. Vikram. Vikram», imitando a Uma, e intentó alisar las arrugas de los metros y metros de tela. Gracias a Dios, una seda tan gruesa no se arrugaba fácilmente.

Vikram miró perezosamente su reloj.

—Relájate, amor, la ceremonia interminable ni siquiera irá por la mitad. Probablemente estarán todos en las nubes, soñando con el banquete.

Ria sonrió, pero le temblaban las manos. El sari era un desastre. Los bordados se habían enganchado a las lentejuelas de la blusa. Intentó desengancharlos con las uñas, pero no podía. Le entró pánico en la boca del estómago.

Vikram desenganchó todas las lentejuelas enredadas. Sus largos dedos trabajaron con destreza para enderezar y separar los hilos. Después le quitó el sari y lo sacudió y dobló mientras veía cómo ella se arreglaba las joyas, el cabello y la blusa.

Cuando Ria tomó el sari y comenzó a envolverse la sofisticada tela, él se acercó un poco más.

—A ver, deja que te ayude —le dijo, y siguió sus instrucciones; tomó un pulcro pliegue y lo sostuvo mientras ella alisaba las tablas, después se lo devolvió y lo tomó de nuevo, ayudándola a retorcer, envolver y plegar. Sus manos se detuvieron sobre la piel de Ria y sus ojos siguieron cada uno de sus movimientos como si las notas de una hermosa melodía estuvieran desplegándose a su alrededor y moviéndolo de un modo que no podía comprender.

Estaba perdido. Perdido en ella.

Las volutas de incomodidad que habían estado avanzando por las entrañas de Ria se curvaron, formaron nudos y se retorcieron en una bola.

Vikram la besó tras la oreja.

—No te asustes, pero acabo de darme cuenta de que hemos olvidado usar preservativo.

El fluido *pallu* que estaba intentando colocar sobre su hombro se le escurrió de las manos. Vikram lo atrapó, le quitó el imperdible de la mano, lo introdujo en el sari y la blusa y los sujetó.

—Esto se te da muy bien —le dijo Ria antes de pronunciar las palabras que realmente quería decir—. Llevo un DIU.

—Trabajé un tiempo doblando ropa en un taller clandestino de Honduras. —Cerró el imperdible—. ¿Por qué no me lo habías dicho? Aunque la mujer de Drew, Kayla, se quedó embarazada con un DIU. Te acuerdas de Drew, ¿verdad? Mi compañero de habitación en la facultad de Medicina.

El nudo de incomodidad subió hasta el corazón de Ria, convirtiéndose en terror por el camino.

—Tuvieron que quitárselo quirúrgicamente, pero salvaron a McKenzie. Y es la niña más bonita del mundo —le dijo, acariciándole el cuello—. Yo quiero una como ella. En realidad quiero tantas como ella como pueda tener.

Su sonrisa era puro placer.

Entonces la burbuja explotó. El remordimiento quemó las venas de Ria como si fuera ácido.

Vikram le alisó el *pallu*.

—Puedo doblar tela con los ojos cerrados —dijo despreocupadamente, como si no hubiera notado su tensión—. Deberías verme hacer animales con toallas. Aquel viejo chino de la fábrica de Guatemala era un maestro del origami. Solía enseñarnos en la hora de descanso entre caladas de buena maría.

Dijo las palabras sin dificultad, sonriendo como si no tuviera ninguna importancia.

La culpabilidad que corría por las venas de Ria se quebró, la inundó y ahogó todo a su paso.

Él había estado en un taller clandestino, doblando ropa.

Y quería niños. Montones de niños.

Se le revolvió el estómago. Se sentía mareada y desorientada, como si hubiera bajado de un carrusel y no pudiera dejar de girar. Aquellos dos últimos días con Vikram habían sido un sueño. Había ignorado los murmullos de miedo y de odio a sí misma que se habían congelado y calcificado en su interior todos aquellos años. En ese momento, renacieron violentamente, y crecieron tan rápido y tan densos que la ahogaron. En un instante, los oscuros y exasperantes sentimientos que había estado evitando se la tragaron por completo.

Vikram la rodeó por la cintura, la acercó a él y apoyó la mejilla en su cabeza.

—Ria, no he dicho eso para hacerte sentir mal. No he dicho nada de eso para que hagas cosas que no quieres hacer —susurró contra su pelo.

—Lo sé.

Su pecho se movía arriba y abajo, pero el oxígeno no le llegaba a los pulmones.

—No ha sido culpa tuya, cariño. Ha sido mía. Solo mía.

«Pero fue culpa mía. Yo te hice eso. Yo te envié al infierno, te lo arrebaté todo. Y voy a hacerlo de nuevo. Haga lo que haga, ocurrirá de nuevo.»

Se frotó la cicatriz apenas visible del hombro... con la forma circular de los dientes de su madre. La locura que acechaba en su interior se acercó un paso más y rodeó su garganta con sus manos glaciales. Oh, Dios, ¿cómo iba Vikram a sobrevivir? ¿Cómo iba ella a sobrevivir? ¿Cómo iba a dejar que eso ocurriera de nuevo? De repente, no tuvo fuerzas para estar allí, en brazos de Vikram, que la sostenía como si fuera algo valioso.

El olor del sexo y el olor de la piel de Vikram se fundieron en la masa abrasadora en el interior de su cabeza. Inhaló profundamente e intentó etiquetarlo en su memoria. Todos los lugares que él había tocado seguían calientes, seguían doloridos de placer. Succionó aquellas sensaciones como una sanguijuela, las acaparó sin vergüenza alguna, agarró la arena con fuerza en el interior de su puño a pesar de que se le escapaba entre los dedos.

Le apartó las manos. Sabía que notaría el pánico en sus ojos si se atrevía a mirarlo.

—Tenemos que irnos —le dijo, tragando saliva para mantener la voz bajo control—. A estas alturas, la policía probablemente estará buscándonos.

Su voz sonó artificiosa y fría incluso para sí misma. Abrió la puerta y salió al pasillo. Antes de que él pudiera hacerla entrar de nuevo, comenzó a caminar hacia el ascensor.

Vikram la alcanzó en un instante.

—Ria, ¿qué ocurre? —Lo oyó luchar porque no se notara el pánico en su voz—. ¿He hecho algo?

Estaba intentando hacer contacto visual, pero Ria no se lo permitió. Giraron hacia el vestíbulo del ascensor y Ria caminó hacia el espejo de la pared. Se miró fijamente, fingió estar absorta en adecentar su aspecto. Se arregló el cabello, se frotó el *kohl* corrido, se limpió los labios hinchados. Se negó a mirarse a los ojos, pues no podría soportar ver en ellos los restos de lo que habían compartido. No ahora que él estaba tan cerca y observaba cada uno de sus movimientos.

—Dios, estoy hecha un desastre —dijo, aunque le importaba un pimiento su aspecto.

—Estás preciosa —le aseguró él, dando un paso hacia ella. Pero Ria se alejó rápidamente.

—El ascensor. Creo que está aquí.

Intentó no pensar en su último viaje en el ascensor. Rezó porque hubiera gente dentro.

Por una vez, sus oraciones fueron respondidas. Una pareja de ancianos elegantemente vestida para la cena les sonrió cuando las puertas del ascensor se abrieron. El olor del perfume de flores de ella y del caro *aftershave* de él llenó el espacio. La mezcla de aromas golpeó a Ria y se llevó el resto de olores de su cerebro. La anciana estaba apoyada en un andador, uno de esos instrumentos con cuatro patas, y ocupaba la mayor parte del ascensor. Ria se fue rápidamente a la esquina opuesta. Se las ingenió para pasar junto al andador, simulando apartarse.

Vikram la siguió y se quedó en el lado contrario, demasiado educado para pedirle a la señora que se moviera y lo dejara pasar. Ria se negó a mirarlo. Jamás volvería a mirarlo a los ojos.

La dama dijo algo agradable sobre el sari de Ria, y ella le dio las gracias vehementemente, agarrándose a la paja para evitar ahogarse. La mujer charló un poco sobre su visita a Chicago. Habían salido a celebrar su cincuenta aniversario. Eran de Ann Arbor. Llevaban allí cuatro días. Sus hijos lo habían pagado todo.

Cuando salieron del ascensor, le dio un abrazo a Ria.

—Que tengáis mucha suerte, querida, hacéis una pareja adorable —le dijo.

—Vosotros también.

Un sollozo crudo oprimió la garganta de Ria, pero se lo tragó y se despidió de ellos, que se alejaron caminando juntos, la retorcida mano del anciano sobre la espalda de su mujer.

—De acuerdo, Ria, ¿qué está pasando?

Vikram la tomó del brazo y la detuvo antes de que pudiera escapar.

—¿Dónde diantres has estado? —preguntó una voz autoritaria tras ellos—. Te hemos buscado por todas partes.

Tanto Vikram como Ria se volvieron al oír la voz.

—Mamá. ¿Cuándo has llegado?

Vikram soltó a Ria y abrazó a su madre.

Chitra Jathar abrazó a su hijo. Su perfecto rostro de ángel resplandeció al mirarlo. No había cambiado nada. No tenía ni una arruga, ni una cana. Estaba exactamente igual que hacía diez años.

Vikram y su madre tenían los mismos ojos. Al menos el color y la forma eran iguales, pero en Chitra parecían duros y calculadores en lugar de cálidos y vulnerables. Tenía el mismo color de piel que Vikram, pero la suya era macilenta y anémica por evitar el sol radicalmente para preservar su palidez, y la de Vikram era de un bronce tostado por haber estado en el exterior demasiado tiempo. Pero, a diferencia de su hijo, Chitra era una mujer pequeña. Un metro y medio de altura y posiblemente cuarenta kilos de peso. Cuando Vikram la abrazó, la mujer desapareció en sus brazos como una muñeca de trapo.

Le besó la mejilla, y apareció en su rostro una expresión de cariño tan intenso que por un momento Ria la vio como una madre amorosa y no como el monstruo sin corazón que era.

—¿Dónde está Ravi? —le preguntó Vikram mirando a su alrededor.

Chitra le echó una mirada de reprimenda y le dio una cariñosa palmada en el brazo.

—Tu padre —le dijo— está con Nikhil y con la chica con la que está casándose. El intercambio de guirnaldas está a punto de empezar. ¿Dónde estabas?

De repente pareció recordar que Ria estaba allí también. Se volvió hacia ella con la sonrisa más cálida que jamás le había dirigido. Se movió, incómoda, y se maldijo por no haber escapado cuando tuvo la oportunidad. Vikram pareció adivinar sus pensamientos y cambió de lugar para que quedara atrapada entre ellos y los ascensores.

—Entonces, ¿esta es Mira? —preguntó Chitra— Hola, *beta*. Es un placer conocerte.

Su sonrisa era tan cariñosa y agradable que Ria se sintió tentada a fingir que era Mira aunque solo fuera un momento. Lo de fingir estaba volviendo a hacerla sentir bien.

—No, mamá, es Ria. ¿Te acuerdas de Ria?

Su nombre fue una caricia en los labios de Vikram.

Los ojos de Chitra se congelaron, un cristal líquido cada vez.

Ria había visto los ojos de Vikram hacer eso mismo tantas veces cuando llegó allí que fue como volver atrás en el tiempo. Solo que no parecían hacer pasado doce días, sino doce vidas. Doce de las vidas más felices y desgarradoras que es posible vivir.

—Hola, Chitra Atya.

Ria se esforzó por mantener la voz controlada y los ojos secos. No se decidió a inclinarse y rozar los pies de la mujer como debería haber hecho, y la mirada de Chitra se endureció todavía más.

Ria podía ver la ristra de preguntas pasar por la cara de Chitra mientras miraba a Vikram y a ella, fijándose en cada detalle de su apariencia. La observó notar cada arruga en el *sherwani* de Vikram, cada cabello fuera de lugar en su cabeza.

«¿Qué tipo de puta se abre de piernas tan joven?»

Las manos de Ria se humedecieron y deseó secárselas en el sari. Tenía que huir de allí. Huir de aquel pasillo, de aquel hotel, de aquel maldito país. Alejarse de todo tanto como pudiera.

Había terminado. La boda acabaría dentro de un par de horas. Nikhil y Jen se marcharían dentro de un par de días. No había razón para que ella se quedara otros dos días, como estaba planeado. Convencería a Uma y Vijay para que fueran a pasar un tiempo con ella en Bombay, como habían hecho antes. Nikhil y Jen también tendrían que ir allí para verla. Ella nunca, jamás volvería allí.

—Hola, Ria —dijo Chitra, percibiendo la expresión de su hijo y encontrando la voz—. No sabía que vendrías a la boda.

—¿Cómo no iba a venir Ria a la boda de Nikhil, mamá? —le preguntó Vikram.

«Porque creía que se había librado de mí para siempre.»

—Lo único que digo es que Uma siempre se queja porque la chica nunca viene a visitarla. Creía que estaba demasiado ocupada con su... uhm... profesión.

Chitra dijo la palabra como si pronunciarla le ensuciara la boca.

—Se suponía que tú ibas a llegar ayer. «Apártate que me tiznas, le dijo la sartén al cazo» —dijo Vikram, con cariño pero distante, como hacía siempre que hablaba con sus padres. Si notaba la tensión que había entre Chitra y ella, había elegido no hacerle caso. Se concentró en Ria de nuevo, sin esconder sus sentimientos—. Claro que Ria está ocupada. Es una superestrella.

Vikram dijo las palabras como Ria las habría dicho e intentó sonreír burlonamente.

Si se quedaba allí un momento más, sabía que se desmayaría por culpa del dolor en su corazón.

—Tengo que irme. No quiero perderme el intercambio de guirnaldas.

Sonaba desesperadamente cerca de las lágrimas. Vikram dio un paso hacia ella; Ria notaba el gesto de preocupación en su cara. Estuvo a punto de agarrarla de la mano, pero ella retrocedió tambaleándose y casi volcó el florero que tenía detrás.

—En serio, tengo que irme. Ahora mismo.

Su voz sonó aguda y fuera de control.

Chitra estaba completamente asombrada. Miró a Ria como si fuera una lunática rabiosa. El desagrado de sus ojos se convirtió en un miedo puro y sin adulterar.

Aquello fue todo. Ria no podía aguantarlo más. Apartó a Vikram de un empujón y se alejó rápidamente, sin mirar atrás cuando él gritó su nombre. El pánico de su voz le rasgó el corazón y empezó a correr.

CAPÍTULO 26

Ria no se detuvo hasta que llegó al salón donde la boda estaba teniendo lugar. Todavía no había llegado el momento del intercambio de guirnaldas. La ceremonia de entrega de la novia acababa de empezar. Uma y Vijay recibirían a Jen en la familia en presencia de familia y amigos..., todos a los que aprecian. Matt entregaría a Jen. Llevaba un *kurta* y unos pantalones *salwar* sueltos. Mindy estaba junto a él, con un sari. Y a su lado estaba su hijo, Drew. Incluso con menos pelo y la ropa tradicional india, Ria lo reconoció al instante. Por suerte, él estaba haciendo fotos con una cámara enorme que llevaba colgada del cuello y no tuvo que hablar con él.

—Ria, esta es Kayla, la mujer de Drew. —Mindy le presentó a su nuera—. Y esta es McKenzie, nuestra nieta.

Mindy se dirigió al bebé colgado de la cadera de Kayla y puso la voz empalagosa.

McKenzie babeaba en un babero con volantes que protegía su vestido rosa de tul. Sus muslos regordetes de bebé apretaban a su madre. Sonrió a Ria de oreja a oreja, mostrando dos dientes, y se agarró más fuertemente a su madre. Ria intentó levantar la mano para tocar a McKenzie, para alborotarle el pelo y apretarle los mofletes, para hacer las cosas que hace la gente cuando ve a un bebé. Pero no pudo. Sus brazos no se movieron.

«Quiero tantas así como pueda tener.»

Ria intentó poner una sonrisa en su cara como había hecho un millón de veces antes, pero lo único que consiguió fue asentir con la cabeza.

El sacerdote pidió a Vijay y Uma que unieran las manos y ordenó a Matt que colocara la mano de Jen entre las suyas. La atención de todo el mundo se centró en el altar. La mano de Jen temblaba de emoción. Uma le dio un suave apretón, Vijay le dedicó una sonrisa reconfortante. Una promesa pasó entre los tres y se enroscó a su alrededor. Uma y Vijay condujeron a Jen a su lado del altar, repitieron sus promesas tras el sacerdote en un sánscrito inmaculado sin acento y prometieron dar a su nueva nuera un lugar de amor y respeto en la familia.

Ria se acercó a Uma tanto como pudo, desesperadamente necesitada de su calor. Uma la rodeó con el brazo inconscientemente y continuó con las instrucciones del sacerdote sin detenerse.

Vikram se colocó detrás de ella. Su calor, su aroma, le golpeó las tripas y la tumbó antes incluso de que su mano caliente le acariciara la espalda. Su estómago se tensó y el dolor la atravesó como una enfermedad. No podía soportarlo. Se apretó contra Uma, deseó poder desaparecer en su suavidad. Tras ella, Vikram se acercó más, intentando conseguir su atención, intentando que lo mirara. Pero ella no podía hacerlo.

Su madre estaba a unos metros de distancia, hablando con su padre: dos rostros en un mar de rostros. Ravi Jathar era incluso más alto que su hijo, pero tan delgado como una estaca, con espeso cabello gris y el aire de un hombre totalmente al mando de sí mismo y de su mundo. Era como mirar una versión futura de Vikram. El ya dolorido corazón de Ria se estrujó en su pecho.

Ravi tenía que encorvarse casi hasta la mitad para dejar que su esposa le hablara al oído. Cada pocos minutos, Chitra le echaba una mirada, y Ria supo que estaban hablando de ella.

¿Había formado él parte de la emboscada que Chitra le había tendido hacía tantos años? ¿Era de eso de lo que estaban hablando? «¿Te acuerdas de la cuñada loca de Uma? ¿La que quemó su casa y mató a su marido? Esa es su hija... A Uma le dio lástima... Esa niña patética que estaba con Vikram todo el tiempo... La que intentó atraparlo cuando era joven y estúpido y demasiado generoso.»

«La que nos lo robó. La que estuvo a punto de arruinarle la vida.»

Vikram la agarró del codo. La cabeza empezó a darle vueltas.

—Ria, tenemos que hablar, por favor.

Oyó el tono de súplica en su voz y cerró los ojos ante una nueva oleada de vergüenza. Apartó el brazo y se escondió más en sí misma.

—No —susurró, negando con la cabeza sin mirarlo—. Quiero estar aquí en la ceremonia de las guirnaldas. Está a punto de empezar.

—De acuerdo —dijo él, rígido—. Pero necesito saber qué está pasando.

Debería haber sonado enfadado y furioso, pero en lugar de eso parecía confuso y desvalido. Como si estuvieran teniendo una riña de enamorados. Como si ella fuera solo una mujer normal teniendo un berrinche normal que él tenía que dejar pasar.

Oh, Dios, ¿qué había hecho? En cierto modo, era peor esta vez. Esta vez no tenía excusa. Esta vez había sabido exactamente qué estaba haciendo. Esta vez habían ido demasiado lejos.

Su teléfono móvil estaba guardado en el bolso de Uma. Lo sacó y mandó un mensaje a DJ.

Antes de que la ceremonia de las guirnaldas hubiera comenzado, ya tenía un vuelo para irse de Chicago aquella noche.

Ria había estado esperando la ceremonia de las guirnaldas más que ningún otro ritual. Era cuando Jen y Nikhil se convertirían en marido y mujer por fin. Pero cuando llegó el momento de intercambiar las pesadas guirnaldas de flores, Ria estaba en otro mundo. A su alrededor todo había empezado a pasar de forma muy confusa. Seguía a Uma obsesivamente y ella por instinto la mantenía cerca, sin hacerle preguntas. ¿Por qué no la había parido aquella mujer? ¿Por qué no había sido ella quien le había dado la vida?

Ria recordaba haber hecho esas preguntas a Uma de pequeña. «Uma Atya, ¿por qué no puedes ser mi mamá? ¿Por qué te tiene Nikhil? ¿Por qué no yo?»

«Te diré un secreto —le había dicho Uma, besándole la frente y tocándose el corazón—. Aquí dentro, en mi corazón, yo soy tu mamá. Tu eres mía.»

Y lo era. El olor de Uma, el tacto de su piel, eran lo único que podía mantener cuerda a Ria en aquel momento. Pensar en algo, en cualquiera de las cosas que Viky y ella se habían hecho el uno al otro, en cualquiera de las cosas que había sentido, la llevaría al límite. Siguió a Uma mientras pasaban de ritual en ritual hasta que, por fin, Ria se colocó detrás de Nikhil cuando se dirigía al acto final que lo convertiría en esposo.

Nikhil estaba frente a Jen, separados por un chal de elaborados bordados que Vikram sostenía por un extremo y Vijay por el otro, tensándolo como un telón. Nikhil y Jen estaban uno a cada lado, sin poder verse, separados y solteros por última vez, esperando con las gruesas guirnaldas en las manos. Todos sus amigos y familiares los rodearon como olas de exuberantes colores que se extendían por el salón y con granos de arroz teñidos de azafrán en las manos.

Las flautas *shehnai* comenzaron a sonar. El sacerdote empezó a cantar la canción de boda. Cada vez que llegaba al estribillo, elevaba la voz y decía:

«Está aquí, el momento más propicio. ¡Toma conciencia! ¡Mantente alerta! ¡Prepárate!»

Mientras cantaba la advertencia, los invitados tiraban el arroz a la pareja como símbolo de sus bendiciones. Caía como una lluvia sobre su cabello, hombros, pies, y los bendecían con fertilidad y prosperidad y todas las alegrías que les traería aquella unión.

Finalmente, después del último verso, después de la última llamada a tomar conciencia, estar alerta y preparado, Vikram y Vijay bajaron la cortina. Nikhil y Jen se intercambiaron las guirnaldas. Ria estaba temblando; el momento era tan importante y su fuerza tan indeleble que llenó la habitación. Uma, todas las tías, Mindy, incluso Vijay, todos tenían lágrimas en los ojos. Y, justo así, terminó.

Los recién casados se movieron por la habitación, se inclinaron para tocar los pies de los ancianos pidiendo sus bendiciones por primera vez como pareja casada, como uno solo. Cuando terminaron, los invitados se acercaron a la pareja para abrazarlos, besarlos y felicitarlos. Cuanto Ria llegó hasta ellos, Nikhil y Jen parecían dos enamorados agotados y borrachos de felicidad. Nikhil levantó a Ria del suelo cuando lo abrazó y la hizo girar. Jen la rodeó con los brazos y le susurró preocupada algo al oído. Pero Ria no la oyó.

Ria no oía nada. No sentía nada más que el enorme y asfixiante nudo de su garganta. Pero no lloró. Una única lágrima la ahogaría, sabía que lo haría. Besó a Nikhil en la frente y él sonrió con los ojos muy brillantes, como si todos sus sueños se hubieran hecho por fin realidad. Ria no sabía cómo podían convivir en el diminuto espacio de su interior tanto dolor y tanta felicidad. Pero todo se ocultó tras una niebla y se aceleró. Mientras tanto, Vikram la observaba e intentaba acercarse a ella. Ria percibía su mirada sobre ella como sus manos, calientes y demandantes. No lo miró ni una vez. No podía.

Cuando los invitados salieron al patio para almorzar, Vikram intentó llevarla a un sitio aparte de nuevo: la agarró del brazo para que no escapara e intentó alejarla de la multitud. Pero había demasiada gente y Ria no tuvo dificultad para encontrar a alguien que los interrumpiera, que la protegiera de él. La mirada de Vikram la atravesó buscando respuestas. La llamó, con una voz suave que empezaba a deteriorarse lentamente pero que no conseguía llegar hasta ella. Estaba demasiado lejos, demasiado muerta para sentir algo cuando él la tocaba. Demasiado muerta para sentir cualquier cosa de nuevo.

Tan pronto como Vikram se puso a ayudar a Vijay con algo, Ria se marchó del salón y cruzó el enorme hotel en busca de una salida. Necesitaba aire desesperadamente. Empujó una pesada puerta y salió. Un suelo de terrazo de ladrillo rojo conducía a la piscina. El olor a cloro llenaba el aire, acre y cáustico. La piscina resplandecía con un azul antinatural, plácida; no había bañistas, no había una sola persona a la vista. Hacía demasiado frío para nadar. Ria se sintió aliviada e inhaló, recibiendo con agrado la quemazón del cloro en sus pulmones, la punzada del frío en sus hombros entumecidos.

—¿Puedo hablar contigo?

Chitra apareció a su espalda. ¿Por qué madre e hijo no dejaban de sorprenderla por detrás? Ria cerró los ojos y rezó pidiendo piedad. No se le ocurría nadie a quien deseara ver menos en aquel momento. No se le ocurría ni una sola persona a la que deseara ver menos el resto de su vida.

Reuniendo toda la fuerza que le quedaba, abrió los ojos y se volvió para mirarla. La seda magenta del sari de Chitra resplandecía sobre el azul de la piscina.

—Ya he hablado contigo más de lo que puedo soportar. No puedo hacer esto ahora.

Ria empezó a dirigirse de nuevo hacia la puerta.

—¿Cómo te va? —le preguntó Chitra, como si Ria no hubiera hablado.

Ria siguió caminando con Chitra pisándole los talones.

—Apareciste dos horas antes de la boda, ¿no deberías estar más preocupada por cómo le va a Nikhil y a «esa chica con la que se está casando»? —le preguntó Ria por encima del hombro—. Se llama Jen, por cierto. Y es médico, así que tenemos cubierto el asunto de la inteligencia de los genes. Por desgracia, no tenemos modo de saber si hay algún trastorno mental en su familia... Es adoptada.

Ria se detuvo por fin, ya que alejarse de Chitra estaba resultando imposible. Parecía tener la intención de seguirla a cualquier parte. Ria sabía muy bien cómo terminaría aquello.

—Con quien se case Nikhil es problema de Uma y de Vijay, no nuestro —dijo Chitra con su tono de voz petulante y perfectamente pulido—. Vic, en cambio, es nuestro único hijo. ¿Qué estabas haciendo con él cuando te pillé?

¿Cómo podían ser tan crueles, tan detestables, aquellos ojos, si eran los mismos que los de él?

—¿No me dijiste una vez que la vuestra era una estirpe con quince generaciones de intelectuales? Pues adivínalo.

—Vaya, menuda lengua te ha brotado. Quién lo habría pensado.

La mujer tuvo las agallas de parecer impresionada de verdad.

Ria unió las manos con fuerza, intentando evitar pasarse las manos por el cabello, intentando evitar arrancarse el cabello, intentando evitar que Chitra viera el temblor incontrolable en sus dedos.

—Han pasado diez años —le dijo—. ¿Esperas que sea un blanco tan fácil como en el pasado?

Chitra se rio. Cuando habló, no hubo siquiera el más leve atisbo de duda en su voz.

—Eres exactamente la misma persona que eras entonces. No creas que porque has ganado un poco de fama barata y dinero ha cambiado algo. No ha cambiado nada. Solo quería asegurarme de que lo supieras.

El corazón de Ria comenzó a aporrearle el pecho. Su respiración se aceleró. Notó la rabia en el vientre, ardiente como el fuego, y subió por su interior. Aquella mujer había hecho leña del árbol caído el día más triste de su vida y ahora estaba allí para rematar el trabajo. Y Ria deseó reírse por lo oportuno del momento.

—Tienes razón. No ha cambiado nada —dijo Ria—. Sigues siendo la bruja sin corazón que eras entonces. ¿Vas a amenazarme de nuevo? ¿Me amenazarás con repudiar a tu propio hijo si no consigues controlarlo?

Las palabras ni siquiera hicieron una pequeña muesca en la petulancia de Chitra.

—No se trata de control. Se trata de proteger a mi hijo. Soy su madre. Pero ¿qué sabrás tú? ¿Cómo podrías saber qué siente una madre normal?

A Ria se le aflojaron las rodillas, pero habría muerto antes de dejar que Chitra lo viera.

—Es posible que mi madre no sintiera nada por mí, pero al menos no arruinó mis sueños ni actuó luego como si estuviera haciéndome un favor.

—¿Yo arruiné los sueños de Vic? ¿Fui yo quien le puso el anzuelo? ¿Fui yo quien usó su cuerpo para atraparlo? ¿Fui yo quien arruinó su carrera? ¿Quién casi arruinó su vida?

¿Cómo podía su voz permanecer tan tranquila, tan controlada, cuando estaba escupiendo tanto veneno?

—Amenazaste con cortar todos los lazos con tu hijo si yo seguía con él. Amenazaste con repudiarlo, con no volver a verlo jamás. Como si fuera una mascota enferma a la que poner a dormir y de la que olvidarse. Amenazaste con quitárselo todo cuando más os necesitaba.

—¿Nos necesitaba? ¿O eras tú quien nos necesitaba? Y funcionó, ¿no te parece? Sin nuestro apoyo tú tampoco lo quisiste. ¿A dónde fue tu amor entonces? Quién quiere a un chico pobre cuando se puede tener fama y fortuna, ¿verdad?

Ria estaba temblando tan fuerte que ya no le importaba que Chitra lo notara.

—¿Fama y fortuna? —le preguntó, con la voz temblorosa— ¿Fama y fortuna? —repitió las palabras, escupiéndolas y lanzándolas al aire como si fueran carbones encendidos con los que hacer malabares. Su voz se fue haciendo más aguda. Chitra retrocedió un paso—. Si hubiera querido fama, ¿crees que habría tenido que dejar a Vikram? Si la fortuna hubiera sido mi sueño, ¿crees que Vikram se habría interpuesto en mi camino? Él me habría permitido ser lo que quisiera. Se habría quedado a mi lado sin importar cómo.

—Y aun así decidiste deshacerte de él como si fuera basura. Tomaste la salida fácil. Podrías haberme ignorado, no tenías por qué hacer lo que te dije. Podrías haberte esforzado por construir una vida con él. Pero fue más fácil abrirte de piernas y conseguir lo que querías instantáneamente, ¿no? Dios sabe que habías practicado bastante.

Los ojos azules de Chitra brillaron triunfantes. A Ria le entró una intensa necesidad de aplastar aquella cabeza de ángel contra el muro. Se imaginó la sangre resbalándole por la mano mientras seguía golpeándola, incapaz de parar. Se apartó y puso distancia entre ellas tan rápido como pudo, con los puños cerrados tan fuerte que dejó de sentir los dedos, la mandíbula tan apretada que le rechinaron los dientes.

—No tienes respuesta para eso, ¿verdad? —la provocó Chitra. El viento hinchó su sari. Su diminuta silueta se volvió gigantesca y distorsionada a los ojos de Ria.

—¿De verdad eres tan estúpida? —dijo Ria a través del calor tangible y físico de su aliento— ¿De verdad no te lo imaginaste? ¿Nunca te preguntaste por qué no le conté a Vikram tus amenazas? ¿No te preguntas por qué no lo sabe todavía? ¿Por qué no se lo he dicho, tantos años después, cuando ya no me queda nada que perder?

Chitra retrocedió un paso rápidamente y se tambaleó un poco sobre los tacones. El triunfo desapareció de su mirada como una burbuja de jabón al estallar. No, Chitra no era estúpida. El miedo apareció en sus ojos cuando empezó a comprender. Ria quería alejarse de ella, pero ya no podía parar. Aquello también tenía que terminar.

—No fue por ti. No fue por tus amenazas. No fue para evitar que repudiaras a Vikram y lo echaras de la familia. Fue para evitar que él te echara a ti de su vida. Incluso ahora, podría arrebatarte a tu hijo con una sola palabra. —Chasqueó los dedos ante la cara de Chitra—. Si alguna vez descubriera lo que hiciste, no volverías a verlo. Lo habrías perdido para siempre. —Observó cómo aumentaba el terror en la cara de Chitra y sacó fuerza de ello—. Por suerte para ti, yo jamás le haría eso. Soy la única razón por la que todavía tienes a tu hijo.

Chitra se había puesto tan blanca como las nubes que pasaban por el cielo azul; la lucha abandonó su cuerpo envuelto en seda y lo dejó como un balón desinflado. Quedaba en él una pizca de yesca que Ria podía encender con solo una chispa, y eso le revolvió el estómago. Por muy mala que fuera Chitra, sin duda era mejor que la madre ausente que había marcado su propia vida. Por duro que fuera reconocerlo, incluso alguien como Chitra era mejor madre que las cicatrices imborrables que Ria llevaba en su cuerpo y el anhelo desesperado y la vergüenza con la que había vivido toda su vida.

Chitra era la madre de Vikram, y la idea de perderlo hizo que toda su arrogancia, todas sus maquinaciones brutales, se convirtieran en humo en un instante. Vikram tenía eso. Ria jamás lo tendría. ¿Cómo iba a quitarle aquello después de todas las cosas que ya le había quitado?

De repente, toda su furia, cada gramo de su fortaleza, se disipó y la dejó vacía. Chitra la miró boquiabierta... con aquella boca que tenía la misma forma que la de Vikram.

—¿Vas a decírselo? —le preguntó con una voz tan fina como el papel por culpa del miedo.

El pecho de Ria se llenó de disgusto. Quería lo mismo que Chitra: proteger a Vikram de los secretos crueles de su pasado, de la violencia inevitable de su futuro. Pero se condenaría si daba a Chitra la satisfacción de saberlo.

—Si vuelves a amenazarme o si alguna vez intentas controlar a Vikram de algún modo, me aseguraré de que lo pierdas para siempre.

Se dio la vuelta y se alejó.

Esta vez, Chitra no la siguió.

—¿Vas a decírselo? —le gritó desde atrás, tan insistente como su hijo.

—No. Pero voy a hacerle añicos el corazón —murmuró Ria para sí misma—. Suerte recogiendo los pedazos.

Ria empujó con toda su fuerza la pesada puerta metálica. Entró en el vestíbulo y la cerró a su espalda; necesitaba una barrera física que la separara de la mujer a la que odiaba casi tanto como amaba a su hijo. No quería volver a enfrentarse a ninguno de ellos jamás.

Al otro lado del vestíbulo vio un ascensor abierto, corrió hacia él y lo alcanzó justo cuando empezaba a cerrarse. Se deslizó entre las puertas y comenzó a pulsar el botón de cierre como si todo aquel lío fuera culpa del ascensor y no suya. Pero no respondía, se negaba a reconocer su desesperación. Las puertas de espejo se tomaron su tiempo para deslizarse por la amplia abertura con perezosa elegancia. Una mano que conocía demasiado bien apareció en el hueco. Las puertas se abrieron de nuevo.

Vikram entró. Ria intentó volver a salir, pero él la agarró y la obligó a quedarse. Las puertas se cerraron, esta vez demasiado rápido. El ascensor empezó a moverse. Vikram intentó que se diera la vuelta, pero ella se sacudió para alejarse de él.

—De acuerdo, ya está. Se acabó el juego, Ria. ¿Qué está pasando?

La paciencia suavizaba su voz, y fuerza, mucha fuerza.

Ria comenzó a temblar de nuevo. Quizá nunca había dejado de hacerlo. Tenía que hacerlo justo en ese momento. Si quería alejarse de él, tenía que pronunciar las palabras. Él no la dejaría hasta que ella pronunciara las palabras.

—Tienes razón, el juego se ha acabado.

Intentó imaginar el calor de los focos sobre su piel, pero el hielo que la rodeaba era demasiado grueso, demasiado ceñido. Deseó que se endureciera en sus venas y la sostuviera en pie.

—¿Qué se supone que significa eso? ¿No vas a mirarme al menos?
—Los músculos de sus antebrazos se flexionaron al controlarse para no tocarla de nuevo, para no obligarla a hacer lo que él quería—. Cielo, al menos mírame. Por favor. Dime qué ha pasado. Podemos arreglarlo.

«No, no podemos. Dios, ojalá pudiéramos.»

El ascensor se detuvo. Ria salió y empezó a caminar. Vikram la siguió.

—No hay nada que arreglar. No debería haber dejado que esto ocurriera. No debería haber dejado que me tentaras de nuevo. Tengo que volver a Bombay, empiezo a rodar una película la semana que viene. Me marcharé esta noche.

—Y una mierda. —Vikram se detuvo a mitad de un paso; su voz ya no era amable—. No vas a ir a ninguna parte.

Sus palabras le golpearon la espalda como un látigo.

Tuvo que detenerse. Tenía que hacerlo.

—No, Vikram —le dijo, volviéndose—. No te hagas esto. No puedes detenerme. Sabías que no me quedaría. Sabías que al final tendría que volver a mi vida. La boda ha acabado. Ha terminado. Siempre supimos que me marcharía después. Ese fue siempre el plan. Tú lo complicaste todo empezando esto de nuevo, y ahora no va a acabar bien.

—Y una mierda lo comencé yo —replicó él—. Y no me llames Vikram. Lo odio.

Ria pudo ver cómo perdía el control. Ira y dolor con años de antigüedad cobraron vida de nuevo en el interior del joven.

Ria los avivó. Era su única esperanza.

—Cree lo que quieras, pero tú lo empezaste. Tú viniste a por mí. Fuiste el primer hombre de mi vida, mi primera relación, y siempre es fácil recaer en algo así. Pero tengo una película que rodar y...

—Ria, déjate de chorradas. ¿Qué está pasando? La verdad, simple y llanamente. Algo te ha asustado mucho, ¿qué ha sido, cariño?

—Claro que estoy asustada... Nikhil, Uma Atya y Vijay kaka van a matarme. Si te marchas o vuelves a hacer algo estúpido, me culparán de ello y jamás podré volver a mirarlos a la cara.

Las palabras escaparon de ella con fluidez, alimentadas por la fuerza de su miedo.

La respiración de Vikram se aceleró, salió a borbotones. No quería creerla, pero aquellos diez años todavía pesaban entre ellos. Ria vio cómo regresaba a los veinte años, lo vio luchar contra ello.

—¿Estás loca? —le preguntó— ¿Ayer no tenías miedo? ¿No tenías miedo antes, en el cuarto de servicio? ¿Dónde está la persona con la que he hecho el amor? ¿Dónde estás, Ria? —Vikram intentó mirarla a los ojos, pero ella no se lo permitió. Alzó la voz—. ¿Cómo puedes hacer esto? ¿No has aprendido nada? Jamás volverás a encontrar algo así. —Extendió la mano entre ellos, trazando un arco invisible, aquel maldito arco invisible que era su horca, su línea de la vida—. No habrá más oportunidades, Ria. ¿No puedes luchar por ello? ¿No puedes luchar por nosotros? Sea lo que sea que te tiene tan aterrada. Sea lo que sea. ¿No es esto más grande?

Levantó el pecho y su *sherwani* captó la luz fluorescente y la reflejó como seda. Su cabello estaba despeinado después de los muchos asaltos de sus dedos. Parecía perdido, conmocionado, desesperado por obtener respuestas.

—¿Ria?

Pero sus palabras la habían abandonado. Estaba seca, vacía. No le quedaba absolutamente nada que darle.

Vikram cerró los puños rebelándose contra la derrota, negándose a retroceder. Los últimos resquicios de esperanza se mezclaron en sus ojos con tal dolor que la vergüenza lo abrasó todo en el interior de Ria. Pero, por mucho que lo intentó, no salió ninguna palabra. Años antes, las palabras que habían temido a todos los demás no lo habían temido a él. Ahora él era su mayor miedo.

—Solo dime qué pasa. Abre la boca y dime qué demonios pasa.

Le suplicó con unos ojos tan abiertos que su alma quedaba expuesta en sus resplandecientes cristales. Vikram haría cualquier cosa por ella. Pagaría cualquier precio: se alejaría de su familia, de su trabajo, abandonaría todo lo que le importaba, olvidaría incluso la idea de ser padre sin pensárselo dos veces. Él no la dejaría, ni siquiera cuando se convirtiera en un animal y transformara su casa en un mausoleo, ni siquiera cuando le prendiera fuego. De eso estaba tan segura como sabía que estaba viva. Y jamás lo permitiría.

Ese propósito le dio fuerzas. No había vuelta atrás, y fue testigo del momento preciso en el que él lo vio. Si sus ojos hubieran sangrado, su dolor convertido en un líquido rojo, su sufrimiento no habría sido más palpable para ella.

—Bien —dijo Vikram cuando el silencio entre ellos se hubo extendido lo suficiente para saber que era impenetrable, para saber que ella era inflexible.

Cuando habló de nuevo, su voz tenía una finalidad mortífera.

—Así que has vuelto a tomar una decisión. Tú eres quien decide. Yo no tengo nada que decir. —La furia sofocó parte del dolor de sus ojos—. Si todavía puedes oírme, si algo de esto está llegando hasta ti, quiero que escuches con mucha atención. Te lo dije una vez antes: no voy a seguirte de nuevo. No puedo. Si tiras esto por la borda, si puedes vivir sin ello, entonces vete. Pero si me dejas ahora, si huyes de nosotros otra vez, se habrá acabado. Para siempre. No te molestes en volver. Jamás. ¿Me oyes? Nunca jamás. Si te alejas de mí ahora, jamás volverás a verme.

Esperó a que ella respondiera, paralizado en el sitio, inmóvil. En su pecho no entraba ni salía aire; todo su ser estaba concentrado en su respuesta, como si lo único que tuviera que hacer para que se cumpliera fuera desearlo con fuerza suficiente.

—¿Ria?

Nada.

Finalmente, sus dedos vacilantes le levantaron la barbilla para obligarla a mirarlo a los ojos. Ria levantó los párpados y lo dejó mirar. Él examinó el vacío chamuscado que quedaba en su interior. Ya no temía que él la mirara, porque no le quedaba nada que esconder. Solo quedaban sus restos. Vikram apartó la mano y la dejó ir, incapaz de soportar lo que veía. Y eso finalmente fue lo que lo alejó de ella.

Cuando Ria se marchó, él no intentó detenerla.

No supo a dónde fue Vikram después; apenas era consciente de sus propias acciones. Paso el día de cualquier forma. Nikhil y Jen intentaron hablar con ella antes de que se marchara, pero había perfeccionado su método. Nadie tuvo una oportunidad. Nadie conseguiría llegar hasta ella, y ni siquiera lo sabían. No se despidió. No podía. Descubrirían que se había marchado al día siguiente, en recepción. Pondría una excusa más tarde. Más tarde, cuando supiera cómo.

La única persona con la que habló fue Uma. Era la única que comprendería que tenía que irse, que no la obligaría a darle una razón que ninguna de ellas creería.

—Tengo que irme, Uma Atya, no puedo esperar.

Sacó las palabras de la poca fuerza que le quedaba.

—Sabes que puedes hablar conmigo de cualquier cosa, ¿verdad?

Fue lo único que Uma le dijo cuando se permitió el placer de dejar que la abrazara antes de marcharse.

Ria habría dado cualquier cosa por poder hablar con Uma, por tranquilizarla. Pero las palabras la habían abandonado. Se habían perdido para siempre. En su interior solo quedaba silencio. Solo encontró una palabra que susurrar junto al cabello de Uma antes de soltarla. Subió por su interior y escapó de sus labios.

—Aie —dijo. Y entonces se envolvió en la sensación de la suavidad de Uma y se la llevó con ella.

CAPÍTULO 27

Bombay

DJ abrió las cortinas. Ria parpadeó. Se subió la colcha blanca de algodón hasta la barbilla. ¿Por qué estaba DJ en su dormitorio? Una brillante luz entraba a través de las ventanas y le atravesaba la cabeza como dagas. Se pasó el brazo por los ojos. El dolor subió y le bajó desde el codo.

—¿Cómo estás? —le preguntó, y Ria tuvo que quitarse la pelusa del cerebro para saber de qué estaba hablando.

Dejó una taza de té sobre la mesilla de noche y se acercó para ayudarla a incorporarse. Ella lo apartó, se sentó sola y tomó la taza. El té sabía a agua de fregar. Ria quería café, con el equilibrio perfecto de leche y azúcar y un suave amargor. Y una mano fuerte y firme que le entregara la taza. Se presionó el dolor del corazón y se enderezó apoyándose en el cabecero. Un dolor más soportable le contrajo la espalda; le dolían los codos, las rodillas, el lateral de la cara. Entonces, el recuerdo de aquella noche volvió a ella. ¿Cuánto tiempo había pasado de eso?

—¿Necesitas un analgésico? —le preguntó DJ frunciendo el ceño.

Ria negó con la cabeza. El dolor le sentaba bien.

—¿Vas a decirme en qué estabas pensando para hacer algo tan sumamente estúpido?

La famosa mirada asesina de DJ: la había olvidado.

El viaje de vuelta a Bombay había sido como un borrón. Podría haber sido un parpadeo o una eternidad, no sabía qué. Al salir del aeropuerto había estado tan atontada, tan desconectada de sí misma, que había olvidado que debía esperar en el interior de la terminal a que DJ fuera a recogerla. Salió caminando del aeropuerto con la intención de tomar un taxi. La muchedumbre tardó menos de un minuto en reunirse y otro minuto en empezar a tirar de ella y empujarla. Para tocar su cabello, su ropa, para manosear partes de su cuerpo que no quería que nadie volviera a tocar jamás.

Cuando se dio cuenta de lo que había hecho era demasiado tarde para ponerse a salvo. Por suerte, DJ estaba cerca, buscándola. Había sido necesaria su fuerza, la de su chófer y dos guardias de seguridad para apartar a la multitud de Ria y sacarla de la acera, donde estaba de rodillas, con la cara presionada sobre el cemento y las manos sobre la cabeza, la ropa rasgada, la piel arrancada, vapuleada y ensangrentada.

DJ le había preguntado una y otra vez cómo había podido hacer algo tan estúpido. No sabía cómo decirle que había olvidado quién era. Que había olvidado todo lo que había sido antes de marcharse. Que nunca volvería a ser ninguna de esas cosas. No sabía cómo decirle que estar maltrecha por fuera no era nada comparado con cómo se sentía por dentro.

DJ la miró fijamente, esperando una respuesta. La impaciencia en sus ojos aumentó la ensordecedora tristeza de su interior. Sabía que debía responderle, pero articular las palabras le costaba demasiado ahora mismo.

—Perdona —dijo, forzando la palabra y después tosiendo: el sonido de su propia voz la había asustado.

El representante esperó a que dijera algo más, pero Ria apartó la mirada y dio otro sorbo al agua de fregar.

—¿«Perdona»? ¿Eso es todo lo que voy a conseguir?

¿Quería más? Puede que «lo siento muchísimo» ayudara. Una vez más, intentó decir las palabras, pero no salió nada.

—Ria, hace cuatro días que volviste y he conseguido sacarte cinco palabras en total. ¿Qué te pasa, nena? ¿Qué ha pasado en Chicago?

Ria quiso reírse. Aquella era una pregunta a la que hincarle el diente, una pregunta para la que se habían inventado las palabras, una pregunta que hacía que las palabras fueran irrelevantes. Pero él era un hombre ocupado. «¿Cuánto tiempo tienes?», quería preguntarle.

—¿Qué demonios es tan divertido?

DJ estaba visiblemente preocupado. Esperó una respuesta, y al final se rindió.

—Ria, es más de mediodía. Se suponía que debías reunirte con el director a las diez de la mañana. Te he llamado un centenar de veces. ¿Ya no respondes al teléfono? ¿Dónde está?

No tenía ni idea de dónde estaba su teléfono móvil.

DJ empezó a buscarlo por la habitación.

—Escucha, nena, no sé qué ha pasado, pero tienes que recuperarte. Nunca has faltado a una cita, eso es... —Levantó el cojín que Ria tenía al lado y encontró el teléfono móvil debajo—. No tiene batería. —Lanzó una mirada asesina al teléfono y empezó a buscar otra cosa—. Hemos quedado más tarde. Pero solo porque eres tú, y porque yo me he pasado toda la mañana apaciguándolo. —Encontró un cargador y enchufó el móvil—. Tenemos que estar allí dentro de una hora. ¡Mierda! ¡Mírate! ¡Ria! ¡Sal de la cama, por favor!

DJ empezó a tirar de las sábanas y ella las agarró, horrorizada. Notó cómo la sábana resbalaba sobre ella. Sintió su cuerpo desnudo debajo. Vio uno de los ojos de Viky riéndose de su absurda timidez. Frenéticamente, se subió la sábana hasta la barbilla, buscó bajo la ropa de cama y se pasó una mano por el cuerpo para asegurarse de que estaba vestida. Sintió su camiseta de algodón. Sintió un alivio y una vergüenza que rompieron el dolor instalado tan profundamente en su interior. Le sorprendía poder sentir algo más.

DJ volvió a mirarla de un modo extraño, la mirada asustada y compasiva que te reservas para los perros callejeros que van camino de la perrera. Ria se obligó a sacar las piernas de la cama y levantarse. DJ agarró las sábanas, que cayeron al suelo, mientras ella se arrastraba hasta el baño. Llevaba días sin ducharse y no recordaba la última vez que había salido de la cama. Notaba su propio olor, sudado y agrio.

Necesitó toda la fuerza que poseía para meterse en la bañera y abrir la ducha. Con cada gota, punzante y dispersa, los dedos de Vikram se arrastraban sobre su cuerpo, suaves y después insistentes. Sus labios, su lengua, su piel suave y resbaladiza acarició cada centímetro de su cuerpo. Cerró los ojos con fuerza y abrió el agua caliente hasta que se escaldó la piel y desapareció cualquier sensación excepto la quemazón del agua golpeándola.

Cuando entró en la sala de estar tambaleándose por culpa del calor vio cajas de comida para llevar sobre la mesa del comedor. DJ había preparado incluso un par de platos. Un temblor de agradecimiento se estremeció por sus entrañas congeladas. Se sentó a su lado. El representante quitó el sonido de la televisión y sirvió comida en el plato de Ria. Comieron en silencio, observando a la presentadora del telediario mover los labios contando historias que parpadeaban en las viñetas inferiores. De repente, la cara de Ria apareció en la pantalla. DJ subió el volumen.

«... la estrella de cine Ria Parkar fue agredida en el aeropuerto de Bombay el domingo —dijo la presentadora en un hindi formal y literario—. Fuentes han confirmado que la actriz, que siempre ha sido muy celosa de su intimidad, acababa de regresar a Bombay después de unas vacaciones secretas en el extranjero. La señorita Parkar fue trasladada al hospital, donde se dice que se está recuperando de sus graves lesiones.»

Ambos miraron fijamente la tele.

La presentadora levantó el fajo de papeles que tenía delante y golpeó el escritorio con ellos para enderezar el ya derecho montón haciendo un movimiento practicado y profesional.

«La actriz aparecerá en la opera prima de ShivShri, *Piya Ke Ghar Jaana*, PKGJ, cuyo rodaje está programado para el mes que viene. La siguiente película que protagonizará, *StarGangster,* comenzará a rodarse pronto.»

Mientras se despedía, pidiendo a la audiencia que siguieran las noticias del canal para estar al tanto de las novedades sobre el terremoto de Bangladesh, entró la promo de PKGJ.

—Hay que ver cómo es este negocio. —DJ apuñaló los fideos con sus palillos de madera de un solo uso—. Qué cabrones. Esto no está nada mal para ser comida de hospital, ¿eh?

Levantó un puñado de fideos ante Ria a modo de brindis y se los metió en la boca.

Ria siguió masticando; un oleoso picante golpeaba sus papilas gustativas. Tragó la masa de comida, pero volvió a subirle por la garganta. No tenía nada que ver con la noticia, es que su cuerpo no estaba preparado para comer. En algún momento empezaría a sentirse mal, pero de momento se contentaba con haber encontrado fuerzas para seguir masticando.

Al final, habría sido mejor idea no comer. La reunión con el director fue un desastre. Ria se pasó toda la tarde intentando retener la comida. No había terminado de leer el guion, y su estómago revuelto le imposibilitaba retener lo que decían los demás. Nunca había trabajado con aquel director, Samir Rathod. Hasta entonces, siempre habían hecho películas totalmente distintas. Pero él había sido el favorito de la prensa durante años por su talento especial para mantenerse en el candelero por motivos de lo más equivocados.

—No es el mismo Samir Rathod que estás acostumbrada a ver en las revistas —no dejaba de decirle DJ—. Confía en mí, te va a encantar trabajar con él.

Pero Samir estaba demasiado entusiasmado, era demasiado intenso. Era demasiado alto, demasiado ancho de hombros y musculoso. Incomodaba tanto a Ria que se le erizaba la piel. El hombre aliñaba cada frase que salía de su boca con su nombre, como si fueran viejos amigos: «Este guion es oro puro, Ria.» «Estoy seguro de que te mueres de ganas de empezar, Ria.» «Es una escena muy potente, ¿verdad, Ria?»

Cada vez que decía su nombre, ella se sentía asqueada y violada. Lo único que quería hacer era alejarse de él.

—Cariño, ¿estás bien? —le preguntó, colocando su enorme y amable mano sobre su hombro. Ria se sobresaltó y retrocedió rápidamente antes de salir corriendo del edificio y dejar a DJ disculpándose.

—Dale tiempo. Te acostumbrarás a él cuando empiece el rodaje —le dijo DJ en el vehículo, pasando por alto su estrambótica salida.

Pero Ria estaba segura de que no querría volver a ver a aquel hombre, de que jamás querría volver a ver el interior de un estudio. No sabía cómo decirle a DJ que no estaría allí cuando comenzara el rodaje. No tenía la fuerza necesaria para ponerse delante de una cámara. Lo dejaba. Haría lo que fuera necesario para seguir adelante.

* * *

Las únicas veces que Ria se sentía remotamente viva era cuando hablaba con Uma. Con Uma era capaz de sacar las palabras. No demasiadas, solo las pocas que necesitaba para evitar que la mujer se subiera a un avión. Pero necesitaba oír su voz. Aunque hablaran de las cosas más tontas. Incluso si todo lo que decía era solo para evitar decir las palabras que quería decir en realidad. Las preguntas vacilaban y danzaban sobre la lengua de Uma, pero ella las retenía. No entendía cómo podía saber Uma qué necesitaba exactamente, pero le daba la fuerza necesaria para seguir adelante.

Uma le contó que el banquete había salido bien. Jen y Nikhil habían estado ambos increíbles. Nunca le dijo nada sobre cuánto les debió molestar descubrir que Ria se había marchado sin ni siquiera decir adiós. No le dijo si Vikram se había quedado al banquete o no. Solo le habló de la comida, de los regalos y de la ropa que llevaban las tías.

Nikhil y Jen habían hecho las maletas y estaban listos para marcharse a Malaui la semana siguiente. Tenían planeada una parada en Escocia para una luna de miel rápida antes de empezar a trabajar de nuevo. Uma volvió a pedirle que llamara a Nikhil. Había llamado a Ria sin parar, pero ella no había sido capaz de contestar. Odiaba hacerlo pasar por eso, pero la idea de hablar con Nikhil o Jen en ese momento era imposible. Una vez más, Uma parecía saber exactamente cuánto podía asimilar Ria, y no la presionó.

Cuando se enteraron de la historia del asalto y hospitalización de Ria, Uma hizo las maletas para volar a Bombay. No había sido fácil convencerla de que la prensa se había inventado lo del hospital. Afortunadamente, DJ consiguió convencerla de que Ria no estaba en el hospital y volvieron a su rutina de llamadas cada pocos días. Ria no podría soportar ver a Uma en ese momento... Y aun así, no había nada que deseara más.

Solo quedaban dos días para que comenzara el entrenamiento intensivo para *StarGangster*, pero Ria todavía no le había dicho a su representante que no iba a rodar la película. Le había preparado una reunión con la entrenadora y Ria estaba en su sala de estar escuchando a Mina, entusiasmada con la película. Iba a ser una de las entrenadoras principales de la película, un gran salto en su carrera. En la reunión, el director le había repetido una y otra vez que la buena forma física era un componente crucial en la historia. «Piensa en el *fitness* como si fuera un personaje más de la película, Ria», le había dicho, flexionando sus propios bíceps. Consiguió que Ria odiara hasta verlo. Mina, por otra parte, parecía estar encaprichada con él.

—Es un visionario —le dijo con voz ronca después de demasiados gritos, estímulos y esteroides. Guiñó un ojo a Ria—. Y está buenísimo, ¿no? Conoce muy bien el cuerpo humano. Es raro ver ese tipo de interés en un director.

Aunque Ria ni siquiera podía comenzar a entender su fervor, se alegraba de la oportunidad que aquella película le proporcionaría después de tantos años de duro trabajo. Mina midió y apretó el cuerpo de Ria con cintas y calibradores e introdujo cada detalle furiosamente en su portátil.

—¡Vaya! —dijo en el modo superenergético que siempre recordaba a Ria a una peonza—. Parece que te has esmerado con tu rutina.

Un millón de recuerdos agobiantes pasaron por la mente de Ria. Desde que se había marchado de Chicago le había sido imposible comer, y sus huesos habían empezado a marcársele de forma exagerada. La entrenadora estaba loca de contenta.

—Ojalá todos mis clientes fueran tan disciplinados.

Nítidas imágenes de Uma estrujando el musculoso cuello de Mina le vinieron a la cabeza.

Ria no había dicho una sola palabra hasta entonces, pero la conversación no había cesado ni un instante. Mina pasó una cinta métrica sobre el pecho de Ria.

—Oh, no, has perdido pecho. Esto no le va a gustar a los productores. —Se succionó el labio inferior como si una tragedia menor hubiera caído sobre ellas. Miró fijamente el pecho de Ria como un médico estudiando una radiografía—. Tenías el tamaño perfecto.

El suelo se hundió bajo los pies de Ria. La habitación del sótano de Vikram la rodeó y su voz le retumbó en el pecho. «Me encantan tus ojos serenos y el tamaño de tus senos.» Su sonrisa empapaba su voz. El amor y la risa danzaban en las profundidades azules grisáceas de sus ojos. Se tumbó en la cama, apoyado sobre los codos, resplandeciente. Ria se apartó de la entrenadora e intentó despejar las imágenes de su cabeza, pero los recuerdos llegaban a ella tan rápido que perdió el equilibrio y cayó hacia atrás en el sofá.

—Ria, nena, ¿estás bien? —le preguntó la entrenadora, incapaz de esconder su pánico.

«Dejad de preguntarme eso. Oh, Dios, ¿puede todo el mundo dejar de preguntarme eso?»

Ria quería que la entrenadora se marchara. Pero no conseguía encontrar las palabras para pedirle que se fuera, para decirle que estaba perdiendo el tiempo.

—¿Quieres sentarte un poco? ¿Te traigo agua?

Ria se obligó a relajarse e intentó sonreír. Pero había perdido su habilidad para fabricar sonrisas.

Justo cuando Mina se rendía y dejaba de fingir que tenía el control de la situación, sonó el timbre. La entrenadora corrió hacia la puerta. Pareció tan aliviada al ver a DJ, que Ria deseó reír y llorar al mismo tiempo. Mina y DJ intercambiaron una mirada que intentó ser secreta pero que no lo fue. Ria trató de mostrar cierta indignación al verse tratada como si no estuviera allí, pero en su interior no se movió nada. Nada.

DJ miró a Ria de forma tempestuosa; parecía suficientemente enfadado por los dos. Ayudó a la entrenadora a guardar su equipo y la acompañó a la puerta. Se le daba realmente bien aquello de librarse de la gente sin que se diera cuenta de ello. Cuando la entrenadora se marchó, DJ se dirigió a Ria.

—Me alegro de que estés sentada —le dijo sin preámbulos. Ni «hola» ni «¿estás bien?»

Aliviada, Ria se sentía muy aliviada. Se hundió todavía más en el mullido sofá.

DJ caminó un par de minutos de un lado a otro sin decir nada con un periódico enrollado que agarraba con fuerza. La tensión salía del periódico, le subía por el brazo y le contracturaba los músculos.

¿Qué había pasado?

Ria extendió el brazo, pidiéndole en silencio que le entregara el periódico. Él dudó y se pasó el periódico de una mano a otra.

—Esto es malo —le dijo—. Es peor que cualquier cosa que puedas imaginarte.

¿Eso era posible?

CAPÍTULO 28

Ria seguía desplomada en el sofá mientras DJ caminaba por la habitación. Tenía el brazo extendido, esperando que le entregara el periódico. A pesar de su fuerte carácter, nunca lo había visto tan molesto por algo. Justo entonces no parecía tan enfadado como derrotado, parecía un hombre con una crisis que no sabía cómo manejar. Y eso era algo que Ria nunca había visto en él.

Big caminó con nerviosismo hasta el fondo de la habitación, volvió y se detuvo ante ella, mirándola con la misma expresión compasiva que había empezado a echarle a intervalos regulares. Ria perdió la paciencia y le arrebató el periódico de las manos.

Ni siquiera tuvo que llegar a las páginas del corazón... Justo allí, en la portada, había una foto de ella. No una fotografía de ella rodeada por la multitud hambrienta que había saltado a los periódicos la semana anterior, sino una imagen de ella, con los ojos brillantes como si estuviera loca, en equilibrio al borde de su balcón, con los pies levantados sobre el filo de cemento, lista para saltar. Una imagen de otra vida.

«ACTRIZ MENTALMENTE INESTABLE
COQUETEA CON LA MUERTE.»

El titular gritaba desde la página, y el corazón perezoso de Ria cobró vida dando un sobresalto insoportable. Se incorporó. Leyó el artículo que rodeaba la fotografía con los ojos muy abiertos.

En una prosa pseudocientífica y exagerada, el artículo explicaba la relación entre las tendencias suicidas y la fama. Al parecer, ella padecía el trastorno exhibicionista que aquejaba a los narcisistas patológicos. Había mostrado todos los síntomas en el último decenio, pero un público comprensivo lo había pasado todo por alto y había aceptado su tapadera de Princesa de Hielo. La verdad era que estaba enferma y que el subidón de energía de contar con el aprecio del público había empezado a desaparecer. Un suicidio publico sería el canto del cisne definitivo para alguien que se consideraba la actriz definitiva. O, al menos, un intento de suicidio público. La mayor parte eran buscadores de atención patológicos y no llegaban tan lejos; en realidad no pretendían matarse.

Ria leyó por encima el artículo, estrambótico y mal escrito, con una mezcla de irritación y disgusto. Estaba tan lleno de agujeros, que le parecía un milagro que el periódico más importante del país lo hubiera impreso, y encima como historia de portada. Ni siquiera consiguió leerlo todo, solo fue leyendo por encima hasta que las palabras «institución mental en Bristol» le vinieron a los ojos. La habitación implosionó.

Ahogó un grito y buscó aire para abrir su estrecha tráquea. El periódico se emborronó ante ella. Se concentró en la página y luchó por encontrar sentido a las palabras tratando de enfocarlas. Esta vez, las diminutas letras saltaron y atraparon su atención, absorbió cada palabra impresa en negro, hurgó en su cabeza y se retorció en el interior de su cerebro.

«Ria Parkar lleva diez años negando la existencia de su madre esquizofrénica. La ha mantenido encerrada en una institución mental en Bristol, Inglaterra, con un nombre falso y ha declarado ser huérfana. Fuentes anónimas han declarado que la señorita Parkar no ha visitado a su madre en todo el tiempo que lleva en el centro, un periodo de casi veinte años. La señorita Parkar jamás ha admitido que su madre fuera una enferma mental, ni siquiera en el colegio.

»Una compañera de clase que prefiere mantener el anonimato afirma que Ria Parkar (que se cambió el nombre de Ria Pendse cuando empezó a trabajar en el cine) siempre fue egocéntrica y nunca estuvo interesada en tener amigas. Hacía lo imposible por mantenerse alejada del resto de estudiantes y nunca compartió con nadie ningún detalle de su vida familiar. Incluso los profesores le dieron un tratamiento preferente del que la señorita Parkar se aprovechó. La compañera de clase cree que la señorita Parkar mostraba señales evidentes de una enfermedad mental incluso en sus días escolares. Está impresionada por lo bien que ha conseguido esconder su problema ante el público.

»El señor Shazad Khan, su compañero en su última película, ha reconocido que la inestabilidad mental de la señorita Parkar podría haber causado dificultades durante el rodaje. No obstante, insta al público a no juzgarla con dureza y a recordar que se trata de una enfermedad.

»Es duro juzgar a alguien que está luchando con una enfermedad mental, pero ¿justifica eso el abandono de una madre? ¿Estas tendencias suicidas significan que su condición se ha deteriorado? ¿Se trata de un grito de ayuda? ¿Se merece la enfermedad que sufre por haber maltratado a una madre enferma de este vergonzoso modo?»

¿Eso era todo? ¿Una interrogación y terminaba? Quería seguir leyendo hasta encontrarle sentido. Pero aquello era todo.

La confusa nube que había envuelto a Ria en Chicago y la había seguido hasta Bombay se disolvió y cayó en trocitos a su alrededor. En su interior todo cobró vida como ráfagas duras y cortantes. Sentimientos que creía muertos se revolvieron, recuerdos enterrados renacieron con un rugido. Su colegio de monjas, con sus torres y sus vigas; las miradas de lástima de la madre superiora. Todos los rostros de su pasado, colegialas susurrando a escondidas, la lujuria de Ved alimentada por su habilidad para hacerle daño, los ojos vacíos de su padre, las lágrimas de la criatura bajando por sus mejillas de porcelana. El dedo de Chitra, agitándose ante su cara.

«No podemos permitir un trastorno mental en nuestra familia, en una estirpe pura e impoluta que podemos rastrear hasta nuestros gobernantes Peshwa. Diez generaciones de riqueza, educación e intelecto. No me quedaré de brazos cruzados mientras mi único hijo, el heredero de nuestro linaje, deja que le destroces la vida. Tendrás que buscar a otra persona para que vea cómo te vuelves loca, otra persona con quien tener hijos enfermos. No será mi Vikram.»

«No será mi Vikram.»

—¿Ria?

Al escuchar la voz de DJ levantó la cabeza. Había olvidado dónde estaba. Las preguntas salían como torpedos de sus ojos oscuros.

Una tormenta estalló en lo más profundo del pecho de Ria y se sacudió por todo el cuerpo. Quería zarandear a DJ. ¿Cómo había dejado que el chantajista sacara aquello? ¿Cómo? El representante intentó tocarla, pero Ria se levantó bruscamente del sofá y corrió hacia la puerta. Quería que se marchara. Sostuvo la puerta abierta.

—Por favor, márchate.

Era increíble lo tranquila que sonaba su voz.

Por dentro estaba gritando.

Gritos devastadores que le llenaban los oídos y los pulmones. A pesar de ser mudos, la atravesaban con tal violencia que le ardía la garganta y las cuerdas vocales se tensaban hasta casi romperse, pero no podía parar. Seguían y ahogaban todo lo demás.

Cuando los gritos cesaron por fin, Ria estaba sentada en el suelo con la espalda contra la puerta, rodeándose las rodillas con los brazos y con los dedos clavados en los muslos, acurrucada en postura fetal. Pero no había ninguna madre que la refugiara en su cuerpo. Solo estaba ella con su profunda soledad.

Y eso la volvía loca de ira, le enfurecía tanto que no sabía qué hacer con ella. Toda una vida de trabajo desaparecida en un instante. Toda una vida huyendo y no había llegado a ninguna parte. Volvía a ser la niña que llevaba la locura en la sangre. «Llevas la locura en la sangre.» Incluso peor: era la loca que llevaba la locura en la sangre.

Todos los rostros de su cabeza estallaron en carcajadas. Toda aquella lástima por la patética hija de la loca explotó en una nube de risas histéricas.

El teléfono móvil sonó. Llevaba sonando un rato, pero los gritos y las carcajadas lo habían ahogado todo. El sonido llegó por fin a ella y todos se quedaron en silencio. Todos los rostros de su cabeza se callaron y esperaron a ver qué hacía. Una de esas caras había robado su secreto y lo había vendido. Ria tomó el periódico del suelo y lo llevó a la cocina. Encendió la hornilla y le prendió fuego.

CAPÍTULO 29

Mirara donde mirara, Ria veía su propia cara: en la tele, en los periódicos, en las revistas. Con aquello había terminado con sus diez años de reclusión. La policía la interrogó sobre su «intento de suicidio» y cerró el caso con nada más que una risita disimulada sobre las estrellas y sus trucos publicitarios. Ningún periodista se molestó en publicar aquel pedazo vital de información. A nadie le importaba que hubiera sido investigada y hubiera salido limpia.

Lo único que les importaba era la locura: un tributo casi poético al resto de su vida. A nadie le importaba el asesinato de su padre. Después de tanto escarbar, nadie había preguntado cómo había muerto. A nadie le importaba que la pobre enfermera que se había ocupado de su madre durante diecisiete años también hubiera muerto. Todas aquellas vidas sanas se habían perdido, y lo único que les importaba era la oscuridad que lo había destruido todo.

Pero los medios eran tan indolentes como una bestia saciada y borracha de drama. El público tenía una nueva causa. Todas las organizaciones de salud mental del país sacaron rédito de la historia. Todos los psiquiatras tenían una opinión que dar. «¿Por qué en Reino Unido? ¿Es que nuestras instituciones mentales no son lo suficientemente buenas? ¿Es que la salud mental no es tan importante como la salud física? ¿No debería el gobierno estar haciendo más para generar conciencia? ¿No ha llegado ya el momento de eliminar el estigma? ¿Por

qué deberíamos avergonzarnos de la enfermedad de un familiar?»
Había abogados de pobres por todas partes.

Un psiquiatra desafió en público a Ria desde la tele para que fuera a verlo y aceptara la ayuda que necesitaba tan desesperadamente.

—El primer paso es la aceptación —dijo en el estudio de televisión, vestido con su mejor traje de tres piezas y sus gafas al aire—. Hay que dejar atrás la fase de negación. Buscar ayuda es el único camino hacia la recuperación. Tú eres un modelo a seguir, ponte en movimiento, demuestra al público cómo se hace. Yo puedo ayudarte.

«Y una mierda vas a ayudarme tú», habría dicho Viky.

Pero el capullo oportunista tenía razón en una cosa: necesitaba moverse. Había llevado un horrible peso sobre los hombros durante diez años y tenía que quitárselo de encima. Había perdido el control de su vida, pero había algo que podía hacer y por fin era libre para hacerlo.

* * *

La mujer que estaba sentada frente a ella en la sala de estar tenía unos ojos excepcionalmente grandes que la hacían parecer siempre sorprendida. Era lo que Ria recordaba de la enfermera que había cuidado a su madre. Su hija tenía los mismos ojos, y un entusiasmo que dejaba claro que era alguien que vivía cómoda en su piel. La última vez que vio a la enfermera, Ria tenía siete años. Al menos esa fue la última vez que la vio viva. Muerta, no había sido otra cosa que caos informe, hinchado y carbonizado.

—Lo siento.

Ria había llevado consigo aquellas palabras durante demasiado tiempo, y decirlas fue casi como entregar un trozo de sí misma. Pero llevaba diez años sintiéndose culpable, y pronunciar aquellas palabras fue como dar el primer paso para salir de un lodo espeso, denso.

Las lágrimas inundaron los enormes ojos de la mujer.

—Señorita Parkar, por favor. Por favor, no diga eso. No me humille pidiéndome perdón. —Se levantó del sofá y se sentó junto a Ria—. No tiene que preocuparse por nada, yo nunca hablaré con los medios. Lo juro.

Ria sintió vergüenza.

—No. No es por eso por lo que te pido perdón. Si quieres contar algo a los periodistas, es decisión tuya. Si quieres que la gente sepa qué le pasó a tu madre, lo entenderé totalmente. Yo... Yo solo quería que supieras cuánto siento lo que ocurrió.

Había tardado diez años en decirlo, pero lo había sentido todos y cada uno de los días.

Se miró fijamente las manos, entrelazadas en su regazo. De repente, contactar con la mujer le parecía una idea horrible. ¿De qué serviría su disculpa? No le estaba ofreciendo justicia. Había tenido la oportunidad de contar lo ocurrido a la policía y había mentido. O al menos había apoyado la mentira de Baba y les había dicho que el incendio había sido un accidente.

—Señorita Parkar, ¿sabía que mi madre era analfabeta? Solía limpiar su casa antes de que su padre la contratara para cuidar de su madre. Yo crecí en un suburbio. El único sueño de mi madre era que yo aprendiera a leer y escribir, que no me pasara la vida limpiando el váter de otras personas. Y hace diez años, justo antes de que muriera, tuvo que sacarme del colegio, porque ya no podía permitirse pagar al casero para seguir teniendo un techo sobre nuestras cabezas ni mandarme al colegio en lugar de hacerme trabajar.

Tomó las manos de Ria. Las tenía suaves, no maltratadas por el trabajo.

—El año pasado me hicieron fija como profesor auxiliar en el departamento de Química de la Universidad de Mithibai. —Sus manos temblaron entre las de Ria que, sin pretenderlo, se las apretó—. He tenido que esperar diez años para conocerla y poder darle las gracias. Durante diez años, he rezado por su bienestar. Si usted no hubiera pagado mi educación, si no lo hubiera pagado todo después de la muerte de mi madre, no puedo imaginar cómo habría terminado una huérfana sin hogar como yo.

Ria apartó las manos.

—Yo no...

—Sé que fue usted, por supuesto. La vi en la cremación. Cuando el señor Veluri se puso en contacto conmigo para ocuparse de las matrículas y enviarme cheques todos los meses, yo sabía que no era él. Sabía que su historia de caridad no era cierta. —Sonrió—. La gente tonta no se convierte en profesora auxiliar, ¿sabe?

Ria le devolvió la sonrisa sin pretenderlo.

—La reconocí cuando vi el póster de su primera película. He seguido su carrera desde entonces. Es solo dos años mayor que yo, ¿sabe? Pero usted trabajaba y yo iba a la universidad.

El primer sueldo de Ria y todo el dinero tras vender la tierra había sido suficiente para pagar las matrículas del internado de la hija de la enfermera y las cuotas del psiquiátrico.

—Pero perdiste a tu madre...

—Y usted perdió a su padre. La vida y la muerte no están en nuestras manos, ¿verdad?

Ria tragó saliva. La garganta le ardía, pero ya no podía llorar.

—Sin embargo, lo que hizo por mí sí estaba en sus manos. Me salvó la vida. Todas esas cosas que la gente está diciendo sobre usted... No saben nada. No saben cuánto soportaste tan joven. ¿Cómo puede ser malo dejar a tu madre en el mejor hospital del mundo? Y el único enfermo en todo esto es el hombre que sacó esas fotos en su propia casa.

Se secó los ojos con el *dupatta* y sonrió a pesar de las lágrimas, una sonrisa pura, luminosa y tan tranquila que no pertenecía a una huérfana clamando justicia.

—Mi madre siempre hablaba de lo generosa y amable que era su madre antes de enfermar. De la bonita pareja que hacían sus padres. Algún día, cuando pueda permitírmelo, quiero ir a Bristol a verla.

Ria se levantó; su alivio se había enfriado de repente. Retrocedió, y puso tanta distancia entre ellas como fue posible. Se alegraba de haberla conocido, pero aquella mujer no sabía de lo que estaba hablando, no sabía lo que la asesina de su madre era capaz de hacer.

—Lo siento, tengo otra cita. Ha sido un placer conocerte.

—Por supuesto. —La joven parecía un poco abatida. Buscó en su bolso y sacó un sobre grueso—. No necesito que siga mandándome dinero. Estos son todos los cheques que me envió después de conseguir mi trabajo. Quería devolvérselos en persona. —Soltó el sobre sobre el bloque de mármol que hacía de mesa de café y unió las palmas en un *namaste*—. Usted ha sido mi ángel de la guarda, señorita Parkar. Ayuno todos los martes para que nuestro señor Ganesha cumpla todos sus deseos. Y nunca me ha decepcionado.

Dicho eso se marchó. Ria sintió que se quitaba un peso de culpa de los hombros. Pensó en cosas en las que prefería no pensar: «Mi madre siempre hablaba de lo generosa y amable que era su madre antes de enfermar.»

Abrió el ventanal y salió al balcón por primera vez desde aquella desastrosa noche en la cornisa. ¿De verdad había pasado solo un mes? Ni siquiera parecía haber ocurrido en aquella vida. Se inclinó sobre la barandilla de arenisca. Furgonetas de prensa y televisión y periodistas abarrotaban la calle ante las puertas del edificio. ¿Cuánto tiempo iban a mantener el asedio? ¿Qué más esperaban descubrir? Todo lo que había escondido había salido a la luz.

Todo excepto lo que había hecho con Ved. Pero solo era cuestión de tiempo. El orgullo en la voz de Uma, incluso ahora, cuando el fracaso y la vergüenza eran lo único que le quedaba, le parecían solo otra cosa a punto de escapar de sus manos. Los últimos días, Ved la había llamado varias veces. Llevaba años sin hablar con él. Aquella primera película era lo único que había hecho con él, y después de eso él se había dedicado a chicas nuevas y la había dejado en paz. El e-mail que le había enviado el día anterior seguía sin abrir. Había estado a punto de borrarlo un par de veces, pero había llegado el momento de dejar de huir. Sacó el teléfono móvil y abrió el correo electrónico.

Querida Ria,
Comprendo que no quieras hablar conmigo, pero solo puedo esperar que leas esto y me absuelvas de parte de mi culpa. Créeme cuando te digo que no he podido dormir desde que descubrí lo que ocurrió con tu madre hace todos estos años.
Ojalá me lo hubieras contado entonces. Sé que no hice nada que dé peso a mis palabras, pero de haberlo sabido te habría ayudado. Mi madre sufrió esquizofrenia durante veinte años antes de morir y mis hermanos y yo apenas la conocimos. El año pasado, mi hija menor fue diagnosticada con la enfermedad. Tiene

veinte años. Evidentemente, nadie lo sabe aparte de mi familia, pero quería compartirlo contigo. Si no por otra razón, al menos para asegurarte de que jamás contaré lo que ocurrió entre nosotros. Los secretos con los que el destino nos ha cargado son crueles e ineludibles, y quería que supieras que te comprendo y que estoy aquí en caso de que necesites algo.

Que la diosa madre te dé su fuerza. Jai Mata Di.

Ved Kapoor.

Ria parpadeó y tuvo la extraña necesidad de reír a carcajadas. Pero, si lo hacía, no sería capaz de parar hasta que la risa se convirtiera en lágrimas. Puede que Ved lo dijera en serio, puede que jamás lo contara, pero eso no le parecía importante. Quizá se lo contaría a Uma ella misma y entonces daría igual.

Inhaló profundamente. ¿Quién habría imaginado que Ved entendería algo tan bien? Pero había dado en la clave. Su secreto era ineludible.

El secreto había salido a la luz y ya no tenía que preocuparse porque alguien lo descubriera. Pero eso no significaba nada. Esconder a su madre solo la había distraído de lo que realmente quería esconder. No era más que un corrector sobre sus cicatrices. Se había limpiado el corrector, pero las cicatrices seguían allí. Siempre estarían allí. Podía esconderse de la mujer del psiquiátrico a miles de kilómetros de distancia, pero esa mujer ya no podía hacerle daño.

Lo que podía hacerle daño, lo que podía destruirla, de lo que en realidad estaba escondiéndose, era de lo que llevaba en su interior, lo que maduraba allí día tras día esperando emerger.

«Lo llevas en la sangre... Tu madre debió deshacerse de ti antes de que nacieras.»

La locura que llevaba en los genes era su destino. Aquello era lo ineludible. Su único consuelo era que la única persona a la que necesitaba proteger había salido de su vida.

Y eso la ayudó a decidirse.

* * *

Ria contempló el drama de su propia vida como si fuera parte del público. Finalmente había dicho a los productores que no podía hacer la película, y habría jurado que estaban aliviados. Hicieron una declaración diciendo que la habían rechazado porque estaban comprometidos con los íntegros valores familiares indios, y que una actriz que podía abandonar a su madre con tal frialdad claramente no compartía la visión de la productora.

La publicidad fue fantástica para ellos. PKGJ fue un éxito incluso antes de su estreno. La película para la que la habían rechazado fue también un éxito incluso antes de empezar a rodarse. Todos lo que los productores tuvieron que hacer fue sacar la historia de vez en cuando hasta el estreno, mantenerla fresca en la mente del público. La nueva chica a la que contrataron para reemplazar a Ria era una nueva clienta de DJ, así que no fue una pérdida total.

DJ se mantuvo junto a Ria como una roca. No le hizo una sola pregunta y protegió su privacidad como un pitbull. Incluso después de que encontrara la voz, no hubo palabras suficientes para expresar su gratitud.

Cuando le contó lo de la chica nueva, Ria le pidió que se asegurara de que no había madres locas escondidas en su armario. DJ le aseguró que ella era única y que guiones como el suyo no se escribían todos los días. Ria sonrió para sí misma. No sabía ni la mitad.

CAPÍTULO 30

Bristol

Ria estaba ante las imponentes puertas de hierro de la histórica mansión. Una placa de bronce incrustada en una de las dos columnas altas de ladrillo rojo que flanqueaban las puertas anunciaba el patrimonio del edificio y servía de dedicatoria a la familia que lo había donado para usarlo como psiquiátrico. Era una sombreada calle residencial y podría haber estado ante la casa de una amiga rica esperando para entrar a tomar el desayuno.

Un breve zumbido indicó que la puerta se había abierto. Ria no se movió. Había entrado en el edificio solo una vez antes, hacía diez años, cuando firmó los documentos de admisión. Incluso entonces solo había ido al despacho del administrador, donde había esperado mientras Vijay kaka y Uma Atya se aseguraban de que todo lo acordado era aceptable.

A lo largo de los años, Vijay y Uma la habían visitado regularmente. Al principio Uma había contado a Ria cada visita, pero eso estaba volviendo a Ria tan introvertida que Uma dejó de hacerlo. Jamás le habían pedido que los acompañara en sus visitas y Ria nunca había pensado hacerlo sola. Quizá si hubiera tenido el valor de enfrentarse a lo que iba a convertirse habría tenido el sentido común de no acercarse a Vikram.

Agarró la fría puerta de hierro con una mano y miró la fachada de piedra. La única conexión que había tenido con aquel lejano lugar eran los cheques que extendía dos veces al año. Era lo único de lo que se ocupaba siempre ella misma. Se negaba a dejar que nadie la ayudara de ningún modo.

«No permitiré que te aproveches de mi hijo.»

¿Quién firmaría los cheques para Ria? ¿Quién se aseguraría de que las instalaciones fueran adecuadas? ¿Sería suficiente el dinero que había ahorrado? ¿Y si se agotaba antes de su muerte? El zumbido sonó de nuevo y atravesó sus pensamientos morbosos. Intentó decidirse y empujar la puerta, pero no pudo. Retiró la mano, se giró y comenzó a alejarse.

Había hecho aquello todas las mañanas durante la última semana. Había tardado un par de días en decidirse a salir del apartamento que había alquilado a dos kilómetros de distancia y recorrer el camino hasta las puertas del sanatorio.

Cuando DJ le preguntó cuáles eran sus planes, Ria se sorprendió pidiéndole que le buscara un apartamento en Bristol. Se le acababa de ocurrir, pero no se echó atrás. Como de todo lo demás, DJ se había ocupado de ello rápida y eficientemente. Lo único que Ria tuvo que hacer después fue embalar todas sus posesiones y marcharse.

Su doncella la había ayudado a meterlo todo en cajas. Cada vez que a Tai le gustaba algo que estaban guardando, Ria le pedía que se lo quedara. Le regaló todo lo de la cocina, utensilios que Ria jamás había usado, aparatos electrónicos que nunca había necesitado. De todos modos, era Tai quien había usado esas cosas, así que era justo que se las quedara. Al final, la pobre había dejado de alabar sus cosas temiendo que Ria le regalara más.

—Cariño, Dios está ahí arriba, solo tienes que mantener la fe. Él está ahí —decía sin cesar, señalando el techo como si su dios estuviera sentado en el ventilador.

Tai estaba allí sentada, revisando el caos de la vida de Ria con su sari hecho jirones, un cabello que se había vuelto plateado sin haber visto nunca a un peluquero y una piel desgastada por el sol que no había visto una hidratante en su larga y dura vida. Se sintió culpable por estar quedándose demasiadas cosas de Ria. Cosas que Ria no iba a usar. Cuando estuvieron preparadas para abordar el armario, lleno de una cantidad obscena de ropa, zapatos, cinturones y pañuelos amontonados en pilas interminables, Ria se sintió enterrada, atada y avergonzada. Se había puesto la mayor parte de aquellas cosas solo una vez. Pero los ojos de la doncella se iluminaron. Antes de que Ria le pidiera que se lo llevara todo, ella la interrumpió.

—Señora, ¡acabo de tener una idea fantástica! ¿Por qué no regalas toda esta ropa a esa gente loca que está tan enfadada contigo?

Aunque aquella ropa no sería de utilidad para «la gente loca», las organizaciones benéficas que la recibieran podrían ganar mucho dinero vendiéndola. La mayor parte había aparecido en sus películas y debía valer algo. Por primera vez desde que se marchó de Chicago, Ria tocó a alguien voluntariamente. Dio a Tai un abrazo rápido que la hizo empezar a llorar. Después Ria hizo exactamente lo que le había sugerido y lo donó todo a instituciones benéficas de salud mental bajo la condición de que la mantuvieran en el más estricto anonimato.

El resto del tiempo lo dedicaron a envolver, empaquetar y cerrar cajas con cinta. Las lágrimas bajaban por las mejillas de Tai. Cuando se marchó por última vez, con todas sus nuevas posesiones abarrotando la furgoneta Tempo que su hijo había pedido prestada a un amigo, lloró como una niña.

—*Accha*, Riaji. Ya vengo. —Era lo que siempre decía cuando se marchaba de casa de Ria, ya que no quería tentar a los espíritus malignos diciendo que se marchaba—. Te acordarás de mí, ¿verdad?

Como si Ria hubiera podido olvidarla.

La semana anterior en Bristol había pasado como un sueño a cámara lenta. Ria había pasado de sentirse como una pizarra limpia a un camión de diez toneladas cargado de basura, tanto anciana como recién nacida, mancillada y pura como la tierra recién arada. Y mientras tanto, Vikram seguía con ella, en su interior. Se había aferrado a él, a los cálidos y consoladores recuerdos del tiempo que habían compartido. Era lo único que le quedaba, lo único que necesitaba. Le dolía.

Unas veces el dolor era lento y acuciante, otras crudo y enloquecedor. Ria saboreó cada parte de aquel dolor como si fuera un regalo. No renunciaría a aquel dolor por nada. Vikram estaba por fin a salvo. Jamás volvería a verlo, pero tenía aquello.

—Disculpe, señorita —la llamó alguien desde atrás.

Ria aceleró el paso alargando la zancada sobre la acera de adoquines que bordeaba el alto muro del psiquiátrico. El sol estaba a punto de hacer su aparición. Moteados rayos de sol se filtraban a través de las hojas rojas como el fuego que se aferraba a las ramas un poco más antes de soltarse. La gruesa alfombra de hojas marrones crujía bajo sus pies.

—¡Señorita Parkar!

La voz se acercó. Ria no deseaba comenzar una conversación con nadie. Después de que la primera oleada del escándalo hubiera pasado, los periodistas la habían abordado con renovado fervor. Estaban en todas partes buscando un buen mordisco. Al parecer, ahora que el furor del resto de voces había muerto, era el turno de escucharla a ella.

Insistía en salir del apartamento antes del amanecer y regresaba antes de que la ciudad despertara; el resto del día nunca iba a ningún sitio. Nadie debería saber a dónde iba. Pero, de algún modo, alguien la había descubierto. No lo había visto seguirla, pero no había estado atenta. Su mente había estado demasiado ocupada reuniendo valor. Debía haber estado esperándola, vigilándola cuando estaba ante las puertas demasiado asustada para entrar.

—Señorita Parkar, ¿por qué no ha entrado?

Los pasos corrieron hacia ella.

Intentó no dejar que la enfermiza sensación de violación y pánico la detuviera.

El hombre estaba justo a su espalda, casi en su hombro. Su voz tenía aquel tono demasiado informal que la ponía de los nervios. Empezó a trotar.

Él corrió hasta adelantarla, se detuvo delante de ella en la estrecha acera y le bloqueó el camino. Le puso una grabadora en la cara. No hubo disculpa ni vacilación en sus acciones. Creía que tenía el derecho a hacerle aquello. Ria pasó sobre la hierba e intentó seguir caminando.

—Vamos, Ria, solo una pregunta.

El hombre se movió para bloquear su camino mientras ella intentaba rodearlo.

—Por favor, déjame en paz —le dijo sin mirarlo. Detenerse y pronunciar esas palabras la hizo sentirse una víctima acorralada y desvalida. Tenía que seguir moviéndose. Pensó en darse la vuelta y volver caminando a la mansión, pero no podía. Se balanceó sobre sus talones; cada vez que intentaba dar un paso, él se movía, la esquivaba, la bloqueaba. No iba a dejarla marchar.

—Llevo aquí esperando toda la noche. Por favor, solo una pregunta. Venga, Ria.

Cada vez que pronunciaba su nombre sufría una arcada. Deseaba abofetearlo con tal violencia que empezó a temblar.

—¡He dicho que no!

Le empujó el hombro con toda su fuerza. El hombre se tambaleó hacia atrás y ella intentó salir corriendo, pero él le agarró el brazo. Ria intentó zafarse, pero los dedos del periodista se le clavaron en la piel y la sostuvieron con fuerza. Intentando mantener la calma, buscó el teléfono móvil en el bolsillo del abrigo con la mano que tenía libre.

—¿Cuándo fue la última vez que visitaste a tu madre?

Su tono ya no era suplicante, sino furioso y demandante.

—Suéltame.

El pánico apareció en su voz. Debía olvidarse de lo de mantener la calma: tenía que escapar. Empezó a forcejear y a tirar frenéticamente de su brazo.

El hombre la soltó de repente. Ria cayó hacia delante, pero consiguió recuperar el equilibrio. El periodista gritó y Ria se volvió y lo vio aplastado contra el muro, gimiendo. Un hombre con un largo abrigo de lana lo tenía paralizado con su enorme brazo y se cernía amenazadoramente sobre él. Su cuerpo reaccionó de inmediato y reconoció aquella silueta dolorosamente familiar incluso antes de que su mente hiciera la conexión. Todo su ser se puso alerta de repente.

—¿Viky? ¡Viky, suéltalo! Vas a matarlo, deja que se vaya.

Vikram se volvió y la miró.

Estaba jadeando. Una emoción cruda suavizó sus ojos de tal manera que fue un milagro que las piernas de Ria la sostuvieran.

—¡Te ha pedido que la dejes en paz! ¿Es que no la has oído? —gritó, con su voz profunda y melosa, ronca por el enfado, pero sus ojos no se apartaban de Ria.

El periodista dejó escapar otro gemido. El brazo de Vikram, una palanca contra su pecho, se onduló con tanto poder que el hombre no podría haberse movido ni aunque su vida dependiera de ello.

—¡Viky! En serio, suéltalo. Por favor. Solo está haciendo su maldito trabajo.

Vikram se volvió hacia el hombre y lo levantó por el cuello de la camisa; sus pies se agitaron y patearon el aire.

—Si vuelves a mirarla, y mucho menos a tocarla, no podrás volver a hacerte una paja con esas manos. ¿Queda claro?

El hombre gimió e intentó asentir, y la cámara que llevaba alrededor del cuello se balanceó.

—¿Le has hecho fotos? —le preguntó Vikram echando mano a la cámara, y el hombre comenzó a forcejear con fervor renovado.

Ria sintió mucha ira. Había estado allí haciéndole fotos mientras ella luchaba obscenamente consigo misma. La sensación de violación fue tan feroz que corrió hacia él, agarró la cámara e intentó arrancársela de la cabeza, sorprendiendo tanto a Vikram que el hombre se le escapó. El cretino aprovechó la oportunidad para dar un rodillazo a Vikram en el estómago y largarse.

Ria gritó y salió corriendo tras él. No iba a escapar, no con sus fotos, no mientras siguiera con vida. Acortó la distancia entre ambos, saltó sobre él y lo abatió.

El hombre cayó de bruces con ella encima y gritó como un loco. Ria intentó quitarle la cámara del cuello tirando de ella mientras la ira le golpeaba el pecho como una fiebre. Unas manos la levantaron y la apartaron del periodista. Vikram se hizo con el hombre de nuevo y lo levantó por el cuello.

Ria estaba a punto de destrozar la cámara contra el suelo cuando el hombre comenzó a sollozar.

—No lo hagas. Por favor, no la rompas. Todavía no he terminado de pagarla. Mi mujer está embarazada. Por favor. Necesitaba el dinero.

—Cierra el pico.

Vikram le retorció los brazos en la espalda, pero el hombre estaba llorando tan fuerte que Ria no podía soportarlo.

—Saca la tarjeta SD —le dijo Vikram.

Ria extrajo la tarjeta.

—Eres un cabrón —le espetó, y tiró la cámara sobre la hierba. El hombre había dejado de forcejear y Vikram lo soltó.

—Lo siento —dijo el periodista, llorando y moqueando. Recogió la cámara con ambas manos, como si fuera una mascota muy querida, y se alejó.

Ria lanzó la tarjeta sobre el suelo de cemento y la aplastó con el tacón de su bota. Siguió retorciéndola y machacándola hasta que no quedó nada más que polvo negro.

—Cielo, ya está. Se ha acabado —le dijo Vikram.

Por un momento, ninguno de ellos se movió.

—¿Estás bien?

—Estoy bien.

Hablaron casi simultáneamente y Vikram se acercó un paso.

—No te ha hecho daño, ¿verdad?

Miró el brazo de Ria de soslayo, pero no intentó tocarla.

Ella negó con la cabeza.

—¿Y a ti?

Él también negó con la cabeza. Se quedaron así un momento. Sus miradas se encontraban y se apartaban, sus cuerpos estaban paralizados por la emoción. Entonces los hombros de Vikram comenzaron a temblar.

—No creo que ese capullo vaya a recuperarse de la experiencia. ¿Qué diablos ha sido eso, Ria? —le preguntó, y ella también empezó a reírse.

Durante un rato se quedaron así, riéndose, incapaces de creer que ella hubiera saltado de verdad para derribar a alguien. Una alquimia indescriptible de emociones se agitó en su interior: incredulidad, rabia, vergüenza y asombro, pero también orgullo y una sensación totalmente inesperada de poder. Y, por supuesto, aquel hormigueo, aquella alegría que florecía en ella siempre que él estaba cerca.

—¿Quieres entrar? —le preguntó él finalmente, mirando en dirección a las altas puertas. El corazón de Ria se hundió hasta la boca de su estómago. Se miró los pies.

Él se acercó un poco más y le levantó la barbilla. Los ojos de Ria se encontraron con los de Vikram. Aquel gris era tan reconfortante y plácido, tan fuerte, que su interior se estabilizó. Trasvasó todo el peso que había llevado sobre sus hombros a la mano de Vikram. Aquel leve roce la fortaleció. Por primera vez desde que se separaron, se sentía segura. Buscó la sensación de poder que la había animado momentos antes.

Vikram le ofreció una mano. Sin pensarlo, Ria la aceptó y juntos caminaron hacia las puertas. Ria llamó al timbre y dijo a la recepcionista quién era.

—Buenos días de nuevo, señorita Pendse.

La recepcionista ni siquiera intentó esconder el suspiro y abrió la puerta.

Esta vez, cuando el zumbido sonó, Ria dejó que su mano empujara el peso frío de las rejas de hierro hasta que las puertas se abrieron. Le fallaron las piernas, pero la mano de Vikram apretó la suya y siguió caminando.

Pero no flaqueó de nuevo. No cuando el guarda abrió una puerta de hierro más pequeña que conducía a un largo pasillo, ni cuando lo siguieron hasta el ala trasera de la mansión. Caminaron junto a más puertas cerradas que conducían a más largos y extensos pasillos de techos altos y suelos de terrazo pulido envueltos en silencio. El sonido de sus pasos resonaba contra las brillantes paredes blancas. Ria tuvo que obligarse a no leer los nombres que colgaban de las puertas cerradas al pasar junto a ellas como un espectro: sus brazos, sus piernas, nada en ella tenía peso o forma. No tenía masa, ni silueta. Lo único que tenía era la palma de Vikram presionada contra la suya, sus dedos apretando los suyos, no tanto como apoyo, sino como prueba de que realmente existía en aquel momento que había luchado tanto por evitar pero que había llegado igualmente.

Llegaron por fin al final de un pasillo. El guarda les señaló una ventana. Vikram le dio las gracias y le pidió que los dejara solos. Ria soltó la mano de Vikram y se acercó a la ventana. Por primera vez desde que tenía siete años, los ojos de Ria se posaron sobre la criatura sorprendentemente pequeña e imposiblemente frágil que había proyectado una sombra tan larga e inextricable sobre cada parte de su vida.

La ventana tenía rejas de hierro como las de una celda. Almohadillas gruesas de vinilo suave cubrían las barras. De hecho, aquellas almohadillas gruesas lo cubrían todo: las paredes, las puertas, la estructura de la cama, incluso la silla. La criatura que se balanceaba en la silla en el centro de aquella habitación almohadillada era tan delicada, tan frágil, que Ria no podía imaginar cómo podría protegerla toda aquella suavidad si se lanzaba contra algo.

Una cicatriz de quemadura, fruncida y roja, cubría la mitad de su cabeza afeitada. Un moretón púrpura se extendía desde la cicatriz, sobre su mejilla, hasta su suave boca rosada. Otras magulladuras más tenues y amarillentas le cubrían los brazos y el cuello y desaparecían bajo su vestido marrón. Tenía dos dedos unidos con cinta del mismo color que su pálida piel beis.

Ria fijó la mirada en las manos, con sus dedos largos y delicados, que descansaban en su regazo. Estaba moviendo los dedos, marcando algún tipo de ritmo. Ria no estaba segura, pero creía que estaba tarareando. Durante mucho tiempo, lo único que pudo hacer fue mirar el tamborileo de sus dedos y dejar que el temblor de su interior se sincronizara con el ritmo que iban marcando.

—¡Eh! —gritó de repente, y Ria levantó la mirada, sorprendida de que pudiera hablar. Nunca se la había imaginado con voz. Su voz era exactamente como la de Ria. La criatura miró a Vikram con unos ojos que eran exactamente sus ojos.

—¡Eh! —dijo de nuevo.

—Qué pasa —le contestó Vikram, sonriendo amablemente... Esa sonrisa que reservaba para los niños pequeños que lo adoraban. Hizo un leve gesto de saludo con la mano. Ella le devolvió la sonrisa, una sonrisa enorme y radiante que separó aquellos labios idénticos a los de Ria. Le faltaban dos dientes delanteros—. ¿Qué tal estás?

—¡Eh! —dijo ella de nuevo, como si él no hubiera hablado. Su sonrisa seguía siendo radiante e inexpresiva.

Las lágrimas empezaron a bajar por las mejillas de Ria.

Vikram la abrazó y presionó los labios contra su pelo. La mujer de la habitación no lo notó.

—¡Eh! —dijo una vez más, antes de volver a tararear.

Ria la miraba, apoyada en Vikram, con la cabeza descansando sobre su pecho y escuchando el ritmo constante de su corazón. Él la rodeaba con los brazos y la acogía en su interior. Se quedaron así, viéndola tararear y tamborilear, mirándola hasta que se quedó dormida, sonriendo para sí misma, y sus dedos se pararon sobre su regazo.

CAPÍTULO 31

El hospital psiquiátrico ocupaba veinte acres de tierra con zonas de espesa arboleda que alternaban con áreas de hierba y de setos podados. Sin embargo, Ria no conseguía imaginar de qué servía aquel terreno magnífico a alguien encerrado en una celda acolchada. Vikram caminaba junto a ella por el camino serpenteante que rodeaba el estanque y conducía a la parte trasera de la propiedad, lejos de la carretera y del sonido del tráfico. Lejos de las puertas.

Había algo en aquel lugar que le hacía sentirse segura. Tenía el silencio que necesitaba. La sensación de herida abierta en su interior estaba todavía demasiado fresca, todavía no se había cerrado. No quería que nadie la viera así, que nadie le hiciera preguntas. Ella misma tenía demasiadas preguntas, demasiadas cosas que había escondido durante demasiado tiempo. No estaba preparada para la obscena curiosidad del mundo, y no había duda de que no quería volver a saltar sobre alguien, aunque el recuerdo la hizo sonreír.

Se detuvieron en la orilla del estanque. Se sentaron con las piernas cruzadas sobre la gruesa alfombra de hierba en pendiente que bajaba la colina en dirección al agua. Las rodillas de sus *jeans* se tocaron. Ria notó los ojos de Vikram sobre ella mientras miraba el agua.

No tenía ni idea de cómo había aparecido aquella mañana de la nada, ni qué estaba haciendo allí. Pero tenerlo a su lado en aquella habitación acolchada había sido tan valioso, tan imposible de cuantificar, que se aferró a eso y se negó a mancillarlo con preguntas.

—Fue Uma —dijo él, hablando por primera vez desde que habían dejado a la criatura durmiente—. Uma me dijo dónde estabas.

Uma le había prometido que no se lo diría a nadie. ¿Qué había hecho Vikram para conseguir que se lo contara? ¿Por qué le había preguntado? Había dejado bastante claro que había terminado con ella.

Vikram le tocó el cabello, se lo metió detrás de la oreja.

—El artículo sobre el suicidio me mató de miedo. ¿En qué demonios estabas pensando? ¿Cómo se te ocurrió subirte a esa cornisa?

Estaba echándole una reprimenda y, en lugar de enfadarse, Ria lo agradeció. Las cosas más extrañas de la vida eran las más valiosas. Alguien que te dice cuándo te equivocas era una de ellas.

—No estaba intentando suicidarme.

Quería explicarle lo del teléfono móvil, pero estaba demasiado cansada. Y, al pensarlo en ese momento, la verdad sonaba totalmente demencial.

—Ya lo sé. —La total ausencia de duda en su voz hizo que Ria deseara acercarse a él—. Sé cuánto te gustan las alturas. Pero aun así fue una auténtica estupidez. ¿Y si hubieras resbalado?

Ria se encogió de hombros. No debería haberlo hecho. No estaba orgullosa de ello.

—No podía creer toda la basura que leí en aquel artículo. Al principio me enfadé tanto que no podía pensar con claridad. Pero después empezaron a encajar un montón de cosas. —Se puso de rodillas y la miró—. ¿Cómo pudiste mentirme sobre la muerte de tu madre?

—Viky...

—Y yo fui tan idiota que me alejé de ti. Debería haberme dado cuenta. Pensé que era la conmoción de haber perdido a tus padres, pensé que querías dejar atrás toda tu antigua vida. Incluyéndonos a nosotros. Pero, ¿las películas? Debería haberme dado cuenta.

Se acercó a ella y le secó las lágrimas.

—Y después volví a hacerlo en la boda de Nikhil. Ria, lo...

—Por favor, Viky. Por favor, no te disculpes. Cualquier cosa excepto eso.

—Pero lo siento. No puedo ni empezar a decirte cuánto lo siento. Hace diez años fui un idiota, de acuerdo, ¿y ahora? En lugar de lamerme las heridas debería haber estado contigo cuando esa historia salió a la luz. Lo intenté. Fui a Bombay para asegurarme de que estabas bien. Pero te habías marchado. Y nadie sabía dónde estabas. Excepto ese representante tuyo, que es como Fort Knox. Y Uma, que casi me mata por dejarte ir después de que le contara lo nuestro.

¿Se lo había contado a Uma? ¿Y había ido a buscarla a Bombay?

—Creí que no querías volver a verme.

Apoyó la barbilla en sus rodillas, las tensó contra el dolor de su pecho y miró a Vikram.

—Dios, Ria, ¿cómo pudiste creerte eso? Lo único que quería era que no me dejaras de nuevo. Estaba desesperado. Habría dicho cualquier cosa. Habría hecho cualquier cosa para detenerte. Y, por supuesto, dije lo único que no debería haber dicho.

El arrepentimiento de su mirada era tan puro que Ria quiso rodearlo con los brazos. No podía creer cuánto bien le hacía solo mirarlo. Conocía aquel rostro muy bien.

—Eso no es cierto —le dijo ella, levantando la cabeza de las rodillas—. Tú tenías razón. Si algo podría haberme detenido, habría sido eso. Pero no podías pararme. Yo no podía quedarme, Viky. Sigo sin poder hacerlo.

Él no reaccionó. Ni siquiera frunció el ceño. Se quedó allí, sentado sobre sus rodillas y mirándola como si jamás quisiera apartar la mirada.

—La primera semana después de que te marcharas no podía pensar, no podía hacer nada más que trabajar. Creo que grabé un centenar de vídeos para AulaV. El servidor web casi me pide que me lleve mi negocio a otra parte —le dijo, con una sonrisa—. Pero tenías razón. Estaba alargando el asunto. Estaba siendo cobarde porque no me atrevía a demostrar la importancia de AulaV. Tenía miedo de volver a creer en algo.

Levantó la barbilla de Ria para que lo mirara a los ojos.

—Ya he dejado de huir. He firmado un contrato con Clive y Hadley. Usarán mis patentes durante los siguientes diez años y trabajarán exclusivamente conmigo hasta que nos metamos en producción. Y la fundación de mamá patrocinará AulaV y yo me ocuparé de llevarla, de contratar a la gente en todo el mundo, de traducir, de trabajar con los colegios. Podremos hacer lo que queramos.

Ria le puso la mano en la mejilla.

—Eso es fantástico, Viky.

Era maravilloso tocarlo.

—Ya no tienes que preocuparte de esto tú sola. —Señaló la mansión señorial a sus espaldas—. A partir de ahora nos ocuparemos juntos. Aunque ya no quieras seguir actuando, nos ocuparemos de ello. Puedes hacer lo que quieras. Puedes pintar de nuevo. De hecho...

Buscó en el bolsillo de su abrigo y sacó una bolsa de papel marrón. En el interior había tres tubos de acrílico y un pincel.

Ria la apartó.

—Mira los colores —le dijo Vikram, sacando los tubos y ofreciéndoselos.

Burdeos, jade y turquesa. Ria sonrió y se los devolvió.

—Los compré en Chicago el día antes de la boda. Estaba esperando el momento perfecto para dártelos.

Volvió a guardar los tubos en la bolsa y se la ofreció.

Ria retrocedió, se apartó de él, de las pinturas. Retorció los dedos en su regazo.

—No quiero pintar, Viky. Ya te he dicho lo que quiero.

Vikram se guardó la bolsa en el bolsillo.

—Eso es lo que dicen tus labios. Pero entre nosotros nunca hemos usado palabras. —Le acarició el cabello—. Eso no tiene sentido, amor. ¿Por qué no dejas de huir de nosotros?

¿Es que estaba ciego? ¿No acababa de estar ahí dentro con ella? ¿No había visto en lo que iba a convertirse? De repente, estaba demasiado agotada para luchar, demasiado cansada para mentir, para darle explicaciones que se negaba a aceptar. Él lo había visto, la verdad lo había mirado a la cara. Eso era más poderoso que cualquier cosa que a ella se le pudiera ocurrir.

—Viky, acabas de ver a la persona que me dio la vida. ¿Cómo puedes querer estar conmigo?

Vikram parpadeó, inexpresivo.

—¿Tu madre? ¿Qué tiene esto que ver con...?

Frunció el ceño. La comprensión anegó sus ojos.

—¡Mierda! ¿Cómo he podido ser tan estúpido? ¿Todo esto es por tu madre?

Sonaba como una pregunta, pero no esperó una respuesta. Se puso de pie bruscamente y comenzó a caminar.

—¿Cómo he podido no darme cuenta? Esto es muy típico de ti. —Volvió a caer sobre sus rodillas y le echó una mirada fulminante—. Crees que estás protegiéndome, ¿no? Como pensaste que estabas protegiéndome hace diez años. Crees que vas a enfermar como tu madre.

Ria quería zarandearlo.

—Mi madre no está enferma, Viky: está loca. Está demente. Terminalmente enajenada. Psicótica. Paranoica. Gravemente enferma de demencia. —Su voz se rompió al pronunciar las palabras, al vomitar todos los términos que le habían lanzado en el trascurso de los años—. Pasa de la violencia a la catatonia. Se rasga la ropa y se lanza contra las paredes. No conoce ni su nombre. Prende fuego a las cosas. Ella... Ella...

«Casi me mató de una paliza cuando tenía siete años.»

Pero no podía decir eso. Ni siquiera después de tantos años podía decir las palabras.

Las lágrimas que anegaban sus ojos estaban calientes, y las mejillas por las que se derramaron incluso más calientes. Se las secó con rabia. Todo su cuerpo comenzó a temblar de nuevo. Eso la enfadó tanto que deseó gritar.

Vikram intentó secarle las lágrimas.

Ria le apartó las manos, se incorporó y se frotó los ojos contra los hombros. La lana de su abrigo le arañó los párpados.

—No, Viky, por favor, no lo hagas. No puedo tener esta conversación de nuevo. Lo que has hecho hoy por mí ha sido... Sin ti no podría haber... Yo... Solo quiero que te marches. Por favor. Por favor, no me hagas pasar por esto otra vez. Te lo suplico.

Vikram se levantó y la siguió.

—Lo siento, Ria —le dijo con aquella voz reconfortante, embriagadora e inquebrantable suya. Cayó sobre ella como lluvia fría—. No puedo hacer eso. Lo he intentado. Lo juro, lo he intentado y sencillamente no puedo.

La rodeó con los brazos muy suavemente y la acercó a él. Ria intentó mantenerse rígida, lejos de él, pero no pudo. Su cuerpo traicionero se fundió con el de Vikram. Su rostro buscó ese trozo de piel en su cuello que era su refugio, su paz. No había expectativas en el abrazo de Vikram, ni urgencia en sus caricias. Sencillamente la abrazó, sólido, fuerte y cuerdo.

Y ella se hizo pedazos en sus brazos. Las lágrimas empaparon el abrigo de Vikram, su camisa, su piel. Al final, cuando las lágrimas cesaron, dejaron sus párpados hinchados y en carne viva, sus labios se movieron y las palabras empezaron a fluir. Vikram la levantó y se hundió de nuevo en la hierba para acomodarla en su regazo. Como sus lágrimas, las palabras escaparon de ella en una oleada incontrolable. No podía detenerlas, no podía ralentizarlas, no podía hacer que fueran algo que no eran.

Le habló de la niña de siete años que había desobedecido a su abuela muerta y había subido al ático prohibido en búsqueda de su destino y había acabado con los huesos rotos. Le contó cuánto le habían dolido no solo las heridas por las que había pasado meses en el hospital, sino ver a Baba junto a su cama cada día, llorando su mala suerte, y haber perdido las palabras. Le contó que la habían enviado lejos por ello, que la habían expulsado de su casa para siempre hasta que se quedó solo con sus cenizas y una promesa imposible. Le habló del trato que había hecho con el cuerpo que le había prometido solo a él. Le habló de las compañeras de clase y sus risitas, de la necesidad de ser normal, de la certeza absoluta con la que sabía que esa sería una cosa que nunca podría ser. Le habló del cuerpo negro e hinchado de la enfermera. Le habló de los ojos de Baba, de su desesperación, de su chamuscada muerte en vida.

—Quemó la casa, lo mató y mató a la enfermera, pero él me hizo prometer que no la denunciaría. Mentí a la policía, les dije que ella había muerto. Entonces la traje aquí bajo el nombre de la enfermera para que nadie supiera que estaba viva. Le prometí que cuidaría de ella, Viky. Protegí a una asesina.

»¿Sabes que era normal hasta que yo nací? Mi nacimiento le hizo esto. Fui yo. Yo se la arrebaté a mi padre y después me convertí en su carga. Si yo no hubiera nacido, su vida habría sido totalmente diferente.

Ella era la razón por la que estaba muerto. Y, aquel día, se había detenido y había observado a su asesina tararear hasta dormirse.

Los brazos de Vikram se tensaron a su alrededor y la acunaron con tanta seguridad, con tanta fuerza, que jamás podría agotarla. Seguía empujándolo, pero no iba a ceder. Él no la dejaría ir. La sostuvo hasta que se quedó sin palabras, hasta que las lágrimas cesaron. Le secó la humedad de las mejillas y esperó a que sus ojos se secaran. La miró a los ojos con una mirada tan honesta y tan clara como un espejo. La misma invitación inmaculada de todos aquellos años atrás, cuando le había pedido que fuera su amiga.

—No creo que tu padre te repudiara, Ria, creo que te envió lejos porque quería protegerte. Creo que lo único que quería era darte la normalidad que tanto ansiabas.

Baba la había enviado a Chicago en verano, pero durante el año la había visitado siempre que podía; hacía el viaje de tres horas desde Pune a Panchgani y le llevaba bolsas de las galletas de mantequilla Shrewsbury que tanto le gustaban como si todo fuera absolutamente normal.

Ella nunca le había dicho que no había nada normal en un padre que la visitaba solo o que dejaba que las lágrimas bajaran por sus mejillas sin afeitar. Otros padres visitaban solo si también lo hacían las madres y observaban a sus esposas interpretando el papel del cuidador. No se ponían de rodillas y metían trocitos de galletas en las bocas de sus hijas ni les secaban los labios con manos temblorosas mientras el resto de padres giraban los rostros de sus hijas, como si ser testigos de aquel desastre de hombre, con su cabello y sus ropas desaliñadas y sus ojos desesperadamente tristes, pudiera dañarlas para siempre.

«¿Por qué deja que venga a verla? —había escuchado una vez que susurraba una de las niñas— Si yo tuviera un padre tan raro me escondería cuando viniera a verme.»

Pero Ria había vivido esperando las veces en las que el conserje del colegio la sacaba de clase y encontraba a Baba esperando debajo del techo arqueado de la sala de recepción, con los ojos brillantes y sus hoyuelos excavando grietas profundas en sus mejillas huesudas.

—Lo único que quería era darte la oportunidad de ser feliz —le dijo Vikram, acariciándole las lágrimas más que secarlas—. Ria, ¿cuándo fue la última vez que fuiste feliz?

Sus mejillas se calentaron. Vikram sabía exactamente en qué pensaría.

—¿Puedes ser feliz sin mí?

También sabía ya la respuesta a esa pregunta.

—Si estuviera vivo, ¿qué opinaría tu Baba de todo el remordimiento que has estado arrastrando?

Ria tragó saliva. Todo el peso de su miedo, toda su desesperanza descendió sobre ella. Estaba destrozada, y a Baba le habría roto el corazón verla así.

—Creo que ya has tenido suficiente por hoy, cielo. ¿Por qué no hablamos de esto en otro momento?

Vikram presionó su mejilla recién afeitada contra la suya y posó los labios sobre sus párpados hinchados.

Entonces la tomó de la mano y se levantó.

A pesar del terror que había tenido a ir allí, la idea de dejar el hospital no parecía estar bien. No estaba preparada para hacerlo. Dudó solo un momento antes de seguirlo a ciegas a través del cuidado paisaje, intentando no pensar en lo consolador que era sostener su mano, intentando no pensar en lo despreocupada y libre que la hacía sentir, como una cometa que podía volar porque su cordel estaba en buenas manos. Vikram la condujo por el jardín alejándose de la puerta, sabiendo que ella necesitaba más tiempo antes de regresar al mundo. A pesar de su abrigo de lana, Ria sentía los hombros desnudos, besados por el viento y la luz del sol por primera vez en su vida.

CAPÍTULO 32

$\maltese$

Habían pasado cuatro días desde que recogieran las cosas de Vikram de su hotel y las llevaran al apartamento que Ria había alquilado en un tranquilo vecindario rodeado de árboles con vistas a un parque. Sabían que era solo temporal. Ria no tenía ningún otro sitio a donde ir y ninguna idea de qué haría cuando expirasen sus dos meses de alquiler, y Vikram no le había dicho cuántos días tenía antes de volver a Chicago a empezar a trabajar con la empresa de construcción. Pero vivir en aquel apartamento encantadoramente decorado con sus muebles coloniales y sus detalles florales era tan parecido a una vida real juntos, tan parecido a todos los sueños que había tenido de un futuro con él, que no se decidía a preguntar. Aunque terminaría pronto.

Lo sabía porque cada mañana iban al hospital de visita. Y cada visita reforzaba la visión de Ria de su futuro y su decisión de que no haría a Viky lo que aquella mujer había hecho a su padre. Aquel primer día la habían observado tararear aquel ritmo que parecía latir continuamente en su interior. Al día siguiente lo marcó con la cabeza, golpeándose una y otra vez contra la pared acolchada durante la hora que pasaron allí. El día anterior había agarrado las rejas, y Ria había retrocedido tan aterrada que no sabía si conseguiría volver.

En realidad, se sentía así después de cada visita. Cada día, cuando regresaban al apartamento, Ria creía que no volvería al día siguiente,

329

pero volver a casa con Vikram borraba el terror, le infundía fuerza nueva y la esperanza se disparaba en su corazón hasta que estaba lista para hacerlo de nuevo a la mañana siguiente. Y entonces el ciclo se repetía.

Vivir con Vikram no tenía sorpresas. Conocía todos sus estados de ánimo, todas sus razones. Se sentía continuamente ensimismada, desordenada, fastidiada y viva. Al volver del hospital compraban comestibles en el supermercado de la esquina, normalmente carne, queso, pan para hacer bocadillos y sopas instantáneas. Un par de veces compraron huevos y verduras y cocinaron algo. Él comía más que nadie a quien conociera. No importaba cuánta comida compraran, nunca sobraba un bocado. Tenía un modo especial de ocupar cada centímetro de su espacio compartido dejando tazas, libros y lápices por todas partes. Cada vez que le hacía la cama, él encontraba un modo de deshacerla. Y trabajaba constantemente, su mente estaba ocupada todo el tiempo.

Cuando le mostró su AulaV fue como ser capaz de caminar a través de su mente, tan creativa, tan infinita, que veía con claridad los conceptos más complicados como si fueran las cosas más sencillas. «En el fondo todo es sencillo», le había dicho. Y por si AulaV no fuera suficiente para que Ria quisiera pasar el resto de sus días inmersa en aquella mente brillante y generosa, finalmente descubrió el proyecto en el que había estado trabajando con Drew, el que había puesto aquella sonrisa orgullosa en la cara de Mindy y Uma aquel día.

En su visita al centro psiquiátrico del día anterior se cruzaron con una adolescente en silla de ruedas. Habían estado caminando por el estrecho camino de cemento que serpenteaba a través del jardín y tuvieron que apartarse para dejar espacio a la silla. Vikram saludó a la chica delgada de cabello largo que estaba retorcida en la silla, y ella se emocionó tanto que sus extremidades se sacudieron bruscamente y tiró el conejito rosa que llevaba.

Vikram se agachó junto a la silla de ruedas.

—Toma, preciosa —le dijo, quitando la tierra del juguete y sosteniéndolo ante ella hasta que consiguió volver a agarrarlo con unos brazos que no dejaba de agitar—. Me llamo Vic. ¿Tú cómo te llamas?

—Rayna no habla, pero le encanta hacer amigos —le dijo la mujer que empujaba la silla de ruedas, sonriendo a la chica del modo en el que la gente sonreía a los niños muy pequeños, aunque ella ya tenía como mínimo once o doce años.

La sonrisa de Vikram había sido su sonrisa de siempre, abierta, alegre, siempre la misma para todos. Había charlado con la chica un poco más y ella le había respondido sin decir una sola palabra, solo con sonidos y con sus ojos y sus manos tan expresivas.

Antes de despedirse y seguir su camino, Rayna rodeó con los brazos la cara de Vikram y le dio un beso ruidoso en la mejilla, y él le dio a su madre una tarjeta y le habló sobre el proyecto.

Drew y él habían desarrollado un *software* para ayudar a los niños como Rayna a comunicarse usando un teclado. Se lo explicó a Ria mientras caminaban por el jardín. Drew trabajaba con niños autistas que no podían hablar pero que podían comunicarse a través de un ordenador. Esos niños tendían a tener problemas con la motricidad fina y a menudo se frustraban por cuánto tardaban en escribir lo que querían decir, así que Vikram había ideado un modo de usar el reconocimiento de palabras basado en el contexto y personalizarlo para cada niño de modo que no fuera tan frustrante y minimizara el uso de sus habilidades motoras.

—Todavía nos queda mucho trabajo por delante, pero los resultados son espectaculares —le había dicho a Ria con orgullo.

Ria lo abrazó y lloró como si le hubiera roto el corazón. Vikram había encontrado un modo de ayudar a los niños que no podían hablar, niños que estaban atrapados en el interior de su propio mundo, cuyas palabras no cooperaban con ellos. Había querido zarandearlo por hacerle aquello. ¿Cuánto más difícil iba a ponérselo? ¿Cuánto más iba a conseguir que se enamorara de él?

Ria sabía que su lucha con las palabras no era la misma que la de Rayna, pero también sabía qué se sentía al ser una niña sin control y sin poder sobre el mundo que la rodea. Y sabía lo mucho que Vikram debía haber trabajado. Por ella. Porque sabía cuánto le había costado. Incluso después de lo que ella le había hecho, incluso antes de regresar, él había luchado una batalla que era de ella.

Aquella noche hicieron el amor como locos salvajes. Ella había estado frenética, deseosa de reptar al interior de su cuerpo y convertirse en uno con él; su hambre había sido tan elemental que le había robado cada pensamiento y cada duda. Él había besado y acariciado cada centímetro de su cuerpo y la había amado hasta que ella no pudo respirar, hasta que no pudo pensar. La sanó célula a célula y la obligó a sentir cada momento demoledor y alentador. «Elige quedarte, Ria», parecían querer decir sus caricias. «No me dejes nunca», decía su aliento.

No habían hablado sobre los miedos de Ria ni sobre su futuro desde aquel primer día en el que ella se había derrumbado en los jardines del sanatorio, pero Ria sabía lo que Vikram estaba haciendo. Estaba socavando sus defensas poco a poco. El problema era que no importaba lo fuerte o invencible que se sintiera en su pequeño refugio, porque en el momento de atravesar aquellas puertas de hierro todos sus miedos regresaban. Sabía que aquello tenía que terminar. Pero él no parecía tener prisa.

Era imposible evitar que la artera confianza de Vikram se filtrara en el corazón traicionero de Ria. Sin pretenderlo, tomó un lápiz y el cuaderno de bocetos que él dejaba por todas partes; la necesidad de atrapar la esperanza en el cuerpo de Vikram, la fe en sus ojos era tan fuerte, que ya no podía refrenar sus dedos.

—Me siento como Rose de *Titanic* —dijo él sin levantar la vista de su tableta gráfica—. ¿Quieres que me quite la ropa? Incluso me colgaré ese colgante tuyo del cuello.

—Quizá más tarde —replicó Ria, incapaz de evitar que su risa malograra sus trazos.

Pero ella no podía parar y él no podía moverse. Estaba tumbado en el sofá y volvió a concentrar su atención en su trabajo como si ella no estuviera intentando capturar con sus dedos lo que no parecía poder sellar en su corazón.

Cuando terminó, él no le pidió ver el boceto y dejó que ella lo escondiera. Y sabía que no se lo pediría hasta que estuviera preparada para enseñárselo por voluntad propia.

El resto del día siguió su ritmo habitual. Hablaron de Uma y Vijay como habían hecho cada día. La tarde anterior Ria había hablado por fin con Nikhil y Jen y se había disculpado por abandonar la boda antes del banquete. Como era de esperar, Nikhil y Jen se habían sentido aliviados al hablar con ella de nuevo.

—Estaba equivocado, Ria —le había dicho Nikhil—. Vic y tú os pertenecéis el uno al otro.

Cuando Vikram llamó a sus padres, a su padre no pareció importarle que estuviera con ella. Chitra intentó utilizar sus derechos como jefa en AulaV para conseguir que volviera a casa y Ria tuvo que sonreír por el modo en el que Vikram reaccionó.

—Ahora mismo necesito estar aquí con Ria, mamá —le dijo—. Y puedo trabajar muy bien desde aquí. Cuando sepamos a dónde vamos a ir a continuación te lo diré. Si eso supone un problema, revisaremos el contrato. Todavía estoy en el periodo de rescisión.

—No quiero que rompas el contrato de AulaV con tu madre —le dijo Ria mientras caminaban por la ciudad de la mano camino del hospital para su visita diaria.

—Le guste o no, mamá tiene que acostumbrarse a la idea de que estamos juntos —le dijo él, como si estar juntos fuera algo inmutable. Todos los miedos de Ria regresaron en tropel.

Se acercaron a la calle bordeada de árboles y miraron a su alrededor antes de cruzar la calle para asegurarse de que no había ningún paparazi al acecho. Aquel día era un poco más tarde y el sol ya brillaba en el cielo. Los viandantes y los ciclistas salpicaban la acera. La calle no se parecía en nada al lugar desolado y desierto que era cuando llegaban allí apenas unas horas antes.

—¿Preparada para saltar sobre alguien de nuevo? —le preguntó Vikram, riéndose al recordarlo.

Ria le golpeó el brazo y miró el edificio señorial al otro lado de la calle. Parecía tranquilo y sereno; no estaba nada mal para ser un sitio donde podías lanzarte contra las paredes y no hacer daño a nadie más que a ti mismo. Si tenía que terminar haciéndolo en alguna parte, aquel parecía un buen lugar.

Vikram le hizo darse la vuelta y le agarró la cara con las manos.

—Eres la persona más frustrantemente cabezota que he conocido nunca, ¿lo sabías?

Entonces se inclinó y la besó, suave y posesivo, tirando de sus labios tan suavemente que Ria lo sintió hasta los dedos de sus pies y se olvidó de toda la locura de todos los psiquiátricos del mundo.

—¿Qué voy a hacer contigo?

Vikram se apartó y apoyó la frente en la de Ria. Si tenía que decidir ella, votaba porque hiciera exactamente lo que acababa de hacer. Pero no tenía que decírselo, porque sus ojos le contaron qué era exactamente lo que quería hacer con ella. La pregunta importante era: ¿qué iba a hacer ella consigo misma? ¿Cómo iba a terminar con aquello de una vez por todas?

Él le tomó ambas manos y saltó el bordillo hacia la carretera. Tiró de ella e hizo que su corazón danzara y que su cuerpo cantara. Su penetrante mirada de cristal le sonreía como si quisiera contarle un secreto, su irresistible boca asimétrica le soplaba una promesa. A pesar de su resolución de protegerlo de sí misma, Vikram la hacía sentirse mareada de esperanza, embriagada de insensatez.

Los ojos del joven se congelaron en un momento de asombro. Un rechinar de neumáticos rasgó el aire. Intentó apartarla, pero ella lo agarró del brazo y tiró de él y el automóvil pasó sin rozarlo por unos centímetros. Un hombre sacó la cabeza del vehículo y les gritó:

—¡Gilipollas! ¡A ver si miráis por dónde vais!

—¡Lo siento! —contestó Vikram, sonriendo al conductor del automóvil como si aquello fuera divertido. Esta vez ella no le golpeó el brazo precisamente con suavidad.

—¡Viky! ¿Estás loco, es que estás intentando matarme? ¿Qué te pasa? ¿Por qué nunca miras la maldita carretera?

—Oye...

Vikram intentó acercarla a él, pero ella lo apartó, con el corazón todavía desbocado tras imaginarlo rebotando sobre el capó del vehículo.

—Estoy bien. Estoy de una pieza. Ese tipo salió de la nada.

—No, no salió de la nada. Mira a la izquierda y después a la derecha. ¿Tan difícil es? Mantén los ojos en la carretera. ¿Tan difícil es?

—Lo siento. Tendré más cuidado.

Le agarró la mano para cruzar la calle. Ria sabía que estaba intentando hacerla sonreír.

—¿Te parece divertido?

Tan pronto como llegaron al otro lado, Ria le soltó la mano y le echó una mirada asesina.

—No, divertido no. Pero deberías verte la cara. Aquí estás, todavía intentando buscar una razón para alejarte de mí aunque la idea de perderme te ponga así. ¿Qué crees que siento yo cada vez que veo que estás pensando en dejarme?

—Entonces, ¿estabas intentando demostrar tu punto de vista poniéndote delante de un automóvil en marcha?

—¿Tendré que hacer eso, Ria?

Ella no se dignó a responder y caminó enfadada hacia la puerta.

—¿Qué ocurrirá si tengo un accidente y termino en una silla de ruedas? —le preguntó Vikram.

Ria pulsó el timbre y empujó las puertas.

—Por favor, no hagas esto. Ahora no.

Tomó el ya conocido camino hasta el edificio. Vikram la siguió en silencio y le colocó la mano en la espalda cuando se acercaron a la habitación acolchada.

Aquel día su madre estaba durmiendo. Usar esa palabra para referirse a ella hacía que a Ria se le revolviera el estómago, pero en aquel estado parecía tan tranquila, tan inofensiva, tan delicada, que la mente de Ria terminó aceptando el concepto.

Se quedaron allí, observándola, como hacían cada día, y después se dirigieron al estanque. Era increíble lo rápido que las cosas se convertían en hábito.

—No has contestado a mi pregunta —dijo Vikram después de caminar en silencio un rato.

—Eso jamás ocurrirá. Lo que me estás preguntando es hipotético. Esto... —Miró el edificio—. Esto no lo es.

—¿Y si te digo que no es hipotético, que ocurrió de verdad? Hace cinco años estuve en una silla de ruedas durante seis meses, después de un accidente. Una grúa me golpeó la espalda. Los médicos no creían que pudiera volver a caminar.

Ria se volvió con intención de mirarlo, enfadada por mentir, pero cuando lo hizo se acercó para tocarlo. Esta vez él se apartó de ella.

—Dios, Viky, ¿por qué no me lo dijiste?

Él continuó caminando. Ria lo siguió.

—¿Decírtelo? ¿Cuándo? ¿Cuando desapareciste de mi vida durante diez años?

La vieja vergüenza por el dolor que le había causado le exprimió el corazón de nuevo.

—Lo siento.

Vikram se detuvo y se volvió para mirarla.

—¿Qué es lo que sientes exactamente? ¿Crees que eso fue culpa tuya, como todo lo malo que me ocurre?

Ria miró el cielo: una bandada de pájaros regresaba a casa. ¿Cómo era posible que él no viera cuánto daño le había hecho? Cuánto daño podía hacerle todavía.

—Estabas intentando protegerme, Ria, pero aun así ocurrieron cosas malas. ¿Y sabes qué las empeoró? Que tú no estabas allí. Lo habría dado todo porque hubieras estado allí.

Ria le tocó la mejilla. Ella también habría dado cualquier cosa por haber estado allí.

—No vas a reconocerlo, pero sé que si lo hubieras sabido habrías venido a por mí. Si alguna vez enfermo, tú no me dejarás.

Ella asintió. Si Vikram la necesitaba alguna vez, estaría allí en un minuto. A pesar de toda su confusión, eso lo sabía sin duda.

El enfado de Vikram se disipó. La tomó de las manos y le besó las puntas de los dedos.

—¿No es eso exactamente lo que hizo tu Baba? Eligió quedarse con tu madre incluso después de que enfermara.

Ria intentó que le soltara las manos. Él no se lo permitió.

—No es lo mismo —siseó, intentando zafarse.

—¿Por qué no es lo mismo?

—Tú tuviste un accidente. No fue culpa tuya.

—Lo que le ocurrió a tu madre tampoco fue culpa de nadie.

—Sí lo fue. Fue culpa de ella... Fue su culpa. Ella sabía que esto ocurriría. También le había pasado a su madre. Podría haberle salvado la vida si lo hubiera dejado en paz. No tenía derecho. No tenía derecho a arruinarle la vida.

«Sabía lo que estaba haciendo cuando se casó con tu padre.»

—¿A arruinar su vida, o la tuya?

Vikram susurró las palabras, pero un grito habría sido menos violento.

Ria no podía creer que fuera tan cruel. Le apartó las manos con toda su fuerza. Esta vez, él la soltó. Ria intentó alejarse de nuevo, pero el edificio del hospital se alzaba ante ella y se volvió para alejarse de él.

—Entonces, ¿tú estás haciendo lo correcto? —le preguntó mientras la seguía—. ¿Tú estás haciendo lo que ella no hizo?

—No quiero hablar de eso.

Iba directa al lago y cambió de dirección de nuevo para dirigirse a un grupo de árboles. De repente no había ningún sitio a donde ir.

—¿Por qué? ¿Por qué puedes tú tomar la decisión de estar conmigo? ¿Por qué no puedo decidirlo yo? ¿Por qué no pudieron hacerlo tus padres? —le preguntó, persiguiéndola—. ¿Has pensado que quizá, solo quizá, ella no sabía que estaba enferma cuando conoció a tu padre? O puede que ambos supieran lo que iba a ocurrir y aun así lo quisieran, te quisieran a ti, quisieran todo el tiempo que pudieran tener.

Ria se detuvo junto a un árbol y presionó la mano contra la corteza. Estaba jadeando; en el interior de su pecho había una energía tremenda atrapada como un animal enjaulado.

—Pero yo no. Yo no quiero solo un poquito de tiempo y después toda una vida de dolor para ti.

Vikram la obligó a darse la vuelta.

—¿Hablas en serio? ¿Tienes idea de lo que estos diez años han sido para mí? He vivido un infierno, Ria. ¿Sabes qué estaba haciendo cuando entraste en el sótano aquel día?

Ria se derrumbó contra el tronco a su espalda.

—Estaba intentando convertir a otra mujer en ti. Estaba intentando sentirme vivo fingiendo estar contigo en lugar de con otra persona. Estaba haciéndole eso a otro ser humano. Y no era la primera vez. ¿Sabes lo que se siente?

La cara de enamorada de Mira le vino a la cabeza. Notó una enfermiza sensación de náusea.

—¿Sabes por qué rompimos Mira y yo?

—Por favor, Viky. Por favor, no.

Sus dedos se tensaron sobre los hombros de Ria.

—Dije tu nombre estando con ella. Había estado reprimiéndome, guardándomelo dentro durante tanto tiempo que creía que quizá había desaparecido por fin. Pero entonces regresaste y no tuve ninguna posibilidad. El día después de verte leer esos votos en el templo, después de haberte tenido en mis brazos, no hubo vuelta atrás. Tenía mi boca sobre ella y sabía a ti. Tenía mis manos sobre ella y te tocaba a ti. Entonces te llamé. ¿Sabes cómo me miró después de decir tu nombre? Fue como si la hubiera golpeado, Ria. —Sus ojos estaban llenos de angustia—. ¿Prefieres eso?

El rostro desconsolado de Mira inundó la cabeza de Ria. Viky atrapado en una silla de ruedas inundó su cabeza. Su propio rostro en su madre, desventurada y magullada, acostada en una habitación acolchada, inundó su cabeza. Una horrible frialdad se cerró a su alrededor y la cubrió.

—Tú no viste a Baba, no lo conociste. Había demasiada tristeza en él. Era como si estuviera vacío. No puedo soportar pensar en ti de ese modo. Yo podría estar lanzándome contra las paredes, Viky. Podría prenderte fuego.

—O podrías no hacerlo. Tienes veintiocho años. Tu madre, tu abuela, acababan de entrar en la veintena cuando eso ocurrió. Y tú nunca has mostrado ninguna señal de enfermedad mental.

Ria lo miró a los ojos y se hundió en sus brazos.

—Sí lo he hecho. Me pasé un año de mi vida sin poder hablar. Incluso ahora lucho para no perder las palabras. Lucho contra la tristeza, contra los desconocidos, contra cosas que pasaron hace mucho tiempo.

Las manos de Vikram le frotaron los brazos.

—Eso fue el trauma. Te atacaron en tu propia casa cuando eras poco más que una cría. Probablemente es trastorno de estrés postraumático y has vivido con ello toda tu vida. Y lo superaste sola. Sin ayuda profesional. Mira lo que has conseguido.

El amor coloreó sus ojos, su voz. Sus dedos se entrelazaron con los de Ria.

—Lo único loco en ti es cómo me haces sentir, Ria, y cómo te esfuerzas por proteger a todos los que te rodean. Eres la persona más cuerda que conozco. —Posó un beso en su frente y sonrió—. Excepto el día que te abalanzaste sobre ese fotógrafo.

A pesar del horrible dolor que sentía en su corazón, se rio.

—Bueno, ¿qué más tienes? Saca la artillería. Vamos a terminar con esto. Estoy empezando a hacerme viejo.

Ria cerró los ojos. Si no lo decía en ese momento, jamás sería capaz de decirlo.

—¿En serio? ¿Hay más? —le preguntó Vikram, como si estuviera de broma, pero le acarició la cara—. Dilo, cariño. Por favor.

Ria no abrió los ojos y lo dejó escapar.

—Jamás podré tener hijos. No quiero tener hijos. Esto morirá conmigo. No me arriesgaré poniéndome al borde de un precipicio.

Se lo imaginó conteniendo la respiración y se preparó para ver la resolución de sus ojos, el sacrificio que sin duda se vería obligado a hacer. Pero, cuando abrió los ojos, Vikram estaba sonriendo.

—Viky, ¿estás loco?

El joven le dio un beso en los labios, en la nariz.

—Amor, esto no se te da nada bien, ¿sabes?

Ria no tenía ni idea de a qué se refería, a qué venía aquella sonrisa estúpida.

—¿Sabes por qué comencé AulaV? Estaba viviendo en Careiro, que es una pequeña ciudad cerca de Manaos, en Brasil. El único lugar donde conseguí alquilar una habitación fue en un orfanato. Y me dejaron vivir allí a cambio de enseñar a los niños. Era un lugar precioso.

Le brillaban los ojos. Ria le acarició la cara.

—Me habría llevado a casa a todos aquellos niños. A todos ellos. Yo era un cabrón endurecido y medio muerto en vida, pero aquellos niños... me derritieron como mantequilla. —Se colocó las manos de Ria sobre el pecho—. Siempre planeé regresar y adoptar tantos como pudiera. Con tantos niños que necesitan una familia, no quiero traer más niños a este mundo.

Le quitó una lágrima de la mejilla y le besó la comisura de la boca. Esperó hasta que pudo hablar de nuevo.

—Bueno, ¿cuál es tu siguiente excusa? —le preguntó al final.

Ria le acarició los labios; la idea de perderlo era más insoportable cada minuto que pasaba.

—Siento que viene a por mí, Viky. Lo llevo en la sangre.

—O puede que no. Encontraremos a los mejores médicos, haremos todo lo posible para prevenirlo o incluso tratarlo si tenemos que hacerlo. Tu madre podría haber tenido una oportunidad si hubiera tenido el tratamiento adecuado. Drew trabaja con psicosis de todo tipo. Dice que el tratamiento ha cambiado drásticamente en la última década. Es una enfermedad, Ria. Hay gente que se pasa la vida investigándola. Conseguiremos ayuda. Pero hay posibilidades de que no lleguemos a necesitarla.

—Eso no lo sabes.

—Tienes razón, no lo sé. Pero sé que eso no importa. Te quiero exactamente como eres ahora, exactamente como serás mañana y dentro de cincuenta años. Y quiero que tú me quieras lo suficiente para lidiar con todo lo que llegue. No puedo prometerte que estarás bien, pero yo sin ti nunca estaré bien. Y sé que tu sin mí tampoco estarás bien nunca.

Ria lo rodeó con los brazos; sus palabras le habían llegado hasta la médula. Él la abrazó, aliviado al notar el cambio.

Sus ojos se iluminaron. Ria siguió su mirada hasta el árbol bajo el que estaban. Vikram la soltó con una mirada cómplice. Una rama salía del árbol como una versión en miniatura de su puente. Trepó a ella y le ofreció la mano.

Sin decir nada, Ria aceptó su mano y dejó que la aupara a la rama. La abrazó y le besó la oreja.

—Es hora de dejar de luchar, Ria. Por favor.

Un escalofrío de placer bajó por su cuello y la hizo presionar-se contra la boca de Vikram. Él siempre había sabido dónde tocarla exactamente, cómo hacerlo. Succionó su lóbulo y una alegría pura e inmaculada brotó en el interior de Ria. Vikram le había quitado los pendientes aquella primera noche que hicieron el amor y los había escondido, y desde entonces no había llevado pendientes. Y no quería volver a hacerlo mientras viviera.

Ria se agarró a la pernera de sus *jeans* para evitar caerse hacia atrás. El músculo fuerte y caliente se tensó bajo su mano. Ella lo acarició.

—Eso de la silla de ruedas era mentira, ¿no?

—Puede.

Vikram sonrió sobre su cuello, encontrando todos los puntos sensibles de su garganta. Ria no pudo evitar reírse. Su incorregible e incontrolable Viky.

—¿Cómo puedo estar con una persona que me miente con tanta facilidad?

—¿Crees que ha sido fácil? —le dijo él entre besos.

Pero lo había hecho de todos modos. ¿Qué otra opción le había concedido ella?

—Quizá pueda compensártelo dándote un par de lecciones de interpretación —le dijo—. Tienes que admitir que es una habilidad importante.

Él sonrió mirándola a los ojos con toda la fuerza de su sonrisa asimétrica.

Ria lo empujó, pero no lo suficientemente fuerte para el espectáculo que hizo, como si hubiera estado a punto de caerse de la rama.

—Sobreactúas. Y estás loco. Eso es lo que te pasa.

Sostuvo su hermoso rostro entre sus manos.

—Totalmente. Loco de amor por ti.

Lo besó. Una necesidad abrumadora la inundó, y una poderosa oleada de miedo tensó su estómago. Vikram le devolvió el beso con una avaricia perezosa y urgente hasta que ella se desbocó y perdió el control. Pero, por primera vez en su vida, bajo la intensidad de sus sentimientos reconoció su bienestar, su idoneidad. El modo en el que él la hacía sentirse, la persona en la que se convertía al estar con él, no era una mentira, no era un sueño; se trataba de quién era ella, de quién adoraba ser, y era maravilloso.

Vikram la consumió con sus labios. Puso toda la fuerza bruta de su voluntad en el beso. Una voluntad que siempre había conseguido lo que quería con facilidad. Excepto ella. Había tenido que luchar para conseguirla. Y había luchado con todo lo que tenía. Siempre lo haría.

Ria se apartó de él y examinó sus ojos de enamorado, su interior intacto a pesar del tiempo.

—Tienes razón, Viky, nunca estaré bien sin ti.

La sonrisa de Vikram era todo arrogancia, pero la tensión de sus hombros se relajó bajo los dedos de Ria. Lo había defraudado muchas veces y él seguía creyendo en ella. Le rodeó la cintura con los brazos y apoyó la cabeza en su hombro, más agradecida de lo que se había sentido nunca en la vida. Él la abrazó y apoyó la cabeza en la de ella. Se sentaron así, entrelazados, y miraron en silencio el edificio que se alzaba ante ellos.

—Parecía casi feliz, ¿verdad? —le preguntó Ria al final en un susurro— Mi madre.

Pero él la oyó.

—Sí, creo que sí, estaba tranquila. Baba habría estado muy orgulloso de ti, Ria.

Y por eso lo amaba.

Aquella boca suya, increíble e imperfecta... no la había vuelto loca durante la mayor parte de su vida solo porque fuera hermosa, sino porque siempre, siempre sabía qué decir exactamente para animarla. Buscó sus labios y reclamó lo que era de ella.

Y cuando él saltó de la rama y le preguntó si quería ir a casa, ella dijo que sí, que quería ir a casa.

AGRADECIMIENTOS

La publicación de una novela es un viaje que culmina con un solo nombre en la portada, lo que erróneamente hace que parezca que fue un vuelo individual, cuando en realidad se trató de una caravana: una comunidad de guías y sanadores que te sostuvieron la mano durante los paisajes duros y las escaladas brutales para asegurarse de que llegaras a tu destino. Aunque esta es mi segunda novela, Vikram y Ria llevaban mucho tiempo en mi corazón y su historia fue en realidad la primera que comencé. Por esta razón, este es el relato en el que más necesité el apoyo de mi caravana, y no podría nombrar a todas las personas que me ayudaron ni expresarles suficientemente mi agradecimiento. Pero aquí está mi tímido intento de todos modos.

Primero a mi mejor amiga, Rupali Mehta, por animarme a escribir lo que me gusta y por las muchas veces que impidió que abandonara. Y por amar y valorar mis libros tanto como yo. Sin ti no habría ninguna novela.

A mis primeros lectores; desde mi primera colega escritora, Sally Marcey, que leyó un penoso primer borrador hace años y me dijo que creía que lo conseguiría, hasta mi cuñada, Kalpana Thatte, que ha leído y defendido todos mis borradores desde entonces con igual entusiasmo. Sin vuestra confianza, todavía seguiría soñando.

A mis primeros amigos publicados, que me hicieron sentirme una escritora de verdad y se tomaron su tiempo para enseñarme a serlo. Kristin Daniels, Tracey Devlyn, Adrienne Giordano, Robin Covington, Regina Bryant: sin vuestra generosidad no habría conseguido llegar a buen puerto.

A mis prodigiosos críticos Robin Kuss, Hanna Martine, Talia Surova, India Powers, Clara Kensie, Savannah Reynard, Cici Edwards, CJ Warrant: sin vuestros ojos de lince y vuestro conocimiento del oficio este sería un libro muy diferente.

A mis gurús Susan Elizabeth Phillips, Nalini Singh, Kristan Higgins y Courtney Milan, de quienes soy una descarada admiradora, por escribir novelas de las que he aprendido todo lo que sé y por apoyarme en mi estreno no solo con sus increíbles notas publicitarias y recomendaciones, sino con sus mensajes personales de apoyo, que valoro más de lo que puedo expresar. Sin vuestro ejemplo de saber estar y amabilidad este viaje sería diferente.

A mi querida amiga y terapeuta, por compartir conmigo su profundo y acertado conocimiento sobre el trauma y la curación. Fuiste una bendición para mis personajes. Sin tus conocimientos, mi relato no habría tenido sostén, aunque cualquier error de verosimilitud es exclusivamente mío.

A mi editor, Martin Biro, por ver el potencial de mi historia y ayudarme a sacarlo a la luz con la amabilidad que lo caracteriza; a mi agente, Claudia Cross, por su apoyo desde nuestro primer encuentro fortuito; a la increíble Vida Engstrand y al maravilloso equipo de Kensington, por ir más allá en cada paso; y al talentoso Sam Thatte, de Sam Thatte Presentations, por la creación del estupendo tráiler de la novela. Sin vosotros, no puedo imaginar cómo habría sorteado todo esto.

Y por último, a las personas sin las que lo demás no importaría: mi marido y mis hijos, por su orgullo y su amor, aunque son los únicos que soportan las presiones del día a día de mi profesión; vosotros sois mi equilibrio y mi razón de ser. Y a mis padres, no solo por volar desde el otro lado del globo siempre que necesito ayuda, sino por ser ejemplos vivos de fortaleza de carácter. Sin vosotros, yo no escribiría los personajes que escribo.

Y por supuesto, a vosotros, mis queridos lectores, os debo la mayor de las gratitudes: vosotros sois el destino, la bendición que hace que la peregrinación merezca la pena. Gracias.

Una historia
de Bollywood

Hace veinte años que Mili Rathod no ve ha su marido; es decir, desde que tenía cuatro y la prometieron con él. Aún así, el hecho de estar casada le ha proporcionado una libertad de la que pocas jóvenes gozan en su pueblo. Su abuela incluso le permitió dejar la India para irse a estudiar a los Estados Unidos durante ocho meses, para convertirla así en la perfecta esposa moderna. Y eso es lo que ella, precisamente, querría ser... si su marido viniera a buscarla.

El reconocido director de cine de Bollywood, Samir Rathod acaba de llegar a Michigan para gestionar los papeles del divorcio de su hermano mayor. Después de todo, el hecho de persuadir a una inocente muchacha de pueblo para que los firme debería resultar fácil para alguien con su encanto. Pero Mili no es ni una tonta ni tampoco una cazafortunas. Abierta y al mismo tiempo compleja, trata de reconciliar su independencia con las tradiciones familiares. Y antes de que él se dé cuenta, se encuentra inmerso en la vida de Mili: cocina para ella, la acompaña a la boda india de su compañera de piso... Y todo, para acabarse preguntando a quién se debe y, en especial, ¿quién le hace feliz?

SONALI DEV

Una historia
de
Bollywood

«Por las profundas emociones que despierta,
los lectores no podrán dejar de leer.»
SUSAN ELIZABETH PHILLIPS,
autora de *best sellers* del *New York Times*

SEDA ROMÁNTICA

Libros de
seda